私

畑中純

まるごとエッセイ

文遊社

私

まるごとエッセイ

畑中純

目次

I

Ⅲ

Ⅳ

Ⅴ

Ⅵ

I

四人半の温泉行

「あーあ、ふつうのおんせんにいきたかったなあ」と四歳になる長男がいう。このところ一種義務めいた感じで四つの温泉に家族四人半で出かけたが、当方の好みに合致する物や事が少なすぎたのか、あまりいい印象の旅ではなかった。彼のいう普通の温泉とは、初めての家族旅行で行った群馬県の川原湯と伊香保のことで、どうやら気に入ったものが「普通」になるらしく「よみうりランド」が普通の遊園地で「京王」が普通のデパートで「いしもり」のソバが普通のソバといった具合だ。

義務めいた四人半の温泉行きと書いたが、ボクは温泉を舞台にした漫画を週刊誌に連載する身で、この秋には三人目の子が産まれるというニコニコ笑ってばかりもいられない状況があってのことだ。それで旅行溜めでもないが、幼児二人と妊娠六ヵ月と〆切りやつれもなんのその「一家総出だ文句あるか」と電車に乗る。出てしまえば割りと気楽だが、座席の確保、宿の予約はやはりいちいち面倒だ。何よりの億劫は旅館に子供を受け入れる用意がないこと。半ば仕方なく有名大旅館を選んでしまうし、「適」マークも欲しいなあとボクの中の父親が眼をスルドクしたりもする。

旅行は日常から解放されればそれでいい。風景や風物は必要なければ一瞥で済むが、数時間体を預けてしまう旅館というのは大問題だ。旅に特別の姿勢を持ち合わせないボクにとって、流行とはつまるところ宿の善し悪しだからだ。灰皿を吸いガラで山とさせながら「もう来ない」と旅日記に書きつけることしばしばだが、思いがけず良かった宿もたまにはある。有馬温泉の『兵衛向陽閣』だが、これはもう、大きすぎるという以外文句のつけようがないものだった。宣伝費分割高だろうな、名前の先行にロクなモノはないからな、と小雨に煙る温泉街で一際そびえ建ったホテルを見あげて予約したことを後悔したものだが、いや三階辺りまでスパーっと登ったエスカレーターに乗ってる間も、これで2DK住いを驚かせてふんだくるつもりか、とモヤモヤしていたが、やがてそれらの不信感は一掃されてしまった。何というか、接客業のプロフェッショナルを見せられてしまったのだ。塗装を繰り返してアラ隠ししただけの一流の装いが氾濫しているせいかプロに徹しているにすぎない正常な状態が光って見えたのだろう。なんのことはない、向うはガッチリ商売しているだけで、こちらはうまくのせられただけのことなのだろうが、中々気分の良い一夜だった。

幼児用の丹前を可愛く着こんで（親の目親の目）ハシャギ回っていた長男は有馬を普通の温泉に加えてくれただろうか？　いや多分ダメだ。なぜならボクが父親業のプロに徹しきれず全くの不注意で大浴場で溺れさせそうになったからだ。

許せ、お父ピン（そう呼ばれている）は後ろに目玉がないのだ。

プレスリーは元気の素《もと》

「エルヴィス・プレスリーとギョウザは、精がつくから神様だ」といったのは、ラブミー農場の主人で『楢山節考』の作者である深沢七郎さんだ。全編にプレスリーが鳴り響いている快作『東京のプリンスたち』の作者でもあり、飼っている犬が「エル」だというから、たいした念の入れようだ。

ボクの場合は、プレスリーとネスカフェ、ハイライト、リポビタンDあたりが、神様だといい切る自信こそないが、惰性か錯覚かで元気の素として、仕事の進行に抜きがたいモノになっている。

たとえば『良太』が二百五十回になったりするのは、生活や創作欲求の根本にして混沌を別にすると偉大なる締め切りがあったからとしかいいようがないが、具体的な支えに目を向けてみると、悲観も楽観もほどほどにして、とにかく進もうと、自分を元気づけなければいけないときに、持続力の薬としてプレスリーが効力を発揮したからだ、といえる部分がある。

この薬は、眠け覚ましにも子守唄にもよい。

薄気味の悪い力！　そんな印象で小学四、五年生のころ出会って、以来二十数年間邪魔にならなかった最も息の長い興味対象だ。「邪魔にならない」はあってもなくてもよいのではなく、飽きない、心地よいの意味だ。

歌に限らずすべての作品は、快感を刺激するものほどよい。邪魔っけなのは、薄っぺらな人生観や苦悩の手つきなど、送り手の主張が表にですぎるときだ。ただのバカ騒ぎなら、飯場生活の毎晩酒盛り、連日バクチ場の喧騒の中で、読み書きを鍛えている身だから、そう気にはならないが、意味ありげな気取りかたをされると、なにをバカな、と本気で応じてしまうから困るのだ。だからラジオは聞かないし、テレビもできるだけ遠ざけている。同様の理由で、歌詞に引っかかることしばしばだから、歌もそう長くは聞いていられない。もちろん、歌詞は部分にすぎず、決定は声の質や曲に対する生理作用が下すのだろうが……。この点で、ついでにいえば、歌詞を並べるか訳すかして本にするのは、くだらないことだと思う。ほんとうに、『ただの歌詩じゃねえか、こんなもん』になってしまって興ざめだ。

プレスリーにも六〇年代後半からいわゆるメッセージソングが増えているが、やはり恋歌が本領で、愛だ恋だハチの頭だと大騒ぎしているほうがずっといい。なかでもサン・レコード時代から五年間の、単純明快な声と音が一等よい。送り手の意志は、必ずしもそうではないし、スタイルの模索もいろいろあるのだけど、ボクには、終始一貫怪《け》しからぬコトを叫びつづけているように聞こえて、心が弾む。この時期のプレスリーは、見事に腰で歌っているのだ。

まあしかし、批判はさて置いてしまうのがファン心理というやつだ。

いまとなっては、聖域を歌いあげ、南部魂やアメリカの道を説くのも結構、人類の平和を願ったりするのもついでのオマケ、ラストコンサートのズタボロ『マイ・ウェイ』も、メロメロ『今夜は一人かい』もご愛嬌というもので、あの、誠にかっこうの悪い死にかたも、すべてよし、と思うようになった。

肉体労働者弁

調布市に暮らして七年が過ぎた。十八歳の春、マンガ家に成るべく上京したが、ある日気が付いたら、ペンを持つはずの手がツルハシを振っていた。「あれっ、違うなあ」と暗い眼で西の空を仰ぎ見た時は、すでにネジリ鉢巻に地下タビが似合いすぎていた。西の空の下には、故郷小倉があるつもりだったが「兄ちゃん、馬力あるねぇ」とおだてられれば、五十キロのセメントを二袋担ぎ夕日に向って駆けて行くお調子者だったり「オイラ若え頃は一日でやっつけたぜ」とあおられれば、熱を出して倒れるまで穴掘りを続ける愚か者だったりしたため、方向感覚などラリルレロで、あんがい伊豆半島方面だとか長野山岳方面だとかに向って、故郷のつもりでセンチメンタルしていたのかも知れない。関東平野は広すぎて目安になる山が見えないので困る。

いつまでも日雇い労務者もなかろう、そんな誘われ方をして始めたのが、火力発電所ボイラー建設の配管工だった。一年一基の工程なので、そのつど川崎、横浜、千葉などの飯場《はんば》を転々とした。たぶん高度成長の終焉期だったはずで、行く先々のコンビナートには、まだまだギラついたエネルギーがあり、流れ者やはぐれ者がなんとなく食えるゆとりもあったように思う。聞けば近頃では、労働条件も改善されているが管理も浸透していて、現場労働者も書類審査から始まるらしいから、預金通帳をしっかりと腹巻きあたりに突っ込んでからでないと、オチオチ流れ者もやっていられない。ボクの知っている野丁場《のちょうば》の飯場には、酒量や腕力で男の序列が決定するような単純明快さが生きていた。

穏やかに生まれついているボクには、驚きの連続だったが、ガラの悪さの見本みたいな男の群れの中で、ごく一般的な市民生活から極端に逸脱した数々の場面に立ち会い、見聞きし、若さにまかせてそれなりに楽しみもしたが、マンガがズンズンと大股で遠ざかって行く感じは否めず、違和感を常に抱えて、唯一自分の領分である万年床で、身悶え苛立ち、悶々とした日々を送っていた。

とりあえず自分の部屋を確保する必要がある。その思いが頂点に達した頃、飯場生活に見切りをつけて、渋谷にアパートを借り、ある設備会社に勤め始めた。上下水全般を扱う、いわゆる町の水道屋だ。

人間を描く時に必要以上に下半身まで描いてしまうボクのスタイルは、あんがい水道屋で培われたのかも知れない。なにしろ他人の風呂場や便所をウンザリするほど見てきた。もちろんボク以上にウンザリしたのは、ボクを雇ってしまった会社だ。一日出ては三日休んだりして、あげくにマンガ本を自費出版するような不良労働者が快かろうはずはない。ごく自然に失業者となり、マンガに専念するつもりが、つい所帯を持ち、渋谷を追われて、調布の多摩川べりの田んぼに囲まれたアパートに落ち着いた。

落ち着いたなどと言っては、迷惑をかけた親や友人に申し訳ないが、三十歳に近づきつつある時期に、失業者で妻帯者で尚かつマンガ青年である自分が妙にいとおしかったのだ。思えば出郷の折から付いて離れることのなかった緊張と不安と苛立ちから、解放されたささやかな一時期だったのかも知れない。やがて失業者は、恐れ多くも父親となり、ほとんどいきなり週刊誌の連載が始まったりして、再び葛藤の渦に身を置いている。

全ては成り行きで仕方のないことだが、眺めれば、ひと抱え程の作品集と三人の子に取り囲まれていた。失業中は、昼間っからプラプラしていて御近所の白眼視にあい、今は、仕事明けのウツロな顔で田んぼのへりに座ったりしていてやはり御近所の奇異な視線を浴びている。変わりがないと言えば、飯場の万年床のみの領分もそのままだ。仕事机のみが、ボクの完璧に所有し得る場所になっている。布団は借り物だったが、机は買った物なので、その差にわずかな進展を見出せるかも知れないが……。なぜボクは、臆面もなく栄光の労働歴を書き綴っているのか？　それは、「内容はともかくパワーが凄い」といった評価が定着しつつある事に閉口して、自ら肉体派宣言をするヤケもあるのだが、実は、ボクが体験したあらゆる肉体労働よりも、マンガ家業が過酷な肉体労働であったことに愕然としているから、なのだ。

十代最後のある夏の日、ボクは、神奈川県某所の巨大な団地建設現場に居た。端の人間が豆つぶ位に見える中央広場に、一本の下水管を通す仕事だった。勾配をつけながら真直ぐ掘れ、と指示して親方は去った。ボクは、諦めと意地と相半ばした気持ちでツルハシを振り下す。スコップではねる。体ひとつがやっと入る溝をモクモクと掘り続ける。灼熱の太陽と吹き出す汗で、遥か彼方のゴールがユラユラ揺れていた。ツルを打つ！　スコを刺す！　それを延々と繰り返す。作業は単純だが、気分はそうではなかった。

現在の自分を考えると、その光景がまざまざと甦ってきて、ムッとさせられる。

俗悪の神

エルヴィス・プレスリーが死んで八年が経つ。今年は生誕五十年らしい。

プレスリーが大好きだ、といって賛同を得た経験はほとんどなく、たいてい厭な顔をされるので外でいわないようにしていたのだが、三十歳を過ぎたころから相手の拒絶反応をむしろ楽しむようになってきた。そろそろオジサンの諦めといやらしさが現れはじめているのかも知れない。散歩と読書が趣味だと答えて話が弾まなくなる場合と似ているが、プレスリーを話題にすると決まって、ちょっとした沈黙のあと「どこがいいの?」と返ってくる。明らかに〝趣味悪いぜ〟といった調子なのだ。同世代が一番露骨に反応する。ずっと年配の人や若い人達は、知らなかったり無関心だったりでそもそも話にならないのだが、三十代は圧倒的にビートルズ世代なのである。「どこがいいの?」とマユひそめられても、生理的に厭だという人と似たような感覚で生理的に好きだとしか答えようがないが、結論からいうと、ボクにとってエルヴィス・プレスリーは『俗悪の神』なのである。〝世界のアイドル〟〝ロックの王者〟などのキャッチフレーズはボクにはどうでもよく、小学生のころ、彼のデビュー時より少し後年にパット・ブーン、ポール・アンカ、ニール・セダカ、ハリー・ベラフォンテなんかと同時に聴いて、薄気味の悪さが他と違っていると気になったのが出会いで、以後ずっと怖い物見たさの自覚を引きずったまま聴き続けていたようだ。〝偉大なる田舎者〟〝下品の極致〟そんな言葉で納得できるようになったのは、いわゆる芸術的な一枚マンガから転向して、戯作に目覚めたころからだ。温泉を舞台にした艶笑騒動譚がまとまり始めるころになると、自分の仕事が一貫して人間の卑俗さから出発している事があきれるほどよく解かる。品の悪さ、いやらしさもあそこまでいくと見事だね、と話してもプレスリーファンにも通じないし当人も厭がるに決まっているが、屈折したラブ・コールなんだとご了解いただきたい。どうもボクは、芸人の芸人らしさを見世物臭さで評価したがる傾向があるようだ。といっても見世物そのものはやはり見るのが辛い。太かろうが飾ろうが全ていいのだが、たとえば「THIS IS ELVIS」で生涯を二時間で見たりすると、人の一生はかくもグロテスクなものかと考えさせられてしまう。キラキラの少年と一人で歩けない状態なのに舞台で見栄を切り続ける中年男を並べて見るのだからことは残酷だ。西欧で天使と悪魔の対比がなぜ発想されたのかがよく解かるというものだ。もはや屍体を思わせるラストコンサートのプレスリー。その痛ましさを見ぬフリをする観客の歓呼が悲しいし、尚商売を続ける取り巻きが恨めしい。

さてプレスリー五十歳。十二枚組の「ゴールデンシングルズ」と未発表テイク多数を含む六枚組のLP「ゴールデンセレブレイション」が発売されたのがなにより嬉しい。未発表作には資料的価値しかないのが常で、期待しすぎてはぐらかされた印象ではあるが、それでもやはり、プレスリーをプレスリーたらしめた二十歳前後の声にはゾクゾクさせられる。中性的な声だとつくづく思う。腹の底から発声するのは当り前、心で歌う歌手など掃いて捨てるほどいるが、若きエルヴィス・プレスリーは腰で歌う。腰の辺りからツルツルしていてちょっとネバる声を弾き出す感じが、なんとも形容しがたく美しい。

幻《まぼろし》温泉

湯の花ひとつフワフワさいたよ
ユラユラゆれたよ湯の花ひとつ

お湯に身をゆだねた無防備な少女の図だ。観光客よりも土地の少女が似つかわしい。それ自体は、まさに天然の美、あるいは温泉情緒や温泉美学の世界であるが、近景に中年男を配すると一気に艶笑の領域にズリ落ち、その横に吊目の女を持ってくると騒動の始まりで、遠景に観客を置くと美の求道から下世話な人事へと暗転し、もうひとつ距離をとった人を描き込むと、そこはもう生臭さとさりげなさの同居した日常だ。つまりは物語なのである。

個体の究極を求めるだけでは疲れてしまうし、それが世の中さと投げ出してしまうのも物足りない。では中庸か？　中立国に生産はあるか？　ほどほどに明日はあるか？　中途半端に積極性はあるか？　ウム、弱った。弱った魚は目で分かる。徹夜明けのマンガ家も目で分かる。立場を迫られたボクは知らん顔をする。そして深夜に日記でグチて、女房を起こして自慢する。だって仕方がないだろう。多様さこそが人間の本質だ。求道と認識を行ったり来たり、またはグルグル巡るのが作家の実態だろうから。それに付け加えるならば、地図作りの測量技師の忍耐がボクの態度だ。そして、なしくずしで苦汁をなめるのが生活というものだ。

辛さ苦さが浮世ならどうにかなるのもまた浮世。疲れもゴタクも湯に流せ。そうしてボクは温泉物語を営々と描き綴るマンガ家となった。その創造の九鬼谷《くきたに》村は、裸にむいて笑いとばすのが流儀らしいから、人によっては要注意の温泉だ。

九鬼谷の千両万両の湯船の中で
人の愚かさ賢さが
肩を並べて笑ってござる

ボクの温泉に対する思い入れはこのうたい文句に尽きている。人間はやはり人間が一番面白い。人と物、人と事件、人と人との関係の糸を眺め、切ったり繋いだりしているとおのずと個人像は浮かび上がってくるものだ。だから関係そのものが面白い。中でもお互いの意志がぶつかって葛藤を生み易い「人と人」に魅力があるが、尽きない興味となれば「男と女」に止めを刺しそうだ。心理の綾がね、とごく一般的に済ますべきところかもしれないが、近ごろそれでは割り切れない。あんがい心理の問題はとっくに解決がついていて、「尽きない興味」の秘密は、肉体の構造により大きな比重で隠されているんじゃなかろうかと疑問がわく。オジサンの仲間入りをして夢を失ったのだろうか、肉体の描けてない心理劇には欠伸《あくび》しかでてこないのだ。

人の出入りの繁昌はドラマの数に見合っている。山深い湯治場も秘湯の類も悪くはないが、猥雑丸出しの歓楽温泉もそう捨てたものではない。繰り返しになるが、聖も俗も同居してこそ人間だ。オットこれでは語弊が有る。秘湯が聖で大温泉が俗だとするのはあまりに短絡しすぎている。全ては行く側見る側の気持ちの有り様だろうから。だからボクの中の気まぐれや色んな種類の人たちを引き受けてくれる器がまず欲しい。

従ってボクの理想の温泉は、秘湯から国際観光ホテルまで備えた温泉郷だ。北九州は小倉の出身なので、すぐ思いつくのは別府だけど、およそ温泉に関するモノで無いモノは無い、と云われている別府八湯では、舞台としては取り留めが無い。伸縮自在は創作の特権、らしさのエッセンスでもう少しこじんまりまとめたい。青春物語の舞台は「山と川のある町」と夢見ていたこともあり、最もピタリときたのは、熊本、大分両県にまたがった杖立《つえたて》温泉だった。友人になにげなく案内されたのが良かったのだろう。日田を振り出しに天ヶ瀬、宝泉寺、筋湯と巡り、九重を横目に阿蘇内輪の雄大な平野に仰天した後、小国の山合いに湯煙りに包まれた杖立を眺望した一瞬間、絶句をもって一目惚れしてしまった。日本一の山は阿蘇山、日本一の草原は九重高原、天下第一の湯は杖立温泉である、と暫くの間キッパリと吹聴して歩いたほどだ。

計画して期待して行った温泉のことごとくに失望させられた事を考え合わせると、旅の良し悪しは、旅行者の体調と設定に決定されるのがよく解かる。食い物の旨いまずいもたぶんそれだ。鎮痛剤や消化薬をポケットに忍ばせた職業旅行家や職業卑しん坊《グルメ》を発見したら迷わず石で打つがよい。

形どおりの家族旅行、「気乗りしない」と一言余計が慰安旅行、深く追及されたくない新婚旅行、赤面モノは作家気どりの温泉宿、青春という名の湯治、遠出ついでのひとっ風呂、まだ生きておったか同級会、涙にゆすれた宿灯《やどあかり》、ボクにも色んな温泉体験があった。

近頃では、仕事を忘れるための温泉行きで、サッパリ目的がない。古来よりそれが最大の温泉効能なのだろうから、ボヤッとするのが目的と云えそうだ。取材と銘打つこともあるが、ボクの場合、調べたり求めたりはこれというほど形を成さないのが常だ。通り過ぎた時間は、厭でも作品に生きてくるとタカを括って放っている。そうして各地様々な温泉に材を借り、ボクのフィルターを通して小倉風温泉に再生する。人と環境は、これまた抜差しならない関係にあるのは自明の理。ボクが描こうとしているのは、小倉人の蠢《うごめ》く北九州の風土なのだろう。その幻温泉は未だ建設中である。

やがて全てが遅すぎる歳になったら、ボクは、自分の作った温泉の片隅に棲まわせてもらい「月の庵」と名付けたその小屋で、静かに物語を綴りたいと思う。

九鬼谷温泉《くきたに》

国見の峠で見渡せば、流れる雲間、山間《やまあい》遙か、秘《ひそ》かに浮かぶ桃源郷。豊前《ぶぜん》は小倉の南端に怪しく踊るユートピア、九州の名湯、日本の迷惑、九鬼谷温泉。夢見がちな愚か者が漫画誌上で七年間に亙《わた》り建設中の幻温泉だ。

好むと好まざるとに関わらず、時間と量が人をその道の専門家にする。ボクをも温泉の関係者に数えてくれる人もいて、有難いことだが冷や汗ものでもある。まず誇れるほどの温泉経験がない。そして、納得のいく温泉に当っていない。よくよく考えると旅館ホテル業務そのものにさほどの好感を持っていない自分に気付く。この辺は、子供の頃、父親が商人宿に関わっていたことや、「スミマセンが泊まらせていただきます」という卑屈さから出ていけない性格的なものもありそうだ。

では、なぜ温泉か。調子が悪い時にボクはどうするか。仕事机の整理と入浴である。徹底的にやらねば気が済まぬという訳ではなく、それをやったという気分が大切である。

ひと仕事終えて区切りがついた時の第一声は「ああ、終わった終わった、温泉にでも行きたいなあ」である。半年に一度、農閑期にひとっプロの感覚で家族で温泉に行くのが、このところの習わしになっている。これも、仕事机から何日かだけでも離れたという事実が大切なだけで、温泉地を好ましく思ったことは、悪いけど、少ない。だから、かくありたい理想郷を描き続けているのかもしれない。創作には理想を追うところもある。その部分でのみ語れば、女や人間関係にも、それを求めていると言えそうだ。

自らの意志で行った温泉の初めは、青森県下北半島の下風呂《しもぶろ》温泉だった。高校時代からの友人と二人で東北旅行に出て、車中泊を除けばその第一夜であった。子供の頃は温泉の退廃ムードが厭だったが、だんだんと作品に書かれた温泉や舞台に憧れるようになり、たまらず出掛けた旅だった。二十二歳、飯場暮らしの発電所ボイラー配管工、過酷な肉体労働者で気分はすっかり女学生なのが可愛い。書きたくないことだが、田沢湖線小岩井駅では「わたくしはずいぶんすばやく汽車からおりた」が雲はギラリと光らずに駅員がジロリと睨《にら》み冷や汗がタラリと落ちた。

浸《つ》かった湯を列記すると、青森は下風呂、焼山《やけやま》。秋田の後生掛《ごしょがけ》。岩手は繋《つなぎ》、花巻《はなまき》。群馬に下って川原湯《かわらゆ》、伊香保《いかほ》。神奈川では箱根湯本、堂ヶ島。静岡は修善寺《しゅぜんじ》、長岡、熱海、蓮台寺《れんだいじ》、松崎、土肥《とい》。西日本に飛んで兵庫の宝塚、有馬《ありま》、湯村、城崎《きのさき》。鳥取は岩井、三朝《みささ》。島根に入って松江、玉造《たまつくり》。山口は湯本、川棚《かわたな》。故郷福岡では一ツもなし。大分では別府《べっぷ》、日田《ひた》。これで全部だ。ダブっている湯が何ヶ所かあったり、他に写真取材で歩いた温泉が幾つかあるにしても、温泉漫画を看板にしている割りには貧しい量だ。このうち思い出すのは八幡平《はちまんたい》の後生掛温泉。現在はどうなっているのか知らないが、二食付きで毛布を一枚借りてオンドル小屋に泊り、一泊九百円くらいだった。硫黄の臭気に包まれた谷に木造の寝屋、浴槽が四ツか五ツかある共同浴場、ムシ風呂のある浴場、それに事務所兼食堂などが今にも崩れそうな様子で張り付いている。裏手は賽《さい》の河原のように荒涼たる風景で、いやがうえにも他所に来たという旅のムードをかもし出していた。車中の一泊、恐山《おそれざん》のこの世の果ての演出、本州最北の湯、プレハブ飯場のような旅館の汚れ放題の湯と続いて、次はどうしようかと思案の末、夜の八時頃やっとたどり着いたのが後生掛だったので友人もボクも無口になっていた。その後、有名観光地の大旅館に失望し続けて改めて後生掛が貴重な体験だったと思うようになっている。いずれの温泉もマンガの背景として使っているが、たくさんお世話になっているのは熊本の杖立、伊豆の松崎、兵庫の城崎があげられる。

九鬼谷温泉は、北九州の隠れ湯が作品の量と共に発展してきたものだ。おそらく完成はないだろう。永遠の未完成である。

いつでもおいでよ、疲れた人あれば。ひとこと言えばいいよ「故郷の空が見たい」と。ここはいつでも花ざかり。噂《うわさ》の少女が紅さす前に。いつでもおいでよ、淋しい人あれば。ひとこと言えばいいよ「いい夢が見たい」と。ここはいつでも風の舞い。噂のアバズレが鍵かける前に。いつでもおいでよ、悲しい人あれば。ひとこと言えばいいよ「父の背にふれたい」と。ここはいつでも火の祭。噂の侠客《きょうかく》が旅立つ前に。いつでもおいでよ、苦しい人あれば。ひとこと言えばいいよ「母の歌がききたい」と。ここはいつでも湯の宴《うたげ》。噂の小僧が酔いつぶれる前に。いつでもおいでよ、オレがいるよ。いつでもおいでよ、金持っておいで。

便所にまつわる

二十二歳から四年間、渋谷区内の設備会社に勤めていた。ビルを除いてほとんどがビニールパイプだったので、それまでやっていた発電所の配管工に比べて楽だったが、他人の便所を扱うという厄介があった。新築の上下水道設備が主な仕事で三割ほどが修理にあてられていた。汲取式から水洗式への改造、浄化槽や下水の詰まりなどでは雲古の臭いに包まれて作業しなければいけない。場合によっては触ることもある。大小便というのは自分のものでも可愛くないのに。

食べる、出すは同等であるはずだが、テレビや雑誌の食事シーンに、あれは雲古しているのを見せているのと同じだと云うつもりはないし、排便を人に見せて平気という所まで人間が出来ていない。排便はなにげなくしたいものだと思う。共同便所が未だに苦手だ。混んだ所がよくない。後ろに並ばれると出ないのだ。小便したふりをして一旦譲って、空くのを待ったりする。大便はもっと厭だけど、デパートみたいに掃除の行き届いている所だと割りと平気になった。お互い様だと分かっていても他人の臭いが面白くない。洋式はできたら避けたい。不慣れの不安に、これまた慣れない箇所での見知らぬ大勢との間接的接触にゾッとさせられる。

公衆便所は日常生活から距離があるからまだしもだが、アパートや飯場の共同便所は他人が近くて濃い。飯場を出て部屋を探すとき専用便所を第一条件にしたほどだった。田舎の旅館なんかで汲取式便所に出合ったりすると、懐かしさもあるが、嫌悪感の方が勝ってしまう。汲取が当り前で、雲古にも肥料としての生き方があり、土への還り方があった時代なら納得の仕様もあったが、今ではただ、臭い汚ないだけの早く忘れたい時間でしかない。水道屋稼業の反動でことさら他人の雪古を厭がっている訳だけど、この〝臭い汚ない〟が〝美しい〟に変わるのを恐れる気持ちもどこかにある。美と醜は表裏だ。美しさと醜さの同居、対比なしに感動はない。早い話が裸の排泄器、性器である。何が早いのかよく分からないが、思い出すのは小学生のとき見た便所の落書きだ。昆虫採集の途中で森林公園の朽ちかけた便所で見た「オメコの図」から未だに逃れられないでいる。土壁の壁面に三個、赤チョークで描かれた巨大な女性器がガッパと鎮座していた。あれこそ恐いもの見たさの極致でなかったろうか。臭い汚ない美しい、を象徴するような図画であった。嫌悪が憧憬に変わる可能性だってある。その伝で、もしかしたら便所愛好家にも成りかねない自分を警戒しているという話。

物事は深く追及しない方がいい場合もある。たとえば雲古の行く末だ。流して知らん顔も無責任な気がするが、追っかけたりすると化学的には処理できていても心理的に処理できなくなって川や海で遊べなくなる。水洗レバーで引導を渡してそれっきりだが、器具は丁寧に扱うよう心掛けている。いかに頼りなく取付けられているか、修理がいかに大変か、またいかに修理代が高いかをよく知っているから。

　学校の大便所というのは一貫して恐ろし恥ずかしの密室だった。小学三年のとき、当番で義務以上の大掃除をやって誉められたが、どうすれば大人が喜ぶか計算ずくでやったことだった。便所恐がり少年は厭味な少年でもあったのだ。学校の便所が嫌で家に帰る途中我慢しきれずもらしたこともある。股から血を流しながらゴールインした女性ランナーは拍手で迎えられたが、雲古を挟んで戻った少年は怒られた。そうとう笑われたりしたから、かなり高学年だったのだろう。本当はよく覚えているがテレ臭いので学年は書かない。以後、我慢できない事態が二、三度あったが、ドキドキしながら畑で済ませた。麦穂の間に広がる青空が綺麗だった。美しい思い出だ。野グソというのは中々の爽快さがある。十年ほど前、帰省の折に夜景を眺めに登った山で、町全体を便器に見たててやったのが最高だった。そのヴァリエーションで三回作品に描いたほどだ。

　高校三年になってたった一回だけ純粋に大便所を使った。不純には喫煙用に時々使用していた。まずい煙草だった。文化祭の準備で泊り込んだ夜「そういえば一度もしたことがない」という話になり、未経験者が打ち揃ってそれぞれの個室に座ってみたのだった。今思えば損したような気がする。月謝払っていたのだから思いっきり使っておけばよかった。「このウンコたれが！」などと皆に言われて少しは女性にもてていたかもしれない。男の便所の素っ気なさに比べて女はどうだ。周囲に雪古をしに行くぞという気構えが要らないようだし、出すだけでなく股になにか挟んだり突っ込んだり、泣いてみたり手紙読んでみたり、その手紙を破って流したり、便所の鏡に向かって顔をつくりながら何度目かの愚かな決心をしたり、フル活用だ。あんまり色々すると便所の神様が怒るよ。

やはり帰省中のことだ。十八歳の夏休み。高校時代の延長で仲間達と川原でキャンプを楽しんでいた。釣りをしていて急に催して近くの小学校に駆け込んだ。無人の学校、薄暗い便所、焦ってバンと開けると女がビックリ眼で座っていた。細い叫び声と共に閉められてしまったが、一瞬のうちに尻が眼に焼き付いた。女の尻の白さにほとんど感動していたようだ。下していたのはモンペだったような気がするが、いや、彼女は田舎の小学校の美人新任教師で、当直の極度の緊張感から鍵をかけ忘れていたのだ、と、好みの脚色をして時々思い出す。

便所はやっぱり秘密の空間ですよ。

川は呼んでいる

川に会いに行く。机にへばりついてB4の紙にコマを埋める作業の繰り返しに疲れてくると、頭の中を川が流れ始める。川が呼んでいるような気がする。呼ぶのは人によってさまざまで、ネオン街、霧笛、芝のグリーン、知らない町、異性の肉、ご先祖様だったりするわけだけど、ボクの場合は昨年から奥多摩になった。もう一か所、西伊豆の松崎が気に入っているが、こちらはちょっと距離がありすぎるし、今年の七月に醜悪な大ホテルが浜辺にオープンして、呼ぶ力が弱まった。

長い間、地図の上の多摩川に憧れていた。なかでも秋川は、長篇マンガのヒロインの名字に使うほどの思い入れをしていた。三年前に檜原村本宿から武蔵五日市まで歩いたが、今のところ、再び行ってみたいという気にはなっていない。期待が大きすぎた。十年前に住まいを調布に選んだのも、多摩川が近かったからだ。水辺に近づきさえしなければ、この辺の疲れて見える流れの風情も、そう悪くはない。

西の出身者は神奈川県寄りに住む傾向があると聞いた。自分の足跡を照らしてみてもそうだ。ざっと中央線で東西に分けてみると、東に足が向くことは少ないし、たまに上野近辺に行くと東北のにおいがして落ち着かない。旅行者の不安を抱え込んだ気分になるのだ。ふた昔前、上京したての身には、多摩川は安心と共にはっきりとした境界線の意味を持っていた。つまり、多摩川を越えれば、その先に故郷があるという感傷だ。九州行きの列車で鉄橋を渡るたびにホッとすることが幾度もあった。近ごろでは逆に東京に入ると安心する。住めば都というものだろう。いつまで経っても好きになれないが、なんとかごまかしながらなじませるだけの時間は積んだ。考え込むユトリなどまったくない状態で仕事が回転し、子供もふえた。

昨年夏、多摩川を知るためには、奥多摩の玄関らしい青梅線の終点、奥多摩駅に、とりあえず行ってみるのがいいだろうと思い、モタモタと電車を乗り継いで行ったのが最初だ。小ぢんまりとした氷川《ひかわ》の町を散策して、ここだと決めてリュックを降ろしたのが多摩川本流と日原川《にっぱら》が合流した地点、氷川キャンプ場だった。そして、この一年のうちに四度、都合十泊して氷川町で過ごすことになってしまった。たいした数字ではないが、何事にも不満の多いボクにしては珍しいことなのだ。よほど町に気分が溶け込んでいるのか、歩いているとハイカーやドライバーに道を聞かれたりする。「一本道ですよ。まあ三十分でしょうか、お気をつけて」などと土地の人に化ける気分もおもしろい。あげくに、ここなら住んでみたいという話さえ出るようになってしまった。冬のキビシサを見るために、今年は冬休みにも出かけるつもりでいる。

行楽気分だけで川を考えてみる。水質、水、量、景観のうち、多摩川で問題なのは水質だろうか。いくら元が良くとも流域人口五百万といわれているから負担が大きすぎる。奥多摩あたりでは見た目はよい。生活排水が二百メートル置きくらいで流れ込んでいるが、なあに支流の小滝さと無視していっぺん飛び込めばすぐに忘れてしまう。ボクの場合、泳げるか？　釣りができるか？　飯ごう炊さんができるか？　の三ツと、鉄道からそう遠くないこと、全部を満たしてくれるのが最良の川だ。結果、多摩川が一番になってしまった。

川が大好きで、有名な渓谷や川のある風景を割りと見てきたが、たとえば御岳渓谷の渓谷美もさることながら、川幅の広さ、水量の豊かさに比してのあの透明度は、他では望めないものだ。難点は、五十メートル泳いで一年分の運動をした気分になり、釣りといえば相手が何であれピンポンウキしか使わないボクのような素人では、とてもこなせる流れではないことだ。視角的満足という点では、少し上流のダイナミックな鳩ノ巣渓谷も、日原川のシャープな流れも同じで、Ｎｏ・１河川多摩川のなかでも最良の場所は、やはり本流と日原川の合流地点という結論になる。ここの河原は、体のすみずみまで納得させてくれる。

目的地に着いて、最初に目に入る流れは、キラキラと少しおどけて「よく来たよく来た」と語りかけてくれ、一日遊んで、崖を登り切って振り返ったときの流れは、夕暮れの中にピカピカと信号を送って「また来いよ」といってくれているような気がする。

奥多摩

ヤマメに恋をしていた。山女という漢字も歳をとるごとに良いと思うようになっている。九州ではよほどの山地でないと、この魚は居ない。長いこと図鑑でしか知らなかった魚で、ボクにとっては幻の魚だった。それが、昨年の八月二十九日、水泳に疲れて、なにげなく振った竿に、こいつがかかってしまった。十センチほどの幼魚だが、エサを流すたびに喰いついてくる。幼魚だから簡単に釣れたのだろう。今年の夏は、ハヤに混ってやや大型のヤマメもあげた。なるほど魅力的な姿、形をしている……が、なんだか醒めてしまった。顔つきが獰猛《どうもう》そうなんだ、この魚。山の女は、見境いなく喰いつきすぎるよ、と批判的意見も持ったりした。エサはイクラだ。マーケットで、五百円くらいのパックを二ツ買っていく。おかげで、もともと値段に好感が持てず馴染みの薄い食い物だったイクラに、このごろますます箸が出ない。魚のエサだ、あんなものは!

山女さんとの初対面もあって奥多摩、氷川町が気に入っている。温泉旅行の出費と疲労に嫌気がさして、近場で安くあげようという、やや後退的気分で遊んだのが、始まりだった。温泉はブームが去ってから、ついでに食ブームも消えてから味わえばよい。〃東京の奥〃散策計画を企てたのは二年前だが、とりあえず降り立った青梅線の終点（土地の人には起点だけど）に、いっぺんで参ってしまって、東京の奥アチコチ見て歩きは、もろくも崩れて、氷川町に止まったままだ。山と川があるだけの町だが、この辺が重要で、ボクにとってのドラマの舞台は、山があって川があって、見渡せるくらいの町でなければならないという思い込みがあり、この三ツに氷川町がピタリと合ってしまったわけだ。盆地のような独立性があるほうが、なお望ましい。見渡せるくらいの町というのは四、五年も暮らせば住人の顔くらいは見覚えられる量で、人間の個体と集合体の関係が解り易い広さ、という意味だ。つまり、現代日本の社会の縮図を鳥瞰するには、社会として機能している最低限度の大きさが必要で、それが、町内でも市でもなく村か町か、ということにボクの場合はなる。社会が在って個人が在る。個人が無くては社会も無い——。この〝当り前〟を描こうとしております。「当り前田のクラッカー」は、プールの帰りに食べるのが一番うまかった。二十円！

唐突に三十年代に戻ってしまったが、人間は子供時代の感動から、そんなに遠くへ行かないものだと、このごろつくづく思う。むしろ近づけて追体験して幸福にひたっているような所がある。男は、いつまでも子供だと、オバサンから言われたりするのもその辺だ。

趣味、飯ごう炊さん！　以前、趣味は散歩と読書だと言って会話が弾まなくなることがよくあった。今度は、たいていの人は沈黙する。小学生時代、飯ごうを持って山や川に行くのを最良の時としていたが、今、奥多摩で二十数年ぶりにそれをしている。本当はテントを張りたいのだけど、子供が小さいし、旅先では風呂がほしいので、旅館に泊まっている。朝食が済むと、釣り具と炊事用具を持ち、夏ならば泳ぐ準備もして日暮れまで川原で遊ぶ。夜は、散歩に出て、ちょっと喫茶店で休んだりそこで買わなくてもいいような茶わんを買ったり、三百九十五円などという不思議な値段につられて三枚組のパンツを買ったり……たわいのない時間を過ごしている。

この夏は、一日、日原川上流の鍾乳洞まで足を延ばしてみた。日原鍾乳洞は、山口県の秋芳洞や小倉の平尾台でいくつかの洞を見てきている身には、単なる穴でしかなかったが、その入口近くの川が良かった。水無し川というのを初めて見た。ついさっきの下流域ではゴーゴーと音をたてて流れていたのに鍾乳洞の前は、何百米かに渡って川底を露出させている。音はすれども姿は見えず。上にマス釣り場もキャンプ場もあると教えられ、行ってみると川があった。水量の少ない時期には少しの区間、地下をもぐっているもののようだ。旱魃《かんばつ》で乾上った川なら見たことあるが、こんなのは知らない。中国では日本にはないような大河がある所まで流れて砂漠に忽然と消えるような例もあるらしい。沢の何百メートルかが消えたくらいで驚いてはいけないのかも知れないが、それにしても奇妙な光景だった。

奥多摩の旅館まで歩いて帰ることにした。約十二キロ。四人の子を連れた行軍で、よほど悲惨に見えるのか、ときどき車が止まってくれる。どう映ろうとこっちは楽しんでいるのだから放っておいてほしいと思う。日原村には、開店準備中の感じの珍石店があった。山の斜面にへばりついたような小さな村に、〝孤独の頂点〟とも〝究極の趣味〟とも〝無常の王道〟とも言える、あの珍石世界がなぜ？　観光客や登山客相手で商売が成り立つのだろうか？　マニアが聞きつけて遠くからやって来るのだろうか？　値はつけてあるが、もしかしたら売る気など無いのだろうか？　ここの主人は、この村で孤立するのではないか？

暫く眺めながらアレコレ詮索していたが、一瞬、T先生が脳裡を過《よぎ》って、考えるのをやめた。山も谷もあくまで深い。

子連れの十二キロはさすがに遠かった。三時に出発して旅館に着いたのは七時半だった。荷物は肩に食い込む、日は暮れる、子供は泣きだす。あの山の向うが町だからと何度はげまし、期待したことか。行けども行けども山の中。

急に視界が開けて、氷川町の灯が見えた。霧に包まれた谷の底で、呼吸をしているような光の群れを眺めながら、やがて自分は、ここに凄むかも知れない、と思っていた。

渓谷にて

川が呼んでいる。休みが近づくと頭の中を様々な水の音が占め、体が波の揺り籠を懐かしがる。そして、釣り具と飯盒炊さんの道具の点検から、旅行の準備が始まる。

春休み、五月の連休、夏休み、冬休みと、子供の休みに合わせて旅行に出る。夏は、七月に海水浴、盆に里帰りのこともある。小学四年を頭に四人の子を連れて動くから、ちょっとした移動も、大旅行の気力と体力が要るようだ。旅の終わりは、駅から家まで「やっと帰って来たね」「さあ着いたよ」「調布が一番いいねえ」と、六人でワイワイ言いながら戻って来て締めくくる。それが言いたいがために、また出掛けるわけだ。

千葉県は夷隅《いすみ》郡大多喜町、養老温泉民宿「さかや」の湯舟に浸って落ち着いたのは、五月二日の夜、九時半だった。家を出たのが午後三時だったから、距離の割りには時間がかかっている。

東京駅から内房線特急で五井《ごい》まで四十九分。五井から養老渓谷まで小湊鉄道で一時間四分だ。五井は、十七年前に一年間暮らして良く知る所。その気安さもあって、新宿から快速や普通電車を乗り継ぎながら、空いた電車を待ったりしてノンビリ行っていたら千葉着が六時になった。五井まではすぐだけど、単線の小湊鉄道でも思わぬ時間をくってしまった。とりあえず乗った電車が牛久止《うしく》り。牛久のホームで養老渓谷行きを待つうちにとっぷりと日暮れてしまった。

ちょうど田植えの真っ盛りで、小湊鉄道は、水田を突っ切るように、カエルの声援に送られるように走っている。正確にはカエルの恋愛を邪魔している。

米の減反政策がウソのような、見渡す限りの水田だ。日本人の米離れと貿易の自由化が進めば、このあたり前の風景が無くなる。春にモミを蒔いて秋に収穫という永年のサイクルは、日本人の精神形成に根底から関わっているはずだ。ある時、国策として、農耕民族を棄てた。工業化社会として大きな成功もしたが、抱え込んだ問題も小さくはなかったはずだ。矛盾を孕んだまま進むしかないのかも知れないが、せめて米くらいは、自国で生産できないものだろうか。田んぼが完璧に無くなれば、その時、もう一度日本人が大きく変わる。それが怖い気がする。せいぜい米をたくさん食べて、ささやかな抵抗をすることにしよう。

それにしても、上総が米作地帯であることを初めて知らされた。五井に住んでいたものの、姉ヶ崎火力発電所のボイラー配管工として海岸近くの飯場暮らし、不本意ながらのやや拗ねた青春を送っていたので、どういう地域かゆっくり周りを眺めたことがなかったのだ。実をいうと厭な思い出も多く、改めて行ってみる気になるまでに十七年間の経過が要ったわけだ。そんなこんなの苦い思いも乗せて、列車は闇を行く。車窓にポッカリと満月が浮かんでいた。

世間では、海外旅行ブームらしいから、近場は案外空いているだろうと、誤算からスタートした旅だった。二週間前に電話してみたら、三日と四日は温泉中の宿がいっぱいで、仕方なく二日の一泊に変更して、あと二泊を木更津で探した。こちらは潮干狩のピークだ。役場や案内所で聞き、都合四十六軒の宿に電話して、やっと決まったが、予約の電話だけで疲れてしまっていた。今回みたいに難航したのは初めてだ。

月光いよいよ冴えわたり養老渓谷駅から温泉へ向う一行の足元を照らす。案内図には徒歩三十分とある。夜道は日が暮れぬ、とばかりに歩き出したものの、初めての土地での夜道は、やたらと遠く感じられる。まだかまだかと汗だくになって小さな峠を越えると数軒の旅館の灯が浮かんでいた。大旅館のカラオケ宴会を横目に見て、ほどなくして、目指す民宿に着いた。九時ちょうどだった。

食事もそこそこに、「教師ビンビン物語」を見たがる長男だけ残して風呂へ。古いガイドブックには、民宿は温泉を引いてないとあったから、そのつもりだったが、コーヒー色の珍しい湯だったから、長男も引っぱって来て全員で入った。含重曹ヨード食塩泉、二十度C、天然ガスで加熱と案内書にある。ツルツルした湯ざわりは食塩泉の特色か？　それにしてもツルツルの度合が普通じゃない。他の成分によるものかも知れない。色といい肌ざわりといい、たいへん珍しい湯だ。食塩泉ならばわが国では最も多い泉質で、兵庫の城崎をはじめ、ボクもいくつか入ったことがある。栃木の塩原とか「塩」の付く温泉地名のほとんどは食塩泉だ。ついでに書けば、養老温泉は広島県尾道にもあり、北海道には養老牛《ようろううし》温泉というのがある。かつて二宮金次郎、塩原多助と並んでお手本男とされていた孝行息子の源丞内で有名な養老の滝は、岐阜県の養老町にあるらしい。

その民宿は、県道に面していて、バス停「弘文洞入口」の近くだった。あんまり遅く着いて申し訳なかったのでチップを渡したら、次の朝、それに近い金額を引いてくれて、おまけに「河原で飲んで」とジュースまで貰ってしまった。チップがなんらかの生き方をしたと思ったのは初めてだ。いつもチップの制度に納得のいかない感情を持つものだが、改めて考えさせられてしまった。

宿で教えられた通り、県道を右に折れて、一部切り通しのトンネルを抜けると、抜け出た所が養老川の共栄橋だった。渓谷と名が付いてはいるが、躍るしぶきや奇岩の類はなく、コーヒー色の湯や天然ガスに関係がありそうな茶色と鼠色の混った粘板岩質の岩を、なでるような水の流れで、遠目にはなんだかベターっとした印象の川だ。五月三日は、ハヤ、ヤマベ釣り大会が開催されていて、釣り人で多くなりそうだったから、二、三キロ上手の奥養老に行くことにした。

やたらと立派な鯉のぼりが微風のせいでゾロゾロと垂れた集落を越え、砥石《といし》を積み重ねたようなトンネルを抜け、あんまり遠いようだったら戻ろうか？　と言い終わった瞬間に、田んぼの脇にベニヤ板の「奥養老バンガロー村」の標示を見つけた。あぜ道を行くと、一群の木立ちのすぐ裏が崖になっていて思ったよりは小じんまりとした河原が見渡せた。早い時間だったから他に親子連れが一組いるだけで、うっそうと繁る樹々の薄暗がりの底を、やはりベターっと川が流れている。子供の水遊びには危険がなさそうだ。

釣りと焚火に便利にして絶景の場所をすばやく見定めて荷を降ろす。石で釜を造る。子供たちはもう水に入っている。カゲロウと川ゲラの幼虫を捕えて、それをエサに竿を出してみる。深みでひざほどの、底の見える流れなので期待はしてなかったが、十センチほどのヤマベが、すぐに食いついてきた。

子供が走り回ろうと石を投げようと気にしない。釣りそのものにはさほどの熱意がない。むしろ、趣味人の本格的な釣りには反感さえもっている。木立ちに透ける空を眺め、岩を走る水の音を聞き、また水に触れ、風に包まれ、興が乗れば珍石など探して、疲れれば流木で沸かしたコーヒーを飲み、ひと時を過ごせれば満足だ。子供に釣りと飯盒炊さんを教え、夏ならば水泳も加えて、川の面白さと恐ろしさを教える。女房も含めて監督して、誰よりも遊びたいから、河原に降りると大忙しだ。二十数尾の魚は、食べるには小さすぎるので全部放した。本当は、食料以外の漁は、やってはいけないことなのかも知れない。針に傷ついた魚は、ほとんど病気になって死んでしまう。食べないのならば単なる殺りくだ。

昼すぎて狭い谷に人があふれてきた。早めに切りあげ、共栄橋まで戻り、そこから川沿いの遊歩道を下る。さすがにゴールデンウィークだ。ハイカーが後をたたず、ちょっとした広場や岩場には、しっかりと弁当が広げられている。あらゆるポイントには釣り人がいて、強引に割り込まなければ竿を出せそうにない。連休はどこも同じだ。でも、人のいない映画館で見る映画が面白くないのといっしょで、人気のない行楽地も案外つまらないものなのかも知れない。以前、シーズンオフに、大きな旅館で貸し切りの形になって気がねしたことがある。昨年暮れは、冬の河原も風情があろうと、奥多摩の御岳《みたけ》渓谷と氷川《ひかわ》渓谷で、三日間焚火をして遊んだが、これは傍目《はため》には随分痛ましく映っていそうでちょっと気になった。人が居るのと居ないのでは自然に対する恐怖心も違ってきそうだ。山でも川でも、入ってみると見た目よりずっとキビシイことがよく分かる。名からして穏やかな養老川あたりでも、人っ子ひとり居ない時だと、入る気にならないかも知れない。

五十センチ間隔のコンクリートの飛び石を渡って山道を行くと名勝弘文洞の、残念ながら跡地に出た。支流がその洞をくぐって合流していたらしいが、昨年の地震で落ちてしまっていた。かなりの規模であったことが察せられる。

ふと足元を見るとハンミョウが踏みつぶされて死んでいる。夏の山路で、人の前を、道沿いに数メートルずつ飛んで行くことから「道おしえ」とも呼ばれている、四センチほどの極彩色の虫だ。綺麗な色に似つかわしくない獰猛なアゴを持っている。

もう一度、飛び石を渡り、小さな木橋を渡ると、温泉中央の宝栄橋というコンクリート造りの太鼓橋に出た。ここから駅まで、また三十分だ。

小旅行を大冒険旅行に、ありきたりの風景を大自然に感じる方法が一ツだがある。できるだけ歩くことだ。歩いて、見て、嗅いで、触われば相手が応えてくれる。そして、その感触は永らく体にとどまる。

マイベスト10と好きな映画人　《洋画》

①ウエスト・サイド物語
②難破船
③ブルー・ハワイ
④アルゴ探検隊の大冒険
⑤太陽の下の18歳
⑥大脱走
⑦博士の異常な愛情
⑧リオ・ブラボー
⑨地下室のメロディ
⑩マッケンナの黄金

男優：エルヴィス・プレスリー

女優：カトリーヌ・スパーク
監督：ハワード・ホークス

中学生の頃、その日のうちに二度、三度と観た作品から選びました。

マイベスト10と好きな映画人

《日本映画》

①仁義なき戦い
②網走番外地・望郷篇
③ギターを持った渡り鳥
④紅の流れ星
⑤仁義なき戦い・広島死闘篇
⑥日本侠客伝・斬り込み
⑦緋牡丹博徒・お竜参上
⑧八月の濡れた砂
⑨青春の門・筑豊篇
⑩幸福の黄色いハンカチ

監督：深作欣二　石井輝男　マキノ雅弘

女優：壇ふみ　秋吉久美子　藤純子
男優：高倉健　小林旭　渡哲也

暗い青春にムカッ腹

映画は〝青春〟と同義語であり同時代ということが最大の要素です。暗い青春をしっかり物語っているようで選びながらちょっとムカッとしました。趣味や学歴を問われるのは本当は好きじゃないんですよ。

白状すれば、健さん、アキラのものならなんだっていいんです。現在でも仕事明けに、あくまでも軽いアキラや、健さんの殴り込みや、ハンドカメラがグルグル動いてハデにピストルをぶっ放すものをビデオで眺めながら心地良い眠りにつきます。危ねえなあ、オイ。

実は、邦画では『仁義の墓場』、洋画では『真夜中のカウボーイ』が最後の映画なのです。ニューシネマといわれる頃から肌合いが悪く、失望させられ続け、やがて映画館から足が遠のきました。その頃、青春が終わったのかもしれません。

映画は、スターさんで観ていたのですが、作品は監督のものでありシナリオ次第であることを教えてくれたのが深作欣二でした。いくらヒイキ俳優が動いてりゃいいったって限度があります。タイトルと内容を一致して記憶できない、なんてのは作家にとっても出演者にとっても不幸です。任侠路線にアクビをしかけていた所に、息を呑ませてくれたのが、コメカミに血管を浮かせた文太でした。深作作品の『人斬り与太』『狂犬三兄弟』から『仁義なき戦い』への開花は、私にとって最高の映画体験でした。『仁義なき戦い』シリーズは劇場で七度観ています。今も第一部をビデオで観ながらこの稿を書いてます。ビデオ屋の人に「またですか」と言われてきたばかりなのでありま す。第四部、刑務所での文太とアキラの出会いと別れで幕として、後が無かったら完璧でしたね。

女優さんは、実は、壇ふみ、秋吉久美子の主要作をほとんど知りません。顔立ちが好き、という純粋さで決めました。失礼。逆に、お竜さん以外の藤純子には興味が持てません。

高倉健、小林旭、渡哲也は、今後もしつこく見続けるつもりですが、残念ながら最近の企画は全て間違っています。映画関係の人達、なんとかしなさい。

尚、次点として『仁義なき戦い・頂上作戦』『昭和残侠伝・死んで貰います』『無頼より・大幹部』『新幹線大爆破』『男はつらいよ』をあげておきます。

ラブシーンベスト《洋画・邦画》

洋画

「ウエスト・サイド物語」

ミュージカルというのは気味が悪い。いきなり唄い出すんだもの落ちつきません。「ウエスト・サイド」以外は全部途中で出た。階段でのナンバー「トゥナイト」盛りあがりますね。さかりのついた猫みたいで気にいっている。

「ベニスに死す」

鏡の中の老いが痛ましい。若づくりした姿がなお痛ましい。美少年にとってはダーク・ボガードが単なる背景の一人にすぎない所が悲しい。

「郵便発達は二度ベルを鳴らす」

台所でのプロレスみたいなセックス・シーン。粉まみれが中々よろしい。結合部に粉がつくと滑らなくなるんじゃないかと心配したけど、メデタシ。二人はかまわず濡れてたみたいだ。

邦画

「仁義の墓場」

多岐川裕美の骨を骨つぼから出してかじる音が映画館内に響く。愛か狂気か。ワッ、そばに来ないでくれ。

「日本侠客伝　斬り込み」

芸者になって作った金で晴れの席に夫を出すシーン。健さんの斬り込みを無言で送り出す藤純子、そして冒頭の子供を田舎に帰そうとするシーン。この映画は泣けました。

「緋牡丹博徒　お竜参上」

雪の今戸橋、転がるミカン。あのミカンをワシは食べたかった。

※初出である文藝春秋編『洋画・邦画ラブシーンベスト１５０』（一九九〇年）では、映画タイトルごとにコメントが収録されたため、１５０位内にランクインしていない作品についての原稿は割愛されています。今回の収録にあたり、著者による当初のアンケート回答より原稿を構成しました。

マイベスト10と好きな映画人

《ミステリーサスペンス洋画》

「太陽がいっぱい」

分相応を生きよ、と言われているようで地中海のまぶしさが悲しかった。

「地下室のメロディー」

プールに札が浮くラストの緊張感と虚脱感がいい。マンガにいただいたほどです。東映で、片岡千恵蔵＝ジャン・ギャバン、大川橋蔵＝アラン・ドロンで『御金蔵やぶり』という映画がありました。

「大脱走」

集団劇でのキャラクターがよく描き分けられていた。チャールズ・ブロンスンの相棒のジョン・レイトンは『霧の中のジョニー』『霧の中のロンリー・シティ』のヒットを持つイギリスの歌手です。ジェームズ・ガーナーも逃がしてやりたかった。

「コレクター」

子供の頃、昆虫採集をやってました。やめて良かったと思いました。

「飛べ！　フェニックス」

ハーディ・クリューガーのオモチャの設計技師がいい。飛べ！　飛べ！　とボクも手に汗を握っていました。

「ゲッタウェイ」

ペキンパーの静けさと超暴力は素晴らしい。バイオレンスをスポーツにして爽快な『ワイルド・バンチ』、弱者が暴力に染まって不快な『わらの犬』もいいけど、やっぱり『ゲッタウェイ』でしょう。最後に逃走を手伝ったオジイチャン、お金になって良かったね。

「郵便配達は二度ベルを鳴らす」（ボブ・ラファエルソン）

不満げな人妻と流れ者の小悪党、この設定だけで不謹慎なときめきを覚えます。

「エンゼル・ハート」

アメリカ南部の血と暴力。怖いけど、なんか魅かれるんですよね。

「リーサル・ウェポン」

これでもかこれでもか、と見せ場が用意されていて満腹しました。このごろのアメリカ映画は婦人、黒人、マイノリティに気をつかいすぎて不自由な面もありそうです。

「ミッドナイト・ラン」

ロバート・デ・ニーロをせこいおっさんにしてコミカルに仕立てたのが良かった。最後はやっぱり大金をつかまなきゃあ。

※順番はありません。同点です。偏愛している一本は「ゾンビ」第一作『ナイト・オブ・ザ・リビングデッド』です。

監督

①サム・ペキンパー
②アラン・パーカー
③ウィリアム・ワイラー

登場人物が魅力的に描かれてなければ、巧妙なトリックも、ただのよくできたお話でしかありません。その意味で、ボクはヒッチコックにほとんど興味を持っていません。いらんことを言いますが。

※初出である文藝春秋編『ミステリーサスペンス洋画ベスト150』(一九九一年)では、一部の原稿が割愛されています。今回の収録にあたり、著者による当初のアンケート回答より原稿を構成しました。

十九歳の冬、伊藤整の死、オレはマンガを描かなくては……

十八歳で春だった。たくさんの人達に見送られて小倉から急行「阿蘇」に乗り込んだ。関門トンネルに入ると、感傷的気分や小倉の街や小倉の人達が、車窓に流れる灯のように急速に彼方に消え去って行った。みっともない話だが、上京することに、緊張しすぎて気分が悪くなるほど、あがっていた。トイレがふさがっていたので、デッキの手すりに摑まって吐いた。東京までは十九時間。単調に繰り返す車輪の音が「トウキョ、トウキョ」と聞こえる。気を取り直して文庫本を読み始めた。昭和四十三年のことだ。

旅の道連れに選んだのは、ジェイムズ・ジョイスの『若い芸術家の肖像』と伊藤整の『若い詩人の肖像』だ。高校の文学史では、ジョイスは新文学の旗手として簡単な紹介があっただけ、伊藤整はチャタレイ裁判の被告人として記されていただけで、二人とも未知の人だった。文庫の棚を眺めていてタイトルに眼が止まり、伊藤という人が外国の作家を真似たのだろうから、ちょっと読み比べて見るか、といった気持ちで買った本だった。ジョイスは、いわゆる意識の流れが翻訳文の堅さも加わって読み辛く、ほどなくして投げた。『若い詩人の肖像』は、「自分をもう子供ではないと感じ出した」十八歳から筆を起こしていて、スタートから身近に引きつけて読むことができた。小樽の高等商業を卒業し、中学教師となり、詩集を自費出版し、それから大学に入って上京し、父の危篤で帰るまでを、文壇を背景に文学青年の交遊や恋愛を書いたもので、まず、全篇を覆うリリシズムに酔ってしまった。そして、青年期特有の醜さの細々とした描写に、その真っ只中にあるボクは、強い嫌悪を感じつつも奇妙な感動をしていたようだ。つまり『若い詩人の肖像』の、シット深くて小心で性欲にまみれた野心家の「私」はオレだ、と。「私」が帰省列車で同席した宗教の説教師の弁舌に抑制を失って泣き出し、生きる怖れの正体の見極めを、とりあえず断ち切ってしまうラストを読み終えて、ボクは、少し苦い眠りについた。

世田谷のアパートから新橋のマンガ学校に通うボクの眼には、東京はドブ水さえもが光り輝いて見えた。せかせかとボクを追い抜いていく人々も、目的地で降ろしてくれない地下鉄の混雑も、「さ」と「ちゃう」の混じる軽い言葉も、ざるそばの食い方を知らない事を笑った店員も、全てオレを歓迎してくれていると思えた。

その頃を思い出すと決まって陽光の青山通りと『ホリディ』『マサチュウセッツ』の曲が流れてきて胸を刺す。感受性のピークは、十代の終わり頃のほんのわずかな時期にやって来ると理解するのはずっと後年になってからだ。貴重な時を浪費した気もするが、誰しも、今、この時が命のエッセンスを満喫している時だなどと自覚を持っては生きないだろうから惜しんでも仕方ない。時間は流れるにまかせるしかないだろう。

東京の輝きは、一体いつまで続いたのか？　極度の緊張感が、恋愛のさ中にある者や命拾いをして生還して来た者が、なにげない物を感動的に受け止めるのと似た作用を及ぼしていたはずだから、夏までの三、四ヵ月間のことだったのかも知れない。経験は、安全を教えてくれるが無感動を確かにし、生活は、それ以上大切なものは無いが夢を遠くに押しやる。そして年齢は非情だ。この春、三十八歳で逝った友がいる。知らせを聞いて、顔を思い浮かべた数秒後には〆切りを気にし「死ねばそれまで、生きている人が大事」と口にして、もう一度寝直した。その事を少し年長の友人に告げると、その人は「歳をとるってことはハードボイルドだよ」と言い放った。ハードボイルドに踏み込んだ訳でもないが、上京後半年ほどで土方のアルバイトを始め、緊張と輝きは不安と苛立ちに変わったようだ。かなり明るく展望していたはずのマンガもだんだんと解からなくなり、土方の兄ちゃんに染まって行くのにそれほど時間はかからなかった。

読書は『若い詩人の肖像』が一つの傾向を決めたようである。流行も古典も貪るように読んだが、帰って行く所はリリシズムとエゴの地獄図を同居させ、方法にこだわる伊藤整と、繊細さの中に強い生命力を描いた梶井基次郎や、心地よくイーハトーブにいざなう宮沢賢治だった。

伊藤整の『小説の方法』を読み終え、未消化ながらもある光が見えたと感じ、とにかくこの人を全部読もうと決めた頃、当の作家が死んでしまった。昭和四十四年のことだ。伊藤整が死んだ、オレはマンガを描かなくてはと、落ち込みながら燃えるような複雑な精神状態にあったようだ。その死が、九州から上京した『若いマンガ家の肖像』の重要な一ページを生んだわけである。『小説の方法』に説かれた〝生命の発露〟が、自分なりの形に成り始めるのに、それから十余年の歳月が要ろうとは、夢にも思わない、十九歳の冬だった。

家族の光景

その昔、広津和郎は、散文精神を問われて、「いたずらに悲観もせず、むやみに楽観もせず、辛抱強く生き抜く精神」と答えている。この言葉がボクの心情に棲みついて十五年ほどになる。

人生流れるままに、だ。風まかせであるけれども無駄な事など何ひとつないとも考えている。誰でも自分をわりと神経質な人間だと思っているだろう。ボクもそうで、些細な感情の行き違いにネチネチ、グズグズとこだわる性質だ。こだわるけれども、人はイデオロギーでは動かず些事で成る点をたいへんに面白がって、全てを創作に生かす術を、多少は知っているので、どんな失敗も背徳行為も、全面的に否定はできない。愚かであってこそ人間だ。ある程度の事は、他人を許すし、自分はもっと許す。元来が臆病なのかも知れない。どうせそんな事だと思った、と、期待をしないから裏切られたと思う感情は小さなものでしかないし、大きな賭けをしないから大失敗もない。もちろん大成功もない。そうだ。見事に平凡な道を歩いているのだ。今後も、できたらそうありたいと願っている。

そういう波立ちのないセコイおっさんが、ざっと眺めるに、受け止めてこれはマイッタと感じたのは、四人の子供、くらいだろうか。前述のように万事無計画、作ろうと思ったわけではない。その点に関しては完全に自然主義だった。

ある時、女房が、

「自分は身も心もきゃしゃにできているので、とてもお産などできない」

と、囁いた。

次の年に妊娠した。第一子、男の子。映画や小説みたいな父親となる感動などまるでなく、ああ、こんなものかと思った程度だが、とりあえずオメデトウ、ゴクロウサン。次の年に女の子。うん、バランスがとれていいだろう。三人目に女の子。まっ、自分も三人兄弟だったし、人ってのは三人集まれば社会だから、もまれて育つのもいいだろう。四人目、女の子。さすがに妊娠を知らされた時には、またか!? といってしまった。産まれた時には、また女の子か、といった。

一度道がつけば後は通り放題。ボンヤリしてたらあぜ道が大通りになっていて呆然とする。そんな心境だ。さすがに、それを境に遅ればせながらの避妊を始めた。

一九五〇年生まれのボクの世代では、三人兄弟が圧倒的に多かった。頭数がそのまま労働力や戦力たり得た時代、避妊の技術が進んでなかった時代、人が動物に近かった時代には、人はたくさんの子を産み育てたろう。平均値に人は従えるものだろう。我慢の上に成り立っていたにしても、子供を育てるだけの生涯（特に母親は）に納得のしようがあっただろうが、資本主義社会も爛熟期を通過しつつある今、享楽と便利を知りつくし、与えられる未来にややかげりのあることを予感できる現在、子育てに確信を持つのは中々の困難を要する。統一的な見解も稀薄になり、仕事優先が大義名分でなくなり、大小兼用便器と手間賃銀行振り込みによって男の権威は失墜し、女にも人権があるようだし、そして何より、たわけたこの地価だ。

ボクは東京都調布市の多摩川べりの木造アパートに十二年居る。上下ふたつ借りているが生活は全面的に一階なので、六畳、四畳半、と台所のスペースに家族六人がひしめき合って暮らしている。百坪を目標にしていて、まだまだとても、と、グズグズしてたらパンと地価が上がって、三十坪でも考え込むような金額になってしまった。

徹夜明けでフラフラしながら見渡せば、命を縮めて働いているお父様の横になるスペースが無い。ゴミを片付けて本を枕に横になる。寝るより楽はなかりけり。う〜む、幸せ、と寝ついたころ子供にけっとばされて目が覚める。時には体量を増やしつつある女房から踏まれて起きる。黄金の右腕が折れたかと思った。右腕のみの保険はないか？ と問いあわせたこともある。

仕事をしながら見る家族の光景は、食事、ファミコン、ビデオ、マンガ読み、長女と次女のケンカ、太平楽な寝顔。よし、広くて綺麗な所に行こう、と子供の休みに合わせて旅に出る。六人で移動すれば電車も宿もギチギチだ。クセがついているのか、A寝台個室を当てがっても母親の所で重なって寝ている。一室いくらすると思ってるんだ。阿蘇、別府の二泊、寝台車の往復に三十五万だぞ。おまけに阿蘇を見せようとする親心に無理解だ。明日は阿蘇の火口に、子供は捨てられないから、怒りだけでも捨ててやる。

すれちがい

〝マンガを勉強しているんですけど、要らなくなった『ガロ』を売ってもらえませんか〟と、近所の貸本屋に申し出て、引き取り先は決まっているから、と冷たく断わられたのは、忘れもしない十七歳の冬だった。女性に交際を断わられるほどではなかったけど、苦い青春の一コマだ。一九六七年、北九州の小倉でのことだ。当時のボクは、一枚マンガを第一とするマンガ家志望者だったが、貸本劇画の臭いの強い『ガロ』と、創刊されてほどない手塚系の『COM』を、やや距離を置きながらも新人の舞台としての有り様に注目していた。それと、マンガは物語りにあらず（青さがいわせていた）、の観点から、白土三平「カムイ伝」の圧倒的な物語りに瞠目した。

翌六八年、ボクは上京してマンガ学校に通い始めている。その年のマンガ界最大の事件は『ガロ増刊、つげ義春特集号』だった。色んな場所でさまざまな人達が、つげ義春の名を囁き合っていたのを鮮やかに記憶している。

ボクはといえば、小学生の頃につげさんを好まなかった延長で、相変らず泥臭い貧乏話を描いてるなあ、といった程度にしか受け止めていなかった。おおっ、師匠になんと失礼なことを。

現在の膨大なマンガ出版の基礎は、六〇年代の末に作られたといっていいと思う。『なんとかコミック』と付けられた大手の青年誌が出揃い、ボクが目差していた『漫画讀本』は風前の燈《ともしび》で『漫画サンデー』は歴史を抱えた分だけ色褪せ『アサヒグラフ』は有力な登竜門でなくなりつつあった。つまり一枚マンガは市場が成立しなくなっていた。ボク自身も一枚モノ絶対の気持ちが薄れ、徐々にストーリーマンガの試作に比重を移していっている。暗中模索に灯を燈してくれたのは「旅立てひらりん」「喜劇新思想大系」の山上たつひこと、改めて開いた『つげ義春作品集』だった。ボロクズのように疲れ果てた身に「紅い花」が染み込んだ。

『ガロ』は七一年に「カムイ伝」が終了し、つげさんも描かなくなり、ボクと同世代の人達が中心の脆弱な芸術至上主義的誌面に移行していき、数年後には美学校系の面白主義が柱になった印象がある。その頃の『ガロ』には、友人の平口広美が関係している。

ボクは、一枚マンガの自費出版後に描き溜めた作品群の持ち込み先に『ビックコミック』と共に『ガロ』も選んだ。そして南伸坊にアッサリ断わられている。不安を裏返したような自信しかなかったボクは強いショックを受け少々腹も立てた。が、商業誌に行きなさい、といった南さんの判断は正しかったと思う。

八一年にあるパーティで長井勝一さんに話しかけられたことがある。青林堂のソファーにステテコ姿で座っておられた長井さんを思い出しながら、実は初めてじゃないんですよ、と持ち込みのことを話し始めたらプイッと横を向いてスタスタと行ってしまわれた。長井さんに対しては懐かしさと尊敬以外のものは無かったのだけど、ボクの対応下手のせいか、話をうかがうチャンスを逃してしまった。

七七年頃から『ガロ』は遠くなっていたが、その後のわずかな関わりでいうと、八二年にユズキカズの第二作目を友人の編集者に切り抜きで見せられ感心したことと、八四年にスタートした日本文芸社の夜久弘編集による、かつての『ガロ』色の強い『COMIC ばく』に参加し、成績が悪くてクビになったことがある、くらいのものだろうか。

思えば貸本屋に売ってもらえなかった時から『ガロ』とは、すれちがいのコースが引かれていたのかも知れない。

今月の絵ハガキ

小岩井農場

わたくしはずいぶんすばやく汽車からおりた
そのために雲がぎらっとひかったくらいだ

宮沢賢治の「小岩井農場」の導入部です。若き日に賢治に憧れて友人と旅にでました。小岩井駅は盛岡から田沢湖線で二ツ目、居眠りをして慌てて降り、ころびそうになりましたが雲は光りませんでした。駅から農場まで賢治の詩に添って歩きます。ドッシリと座った岩手山。豊かな森、牧場に大きな空間を作った草原と空、冷たい空気などを味わいつつ。農場では牛乳と牛肉を味わいます。これがあのホルスタインのチチ？　この肉はあの茶色い牛？　デリカシーはないの、悲しいねえ、などと嘆きつつ、おかわりをするのでした。

十数年後に子供を連れて行き、銀河鉄道張りのSL寝台車に泊りました。なんでも商売にして困ったもんだ、夢を壊してくれるじゃないの夢を、と文句並べてたっぷり楽しんできたのです。賢治を読んでも農場の空気を吸っても心は洗われていないのでした。

西伊豆

下田からバスで一時間、婆娑羅《ばさら》峠を越えると、西伊豆の松崎です。人家が目につき始め、そろそろ乗客であることに飽きたころ、夏の日差しにピカピカ輝いた稲田の向こうにボウと浮いたような松崎の町が現れます。あっ、松崎だ、と、みとめて、ときめきと気だるさが入り交じる一瞬が大好きなので、徹夜明けでも車中では眠らないようにしています。

夏の一週間ほどを西伊豆で過ごすようになって七年目になりました。七年目の浮気はなさそうです。さっき予約の電話をしましたから。松崎の南には、岩地、石部、雲見と半農半漁を営む集落があり、いずれも小さくて美しい入江と温泉を引いて旅館並みに完備された民宿があって海水浴にもってこいです。

西伊豆では、いたる所から駿河湾をはさんで富士山を眺めることができますが、ボクは、雲見の富士が一等気に入りました。入江の西側にひしめく小型漁船、松に夫婦岩、そして海上の富士山……まるで絵葉書のようではありませんか。

リンゴ

リンゴ可愛いや可愛いやリンゴ。

詩われ、描かれ、物語られることの多いリンゴだが、近年、その名ほどには食されることは多くなさそうだ。ボクなど一年に一度か二度食べるくらいのものだ。

いわせてもらえば、リンゴは改良しすぎて、失敗した例じゃないか、と思っている。甘ったるくなりすぎた。いじると後戻りできないのはいずこも同じで、リンゴの品種改悪は、今後もされ続けていくのだろう。

ボクは、紅玉こそリンゴだと信じるが、この種は虫に弱く、安値でしか取引されないから作る人がいなくなっているそうだ。津軽という品種も素朴な味わいでなかなかよろしい。

夜汽車は北へ。目覚めると列車はリンゴ園を走っていた。それが樹に実っているリンゴを見た最初で、九州産のボクには、ちょっとした感動だった。奥入瀬《おいらせ》渓流の遊歩道の木影でこっそり売られていた一コ三十円のリンゴの味も忘れがたい記憶として残っている。

漁火

冬になると温泉が恋しくなります。もちろん春には春の、夏には夏なりの、秋には秋ならではの湯の風情があります。でも第一目的が釣り、川遊び、海水浴だったりすると、ついでの温泉になりがちで、夏など、日に焼きすぎて熱い湯に入れなかったりするんです。湯も料金のうちだからと、セコイ計算をし、顔と心を思いっきり歪めて入ったこともありました。

色や匂いのない単純泉に近い湯が飽きなくていいんですが、年に一、二度くらいなら硫黄泉も悪くありません。硫黄の温泉場で暮らす人たちに申しわけない物言いになったようですが。

強烈な印象に残っているのは、秋田の後生掛の共同浴場、感傷とともに思い出されるのが、本州最北の下風呂温泉です。漁火をただ美しいと感じた頃から、かなりの時を経て、私にも少しは生活が見えるようになりました。海と闘う漁師の姿が、まず思い浮かびます。

幻のカブトガニ

五億七千万年の悠久より憂ウツを冠ってきたのか、カブトガニよ。おお、海底の哲人よ、干潟の戦車よ、波間の化石よ。二十世紀末の混迷をいかに眺めるやカブトガニよ。

カブトガニには馴染みのない人も多いだろう。瀬戸内海、周防灘、玄界灘などに多く棲息する節足動物剣尾類に属する、ややグロテスクな生き物だ。カニと名が付いてはいるがクモやサソリに近い仲間らしい。祖先は三葉虫みたいなもので、二億年前に進化を止めているそうだから化石動物の一つといっていいだろう。成体は三十センチほどの甲殻を背負い、五対のツメを持ち、一本の剣尾をつけていて全長が六十センチになる。頭胸部の背甲に単眼、複眼一対ずつの目を持っている。その点のような暗い瞳に、ボクは北九州小倉の曽根の干潟で出会っていた。

小倉ではそれをハチガメと呼んだ。カメといわれればカメにも思え、カニだといわれればカニにも見える。潮干狩で一度は出食わす変なヤツだった。

昭和三十五年ころの貝掘りの入漁料は子供が三十円。貝の種類も量も豊富で、もちろんアサリが中心だが、ハマグリ、赤貝、マテ貝、キヌ貝、カキも採れた。ハマグリをもっと丸くしたような、シオフキという貝もやたらとたくさんいたが、砂が多く美味しくないらしく採っている人はいなかった。河口近くでは、クワで異様に大きなカラス貝を掘っていた。岩場には数種の巻貝もいた。潮干狩に飽きると干潟をぴょこぴょこ跳ねるトビハゼを追い、モソモソと移動するカブトガニを恐る恐るつかまえては、不気味だの不思議だの可愛いだのと勝手な評価を与えてはしばしオモチャにしたものだ。

思えば豊かな海だった。工業地帯の海でそうだから日本中の海が生きていたのだろう。

潮干狩から引きあげてくる列の中に、必ず大型のカブトガニを下げている人がいた。食べてもいたらしいが、当時は、飾り物として甲羅を珍重していたのだ。玄関先や床の間にムスッとした感じでかけられているのを近所や友人の家で見て、ちょっとだけ胸を痛めたりしていた。昭和四十六年に繁殖地域の何カ所かが天然記念物に指定されてからは、さすがにそういうことはなくなった。もしかしたら工業化で海が痩せ、大量消費時代に突入して、天然自然から人々の興味が遠のいたためかも知れない。地元でもカブトガニのことを知っている人は少ないようだ。小倉あたりでは、カブトガニと共存できる環境が消滅して久しい。

今年の正月休みに取材がてら、カブトガニの海を確かめに行ってきた。思った通り河口も海岸線も容赦のない灰色のコンクリートで覆いつくされている。長男と二人で埋立地の荒涼たる風景を震えながら眺めて帰ってきた。

長らく忘れていたカブトガニに再び興味を持ったのは、子供の学年誌のフロクに付いていたカブトエビなる奇妙な生物を見せられたからだ。卵と称する粉を水につけておくと、ミジンコ状のモノが動きだしやがて五センチほどの半透明のエビに似たモノになる。これが近所の田んぼ（調布市）で、水が入ると同時に湧いてくるとしかいいようのない出現をする。これには久しぶりに驚かされた。驚いて引き下っていたのでは子供たちに示しがつかない。じゃあカブトガニを知ってるか？じゃあカブトガニを、とつい胸を張ってしまったのだ。一昨年の夏、帰郷の折に近くの下関水族館に行ってみた。タイル張りの狭いプールに四十四くらい入っていて、多くは日本産特有の抱合の体勢をとっている。一まわり大きなメスにオスが背後から懸命にしがみついて、いつもペアで行動するものらしいが、そのプールでは、メスが少ないのか、水槽でおかしくなっているのか、五匹も六匹も連なっているのもいた。「ホモか」などと、つい失礼な批判をあびせたりもした。今年行ってみると数がうんと少なくなっていた。風貌に似ずずいぶんと神経質で飼うのは難しいそうだ。自然に近い水槽内でも産卵しないから、早いうちに個体を天然記念物に指定して慎重に保護しないと絶滅するだろう。だいたいが現代にマッチしない格好をしているのだから。水族館の土産物屋で買ってきた四百円の小さな標本が手元にある。十五年かけて二十回の脱皮をするそうだ。これは何回目かの脱けガラではなく、打ちあげられた死骸じゃなかろうか。売るために捕まえているとは考えたくない。

エサは何だろう。カニに似て雑食かも知れない。昔一度だけリールで釣りあげたことがある。その時のエサはケブだった。投げ釣りでカブトガニやシャコ（こいつもそうとうな歴史がありそうだ）があがってくれれば一瞬、ギョッとさせられる。そういえば子供の頃の〝海からの贈り物〟は種類が多かった。タイ、クロダイ、アナゴ、コチ、ハゼ、フグ、フッコ、ウナギ、ヒラアジ、バリ、アイナメ、カレイ、ベラ、カワハギ、イシダイ、そして時にはイカ、シャコ、ヒトデ。岸壁からの投げ釣りとウキ釣りでビクの中は水族館のようだった。初冬に限っていえば、ワタリガニのアミを仕掛けて待ち時間にギャングでボラやサヨリを引っかけ、重りにラッキョウをしばりつけた投げ釣りでイイダコ釣りに興じたものだ。最近では岸壁で釣れる種類が極端に少なくなっている。ヒトデみたいな嫌われ者も案外汚染に弱いのだろうか、さっぱり見かけなくなった。昨年の春、小倉から船で四十分の沖にある島の磯で久し振りに見た。

小倉に帰るたびに釣り糸をたれては、お父さんの子供のころはと話して聞かせて、子供たちに非難されている。もっといろいろいる海に連れて行けよと。カブトガニやらヒトデやらウジャウジャ生活している海に、と。もう一度でいい、ボクも自然のカブトガニを見てみたい。

向日葵《ひまわり》

グイと突き出した腕のような幹と、温かな大地とに約束あり。土中の養分を一人で占めて、誰よりも高く伸びて、誰よりも大きく開いて、ついに太陽を呼んでしまった向日葵よ。その傲慢を少し分けてくれ。ゆかしさの微塵もない、太平楽なクロームイエローのデカ顔で、立ち続けていられる理由を教えてくれ。子供を肩車してもまだ届かない上方から、満面の笑みを降りそそいで喜びをくれ。入道雲を背に、みつばちの羽音を響かせて、一瞬、小学校の校庭にトリップしたかのような錯覚をくれ。たしかに昔通ったことがある初めての道で、蝉しぐれの中でうなだれて、旅人に、尚いっそうの気怠さをくれ。雨にも負けず風にも負けず、あでやかに咲いて咲いて咲き乱れて、向日葵の下には屍体が埋まっている、と思わせてくれ。そして、ぎっしりと種をつけて、豊穣なる時をくれ。

光をあびて、水をはじいて、カンと咲く夏の花よ。

マイマイカブリ

カタツムリに噛《かぶ》りつくから
マイマイカブリだと思っていましたら、
実は、
マイマイ被《かぶ》りだと知って、
得意になって友人にしゃべりましたところ、
ジロリと冷たい目で見られてしまったのです。
三十二年前、カタツムリを被《かぶ》って踊っている
マイマイカブリに会いました。

この場合は、舞々頭《かぶり》なのでしょうか。

チロのいる風景

昨年暮れからノラ猫が出入りするようになった。頭と背と尾に、黒と茶の縞模様がある四キロのメス猫だ。小学二年の末娘によってチロと命名されたこの猫は、実は三年かけてわが家に入り込んできたのだ。猫の側から眺めてみれば、自分の縄張りに六人家族が住み始めて、チロなんて呼ぶし、猫除けの臭袋を置いたりする失敬な奴らに映っていたのかもしれない。近所でデブネコちゃんとか色々呼ばれたりしている有名猫だった。体も態度もデカイ。玄関ドアが開いていれば澄ました顔してあがってくる。立ちあがって網戸に爪をたてて、引っ掛かって難儀している光景は三度目撃した。〝いかにもニャーとした顔〟を想像するのは『どんぐりと山猫』のかねたいちろう君だったと思うが、ボクにもその難儀猫が〝いかにもニャーとした顔〟に見えた。ほのぼのと心は動いたが、そのつど追い返したし、決して食物を与えてはいけないと、子供たちにいっていた。が、十二月のある日、誰ともなくその禁を破ってしまった。

ぬいぐるみではなく生猫《なま》がいい、とか、なんとかウサギを飼いたい、とかいう声がわが家で強まっている最中《さなか》だった。飼育の責任やペットの売買に抵抗を感じることを理由に反対してきたボクの声は次第に小さくなっていったようだ。近所のペットショップのショーウインドウで見た、なんとかウサギの金額に恐れをなしたのも大きな原因だったのかもしれない。こりゃあ、ノラを構ってたほうが安あがりだわい、と。そしてある時、キャットフードを買ってしまった。ある寒い夜は、ぬれ縁に置いてある段ボール箱に恨めしげな顔で入ろうとしているチロに同情してしまった。ひと晩だけだぞ、と招き入れた時、横を向いてシメシメといった顔をしていたような気がする。

子供の頃、十年間ほど、トンペイという名のメス猫を飼っていた。猫の処世術は熟知しているつもりだったが、チロに接して、横着や気まぐれに改めて感心したり腹を立てたりしている。ノラが長くてさわられ慣れてないせいだろう、足と尾っぽへの接触を特に嫌がって怒りを表明する。ドロ足を叱って拭こうとすると怒って甘咬みをする。本気で咬めば絶交されると承知している様子だ。咬むな！　ウーじゃない！　フーっていうな！　雪の日にストーブにあたらせてやった恩を忘れたか！　『セロ弾きのゴーシュ』の三毛猫は青いトマトを持ってきたぞ！　食って寝るだけの自分が恥ずかしくないか！　そうやって叱りつけると次の日に、スズメをくわえてやってきた。ヒゲも耳も尾っぽもピンと立てて得意げに玄関からやってきた。この時ばかりは猫背ではなかった。チロから取りあげたスズメはすでに絶命していたがまだ温もりがあった。心の痛む温もりだった。ちなみにチロの体温は三六・五度の平熱だという。長女が計ったらしい。

春先からボクのマンガに猫が頻繁に登場するようになった。いちいち描きたくなる表情をするのだ。今日はこうして文にも書かれている。招かれざる猫から招かれ猫になり、結果としては招き猫になったんだから、モデル料をよこせ、といいたげな目で見ている。いい出しかねない猫だ。いい出す猫であってほしいと期待もする。

猫を描いてお金にする、下世話な浮世の経済効率を問題にしたいのではない。チロとのささやかな交際を通して見えてくる自然というものもありそうな気がしてきたのだ。経済効率のみが世の中ではないだろう。人間中心に考えなければいけないのは致し方ないし、欲得に流される部分が大きいことも、それ由人間なんだと笑って認めていい。しかし同時に、人を取り巻く環境から、土や水から、命を分けてもらっていることを、戦ったり寄り添ったりして共存していることを、少しでいいから自覚しなければいけないと思う。風や雨や火も、あらゆる生き物とも丁寧に互角に付き合えるようなマンガを描きたい、とも思っている。人の愚かさと美しさを知れば知るほどにその願いは強くなる。

そんな時、実践と創作を調和させ、豊かな作品群を残した先輩として宮沢賢治を思い浮かべる。マンガで、人の欲望を飽きるほど描き続けた末に、今後のテーマは禁欲と自給自足と文字通りの自然主義だよ、と人に話す時や、生活に追われてもはやそれが理想図にすぎないことを思い知らされる時、柔らかい光と風に包まれた宮沢賢治が、どこかに道はあるよ、といって励ましてくれるような気がする。いつの間にかボクは、宮沢賢治の享年を六歳も越えてしまった。

チロは今日も、猫なで声をだしたり、ひっかいたり、咬んだりしながら我が道を行っている。チロからも学ぶことが多そうだ。

バナちゃん

おいしいバナちゃん食べたなら
玉子三ツの栄養分　牛乳二本の栄養分

哀愁を帯びたメロディと共に、最初に記憶したバナナの売り口上の一節である。昭和二十五年、北九州の小倉生まれのボクは、大正十二年生まれの母から、幼い頃に聞いている。その後、縁日や街頭で幾度か叩き売りを目にしているが、口上の記憶はない。値段に気を取られていたか、売り手に芸がなかったか、どちらかだろうと思う。

それは門司《もじ》で始まった。明治の末から昭和三十年代まで、台湾バナナの荷上げの中心は門司港だった。熟《う》れ加減で決まる市場である。船室《ふなむろ》や倉庫で、夏は氷で冷やし、冬は練炭で温めたりして出荷時期を計っていた。熟れすぎて商品価値のなくなる寸前のバナナを、即売と宣伝を兼ねて、元来は青果を扱わなかった香具師《てきや》に卸したのが最初とされている。

大陸の玄関口としての関門の栄華は、敗戦時の引き揚げの賑わいを最後に衰退していっている。

バナナは、戦時中は軍の統制品だったため、叩き売りも途絶えていたが、敗戦と同時に復活し、人気を集めたらしい。が、その繁栄はそう長くはなかった。貿易自由化とスーパーマーケットを中心とする流通の変化によって、全ての露店がたどった道を、バナちゃんもまた、ころがり落ちていったのだ。

　関東の叩き売りは瀬戸物や反物のバイを基調にしている。達者な人は、語呂合わせや数字遊びを織り込む（フーテンの寅を思いだしていただきたい）が、たいていの場合、金額の連呼ばかりで直線的になる。較べて、関門のタンカバイは、ノゾキカラクリの口上を取り入れ、メリハリには欠けるが、さざ波のように繰り返すリズムと、やや暗いメロディーに乗せて物語られる、浪曲に近い〝語りもの〟の世界である。もちろん、語り手により、土地により、差はある。買い手あっての商取引き。客をいじって乗せるアドリブこそが香具師の身上であるのだから。ここでは元祖に敬意を表して、門司港調で、お時間までお付合願います。

サァサ寄ってらっしゃい　見てらっしゃい
こういう「小説現代《ざっし》」読む人ならば　ニッコリ笑ってお友達
取って食うとはいいません　食べてほしいは私のバナちゃん
モジモジするのはお嬢ちゃん　どうりで荷上げが門司《もじ》港《みなと》

バナちゃん因縁聞かそうか　生まれは台湾台中の阿里山麓《ありさんろく》の片田舎
可愛い姑娘《クーニャン》に見初められ　ポッと色気のさすうちに
一房二房もぎとられ　国定忠治じゃないけれど
唐丸籠《とうまるかご》につめられて　ガタゴト汽車に乗せられて　着いた所が基隆港《キールンこう》
基隆港をあとにして　金波《きんぱ》銀波《ぎんぱ》の波を越え
ようやく着いたが門司港　門司の港で検査され
一等二等とあるなかで　私のバナちゃん一等よ
仲士の声も勇ましく　エンヤラドッコの掛け声で　問屋の室《むろ》に入られて
夏は氷で冷やされて　冬はタドンで熟《う》むされて
黄色いお色気ついたころ　バナナ市場に持ち出され
一房なんぼの叩き売り　サァサ買うた　サァ買うた

こういうバナちゃん六百円
買わなきゃ五九《ごんきゅう》　五八《ごんぱち》か
権八ゃ昔の色男　それに惚れたが小紫
五八高けりゃ　五五《ごんごん》か
ごんごん鳴るのは鎌倉の　鎌倉名物鐘の音に

カネが物言う浮世なら　なぜに高尾が惚れなんだ
もひとつ負けたか五三《ごんさん》か　五十三次東海道
昔は籠で箱根越す　今は便利な汽車電車
ついでに負けとけ五一《ごんいち》か　吾市ちゃ馬関《ばかん》で腹を切る
まだまだ買わんか五〇《ごんまる》か　五〇やめて四九《よんきゅう》か
ここをよく聞け　四九子宮《よんきゅうしきゅう》は女のよかところ　そこが男の好くところ
姉ちゃん　ムコさんないならば　私がムコさん世話しょうか
世話するまでのその間　私のバナちゃんどうじゃろかい
そいつは冗談忘れておくれ　四九八九（四苦八苦）は縁起なし
お次を負けて四八《よんぱち》か　四八ゃ久留米の連隊で
いつも戦に勝ちどおし　私ゃバナちゃん負けどおし
四十八手は聞くよりも　するがヨイヨイ　サノ　ヨイヨイ
こいつは四八《よわ》った　四九《しく》じった　弱った魚は目で分かる
またまた負けたか四七《よんひち》か　四十七士のお歴々　師走半ばの十四日
吉良の屋敷に乱入し　見事本懐とげました
四六《しろく》のガマならハス向い　四《し》の五《ご》のゴネルお父さん
これで買わなきゃ四四《よんよん》か　四角四面は角が立つ　よせばいいのにあの娘に惚れた

色は白いが豆腐屋の娘　四角ばってて水くさい
色が黒くてもらい手なけりゃ　山のカラスは後家ばかり
値切って切られて四（与）三郎
四二《しに》番さけて　四一《シイ》シイよけて
四十はしごろの横町の御内儀　青いバナナちゃん大好物
私のことじゃあございません　これで最後か三九《さんきゅう》か
サンキュウサンキュウありがとう　アリが十《とお》ならイモ虫ゃ二十《はたち》
蛇は二十五で嫁に行く　これで買わなきゃ三八《さんぱち》か　三発出したじゃ仕事にならぬ
三七《さんひち》二十一町娘　バナナちゃんくわえにゃ夜も日も明けぬ
三六《さぶろく》十八番茶も出花　娘十八色盛り　オット戻って三五《さんごう》か
産後の後家さん気が早い　やれイクそれイクああ落ちた
三四《サヨ》ナラ波止場の別れ　夜霧よ今夜もアリガトサン
三三《さんざん》ロッポー引き目なし　それを引くのが男は度胸　女は愛嬌振りまいて
皆さん人生勝ち続け　私ゃバナナちゃん負け続け
三三九度の盃で　新郎新婦のできあがり　こんな目出たいことはない
さんざん励んだそのあげく　できた子供がこの子です
ヤァヤァこれでは潮が引く　アサリにハマグリ食べ放題

デザートバナナはどうじゃろか
サァサ三〇《さんまる》　さあ売れた　三十させごろ港のお姉　バナちゃん行列続きます
二九《にく》き男は仁木弾正　ニッコリ笑って人を斬る　そちらのダンナはまた値切る
二八《にわ》（庭）のサザンカ花盛り　ハラハラ散って二百と五十
いよいよもって泣き別れ　武夫と波子は生き別れ
二百でないか貧乏人め　おっとゴメンよお大尽
サァサ早い者勝ちだよ　百と八十
エ～イ　百と五十か　もってけドロボー

十七歳、初めての長旅

十七歳。高校二年が終了した春休みだった。一人でなにかをしたい。住んでいる土地を知りたい。理由はそれだけだった。ボクは九州一周ヒッチハイクの旅を計画した。三月末まで、小倉港近くの鉄工所で、残業を含め日当千百円のアルバイトをした。昭和四十二年、タバコのハイライトが七十円、コーヒーや週刊誌もそれくらいの時代だった。その仕事で、ベルが鳴るまで休めない機械相手の工場労働がなにより辛いと、身体に刻み込んでしまったし、現場と仕事明けでは大きく人格が変わる人が居るということや、経営者はウソをつく、ということなどを勉強させてもらった。

賃金でスリーシーズン用寝袋とバスケットシューズを買っている。現金は、八千円と母親がジャンパーの襟に縫《ぬ》い込んでくれた五千円だ。リュックに下着二セット、スケッチの道具、長崎県と鹿児島県の地図、懐中電燈、雨ガッパ、非常食の乾パン、ソーセージ、カンロ飴を詰め、四月一日の夕方、家を出た。

夜の出発は失敗だったかもしれない。五分もしないうちに、不安が小心者の胸をよぎった。無謀じゃないか？　しゃべった手前無理してないか？　と。逃げられない所に追い込むためか励ましがほしかったからか「オレは行くぞ！」と、友人の家に立ち寄って決心を固め直している。たぶん悲壮感を漂わせていた。

とにかく福岡県を出ようと思うが、町中では車は停ってくれない。あるいは、焦燥や不安に包まれたような小僧など乗せたくない空気だったのかもしれない。黒崎まで歩いて、いきなり挫折した。長崎行きの夜行列車に乗ってしまったのだ。雨の長崎駅、寝覚めの悪い朝だった。そのまま汽車で引き返したい気分だ。ところがボクは、小心者で見栄っぱりという悪い性質に生まれついている。気を取り直して天草を目差し、徒歩で、ビワで有名な茂木の港に着いたころには、すっかり旅人になっていた。くわえタバコでスケッチなどするお調子者にもなっていた。土地の人と話もできるし、頼まなくても停まってくれる車もある。それからは熊本駅で一泊。鹿児島まで車を乗り継ぎながら車中泊。ようやく辿り着いた九州本土最南端、佐多岬で一泊。この時は、峠越えで暮れてしまい、小学校も神社も断わられて松林で野宿してたら、軽四輪で通りかかった兄さんから、お金は気持ちでいいからうちの宿に泊れと強引に誘われた。三畳間と風呂と布団が有難かった。更の靴で足の裏は豆だらけだったし、錦江湾で泳いで塩まみれだったから。悩んだ末、五百円を置いてきたが、妥当な金額かどうか未だに判らない。

その先は日豊本線《にっぽうほんせん》を上る格好で、都城駅、宮崎駅、別府駅と泊り、福岡に入り行橋まで来て里心を抑え切れず、学校が始まっているから、といい訳を用意しつつ汽車に乗った。襟の五千円は手つかずだった。

初めての長旅だったことと、一週間、一人で判断し決定し続けたことに多少の意味があったのだろう。どんな旅よりも心に残っている。

心はすっかりウエスタン

①リオ・ブラボー　②ワイルド・バンチ　③マッケンナの黄金　④赤い河　⑤真昼の決闘　⑥リバティ・バランスを射った男　⑦荒野の用心棒　⑧ミスター・ノーボディ　⑨明日に向って撃て！　⑩駅馬車。これがボクの西部劇ベストテンだ。正確に言うと、マカロニ・ウエスタンやニューシネマ以後の西部劇はウエスタンではない。どこで線を引くかは簡単だ。インディアンを敵として描けなくなった時、ウエスタンは終わった。これは一九六〇年代後期に、ベトナム戦争に世界中が？（ハテナ）を投げかけた時期と重なっている。自由という名の侵略じゃないの？　正義って力こぶのことなの？　という？だ。

ウエスタンに幕を引いた象徴的な作品は、ボクの印象では「荒野の用心棒」と「ソルジャー・ブルー」だ。以後、単純なアクションと、真実はこうだ！　式の寒い時代が続く。そして一九九〇年代、二十年間の反省と、どっこい生きてた情熱とで、ウエスタン新時代の光が射し始めている。それは、愚鈍な、クリント・イーストウッド「許されざる者」なんかでなく、たとえば、フットワークの軽い岡本喜八「EAST MEETS WEST」辺りなのかもしれない。

ウエスタンといえば、早撃ち二丁拳銃のランドルフ・スコットが代表選手じゃないのか、という物言いは厭味になるだろう。誰もが納得しやすいジョン・フォードを第一にあげておくのが妥当だ。が、リアルタイムでは晩年の数本しか知らず、常に西部劇の神様の冠を拝観させられた気分で、子供のボクには重すぎた。見直してみると年齢と共に、アメリカ魂を描くことを期待され続けた不自由さが見える。ジョン・ウェインが巨体をもてあましていった過程と見合っている。そのフォードの影響の濃い我が国の巨匠、黒澤明にも、黒澤が育てたスター三船敏郎にも、巨人ゆえの影の大きさ、悲哀を感ぜずにはいられない。

黒澤明は、むしろ世界の映画人に与えた影響のほうが大きそうだ。西部劇で言うと、ユル・ブリンナーが版権を買ってジョン・スタージェスが監督した「荒野の七人」、「七人の侍」を元にしているサム・ペキンパー「ワイルド・バンチ」とか「用心棒」に触発された「荒野の用心棒」辺りが有名だ。「荒野の用心棒」で当たるまでのイーストウッドは、アクター・スタジオでジェイムズ・ディーンの二年先輩で「ローハイド」のお人好し斥候ロディ役くらいしか知られていないデクノボーだった。

『スクリーン』誌上で、ハリウッド水泳大会、第1位フェーバー隊長、2位ロディの記事を見たことがある。泳ぐデクノボーだったんだ。

「ダーティ・ハリー」で国民的スターとなり、ドン・シーゲルのマネッコ演出から実績を重ね「許されざる者」で映像作家として認知されるまで、長い苦闘の歴史があったのだ。「マディソン郡の橋」までくると、〝コラッ、ハゲ〟といいたくなるけどね。イーストウッドやショーン・コネリーのハゲのさらし方は立派だね。

日本のスターさんも見習うといい。ついでに言えば、デクノボーはスターの条件である。疑う者は、ジャン・ギャバン、ジョン・ウェイン、シュワちゃん、裕ちゃん、三船、健さんを見よ。比べれば、ダスティン・ホフマン、ロバート・デ・ニーロ、ジャック・ニコルソン、なんて人達は、オーバーアクターもしくは小芝居の役者さんでしかない。

「ローハイド」で思い出した。フェーバー隊長、斥候ロディ、料理番ウィッシュボンの三人が来日し、日本で受けていることを知った後、早川雪洲をゲストに迎えて撮った一編がある。娘を連れて馬車で旅する武士の役で、何らかの不都合でインディアンに囲まれ、あわやという時、早川雪洲が切腹をし、敬意を表したインディアンが去る。そんな話だった。あれっ、これ、もしかしたら「ララミー牧場」だった？　まっ、いいか、似たようなモノだから。似てねえよ。ちなみにローハイドとは、ズボンの前をカバーした鹿皮のことだ。

フランキー・レインの歌は、日本では、伊藤素道とリズム・エアーズのグループがカヴァーしており、ムチの音をスリッパで表現して大受けしていた。

フランキー・レインが朗々と歌いあげるテーマ曲に乗って決斗に向うは、アープ兄弟と、ドグ・ホリディ。歌詞の臭さに驚いた。モロ浪花節なのである。ジョン・スタージェス版「ＯＫ牧場の決斗」でのワイアット・アープ（バート・ランカスター）、ドグ・ホリディ（カーク・ダグラス）は

「昭和残侠伝」における花田秀次郎（高倉健）、風間重吉（池部良）、なのである。西部劇って任侠映画だったんだと、その気になって失敗したのが東映東京作品・佐藤純也監督、高倉健主演の「荒野の渡世人」。マカロニ・ウエスタンやブルース・リーのカンフーのように世界市場は獲得できなかった。「ＯＫ牧場」に戻れば、ボクは続編の「墓石と決闘」のジェームズ・ガーナーがヒイキだ。最近作だとケビン・コスナーのアープよりカート・ラッセルのアープが好みだ。臆面もないのが和田浩次十七才の主演作「オレの故郷はウエスタン」。この人には、裕次郎ソックリさんの不幸が付いて回った気がする。マーロン・ブランドのソックリさんと言われて、〝違わい、バカヤロー〟と見事に存在したポール・ニューマンのようにはいかなかった。

日本で最も愛された西部劇は、フォードの「荒野の決闘」とジョージ・スティーヴンスの「シェーン」ではなかろうか。情感が日本人向きであるようだ。では、西部劇を愛した日本の監督は誰か、となると、岡本喜八、斉藤武市、石井輝男などが思い浮かぶ。いずれも、無国籍風越境の面白さや軽快なアクションが特筆される。並べて皆さんに失礼なのだけど、ハワード・ホークスのような、ヌケヌケと作品を作る職人さんを感じるんだ。

なんといっても、岡本には「独立愚連隊」があり、斉藤には「渡り鳥」があり、石井には「網走番外地」がある。岡本監督は本誌のメインで、色んな人が書くだろうからまかせるとして、「渡り鳥」は「シェーン」を日本でやった、のであり「番外地」はスタートこそ「手錠のままの脱獄」だけど、「シェーン」その他の西部劇の匂いが強いと、いっておきたい。余計を書けば、最低最悪の

「シェーン」は、山田洋次「遥かなる山の呼び声」だ。この人の善意の押しつけがましさと、民主青年同盟風労働者諸君が大嫌いだ。寅さんは、喜劇と銘打った実は悲劇である。「遥か……」のラスト、陰のなさすぎるハナ肇のオセッカイと、質素をまといながら実は陰険に大股開いているかのような未亡人、倍賞千恵子の田舎芝居に、滂沱《ぼうだ》の涙の健さん。情なくって泣いたんだな、あれは。まさかあれでいいと思ってないだろう。今からでも遅くないよ。撮り直せよ。

自意識過剰のハイトーンで、ある時は馬で、ある時は船でアキラは去って行く。泣かず笑わずの健さんは汽車で行く。〝シェーン、カムバック〟と聞こえてきそうだ。主役を立てながら予定通り自分が立ってしまった「ヴェラクルス」のバート・ランカスターは、エースのジョーこと宍戸錠であり「網走番外地　望郷編」の人斬り直こと杉浦直樹である。五月人形のような健さんとやや頭髪豊かめ、白づくめにサングラス、七ツの子を口笛で吹く直との最後の対決。ひと太刀ずつあびせた後のやりとり、

直　七針もぬえばくっつくよ。

健　手かげんしたとおっしゃるんですかい。

直　惜しいからさ。コホ、コホ（結核）

健　……。

直　（七ツの子を吹きながら外に出て倒れる）

白状します。ボクにとっての映画史上最高のシーンはコレなんだ。つげ忠男原作「無頼平野」の製作発表会見で「網走番外地」を意識するか？　との記者質問に石井監督は〝関係ありません〟と一言。気持ちは分かるが、ボクとしては〝作家ってのは繰り返し繰り返し同じことを描くんだよ〟と笑って答えてほしかった。新作への興味が、それで引いた。

「北海篇」のトラックは「駅馬車」だ。健さん、しっかりリンゴ・キッドになっていた。大原麗子のお花つみのシーンがあり、十七才のボクはときめいたが、昨年、ＷＯＷＯＷで観た時は、手が届けば頭を張りとばしたい心境だった。熊にでも食われろ、と。「決斗零下三〇度」だったか、で、子役で健さんにオンブされていた真田広之は、今大西部でガンマンをたたき切っている。

「どんぐりと山猫」を彫る

怒り、苛立っていた青年期に、宮沢賢治作品にどれだけ助けられたことでしょう。幸せな眠りに誘う子守唄の代りに、最大の効力を発揮してくれるのが、童話集『注文の多い料理店』でした。幾度目か忘れるほど読んでいても、必ず〝序文〟と、「どんぐりと山猫」の、おかしなはがき、から読むのが、ボクにとっての儀式でした。後は、その日、その時の気分でイーハトーブの好みの場所に、そっと立てばいいのです。

ボク自身が作品の送り手となって、長い年月が過ぎ、ふと立ち止った時に、自分は多少なりとも〝幸福配達人〟になっているだろうか、と考えました。そして、原点の一ツを確かめるために「どんぐりと山猫」を彫り始めたのです。約五千字。挑むに値する数字です。

本になる寸前に、六千八百字であったことを知りました。知っていれば向わなかったのに、とギチギチ鳴る体をなでながら呟いたのでした。その痛みもとれ、改めて眺めて、やっぱり、やって良かったと、黙ってうなずきました。ちょっとだけ自分に優しい眼をしていたかもしれません。

私の週間食卓日記

一九九九年二月二十七日（土）

「朝まで生テレビ」の都知事候補の政策を聴きながら『愚か者の楽園』（小説新潮）ペン入れ。TVの中もしっかり愚者の園だ。八時に寝て午後一時起床。オニギリ二ツ、メザシ、ウメボシ、大根のミソ汁。一年一度のネクタイしめて女房と銀座へ。山口昌男ドローイング展のパーティ。ベトナム料理店。山口先生の交遊ゴッタ煮状態を楽しむ。小樽でお世話になった画家大畠裕さん、支笏湖《しこつこ》で会ったデザイナー原研哉さんに再会。南伸坊さん、白髪になっていて、昔ノリオムスビ顔だったのがオボロムスビの感じ。将来は顔の骨を東大あたりに並べるべきだと思う。南さん、赤瀬川原平さんのエラ、マンガ家平口広美のアゴ、ボクのゼッペキとか一部の人だけで楽しむのはもったいない。会場では赤ワインと梅酒をひと口ずつ。マンゴージュース、ヤキソバ、アンニンドウフ。立食パーティではいつもほとんど口にしない。帰りに美術史家の辻惟雄さんに山下裕二さん、マンガ学芸員の細萱敦、東京新聞の阿部康、文春ネスコの烏兎沼佳代さんらとビアホール。パンとチーズ、野菜サラダ、激辛ウインナー、タン塩、ウーロン茶。冷えたパイナップルがなんで三千円もしやがるんだ、と思ってたらアイスバインというブタ肉のムシ焼きだった。ブルーチーズが旨い。昔、食べられずにこっそり持って帰ったことがある。ボクも大人になったもんだ。

二月二十八日（日）

五時起床。春画（ペン画）を描く。九時朝食。即席ラーメン、オムスビ二ツ、白菜漬け、一缶百円のパイナップル四切。午後二時まで眠る。『愚か…』の仕上げ。七時夕食。フライ弁当、キノコのミソ汁、カツ丼とヤキソバひと口ずつ。朝までペン画。

三月一日（月）

二時間ほどで起きて『版画まんだら展』（四月九日〜十九日、赤坂9の5の26　赤坂ハイツB1、「ラ・カメラ」）のDMのデザイン。九時朝食。ベーコンエッグ、イワシ煮、トウフとネギのミソ汁、ニンニク漬け、ゴハン。駅前書店へ。「アサヒグラフ」「噂の真相」、司馬遼太郎『十六の話』、ビートたけし『愛でもくらえ』、コンビニで新連載『無法源氏』第一回の「実話時代」を買う。五時、新潮のお使いさんが来る。折尾の人。八時夕食。焼肉。といっても肉野菜いためみたいなもの。仮眠。ペン画続行。午前四時、映画『地上《ここ》より永遠《とわ》に』ラスト近くで小倉の千原さんから電話。「なんね、こんな時間に」というと「バカ、こんな時間に起きとるのはお前しかおるまいが」といわれる。朝日新聞社『歴史の瞬間とジャーナリストたち』読みながら、アンパン、ムシパン、ヨーグルト、チクワ、チーズ食べて寝る。

三月二日（火）

午後一時『版画まんだら』の見本持って人類文化社の中楚さんが来る。いい本。サイン会（四月十七日「青山ブックセンター」自由ヶ丘店午後五時）の打合せ。二時昼食。ブタ肉ショーガ煮ゴハン、トマト、ブロッコリイ、ヤマイモ。夕方、小学館の熊田さん、編プロの清水さん、四月刊行の『大多摩月夜』の打合せ。桜モチ。八時夕食。アジ南蛮煮、イカゲソあげ、キムチ、チンゲン菜とトウフのミソ汁、ゴハン。サイン本作って十一時に寝る。

三月三日（水）

朝四時起き。単行本表紙版画。八時半朝食。エビ煮、小松菜おひたし、ヤマイモのミソ汁、焼アツアゲ、ゴハン。昼すぎに小池書院の的場さんと太田さん『鍵』の見本持って来る。初の原作モノ。

郵便局とスーパーマーケット。七時、チラシズシ、カキフライ、鳥肉とチクワブとイトコンニャク煮、お吸ものでタ食。二時間寝て朝まで仕事。

三月四日(木)

朝八時、ヤキソバ、キノコのミソ汁、シューマイで食事。新潮社の鈴木佐和子さんの届けてくれた「新潮45」読みながら眠りかけると、電話や宅配で起こされる。昼に寝る方が間違っている。阿部さんより一九八七年版の曾我蕭白展図録が届く。午後四時から八時まで眠る。夜十時、アジの開き、ダイコンおろし、ウグイス豆、ナスとアブラアゲのミソ汁、イカの塩辛、貝柱とトマトのサラダ、納豆ゴハン。

三月五日(金)

朝九時まで版画三枚彫る。手が痛い。諏訪の印刷所から電話。DMのチェック。キンピラゴボウ、味付ノリ、タクワン、カボチャ煮、トマト、ダイコンとアゲのミソ汁でゴハン。昼前から夕方まで眠る。西日本新聞から電話取材。午後八時夕食。ソース焼きウドン、ブドウパン、長男手作りのクズモチ、紅茶。版画の摺りにかかる。深夜、博多のシゲルから電話。明るくなって西日本の『山猫通信』一枚描いてファックス。

三月六日（土）

単行本あとがき四百字書き、午前九時にウインナー、アスパラいため、玉ネギとワカメのミソ汁、キュウリ、トマト、ハム、イカ塩辛、ゴハン。眠らないまま銀座「巷房」山口昌男展打ちあげ。安彦良和さんに会う。夕方、イタリア料理店で赤ワイン、前菜、ピザ数種、パスタ、コーヒー二杯。山口夫妻のタクシーに便乗させてもらい午後十時半、家にたどり着いてそのまま眠る。

付記　連日、ハイライト八十本、インスタントコーヒーのごく薄いやつを三十杯、のみつづけています。

『版画まんだら』抄

山猫

日本には二種類の山猫が生存しています。長崎県対馬《つしま》の対馬山猫と沖縄県西表《いりおもて》島の西表山猫で、どちらも特別天然記念物に指定されています。対馬の方はベンガル山猫の亜種だとされていますが、西表の方は南米の山猫に近い種族だとのこと。いずれも島という条件が個体を守ったのでしょう。でも、人間の生活圏ですから、最大の敵は文明ということになるんでしょうね。

いつまでも野生ムキダシの山猫がいてほしい。そんな願いから山猫娘や山猫男を時々描きます。対馬の山猫大将を主人公にしたマンガも地方新聞に描いてます。絶滅寸前の野生動物にエールを送り、百のうちの十くらいでいいから野生児たれ、と自分自身を励ましているのかもしれません。

桃

桃はお尻です。確かに平凡な想像力でありますが、物心ついたころからそう思い込んでしまい、ついにそのイメージから逃れられないまま今日を迎えています。たぶん二十一世紀になってもそう思っているでしょう。桃尻はトラブルの元なので眺めるだけです。絵に描いた桃、です。

あの甘美なる香り、その芳醇《ほうじゅん》なる果肉。その悩ましく痛ましいほどの無防備。あれほどに傷つきやすい果実は無いでしょう。

桃の樹を植えます。一度失敗していますが、今度はゆっくり大切に育て、やがて実った百桃の下で、「アッパレ、アッパレ」とか「千両、万両」とか愛《め》でながらニコニコたたずむおじいさんになりたいのです。そして「やっぱり桃はお尻だわい」と呟《つぶや》きたいのです。

鬼

二十世紀も末、さまざまな鬼が跳梁跋扈《ちょうりょうばっこ》しているようです。が、実は鬼というのは自分の心の中に住むもののようです。鬼に会いたければ鏡を見るといいのです。

凶暴な赤鬼、陰湿な青鬼なんかと暮らすのが厭《いや》な人は、せめて明朗快活な鬼たれ、と願えばいいのです。鬼は永遠の友達なのですから。

十数年前、故郷に家を建てた時、魔《ま》除《よ》けに良太の鬼瓦を特注で焼いてもらうことにしました。遠い親戚の瓦屋さんで、ほとんど儲けてないことは承知しているのですが、それでも単品注文ですからそれなりの料金になっており、見積り書を見たボクの顔は鬼のような形相になっていたかと思われます。まだまだ修行が足りなかったわけです。反省。

河童

思いっきり大ざっぱなことをいいますと、何千年か前、中国から渡ってきた河童が最初に上陸し棲みついたのが、九州なんだそうです。九州各地にはいくつもの河童伝説が残っていて、呼び名は、カッパ、カワタロウ、ガタロなどいろいろです。筑後川水系には特に集中していて、河童の町や村があるほどです。

こう書くと誤解されますね。河童伝説を看板にしているところ、といい直します。でも、河童と人間が共生している場所とか、河童が人間社会に溶け込みつつある地域とか、そのまんま河童村なんていうのがあれば面白いですね。

ボクのマンガでは、九鬼谷温泉でも水沢村でも必ずどこかに河童の国があることになってます。対馬の山猫大将の相棒もガタロウです。男探しに走り回る女だけの河童村も描きました。女河童村は東京都のはずれ、奥多摩のその奥の深多摩《しんたま》村です。

一メートルのタラバガニを包み込んでしまったミズダコの映像を観ているところです。粘着質で筋肉質の投網《とあみ》のようです。力があって技が汚ない悪者レスラーみたいです。生まれ変わるとしたら、タコもタラバガニも厭だなと思いました。まっ、なりたい生き物なんて別にありませんが、タコは特に厭ですね。孤独そうだし、このタコ、なんていわれるし。中にはカイダコのようにカイというかフネというか、オシャレな家におさまった、まるでオウム貝のようにメルヘンチックなタコもいますが。

タコは生態のよく分かっていない生き物らしいです。秘密の多そうな顔をしていますもん。頭かと思ったら腹だったりして。タコのぶつ切りを食べている時に、タコに詳しい奴がオスダコの足の一本は生殖器なんだと説明を始めて、箸が止まったことがありました。

メスダコが食事もせず守り通す卵は「海藤花《かいとうげ》」といいます。確かに藤の花のようです。ボクは藤の花を見るたびに、藤棚のどこかに大ダコが隠れていないかと、一瞬想像します。

北斎の大ダコのようなエロダコだと怖いですね。スック、スックって吸いつかれるんですよ。痛そうですよ。スック、スック、ですからね。

ボクのこと、エロダコって呼ばないでくださいね。

露天風呂

「鯉やないんやから」と、何度かつぶやいた露天風呂があります。旅館の庭に設《しつら》えた風呂は興醒めですね。音、匂い、風、闇、灯、星、それらを満喫するのが露天でしょうから、できるだけ自然の風景に溶け込んでいる湯こそ優良とすべきでしょう。川の流れの中とか満潮で水没する風呂とかが最高です。もう一度いいます。鯉やないんやから池みたいな風呂はいけません。それなら狭いユニットバスの熱いシャワーのほうが、よほど快適です。

田舎に露天風呂を造る計画が、ボクの中でまだ生きています。どこやらから放置されている五右衛門風呂をいただいてくる。基礎工事や左官はまかせてください。この作業こそやりたいのです。赤トンボの舞う夕方とか新緑を優しく包む雨の朝とか、いいですねえ。もちろん自分で作った薪《たきぎ》で沸かすのです。ある時は遠くの山々の雪化粧に目を細め、またある時は、月を見上げるのは久しぶりだね、などといって、ちょっとだけ焼酎を呑むのです。

祭り

不景気ではありますが週末の繁華街の夜は、まるでお祭りのような賑わいです。たまにしか行かないからそう感じるのか、新宿や渋谷のネオンや人混みを見るたびに「お祭りみたいだ」と口にしてしまいます。太鼓でも鳴っていればいいのに。

ボクの記憶の中で最大のお祭りは小倉の祇園《ぎおん》祭りです。七月十日ごろ（土日を入れる）から三日間にわたって続く太鼓の祇園祭りです。七月に入ると練習が始まるので、町は二週間ほどドドンコドドンコと太鼓の音に包まれていました。太鼓の音は気分を高揚させます。大人しい少年だったボクも随分ワクワクしたものです。町内に小さな山車《だし》があり家の前が練習場になっていたので、小学校の高学年のころはよくたたきました。

映画『無法松の一生』でひところはこの祭りも有名でしたが、最近、テレビで紹介されることが少なくなっています。「勇み駒」「暴れ打ち」「乱れ打ち」などはフィクションで、実際の打ち方は、ドロとカンと名付けられたリズムの違うバチさばきで両面を打つものです。太鼓の両面打ちは珍しいのではないでしょうか。前後に二つの太鼓を乗せた山車を子供たちが引いて、ジャンガラという金物であおりながら「小倉名物太鼓の祇園　太鼓打ち出せ元気出せ　アッ　ヤッサヤレヤレ」などと囃《はや》します。打ち手は歩きながら踊るようにたたくわけですから、どちらかというとリズム主体で、腰を入れて打ち据える太鼓とは趣を異にします。

かつて、この太鼓に誘われて不幸な事件も起きています。朝鮮戦争中のことですが、生還率三十パーセントといわれていた最前線へ送られる前夜の黒人兵たちが脱走をして、小倉の町で刹那的な犯罪に走ったのです。松本清張が『黒地の絵』という小説にしています。衝撃的な小説です。興味ある人は読んでみて下さい。

それにしても、なぜ梅雨時に祭りを設定したのでしょうか。雨をにらみながらやるのがいいんでしょうか。「小倉祇園は太鼓の祇園　雨が降らなきゃ金が降る」という囃言葉もありました。太鼓の音が止むと、小倉は一気に夏を迎えます。今でも近所の秋祭りなどで太鼓がドンと鳴ると、血が騒ぐというか落ち着かなくなります。町内会や隣り組意識が希薄になり、少子化が進行中で、いまいち盛り上がりに欠けるようですね。怪しい香りのする香具師《やし》も排除される傾向にあるようで、行政、町内会、ＰＴＡなどの行儀のよろしい仕切りで、祭りの色合いもすっかり様変わりしました。ここまで産業構造が変化して一次産業が少数になれば、そもそもの祭りの根っ子がアヤフヤになろうというものです。

五十余年前に太平洋戦争の敗戦で価値観の転換があり、昭和三十年代の後半から高度経済成長、大量消費社会の到来が日本人の精神構造を変えていきました。現在の経済成長の終焉《しゅうえん》が我々に再度の思想の変換を迫っています。日本人がどこに行こうとしているのか、誰にも解らないのでしょうね。解っているのは、戻ることはできない、ということくらいでしょうか。

今日もボクはお祭りです。紙の上のお祭りです。頭の中のお祭りです。生きていて良かった、と感じられるような祭りがいいですね。

さあ、太鼓はどこだ。

九鬼谷音頭

九鬼谷名物数々あれど
さっ　どした
まず第一のアッパレは
イキなナマズの　イキなナマズの勇み肌
てやんでえ
月の光に輝くは
九鬼谷小町の　九鬼谷小町の艶姿《あですがた》
べらぼうめい

観光

絵葉書、温泉饅頭、地獄巡り。これが究極の観光です。これらに拒絶反応を示す手合いは素人といいたいです。葉書大に精一杯とりつくろったような風景、風物。どこも大差のない平凡な味。安手のオドロオドロシさ。たっぷりの見せ物意識にケロリとした偽物の居直り。この、しようもなさ。やっぱりねえ、しようもないねえ、と笑ってなんでも楽しむ太っ腹でありたい。そうありたいと思っているのです。

経験したことや過ごした時間から何をどう得るかは、常に当人の問題なのでしょう。大袈裟にいえば、目で見ている対象から教養や思想を問われているのです。旅人が旅先を品定めするのではなく、今立っている地点からボクやアナタが人間を計られているのです。

ボクは、絵葉書、温泉饅頭、地獄巡りの通俗の彼方にミューズを見ようと、ただいま旅行中です。

海

ぐるり海に囲まれた小さな国ですから、皆どこかで海を体験しているでしょう。ごく稀には、一度海というものを見てみたかった、などといいながら死んでいく人がいたり、なんとか谷のなんとか池が最大の水量だと信じ込んで譲らない、なんて人がいたりするのかもしれませんが。

ボクが比較的に馴染《なじ》んでいる海は夏の北九州か伊豆です。海水浴である場合が多いから穏やかなものです。その対極にあるような冬の日本海を最近見ました。札幌・小樽間の函館本線に乗ると、波で洗われそうな海岸線をかなりの距離走ります。大雪の日でした。窓のすぐそばに鉛色の波がうねって見えます。まるで海上を走る列車の印象でした。宮沢賢治の銀河鉄道に対抗して水面《みなも》鉄道か波打列車で一本書けそうだぞ、と、つい考えてしまいました。

池

方角を見てもらったかい？　日当たりは？　給水、排水、循環は？　いやー大変だよ、子供育てるより手間だよ。そんないろんな反対意見を押し切って池を造りました。結果は皆様のおっしゃる通りでした。池の世話に追いまくられて七年で音をあげました。深さも広さも三分の一ほどの大きさに改造して、今は魚を飼っていません。睡蓮《すいれん》の鉢でも入れるつもりです。

ボクはかつて土木や水道のプロでした。そんなボクが断言します。池はおやめなさい。魚が可哀そうです。やるんだったら、養魚業者か、専門の管理人を置くだけの財力のある人か、極端にマメな人に限ります。ボクは池の経験から、露天風呂と活魚料理店に疑問を持つようになりました。拒否はしませんが有難がりもしません。

魚はやっぱり天然の川や海にあってこそ魚です。

版画

はじめて作った版画の材料は、サツマイモかジャガイモかダイコンか、そういうものでした。次はたぶん消しゴムです。年賀状でゴム版画を彫ったのは、小学四年生だったと思います。五年になると木版になりました。とにかく年賀版画がスタートでした。

二十歳を過ぎて画材をあれこれ試すようになりました。経済状態が方向を限定するようで、エッチングは憧れにとどまることになり、より手軽な木版とゴム版を選びました。子供の時から一貫して彫刻にも興味があり、刃物は扱い慣れていたのです。人から教わることの苦手なボクは、版画も全く手さぐりできました。マンガ作品の扉絵におっかなびっくり使っているうち読者に興味を持たれるようになり、そのうち版画の依頼が来はじめ、版画家らしくなっていったというわけです。

マンガ

「漫画」でも「まんが」でも「コミック」でもなく、「マンガ」という表記が落ち着きがいいようです。漫画では古臭いし、まんがでは柔らかすぎます。前世代と一線を引く意味もあって、昭和四十年代にアメリカのコミックスからとった、なんとかコミックと名付けた青年マンガ誌が一斉に産声《うぶごえ》をあげ、経済成長時代を駆け抜け、定着していきました。

漫画で育ち、外国の一枚マンガの影響下にマンガ家を志した当方、ついに一度もコミックを描いているつもりはありませんでした。このところ世界中がマンガ先進国の日本のマンガを、COMICではなくMANGAとして認知しはじめたようです。ただ「MANGA」を商標登録したタワケ者がいるのには困ったものです。

まんだらの湯

まんだら屋のある九鬼谷温泉はどこだ、といまだに聞かれることがあります。生まれ育った福岡県小倉の南部の山あいに創作の舞台を設定しました。全くの架空の土地だとボク自身の気持ちがこめにくいし、実在の場所に限定すると制約がでてきそうです。あらゆる作品は、経験プラス想像力で成り立つということでしょう。若き日に熱中した宮沢賢治のイーハトーブやウィリアム・フォークナーのヨクナパトファー郡にヒントを得ました。賢治はイーハトーブをドリームランド岩手県だといっていたかと思います。フォークナーの全作品はヨクナパトファー・サーガと呼ばれています。サーガとは「譚《たん》」とか「物語」とかいう意味らしいです。

九鬼谷温泉は畑中純の理想郷です。まんだら湯は羊水であり、再生の湯なのでしょう。皆さんにとってもそうであることを願っています。

散歩

歩行のリズムと思考のリズムの一致に創造の神が宿る。それをサンボリズム（象徴主義）を超えていくサンポリズムと名付けよう。賢者よ、集《つど》え。と書いてまったく賛同を得られなかった愚かなマンガ家、それはボクです。

十数年前、「散歩に行こう。それ一歩、二歩、三歩」とやって家族に受けたけど、今なら無視されると分かっているので、やりたいのを我慢しているのもボクです。

真ん中に「ん」のつくひらがな三文字でブラブラするものなーに、というナゾナゾを出して、女の子に「ちん○」といわせ、「さんぽじゃバカタレ」と大笑いをしてやろうと画策したのもボクです。

どうです、散歩の素晴らしさが分かったでしょ。今日からアナタも散歩党です。さあ、出掛けましょう。

月子

さんざめく乙女たちの街角
柔らかな眩《まぶ》しさ追えば
ああ帰ってきたのか　月子
ときめきの午後をくれるのか　月子
いつもの道で輝く笑顔
オレの中の天《あま》の邪鬼《じゃく》さえ
つぐんでしまう

十七の春です

降りそそぐ月夜の庭先
凍《い》てついたしじまを割って
ああ踊ってみせるのか　月子
やすらぎの夜をくれるのか　月子
泣きはれた目に新たな決意
オレの中の野良犬さえ
うつむいてしまう
十七歳の春です

魚釣り

趣味というほどではありませんが、釣りが好きです。単純な釣りがいいです。テグス、重り、釣り針、エサだけで手指の感触で釣る脈釣りかピンポン浮きの釣りに限ります。そりゃあ釣れたほうがいいに決まってますが、釣れなくてもいい魚釣りです。なにが嫌いかって、趣味人の撒き餌《まえ》に魚探《ぎょたん》に大仕掛けと釣り師の講釈。まったく共感できないのがトローリングとルアーフィッシング。

スポーツフィッシングといわれているやつです。

釣ったら食べましょうよ。食べる以上に釣るのはやめましょうよ。

このごろでは釣り針もちょっと卑怯かなと考え始めています。子供のころやっていた手摑みに一番の感動があるんじゃないか、と思うようになりました。

書き初《ぞ》め

正月には墨で絵を描くことが習わしとなっています。墨を摺《す》ると心が落ち着きます。一種の浄化作用なんでしょう。精神を統一して、思いっきり不謹慎な絵を描きます。

十代、二十代は洋画に惹かれていましたが、徐々に日本画が良くなり、四十五歳を過ぎたころから墨絵を一番好むようになりました。あらゆる古典作品が師匠ですが、マンガ的な作風の絵師で幕末から明治にかけて活躍した河鍋暁斎に身近さを感じます。歌川国芳もボクに似てるかなあ、ライバルといったら葛飾北斎、喜多川歌麿や曾我蕭白あたりかなあ……と、公開対談でしゃべって会場にいた全員の冷たい視線を一身に浴びてしまいました。

雨

雨が降ると、「今日は休みだ」とつい喜んでしまうのは、若い時分に建築現場で働いていたせいです。でも、雨で休みになることは少なく、たいていの場合、雨に打たれながらそれは暗い顔をして働いていたんですよね。

今でも雲行きや雨の音には敏感です。けれど、家族に洗濯物の取り込みを指示することぐらいにしか役に立っていません。「ほら見ろ、降り始めたろう」「なんで雨の音に気がつかないかなあ」などと心の中で一言いいます。たぶんちょっと得意げな顔もしていることでしょう。

「カエルだったら良かったのにねえ」とか「農民だったら役に立つのにねえ」とかいわれます。

女

青白き月光の下で、橙色《だいだい》の太陽の光の中で、その笑顔の天晴《あっぱ》れなこと、その眼の意地悪なこと、その言葉の屈折率の鋭く軽いこと、その頭の内側の思いがけなく単純なこと、その心の物語に果てしがないこと、そのしなだれ方の巧みなこと、その逃げ足の素早いこと、その涙の自在なこと、その心臓のゴツイこと、その腹の黒いこと、そしてその肉の不思議なこと、そしてそして悩ましきこと。女よ、いつまでもいつまでもいつまでも、そんな女でいて下さい。

四季

春

あれは春の日　陽炎《かげろう》坂で
青い制服しずかにゆれて
桜の花びらくれたけど
受けとるきっかけ
のがしてしまった
ボクの手のひらは
いつでも空っぽなのに

夏

あれは夏の日　源泉橋で
藍《あい》の浴衣《ゆかた》がほのかに浮かび
小さな約束くれたけど

返事にとまどい
花火が舞った
ボクのポケットは
いつでも空っぽなのに

秋

あれは秋の日　夕日が原で
紅《あか》い唇かすかにふるえ
秘かな合図くれたけど
ついつい夕日に
走ってしまった
ボクの唇は
いつでも空っぽなのに

冬

あれは冬の日　満月の湯で

白い素肌がまぶしく光り
確かな時間くれたけど
踏み出す一歩が
凍ってしまった
ボクの心は
いつでも空っぽなのに

仮設インタビュー　畑中純氏に聞く

Q　版画を手がけはじめたのはいつごろのことですか？　また、その動機は？

A　小学四年のとき。年賀状づくりが出会いです。彫刻刀で木に細工をする作業に魅せられました。版画作品として意識的に始めたのは二十二歳のとき、本格的には二十九歳からです。マンガ作品のトビラ絵におっかなびっくりで使っているうちに、読者から版画を待たれるようになりました。すべて我流で、師はいません。

Q　文学に強い漫画家と言われておられますが、宮沢賢治以外で好きな詩人あるいは作家は？　好きな作品についても教えてください。

A　伊藤整、平野謙、深沢七郎、梶井基次郎、ウィリアム・フォークナー、坂口安吾、柳田國男、宮本常一。現代作家では小林信彦、村松友視、山本夏彦、呉智英、つげ義春、車谷長吉、山口昌男。評論家、マンガ家、学者も入りましたが、この方々はほぼ全作品に付き合っています。

この仕事はスゴイ！　というものを挙げます。伊藤整『日本文壇史』（出会った書物の中で一つ選べといわれたら、迷わずこれをとります）、宮沢賢治『春と修羅』、深沢七郎『楢山節考』、宮本常一『土佐源氏』、平野謙『芸術と実生活』、ウィリアム・フォークナー『八月の光』、高見順『いやな感じ』、松下竜一『砦に拠る』、山口昌男『挫折の昭和史』、つげ義春『貧困旅行記』。

Q　畑中さんにとって文学とは？

A　人間図鑑です。

Q　マンガとハンガ。たったの一字違いです。それぞれ独立した分野として長い歴史をもっているといわれますね。その二つを畑中さんは、ご自身のなかでどのようにして両立させておられますか？

A　独立しているとは思いません。マンガというものを、手書きの総合作業だと位置づけています。絵画、物語、評論、映像、それに音楽さえも表現しているつもりです。

現在、木版画によるストーリーマンガも進行中です。逆行しているようですが、私は時代も区別していないのです。

Q　畑中さんは九州のご出身ですね。九州を舞台にした作品が多いわけですが、その畑中さんと北海道とのかかわりが生まれたのはいつごろのことですか？　たびたび来ておられますが、北海道をどのようにご覧になっていますか？

A　十八歳で小倉から上京する列車の中で伊藤整の『若い詩人の肖像』を読み、自身の『若いマンガ家の肖像』に重ね合わせました。すべて伊藤整経由の北海道でした。六年ほど前、山口昌男さんと親しくなって（二十年前に対談してますが、対談なものか、先生一人でしゃべりまくって、私は

「はあ」とか「ええ」とかいっていた。）呼んでもらったのが最初です。

　東京までの距離感が似ています。自然との対決のキビシサは札幌駅に降り立っただけで分かります。なぜかいつも冬で、北斗星で往復しています。「日本昔話」と一線を画する歴史、風土を眺め、世界的な視野を持った伊藤整や山口昌男を生んだことを面白く感じています。ついでに申しますが、高倉健『網走番外地』、小林旭『北帰行』を北海道で歌うのが夢でした。見事果たしました。エッヘン。

Q　今回の展覧会に際してひと言どうぞ。

A　若き日から今日まで変わらず豊かな時や刺激を与え続けてもらった宮沢賢治と伊藤整の版画展ができることに大きな幸せを感じています。北海道の皆様に少しでも幸せが伝わることを祈ります。

Q　新作マンガ『ガタロ』には、畑中さんの少年期の姿が投影されているようですが、当時存在していて、今日失われた「もの」（あるいは「こと」）をご自身の体験に照らして挙げてください。

A　空想と共同体。文明の進歩とは、素朴な夢想をことごとく拒絶し人間の限界をしっかり教えてしまって、人間の平均化とコミュニケーションの希薄化による匿名性が進行することだと思います。昔は良かったとはいいません。過去も現在も未来も我々は引き受けなければならないのです。だから私はマンガを描き、版画を彫り続けます。明日を願って。

私の庭

リンゴ

あかいりんごに　口びるよせて
だまってみている　青い空

戦後復興の第一声ともいえる「リンゴの唄」（サトウハチロー　詞・万城目正　曲）を、昭和二十五年生まれの私は、リアルタイムでは知らないが、映画、ラジオ、テレビで繰り返しすりこまれたせいか、思い出の一曲としている。

リンゴは、イメージが美味しい。明るい未来への牽引の役目は果たしたが、経済成長と共に忘れられがちになった。誕生会、お楽しみ会、遠足、病気の友。色が目出たいし、バナナや卵と共に「滋養豊富」で、特別の日の強い味方であった。誕生会は、小学二年の時に、それらしき事をやってもらったのが唯一で、妙にテレ臭く、リンゴほどではないまでも顔を赤くした記憶が残っているので書いた。以後、他人の誕生パーティの類まで嫌いになった。リンゴに限らず、くだものは歳と共に好んでは食べなくなる。菓子などもそうだ。オッサンとしては、なんとなく様が悪い、という姿勢に支配されるからだ。食い道楽の主役は、やはり酒と肴だろう。甘味は、体が欲求しても頭が拒絶する。なんにも気にならなくなったのは、つい最近だ。たいていの物は美味しくいただく方だし、不味い物でも後で話題にして楽しめるから怒ることはない。ただリンゴに関していえば、甘くと品種改悪がされすぎた。くだものは全部そうだろう。私の好むリンゴは紅玉だけど、これは酸味が敬遠されるのと、虫がつきやすいのとで生産農家は少数になった。したがって安くはない。

食物が旨いかどうかは、体の状態と場面が決定する。最高のリンゴは、三十年前、奥入瀬渓谷の遊歩道で、藪でこっそり売っていた物を買って、渓流で洗って食べた時の味だ。ひと玉いくらだったか忘れたが、組合に内緒の商売だったのだろう。樹になっているリンゴを、その旅で初めて見てエラク感動したものだ。

意外に思う人も多いだろうが、私の出身地、北九州小倉でも、昨年から母原《もはら》という所のリンゴが出荷され始めた。実家の近くなので一度現地に行って食べてみたい。「玄海一号」とか「無法林檎」とか名が……付くわけないか。九州では昭和三十年代に熊本で栽培されたのが最初だ。中国地方や北部九州のリンゴの歴史は長くなったが、いまだ全国区にならないのは、味よりも印象のせいだろう。

私とて、口には出さないが「やっぱ青森やろ」と思っている。あこがれとしてのリンゴならば、北海道余市周辺のものである。若いころから親しんできた小樽市塩谷出身の作家、伊藤整にそう思わされてしまった。

あゝ十四の少女は
それを何ごともわきまへず、
肌明るい十八の乙女は
一夜の涙で脹れた目を
朝に冷たく見張って
林檎園を棄てた。

雪明りの路「林檎園の六月」より

若者の多くはそうなのだが、伊藤整の若き日の詩作は、吹雪の夜をじっと耐え、雪明りの道に涙し、爛漫に身もだえることの連続で、遂に収穫祭を歓喜する詩はない。生涯、人の心根を暗く否定的に考えたがる人だった。マイナスの面を見定めることで人間を捉えたがる作家だった。そして、全てを許せる心境に達した地点で生を終えた。だから私が代わってささやかな収穫祭を祝う。北の林檎園に幸いあれ、と。

十二月初めは、札幌か小樽だろう。旅人は、不慣れなアイスバンに疲労して、どこやらで席を定め暖をとるだろう。窓の外のパウダースノウを眺めながら、珈琲と、臆面もなく注文したアップルパイを一口食べて「この雪は、旅人にはいいけど、住むには大変だ」とつぶやくことだろう。去年もそうだった。今回もたぶんそうだろう。

ダルマストーブ

かつて私は『私の村』というマンガ作品で理想郷造りを試みた。だいたい私の作品は、温泉であれ島であれ、根底に理想郷を夢想している。唯一テーマといえるものだ。『私の村』を進めていながら、次は『私の庭』だとイメージしていた。年齢と共に『私の部屋』『私の机』『私』となっていくのかもしれない。なるにまかせようと思う。

ひと口で言えば、また大げさに言えば、私の庭で宇宙を捕らえようというものだ。宇宙を描くチャンスを与えてくれた「ドーラク」編集部に感謝したい。精魂こめて、私自身も最大限楽しみながら版画作品に向かいます。

昨年末、新年と大人数のお客さんがあったので部屋を片付けた。十一畳ほどのスペースだけど、お客がない時は私の坐る場所しかない。ここで、マンガを描き、版画を彫り、水彩や水墨を描き、テレビを観、読書し、文を書き、電話をし、時には食事をし、たいていの場合ロクデモナイ妄想をしてころがっている。本の山を倉庫や階段の隅に片すとダルマストーブが現れた。四、五年振りだ。

人は、気分を一新したい時、なんらかの行為を持つ。私の場合は、入浴か水まきか焚き火だ。眠りという最高の手もある。焚き火は庭でやることもあるが、人目もあるし子供たちの付き合いも悪くなって、いつの間にかやめた。炎の情熱や燃えて無くなってしまう所が気に入ってか、子供の時から変わらず好きな事のひとつだ。仕事部屋のダルマストーブも焚火のためなのだ。マントルピース、いろり、薪ストーブかを検討した。マントルピースは自分のタイプではない。いろりは現代住宅になじまない。薪ストーブは金額に納得できなかった。工務店の社長に主に費用の点をすすめられて気持ちが傾いた。もはや一般的でなく、過去の遺物扱いされている所、鎧武者のような頑なな様子が好きになった。

冬の教室のダルマストーブ。石炭、コークスの当番や弁当を温める話はよく聞くが、実は、石炭の本場育ちの私には、ダルマストーブの体験が無い。駅舎にあったのをかすかに記憶している程度だ。雪が降らなくもない土地だが、北九州小倉の学校の教室には、ストーブの類は無かったと思う。

ストーブであるからには、デザインが好ましいだけでは済まない。機能の問題がある。石炭、コークスが調達できないのは知っていた。薪を燃やせばいいと簡単に考えていた。大工の切り落としを全部ためていたが、これは一冬で尽きた。暖をとろうとすると一週間で燃えて無くなる量だった。真赤になったストーブで沸かしたヤカンの湯でコーヒーを飲む、というささやかな事が特別の儀式となった。第一薪の熱ではストーブが赤くならない。小型なので火口も小さく、放り込める大きさ、長さにノコギリで加工する必要がある。これが私の庭での最大の仕事になった。短時間で燃えるので、付きっきりで火つぎをしなければならない。なにより大変なのは薪集めだ。散歩の途中、いつも薪になりそうな木を捜していた。折りたたみノコは常備携帯していた。せんていした庭木は、どんな小枝も集めておく。割りばし、版木の削りくず、およそ木という木は取っておく。近所の植木屋に切り落としを貰いに行く……ねっ、なんだかバカバカしい徒労に思えるでしょ。費やした労力のわりに結果が出ないのだ。おまけに樹によっては、煙と臭いに家中いぶされるので、窓を開けてダルマストーブのおもりをする、といった事態になるのだ。私はダルマの守人か？　そんなに暇ではないのだ。

久し振りに現れたストーブで一度だけ焚火をして、再び放置してある。左斜後方二メートルに鎮座しますストーブが「燃やせよ」と言っているようで気になる。何度か振り返っているうちに「自分でやれ」と言ってしまった。歩き出しそうな格好をしているのだ。同居人なのだから少しは働くべきだと思う。なんだか背中が熱い！　振り返るとストーブがカッカッと怒りまくっていた。

猫

図らずも猫に囲まれて暮らしています。問題を抱えた子供の友に、と駅前バザールでキジ猫の里親さがしに応じたのが始まりでした。ほとんど同時期に、三人の娘たちが半ば押しつけられて連れてきた猫が同居するようになりました。近所で産み捨てられた仔猫まで保護しています。親が一度も乳を与えなかった赤ちゃんだからダメだろうと思いましたが、付きっきりで世話をし、スポイトで胃にミルクを入れて五頭のうち二頭を生かしたようです。私は眺めているだけですが、いくらくるもの拒まずでも限界があります。一時期、飼い猫が九頭になりました。たちまち猫屋敷です。人にも猫にも不健康です。糞尿、ノミ、ダニ、毛、臭いとの戦いの日々でした。

うちは子供が四人います。以前は、時々、家賃を払って子供を育てるだけの人生か、と頭をかかえていましたが、このごろでは猫を養うだけの一生か、とため息をついています。エサをやっているのは女房なので私にはなつきませんしねえ。いいたくはないけど避妊手術代だけでも雌三万円、雄一万五千円ですよ。

この不景気になんで猫の面倒まで見なければいけないのでしょうか。不景気だからペットを捨てる人があとを断たず、結局どこかの猫好きがまとめて世話することになるようです。良くないのは、可哀そう、可愛いいとエサだけ与えている人達でしょうね。せめて手術だけしてくれ、と思いますが、これは猫にとって幸せなのかどうかは分かりません。

飼い猫とは生涯付き合う覚悟を決めました。それと猫の額ほどのわが庭に棲みついた三頭の猫も責任を持ちます。それ以外はもう知りません。

ひところは無限に増え続ける猫の悪夢にうなされたりもしましたが、よくしたもので生き物は全て容積に合った生育しかできないようです。縄張り争いがあります。野良猫は病気、ケガ、事故の確率が高く、長くて七、八年しか生きません。二、三年で消える猫がいますが、それぞれ事情があるでしょうから詮索はしません。

たまには猫のいない所もよかろうと、昨年夏は、宮城県の田代島のマンガ・キャンプ教室の先生を引き受けて行きました。別名が猫島でした。ウミネコが船を追っかけてきますし、化け猫の民話に絵をつける指導はするし、山には小さな猫神社まで鎮座する念の入りようです。里中満智子さんデザインのネコロッジに泊ったのでした。夜明けに港に行ってみたら、数ヶ所の猫のエサ場にオバチャンが玉子チャーハンを置いていました。魚ばっかりだと飽きるんでしょうか。私も魚づけでまいっていました。石巻に戻ったらチャーハンとラーメンを食べようと決心したのでした。実は今年も行きます。感動モノですよ。島一周のサイクリングと竹のイカダ作り。港の岩壁にはムラサキウニやホヤや小魚が、まるで生けすの中みたいに群れているんですよ。クワガタ虫はミヤマクワガタばっかりですし……マンガ教室でしたね。オホン。まっ、あんまり気乗りはしないけど、ぜひとご指名ですし、子供達に夢を与えたいし、皆さんのタメになることですしね。

二年前の夏には長崎県対馬にツシマヤマネコに会いに行きました。大陸のベンガルヤマネコ亜種で現在上対馬に八十頭ほどが暮らしています。九州本土よりも朝鮮半島に近い島です。高校の同級生セイゴウに案内してもらいました。真夏の昼間に出会うことはまずありません。棲んでいる土地を見て空気を吸えばよいのです。車中から、それらしき動物がやぶに消えるのを一瞬認めただけでした。

どこに行っても猫、猫、猫です。いきおい猫のマンガや版画が多くなろうというものです。みんな性格が違いますし、猫も雌のほうが我がままで厚かましくできている点を面白く眺めています。

葡萄

暑い夏だった。真夏日四十度があたりまえの時代が近いという警鐘が度々聞かれるようになっている。地球温暖化の原因ははっきりしている。快適な都市文明だ。一部の先進国の快楽のために温度と海面が上がる。気温は明治初年度と比べると平均五・六度上がっているそうだ。海面はデータを見たことはないが、近年は十年一センチといっている人もいる。一メートル上がれば国土の大半が消失する珊瑚礁の国だってある。珊瑚といえば、東京湾や瀬戸内海での確認報告がある。これは汚水処理の改善と、工業の不振によって海がキレイになったから珊瑚が戻ってきたんだという説もある。一方で沖縄ではオニヒトデの大量発生で珊瑚が大痛手だ。南方系の魚が北上もしている。赤、青、黄色、ハデな色の魚が増えたと五島の漁師がいっていた。二年前の夏、博多湾でのイシガニの異常発生を何度も足を突つかれて目の当たりにした。この時はウシノシタを何尾もアミで掬っている。この種は地域によって微妙に形態が違うのでアカシタビラメだかなんだかよく分からない。今年夏の東京湾のタイワンガザミ（青ワタリガニ）の大量捕獲をTVで観ていたらサシアミにカニとシタビラメがかかっていたので、私の中でワタリガニとウシノシタはセットで動いているのだと直結してしまい、笑ってしまった。伊豆に初めて行った時に磯でソラスズメダイ、チョウチョウウオ、ハタタテダイ、ベラがまるで水族館のように、もしくは図鑑のようにピラピラ群れているのを見て驚いてしまった。アミで掬えるのだ。私の認識不足だった。西日本の太平洋岸でごく普通にいる磯魚だという。それでも最近増えていて北上も進んでいるのではなかろうか。逆にサケの登る川の南限は、太平洋側は多摩川、日本海側は九州遠賀川だったのが近年はだいぶ東方に移動しているようだ。

海がそうなら陸上もそうで、私などは長らく中部地方の山脈と津軽海峡が大きな生態系の境界線だと思っていたが、そうとばかりいえない事になっている。静岡以西にしかいなかったクマゼミが六年前から、ここ調布でも鳴いている。九州、関西から来る植木の苗木にくっついてきたらしい。東京でもクマゼミのワシワシワシと鳴く声を聴きたいと、放している生物学者が居たとも聞いた。毎年確認しているから完全に定住したのだろう。ミナミアオカメムシ、ナガサキアゲハ、タイワンウチワトンボなどもどんどん東上しているという。そういえば庭の夏ミカンの樹にナガサキアゲハが来るようになった。ミカンは割りに合わない作物になり、放置する農家が増えてアゲハチョウやカミキリ虫の楽園になっているという。うちは元々、虫を眺めるために作った薮でもあるので害虫は居ないことになっている。桑につくクワカミキリ、キボシカミキリやケヤキの株からポコポコ出てきたトラカミキリとか明かりに飛んでくるヒゲコガネ、コクワガタ、ゴマダラカミキリなんかは感動モンだ。全部の虫が好ましいかといえば、そうでもないから勝手なものだ。虫好きの私も危害を及ぼす虫は差別する。たとえば、サザンカにつくチャドクガ。彼らには三年前えらい目に合わされた。それとネコメシにくるゴキブリ、シデムシ、なんか分からない気味の悪い虫。ニュースで見たマラリアを媒介する蚊、鶏ふんから涌くサシバエ。これらはやはり有難くない。

一番虫が目立つのはブドウの樹だ。末の娘が十年前に記念植樹した巨峰である。巨峰のはずだが、土地のせいか肥料の関係か、実は長らく黄緑色のままで、マスカットとデェラウェアの中間くらいの粒の痩せた房だ。秋口にややブドウ色になる。これが甘さと酸味のほどのよい味で、わが庭の最高の楽しみになっている。喜んでいるのは人よりも虫や鳥だ。オナガ、ハチ、コガネムシ、ガなどのレストランだ。収穫祭に舞い降りた天使たちと思うようにしている。

露天風呂

マンガ・キャンプ教室でのキャンプファイヤーで参加者全員が「私の夢」を語るコーナーがあった。小学生から高校生まで五十名のうち十名近くの子供が「夢はありません」とちょっとふてくされて見せたのが印象的だった。マンガ教室でマンガ家になりたいというのも照れ臭いのか、これは一割にとどまった。受けていたのは、地球を征服したいといった子と地球を防衛したいといった高校生だ。私は、残りの人生で正しいマンガ家を目指す、といってほとんど無視されている。

改めて夢を思う。無い。強いていえば、自分の周辺に不幸が少ないことを願うくらいだ。実現可能なものとしては、私の庭に露天風呂を造ることくらいか。故郷小倉でもいいし東京でもいい。どちらでも間違いなくヒンシュクを買う。開放的な庭だからご近所を見渡せる。ということは外からも丸見えだ。絵のような女が入っていても風紀上問題だろうし、他人の眼など気にせず好きなことをすればいいんだと繰り返しつぶやきながら引きつった笑顔で風呂に入っている中年マンガ家など誰しも見たくはないだろう。世間体が実行を拒んでいる。放置された五右衛門風呂を見かけることもあるし、広島県に製造業者があることもチェックしている。土木、水道工事は長年従事していたので血が騒ぐのだけど。

露天風呂を求めて温泉に出掛けた。父親の見舞いのための九州入りだが、同級生のシゲルの運転で女房と三人、一泊二日の小旅行に出た。日向「新しき村」取材は運転手が大変なので断念し、国東半島と久住高原に変更した。国東はなんだか怪しい仏の里だが、通り一遍眺めただけでは、単に近代化に取り残されて不便なだけとしか感じない。

別府は小学校の修学旅行で初めて温泉体験をした地だ。長年係わることになる私の温泉の出発点ともいえる。大平旅館という屋号まで覚えているのは、大浴場の前の建物を解体した空地でケンカを始めた奴らを皆でフリチンで取り囲み「やめれっちゃ、すんなっちゃ」と止めたからかも知れない。それと地獄巡り、楽天地恐怖館の裸女の絵、象の花子に乗ったこと、高崎山の猿の群れ、バスガイドが唄った「別府音頭」などを思い出す。別にどういうこともないものだが、究極の観光は、地獄巡り、温泉饅頭、絵葉書である、などといっていることの根は、この修学旅行にあることが分かった。今回も、揺らぐ自信を抑え込みながらではあるが、地獄巡りをし饅頭食って絵葉書を買って秘宝館を堪能している。似ているのだ、四十年前のコースと。人というのは進歩しないものだと妙に納得のいく観光だった。

ずっと捜していた「別府音頭」の歌詞は泊ったホテルの箸袋にあった。が、作詞作曲者名が分からない。後日、娘のパソコンでアッサリ出してもらい「四十年の捜索がたった数秒か」と私は大ショックを受けたのだった。パソコンを拒否し続けていたのだ。ショックはまだある。鉄輪を始めとする有名大温泉が、その歴史と巨大さゆえに身動きがとれなくなっているのを、かつては片隅だった由布院や黒川の人気との比較で目の当たりにし、凋落している大温泉は私か？　と一瞬思ってしまった。男中心歓楽型が拒絶され女主導オシャレ型が万事に渡ってリードしているのは確かなようだ。まあ、しかし、永遠の繁栄など何処にも誰にも平等にない。「満つれば欠ける」だ。と、山本夏彦の愛用句をかみしめたりした。「別府湯の街　ヨサコラ　サイサイ　別府湯の街　湯川に湯滝

アリャサ　一夜千両の　ヨサコリャ　サイサイ　一夜千両の　お湯が沸く」（補筆・西条八十作曲・中山晋平）と独り唄う歌が淋しく流れる。

実はショックはさらに続くのだ。車と携帯電話の便利にほとんど愕然としてしまい、おいてけぼりを食っていることを圧倒的に思い知らされることになったのだ。なんという発見の旅だろうか。もう、笑うしかない。

一月十二日の記録

『仁義なき戦い　広島死闘篇』『代理戦争』を観ながら朝まで仕事をして三時間ほど眠った。昼前に起き、ぼんやりとテレビ朝日の『サンデープロジェクト』を眺めていた。節約に成功した市長の特集をやっている。地域の密な連帯、環境整備、福祉政策で雇用促進を実行した例だ。アメリカのピッツバーグやシカゴなど鉄の時代に巨大化した都市が、これに情報文化、学園、観光都市構想をくわえて衰退に歯止めをかけてモデルケースになっている。私も基本的には賛成だ。故郷北九州市は今年、五市合併四十周年だ。新聞インタビューを受けた折、希望としてその事を中心に語った。私は『町起こし』の類の講演で「町も村も起こされたくないと思っているかもしれない。これからは〝町休み〟〝町眠らせ〟こそが最大の町起こしだ」などと語って主催者をガッカリさせる人間だ。本気なのだが問題が残ることも承知している。節約は夢が小さくなる。夢や希望を充足させてこそ人生であり国家だろう。土建政治にノオは結構だけど、とりあえずの節約で出てくる答はあまりに小さかろう。その先はどうする？

未消化のままテレビは正午のニュースになり、女性キャスターがなんと深作欣二監督の死を伝え始めた。どうやら『広島死闘篇』を観ている時間帯に亡くなったらしい。これに縁や偶然を強調するつもりはない。仕事中に深作欣二を観る、というより掛けているのは、いつもの事だからだ。深作さんは私にとって特別の人だ。同時代人であることに幸福を感じる何人かのうちのお一人だ。一九七二年の『人斬り与太』『狂犬三兄弟』から七三年の『仁義なき戦い』に至る軌跡は、我が映画体験で最大の衝撃だった。私自身のせめてもの慰めは、三年前の暮れに深作欣二ご本人に『仁義なき戦い』が世界映画史上Ｎｏ・１であることを語り、たくさんの刺激を貰ったことにお礼を言えたことだ。違う席で中原早苗さんにも同じ事を言い賛同を貰っている。『仁義なき戦い』シリーズは劇場で七回観て、ビデオテープはテープの寿命がくるほど観たので三千八百円になって買い直した、と言うと深作さんは「それは散財させましたねえ、ホホホッ」と笑っておられた。

「死んだ人と生きている人を区別しない」とは、やはり大事な人で、昨年亡くなった山本夏彦さんの言葉だ。作品に馴染んで友となる、と言う山本さんに倣ってか、歳をとったからか、私も最近その気持ちが強い。新しい物はもうなにも要らない、と決定を下す寸前まできている。近年、私の一番の楽しみは、明治、大正、昭和三十年代までの日本文学史の読み直しだ。現在真只中の関係者にケンカを売るつもりはないが、どのジャンルにも〝時代〟があって、小説は昭和三十年頃に尽きているのではなかろうか、と思うに至った。映画も才能ある何人かの若手監督がいるようだが、近頃の話題作を観て、昭和二十年代三十年代の作品を観ると、昔のプログラムピクチャーやＢ級扱いされていた映画の方が広がりも深みもあり娯楽のツボも心得ていて、より映画らしいことが分かる。勢い盛んな時はすそ野まで凄い。普通が一級品に見える。私の職業であるマンガ家はどうだろう。似たようなことが起こっている印象があるが、深く考えたくない。

小説は十代二十代とは違って見えてくる。もはや青春の教科書は必要なくなった。若い頃は、うっとうしいとしか感じなかったが、今では、中年期の危機を乗り越えていった作品、作家、また乗り越えられなかった作家に切実な興味が向く。私は蔵書の整理を始めて、改めて娯楽を得た。多分生涯の娯楽だ。古書店にも二十年振りに行くようになった。誰も読まなくなり図書館でさえ持て余している各社の文学全集が一冊百円前後で売られているのが嬉しくもあり悲しくもある。

私は、古本を食って生きる胃袋の丈夫な羊を、〝私の庭〟に一匹飼って暮らしているのだ。

ドラえもん誕生30周年に寄せて

「どこでもドア」や、なんでもでてくる「四次元ポケット」は、子どもだけでなく、万人の願いですね。ボクも欲しがっています。だれでも想像力や表現力で「どこでもドア」を作っているのでしょうし、身近な人に託しているものなのでしょう。

ボクは子ども四人を育ててきましたから、ドラえもんとの付き合いは長いです。子どもマンガの流行を見るとはなしに長年眺めてきましたが、落ち着く所はドラえもん、という感じです。ギスギスした世の中ですから、あくまでも弱虫のび太くんが、どこまでもおおらかなドラえもんに助けられて、事件を解決していく話にいやされる子どもは多いと思います。

作家は、皆屈折していて、斜に構えたり、反抗したり、恨みをエネルギーにしたり、どこかに悪意がにおうものです。ドラえもんには珍しくそれがない。シンプルな絵や物語、正義と調和の強い意志で、すべて浄化しているのでしょう。いい人、いい作品で生涯をまっとうする。将来も活躍する。それは奇跡といっていい存在のし方なのです。

エロス、バイオレンス、リリシズム

MY BOX

酔っぱらいのオダや自慢話を聞いているよりはカラオケのほうが断然いい。世にカラオケ嫌いが多いことは承知している。強引に誘ったりはしないし、スナックでのカラオケは実際迷惑だ。だからカラオケボックスで気の合う仲間で、ということになる。

編集者の渡辺豊さん、イラストレーターの安芸良さんと三人で月に一度のカラオケバトルが始まって何年になるだろう。当初は五時間予約に驚いた。五時間六時間は当り前、八時間九時間の世界なのだ。お食事タイムが二度ある。いつもの店のいつもの部屋がいいが先客がある場合、これはまあ諦める。

小林旭、桑田佳祐、宇崎竜童、舟木一夫などを好む。本当はエルヴィス・プレスリーをガンガン歌いたいが二、三のバラードしかやれない。プレスリーは他の誰が歌っても駄目だ。カヴァーで良かった例しはない。俗悪の神、偉大なる田舎者エルヴィス・プレスリーが見事なのだ。今年はプレスリーも小林旭もデビュー五十周年なので、それなりの売り出しがあり、不満半《なか》ばながら楽しんでいる。小林旭デビュー五十周年記念コンサートだってS席を予約したのだ。私以上にアキラファンだった青木雄二さんが亡くなって一年が経った。葬儀の席で「惜別の唄」を歌って以来アキラを封印していた。いつの間にかカラオケ収録曲が六十曲になっていて、知らない曲が十数曲あって少々焦ってしまった。代表曲はみな歌える、というのがささやかな自慢だったのだ。

桑田佳祐の天才には唯々呆れるばかり。宇崎竜童は私の青春を呼び起こし、舟木一夫は純情を刺激する。

眺めれば、エロス、バイオレンス、リリシズムとユーモアの融合を好む傾向にあるようだ。尚オッサン三人組の歌は、皆同じくらい上手くない。

オレの海

夏は旅先でも近所でもビーチサンダル、半ズボン（時には海水パンツ）、ランニングシャツ、タオルハチマキ姿でいる場合が多い。これを拒絶しそうな所へは立ち入らない。先日も芥川、直木賞のパーティを見物する気になりスーツを買ったが、吹き出す汗に会場行きを即断念した。山下清みたいに看板にしてどこでも行けばいいと言う人もいるが、着るものにそこまでの自己主張はない。入れ物によっては拒まれるかもしれないし。

その点、海は偉い。黙ってオレを受け入れてくれる。もしかしたら拒んでいるのか、黙ってなくてザッパザッパうるさいし波打ち際でゴロンゴロン転がされる。茅ヶ崎海岸だ。サザンオールスターズを歌いながらの日帰り海水浴だ。その安上がり、疲労感が昭和三十年代みたいで感動モノだ。サザン通りの静けさ、エボシ岩のショボさ、波の荒さ、水の汚さ、全部が気に入ってしまった。お気に入りの海はオレの海と呼ぶことにしている。近年オレの海は、長崎の対馬や宮城の田代島だったり福岡の宗像《むなかた》や生《いき》の松原だったりしたが、当面は茅ヶ崎だ。国道からかいま見ていた時は、なぜあんな小波にサーファーが群れているのかと馬鹿にしていたが入ってみて分かった。結構荒くれ者なのだ。相模湾はナメたら危ない海だと言っている地元の漁師もいる。とんでもない。ナメたりしませんよ。でも海水は必ず舐めてみる。全身で味わって水から力を貰ったつもりになるのだ。だから実はどこでもいい。川でも温泉でもいいのだ。でもやっぱり海が一番だ。グズグズした人生だから時々太陽に包まれ潮風に吹かれて〝オレの海〟と言って握り拳に力を入れたい。

パワーを貰うばっかりで、ほとんどお金を落とさないから、いい客ではないようだが。

ボクの街

行かずに悪口を百人分並べたてるタイプの人間である。一方で何でも楽しむ奴と言われる男である。昨年は宮城松島だった。一昨年は大分湯布院温泉がそうだった。今は、ボクの街、恵比寿ガーデンプレイスだ。

恵比寿三丁目が本籍だ。一九七一年から五年間暮らした。ここで設備会社に勤め、失業し、デビュー作となるマンガを描き、妻を迎えた。元来、悲観も楽観も極端に走らない性格だが、不安に揺れた危うい季節だった。三十年近づかなかった。淋しい暗がりだった所がガーデンプレイスに変貌したことも近づきたくない理由の一ツになった。最も距離を感じる雰囲気だ。

娘の一人がちょっと係わっているファッションショーの見物と私マンガ「１９７５」の締め切りがちょうど重なり恵比寿に向った。二十五歳の自分に会いに行く旅である。九州小倉に電話していたボックス跡に金色の恵比寿様が坐っている。電話相手は若き日の女房だ。古書店、テーラー、パチンコ店、酒屋など、そのままだったり、かすかに面影を残している店がいくつか在った。そこから駅に徒歩三分の地がガーデンプレイスだ。

三十年前、その脇の道を、ある時は星を見上げ、ある日は地面を睨みつけ、幾度通ったことだろう。屋外映画設備のあるセンター広場で寝ころんでしばし黙想する。三十年間は何だったのか。良くも悪くも自分だ。肯定するしかない。二十五歳のマヌケな自分も許す。あの時の失意の青年を醜く居直った中年が励ます……なんだ一本描けるぞ、名作が。

博多の友人を電話で誘った。「ボクの街を案内するよ。おまえ、道だって動くんど」。

私の庭

高枝切鋏《たかえだきりばさみ》ってあるよねえ。私、アレのほとんどプロ。二回買い替え、キャリヤ八年、アレだけで樹の散髪をすることに、このごろでは使命感や達成感さえ感じている。

庭造りは難しい。人格、教養、思想が明確に現われる。恐い。私は二十年間いじって、ごく早い時期に庭師は諦めた。「好みだから、いいんだけどね、一度いじらせてよ、ダンナ、安くしとくから」と流しの庭師が度々声を掛けてくる。放って置いてくれ、私の遊び場なんだから。小堀遠州や千利休は私の世界に居ない。が、私なりの庭へのアプローチがあってもいいだろう。

ホアン・ミロの「私の庭」、マルク・シャガールの「私と村」とかに憧れたのは十代の終わりだった。林達夫に「作庭記」というエッセイがある。「私の村」は何度かマンガ作品化した。「私の庭」はエッセイと版画で連載を始めたが四回で雑誌が無くなった。ささやかな私の庭で出合った自然と瞑想、妄想の世界で庭を構築する。やや大袈裟だが一言で言えばそのような試みだ。マンガ作品にだってできそうだ。やがて「私の部屋」も形になるだろう。つまり「私」の作品化の機が熟している、と言えそうだ。この世界には、つげ義春や車谷長吉という怪物が居るが、私なりの方法もあるだろう。と、たとえばそのようなことを私の庭で思い巡らしているのだ。

妄想の庭は無限だが、実際の私の庭は二十坪くらいのものだ。梅、李《すもも》、葡萄など主に実の成る樹を欲ばって植えて育つにまかせていたため私が通るスペースしかない。猫の額のような狭さ、という印象だ。猫の額に猫が暮らしているのはどういう訳だか。
最後に付け加えれば、あらゆる憩いの場でハイライトとコーヒーは一番の友なのです。

MANGAの時代　世界に共通する喜怒哀楽

思う所のある初冬である。この秋、長男、長女、二女が結婚した。末の娘は仕事を持った。私は体に異変を覚え、初めて循環器系の医者にかかった。大事には至らなかったが用心は必要な身となり、薬、食事、運動を心掛けるようになった。四十年間、最高時には日に八十本吸っていた煙草をキッパリと止めた。青木雄二、谷岡ヤスジの五十代の死、ナンシー関三十九歳、杉浦日向子の四十代の死にショックを受けている。私の旧著『まんだら屋の良太』がフランスで出版される。秘かにDVD化も進行中だ。やがては全作品が電子メディアに移行していくのだろう。売り込みもしなければ拒絶もしない。コンピューターは摑み所のない世界だ。若い人にまかせるしかない。引退の時がきた、とは言わないが、後始末にもエネルギーを使う時がきた、と、切実に感じているのだ。死を意識していい年齢になった。

一九五〇年生まれの私は、戦後マンガの攻勢を自らの成長と共に体験してきた。マンガ史を洞窟壁画から、あるいは鳥羽絵や北斎漫画から起こすのも悪くはないが、ここはリアルタイムで見知った歴史に限定する。事《こと》は手塚治虫から始まった、とした方が現在認知されているマンガをとらえやすい。あらゆる現象には社会構造や歴史が密接に関わっていて、無から突然現れるものはない。

手塚治虫が独りで作ったスタイルではないが、ジャンルの多様性、知性、物語る能力、表現テクニック、それらの総合力は比類のないもので、ストーリーマンガそのものを手塚以前、手塚以後と大別できるほど傑出した存在だった。一九四七年の『新宝島』以来、とかく俗悪だと批判されがちなマンガを〝良心〟という名の砦《とりで》で守っていた。

実は、正しい、真面目、良い心は、大切ではあるが、一方では退屈でつまらないことでもある。漫画には〝俗悪こそ命〟の要素がある。過激、猥雑《わいざつ》、残酷などPTAが目をむいて怒りそうなことこそが、マンガを増殖していくエネルギーだった。大阪中心の劇画単行本、東京発行の多量の付録つき月刊漫画誌が刺激し合って成長し、それが貸本屋に結集し、子供文化の最大の基地となっていったのだ。

第二次世界大戦後というのは、アメリカでも日本でも〝青春〟が大きなマーケットになった時代だ。いわゆる団塊の世代が圧倒的な数で、あらゆる物を貪欲《どんよく》に消費していき、この力が一九五九年にはマンガ週刊誌時代の幕を開けている。そして、黄金の六〇年代である。ゼロからの創造、自在な表現の幅と進化、とどまることを知らぬかのような経済、文化の成長、それに伴う充足、抵抗、敗北、どこを切っても生命力に満ちていた。

マンガは、小説の心理の深み、物語の豊饒《ほうじょう》、映画の表現の幅までも取り入れた。元来、日本人は発明、発見よりも工夫に能力を発揮してきた民族ではなかったか。大きな資本投下のいらない、個人の微に入り細をうがった手仕事であるマンガこそ、日本人によく合った作業の一つだったようだ。世界に誇れる戦後日本文化は何かと問われれば、マンガ、カラオケ、年功序列に終身雇用だと、私は思っている。

ともかく、カタカナ表記のマンガが定着し始めたのは六〇年代末のことだった。まんが、漫画とは違ったものに進化していたのである。駄菓子に等しい子供まんがと滑稽《こっけい》、風刺を定義とする大人漫画に分裂していたものを、団塊の世代が巨大な市場を作っていき、やがて自分らの年齢に合ったマンガを観たいと欲したばかりでなく、多くの表現者を生み出していったのだ。私もその一人である。

そしてそれは大成功したかに見える。予測以上の巨大マーケットとなり、質においても、たとえば文学や映画と比べても何ら遜色《そんしょく》のない作品世界を構築していき、傑出した作家たちを生んでいった。少なくとも一九九〇年ころまでは。たぶん八〇年代に質・量ともに頂上を越えていたのだ。

マンガ界を眺めたところ、傾向として、翻訳出版と電子メディアへの移行が目につく。翻訳はブームでさえあるのだ。六〇年代に出版社が商品化した「コミック」は、世界では「MANGA」として定着してきた。特にヨーロッパとアメリカで増殖中だ。アニメに熱中した子供が読者として育ってきて日本のマンガのすそ野にも着目し始めた。

受ける最大要因は、なにより日本の近代とはヨーロッパに習うことだったから、作品の中に勤勉に、また華麗に表現された自分を見る思いがするのだと思う。ヨーロッパ以前のすべてのお手本だった中国でもロシアでもシステムが整備されれば、それは巨大なマーケットになるのだろう。民族、思想、歴史は違っても人間の喜怒哀楽にそんなに大きな差はないはずだから、人間を描きつくす表現の深さと幅を獲得したＭＡＮＧＡは、総合的な表現手段でありながら、安価、お手軽、身近さ、という点で、なお力を発揮し続けていくだろう。

ふるさとを語る　軍都・炭鉱「蛮地」とは失礼な

明治三十二年（一八九九）、森鷗外は、第十二師団軍医部長として、九州小倉に赴任し、三年間ほど過ごしている。陸軍医務局での出世争いでの敗北、左遷人事であったため、当初は小倉を好意的には受け止めていなかった。それより遡《さかのぼ》ること明治二十八年には、失恋の失意のうちに四国松山中学へ赴任し、さらに熊本第五高等学校講師を選択した夏目漱石は九州をどうとらえていたか。二人共、中央文明から遠く離れた西国落ちを隠忍、修業の時にしたはずである。

私の知っている昭和にも、東京からはるか彼方の〝蛮〟の国ととらえる人もなかにはいた。いわく、九州の人は靴はいているのか、服着ているのか、言葉は通じるのか、毎晩焼酎のんで暴れるのか……など、ほんと、失礼な話である。

私は昭和二十五年（一九五〇）に福岡県小倉市に生まれた。三か月後には朝鮮戦争が勃発している。すわ第三次世界大戦か、と人々を恐怖させ、いまだ問題を残している戦争だ。小倉は立地的にも重要な役割を担わされていた。戦争特需を最も受けた町だろう。

石油によるエネルギー革命が起こるまで、石炭で栄えた地域である。小笠原十五万石の城下小倉は、長州軍に敗れ焦土と化して明治を迎え、明治三十年代に第十二師団歩兵第四十七連隊を設置、東京小石川からの造兵廠《ぞうへいしょう》の誘致などで軍都として発展してきた都市だった。

太平洋戦争後は、石炭エネルギーによる製鉄を中心とした北九州工業地帯の代表的な商業地になっていた。昭和三十八年には、大陸交易の港であり九州鉄道の起点の門司、商業都市小倉、製鉄の八幡、戸畑、石炭集積港の若松の五市が合併して人口百万人の市が誕生した。私が中学二年の時だった。若戸大橋の開通を祝い、煙突から吐き出される七色の煙に繁栄を仰ぎ見たものだが、私が出郷した昭和四十三年には、すでに公害が社会問題化され始めていた。

私の原風景は、ボタ山と路面電車である。全国第一号の小倉競輪場と衰退著しい小倉炭鉱に隣接した土地で十八歳まで暮らした。炭鉱の規模は小さかったが都心部から海底まで、アリの巣のように坑道が掘られているため地下鉄が通せなかった。電車に代わってモノレールが走っている。しかしまあ、よくしたもので労働者の賃金を吐き出させるシステムが完備していたようだ。公営ギャンブルの過密地帯であり、娯楽遊興施設の多いこと。たとえば映画館は、旧小倉市内だけで最大三十館を数える。活力溢れる都市ではあったが、ガラは、あんまり良ろしくなかった。気づいたのは小倉を出てからだけど。

近代産業にうまく乗った土地だから、変貌いちじるしく、人の移動は激しい。私もそうだが、自由業者が多い。いつでも産業構造は推移する。鉄が基幹産業でなくなってから人口流出は少なくはない。学園都市構想、産業廃棄物処理、ロボット工学、自動車工場誘致など模索し努力はしているが、確固たる方向を指し示すには、もう少し時が要るようだ。

故郷は、誰しも愛憎半ばするものだ。私にはこのごろ〝憎〟が消えつつある。私ほど濃く故郷を引きずっている人間はそんなに居ないだろう。長年、小倉を舞台にしたマンガを描いている。今また自伝的要素の強い作を描き継いでいる。多分生涯描いていくのだろう。そうであるなら、故郷で具体化し始めたマンガミュージアムなどで、マンガ家としてお手伝いできることもあろう、と、明るく覚悟を決めた。育ててくれた土地に、ささやかな恩返しだ、と、Uターンして知事選に立候補した人みたいな弁で、この稿終了します。

勝手にシンドバッド

一九七八年。暑い夏だった。

私は、やがては五百話となる連作の三話目あたりを描いていた。テレビから流れるバンドを運動会みたいだと思った。才能と知性に裏打ちされたような、たいへんに〝いい加減な〟フレーズがサンバのリズムに乗って投げられていた。軽く自己本位でもあり重い性欲にまみれてもいる。

「今何時?」「そうねだいたいね」とか、胸さわぎの腰つき、とかの言葉に大ショックを受け感激した。ディレクターからクレームがついたという〝腰つき〟は強引に通して良かった。変えていればその後のコースが違っていたかもしれない。

意味じゃないよ、快感だよ。ポップだ、ビートだ、スイングだ、ドライブだ、と総動員で、桑田佳祐は実は歌謡曲をやってきた人だ。歌謡曲で人間の業も心理も神秘も見据えて表現した。生と性の賛歌だ。

夏目漱石は、三代目小さんと同時代人であることの幸せを語ったが、私は桑田佳祐が同時代に居ることを幸福に思っている。アリガトウ。

Ⅱ

伊藤整氏とボク

もしかしたら恥ずかしい話なのかも知れないが、小説を読んで、たった一度だけ泣いた事がある。

人間についての物語は、なぜこんなにも悲しみや恥や嘆きばかりを目覚ませてゆくのだろう。

という書き出しの序文を掲げた「幽鬼の街」「幽鬼の村」の二部構成にされた伊藤整氏の『街と村』を読んだ時だった。抒情詩人として出発し、新心理主義の提唱者、実践家であった時代の、集大成的要素を持つ作だが、マルクス主義との対決、自然主義リアリズムへの反発、意識の流れの手法、秩序と生命の問題、野性や土俗への興味などの伊藤整らしさが出揃っている重要性は抜きにして、まずその執拗《しつよう》な自己告白と疎外感が、ボクの胸を刺した。創作に関わるあらゆる手立てが、消失したかのように感じていた二十三歳のボクに、三十代初め頃の伊藤整氏の青春の嘆きが、痛く染みたのだった。そして、この悲哀に塗り込められた、生きる希望や元気とはまるっきり逆方向に連れていかれる小説と、解らないままに繰り返し読み続けていた『小説の方法』とによって、なんとなく創作の糸口が摑めた気持ちになり、伊藤整氏を一つの拠《よ》り所としながら、ヨタヨタと貧しい仕事を重ねて、今日に到っている。

ボクは、主義などという仰々しいものではなくただの成り行きで、誰にも師事しなかったが、あえて云えば、伊藤整が先生ということになる。弟子を認めない人だったらしいから、マンガ家に弟子を名乗られて、あの世で苦笑されているに違いない。しかし、これも成り行きなので、笑って許していただきたいと願うしかない。

伊藤整に導かれたといっても、ある特定の作品に敬服したとか、理論に沿ったとかではなかった。ある雑誌で「一冊の本」を求められた時に書いたことだけど、伊藤氏から最大に教わったことは、創作に絶対の約束などなく、どんな人にもその人に合ったスタイルが必ずある、といったようなものだった。つまり、マンガ家に向いてないいんじゃなかろうかと疑い始めていたボクに、大いなる安心をくれたわけだ。

実際のところ、原理論などどうでもよいことで、たとえば「本質移転論」は当り前すぎてつまらないし、「芸」の理論もハリ扇の音が聞こえてきそうで寒々しい印象が残ってしまう。やはり技術論で扱える範囲は、そう広くなさそうだ。原理論そのものが、もともと無理なんだとも思う。しかし、こういう物言いこそ、絶対の神を持たずに、あらゆる物を一旦、相対の地平に均して、まず疑うことから始める伊藤整氏の流儀から全然自由になっていないのかも知れない。

技術論にはそう感心しなかったが、「近代日本人の発想の諸形式」などの人間分析や秩序と人間の関係を説いた生命論には、強く魅了された。対人関係抜きに個人の実存は有り得ないという観点や共同体の成り立ちは、ボクの最も大きな課題になってきたし、創作の衝動もしくは結論は、命の発露だとしか言いようがないと、今の所のボクは思っている。やや漠然としているにしても、それ以上の説得力のある言葉を知らない。伊藤整氏は〝秩序の圧迫に抵抗する生命の発露〟と書いていたはずだが、この場合は、比較論的な対置法が、却って柔軟さを欠いて、視野を限定しすぎていないだろうか？　本能を持ち出しても、とりとめがなくなるだけかも知れないが、ある物事に対する抵抗の型よりも、単純に快感に源を発した欲求や感動の方が、ずっと多いのではなかろうか。

そう思って見ると、確かに伊藤整氏の全体像は、誠にしぶとい抵抗の軌跡が辿《たど》れるが〝生命〟を納得させるだけの躍動は、量からみるとそう多くなさそうだ。戦前では『生物祭』と『馬喰《ばくろう》の果《はて》』戦後では『誘惑』そして晩年の『変容』くらいが思い浮かぶ。『変容』は、それまでの多すぎる理屈と暗い人間認識によるエゴの地獄図から数歩踏み出して、肯定的人間像を引き寄せたか、自己の罪をある程度許すかした作で、読後の心地好《よ》いものだった。もちろんこの心地好さは、『誘惑』などの楽しさと違っていて、年齢に合った喜びがあるのだといった安堵のようなものだ。ボクは『変容』を、もっと歳をとって読み返すことを楽しみにしている。

読書の属性である〝意義〟を取り払って、できるだけ感動と陶酔の基準から作品を眺めてみると、まずその美しさにおいて『生物祭』をあげねばならない。昭和七年の作で、フロイトやジョイスをはじめとする新文学の模索の過程で生まれた最良の収穫だ。父危篤《きとく》の静寂と外界の春爛漫《らんまん》の蠢きとのせめぎ合いの中で戸惑う〝私〟を、見事な統一に封じ込めた、象徴的、観念的な散文詩だ。イメージのふくらみに文体の緊張感がよく拮抗《きっこう》して、美しく昇華されている。いつの頃からか、伊藤整氏の散文におけるスタートを、この『生物祭』に置くようになった。

それにしても、名前通りに整った人であるらしい。爆発しない、破綻《はたん》しない、が氏の一貫した性格のようだ。ボクは、昭和四十三年に『若い詩人の肖像』に感動して読者となり、定着した「知性派」のイメージから出発しているから『街と村』以前の、野性や土俗に着目した作の多さに意外な気がしたものだが、今では、都会の知識人よりも北海道の土俗の空気の方に魅かれている。資質から言えば、これは伊藤整氏のタイプではなかったかもしれないが。

『生物祭』から三年後の『馬喰の果』という、肉体と心理の全体的な把握を意図した作においても、非常に良くできた作であるという前提に立って、あえて不満を探せば、野性が、いまひとつ魅惑として迫ってこない物足りなさがある。実験の尖鋭をやや引っ込めて、オーソドックスなリアリズムを考慮した書き方で、流れ者の馬喰である準平と、人妻のお園の関係を軸に、村落共同体を背景にして、生と性を分析した、あまりに巧みな作品だ。悪くすれば虫のよさに繋がる危っかしさのあった自意識の過剰から、人間の関係に主眼を置いたことは、そのまま作家の成長を示すものだったが、目くばりが届きすぎ、整いすぎている所に、準平の野性もまた、整理されてしまったかのようだ。

戦中の「得能」モノから戦後の『鳴海仙吉』『小説の方法』を通過し、チャタレイ裁判を戦う過程で生まれた『火の鳥』までくると、その関係性の問題は、対ジャーナリズム、対社会とダイナミックな発展をし、ここには、生命論、技術論など、伊藤理論のほとんど総てが、濃厚に実践されている。そういう意味で『火の鳥』は、最も主要な作に違いないが、やはり、理論家の持つべき不幸というものが、味わいに若干の邪魔をしているようである。

感動の秘密は、どうやら、主張の当否や理解ではないらしく、認識から止むに止まれずはみ出していく生理が、作者との連絡を切ってしまわない地点で、ある種の美学の裏打ちに輝いた場合にあるようだから。

風の人　宮沢賢治を求めて

宮沢賢治紀行

かねた一郎さま　九月十九日
あなたは、ごきげんよろしいほで、けっこです。
あした、めんどなさいばんしますから、おいでんなさい。とびどぐもたないでくなさい。
山ねこ　拝

いつのころからか『どんぐりと山猫』の冒頭の、ある土曜日の夕がた一郎のうちにきたという、おかしなはがきが、宮沢賢治作品全体の案内状だと思うようになりました。

自分の愚かさに萎縮したり、つまらないことで爆発しそうになったとき、また、こまやかな喜びを祝福したいとき、ボクは、はがきの受け取り人になって「めんどなさいばん」ならぬ注文の多い料理店や、うろこ雲がいっぱいの月夜や、雪の凍った幻燈会会場のあるイーハトーブを散歩するのでした。もちろん飛び道具など持ちようがなく、皆の邪魔をしないように、遠慮がちに珈琲をすすり煙草をふかす、おとなしい読者としてです。三ページも行くと、シンと澄んだ風が身を洗います。

描写としての風は、さほど多くなさそうですが、近ごろでは、宮沢賢治というと風を連想するようになりました。うらぶれた行間の隙間風なら、人間の業の深さばかり面白がっているボクのものですが、賢治さんのそれは、あっ、いつかの風だ、と思い当る風です。もしかしたら、太古から吹き抜けてくる風かも知れません。この風が、何十年か以前の作品を、もぎたての果実のように現代に輝かせています。そして多分、これから先もずうっと輝きを運び続けるでしょう。

宮沢賢治を、ひと言で言うと、豊かさ、です。

詩集『春と修羅』では、硬質の抒情や突き刺すような心象を刻み、格闘の末に見すえた自然や生産を謳い、どこか子供じみた大胆さを残しながら確かな造型を見せてくれます。

「虹や月あかりからもらってきたのです。」と、さりげなく提出する童話は、躍動する創意が、抑制のきいた平明な文章で、よく調和されていて爽快です。光にも闇にも目のとどく人なら誰にでも自然に現れるところのユーモアが、随所に生きていて、愉快でもあります。形容詞とか擬音語とかがムクムク起きあがって、こうでしかないだろうという顔で呼吸しているのも、この人ならではです。

かといって、主張がゲンコツになって、机をドカドカたたく形には、決してなりません。突きつめた美が結晶している風でもありません。むしろ、一見素朴を装います。あるときは単純でさえあります。もちろんこれらは、知性と写実を通過したのちの明快さでしょう。

表現技術面でも、特に凝った意匠は見当りませんが、テクニックなど感じさせないほど、高度なテクニシャンだったと考えるべきではないでしょうか。なぜなら、正しい生活や清い志のみで作品が成立するはずがありませんし、熱い目的意識など彼方に押しやったときこそ、作品に完成があるからです。そして、感動にもまた、テクニックが要るからです。

「イーハトーブ」へ

ともあれ、一篇一篇は、カチンと座っていたり軽やかに歩いていたりですが、代表的な物だけでも並べてみると、なんだか世界が見えてきます。交響曲「イーハトーブ」を聴くおもむきがあります。岩手に行ってみたい、と思わせてしまうのも賢治さんの大きさでしょうか?

出発を九月十九日にしたのは『どんぐりと山猫』に倣ったわけじゃありません。日曜日を避けたら偶然そうなったのです。二十一日が命日で、某所で賢治祭が催されることも後で知りました。これを運命に結びつけるのは、タイプじゃありませんから、パスです。

作家は作品を通じてのみ知っていればよい、というのがボクの持論です。本人に会いに行って頭を下げるなど同じ創作家の端くれとしてプライドが許さないし、ましてや、作品の舞台を歩くなどと女学生みたいなマネができるか――と年少のころから意気込んでいました。それをアッサリ破らせたのが賢治さんでした。十一年前に岩手を含む東北旅行に出ていますし、そして今回です。同行は、女房と五歳を頭の子供が三人。これもひとつの修羅なのですよ、賢治さん。

これに〝作品の舞台を行く〟などと目的が加わると、疲労感は、半熟トマトを運搬してきた三毛猫の比ではなさそうですので、ここは軽く、岩手の風に吹かれに行く程度に考えました。実は、一ツだけ目的らしきものがあります。照れくさいのであまり深く追究しないでほしいのですが、その昔、小岩井農場を見たときから、自分がもしかして子供を持つ身になったら、ここに連れてこようと、漠然と思っていたのです。それに、賢治童話を与えることは、日本の父親の義務じゃないかと、子供と岩手を歩くことに何の遠慮がいるものかと……。

花巻温泉

そんなわけで、第一日目は花巻温泉です。本当は、二キロほど上手の台温泉にしたかったのですが、子供が自動車に弱いので、鉄道に近い方を選びました。

大正時代に花巻の資本家が集まって近代的温泉を建造したもので、この開発計画には賢治さんも参加しているそうです。現在は、六軒ある旅館全部を一社で経営しているらしく、リゾートを強調するだけあって、温泉全体が、整備の行きとどいた公園の雰囲気です。

その夜は、風呂を数度楽しんで早めに眠りました。花巻に着いたときから「観光賢治」がやたらと目につき、宮沢賢治巡りの一員ともとれる自分の在り方が、妙に照れくさくて閉口させられていたのです。賢治モナカや又三郎漬けなどは、笑ってしまうより手はなさそうです。雨ニモマケズの染め抜き手拭は、旅の最終日の雫石で役立ちました。雨よけにさせてもらったのです。圧巻は、花巻駅プラットホームに始まる鹿踊りです。シンボルにポスターに壁画にのれんに鹿、鹿、鹿！　そして鹿のあるところ「高原」あり、です。

高原

海だべがど　おら　おもたれば
やつぱり光る山だたぢやい
ホウ
髪毛《かみけ》　風吹けば
鹿踊《ししおど》りだぢやい

『春と修羅』第一詩中、最も好きな作の一ツです。感動で言えば当然『永訣の朝』『無声慟哭』ですが『高原』や『小岩井農場　パート一』もボクには、繰り返し読みたい、大事な詩です。『春と修羅』における主調音は、やはり暗く響きます。

『高原』『小岩井農場』だけがしかめっ面していず、詩《うた》いかけが外界にスパーッと抜けていて、光に満ち満ちています。詩を読み継ぐ読者の気分を開放しているから、安心できるのかもしれません。

しかし、これほどぬけぬけとした詩は、他にあまり例がないいんじゃないでしょうか。ボクなんか初めて読んだとき、遊戯の呪文だと思ったくらいです。大正時代は、口語自由詩運動が主導的で、末期には、四季派に代表される文語体の抒情詩とプロレタリア詩、モダニズム詩が三本立てになったようです。そんな時代に『高原』はどんな受けとめられかたをしたのか、大いに興味があります。知らん顔して考え込んだ人が多かったでしょうね、きっと。

『どんぐりと山猫』

あくる二十日は、鹿踊りの太鼓に送られてホテルを出ました。山手の遊歩道を十分も歩くと釜渕の滝です。半円球の安山岩を滑る落差九メートルの滝ですが「ナイアガラ瀑布を縮小した観がある」との説明文はいただけません。立て札が、もうひとつありました。

釜渕だら俺ァ前に
なんぼげャりも見だ
それでも今日も来た

これは、はっきり言ってつまらないです。いや、いい悪いを言葉にできません。あまりにも唐突すぎます。「あ、そうですか、ども」と後退りするしかありません。

歩いていると、どんぐりが身体に当るくらい、バラバラと落ちてきます。『どんぐりと山猫』の設定は、なるほどよく承知した人のものです。ボクの育った北九州では、木の実が目立つのは十月に入ってからでした。どうでもいいことですが、十日以上差があるのだなと、いつもこだわっていたのです。

しかし、その後、一郎クンのところへは、二度とはがきが来なかったのでしょうか？ もったいないですねぇ。ボクなら続篇を書きますね。出版社に強要されてねえ、とかなんとか笑ってごまかしながら連載にします。題は『山ねこ通信』で決まりです。だんだんと身も蓋もないものにして、第一話にまで傷をつけて、書かなければよかったのに、と冷たい視線に送られて引退させられるでしょう。

この点では、ジャーナリズムと無縁でいたことは、幸せだったのかもしれませんね、賢治さん。

花巻温泉ダムのつり橋を渡ってバラ園へ。車窓から眺めたときも印象的でしたが、赤松の林が立派です。バラ園裏手の山などは、全体が松で覆われていて、それは見事なものです。

バラが好きじゃないから、ボクにだけそう映るのかもしれませんが、松がバラ園を圧倒しています。宮沢賢治設計の花壇と日時計があるので園内にも入ってみたのです。中央の噴水ごしに眺めるホテルときたら、まるで絵はがき的擬似ヨーロッパで、落ち着きません。日時計は、なんというか、そういう時代だったと了解すべきでしょうか。このハイカラさんも宮沢賢治の顔の一ツでしょうから。

なんだかんだと言っても、彼は結局、お金持出身なのだよ、とスルドクひがみながら、イギリス海岸へとさ迷い出るのでした。

イギリス海岸

たしかにここは修羅の渚、か？

歩行と思考のリズムの合致、などとつい気取ったのが間違いの元でした。花巻駅で荷物を整理し、大ざっぱな地図とパンフレットを頼りに北上川めざして歩きはじめ、ものの十分と経たないうちに方向を見失ったのです。かなり大きく左に逸れていたようです。そのおかげとでもいいますか、思いがけず寺巡りをさせていただきました。選ぶ通り通りになぜか寺が現れます。寺の入口には、どこも格言が掲げられていました。「たった一言が人の心を傷つける　たった一言が人の心を暖める」陽光山雄山寺、「人間ひとりの生命の重さは地球よりも重い」真宗大谷派妙円寺、「浄土（しあわせな国）を願う人は浄土をつくる人である」藤興山廣隆寺……だんだん足が重くなります。子供たちからは案内人としての無能をなじられます。一歳の末っ子は、まるで鉛の重さです。こりゃあ参った、と溜め息つく間もなく町角の伏兵です。「導けば、みんながよい子すなおな子」あれあれと横を向けば、キリストさん関係のプレートが飛び込んできました。「真の神は人を愛しその罪を取り除く」。

どこにでもあるものなのでしょうが、短時間に、たくさんのアリガタイお言葉を見すぎました。当然の帰結として、信心深い土地なんだと思ってしまいます。宗教人宮沢賢治もこの土地なればこそと合点がいきます。やや短絡的物言いをしますと、宗教の繁栄は、一方では貧しさに直結します。火山灰地、冷害、凶作と長年戦ってきたことも関係していると思います。

釜石線にぶつかる手前で、右に大きく軌道修正して、暫く行くと、黄金の稲穂の向うに川土手が見えてきました。喜々として駆け登りました。ところがこれがドラマチックな要素など微塵もない小川で、見事肩すかしです。支流の台川らしいのです。数時間前にカニと戯れた（シマッタ、豚木さんだった）釜渕の滝の下流です。しかし疲労感が、どこでもいいからイギリス海岸にしろ！と命じていました。根性マンガの嫌いなボクは、即命令に従って川原に下り、ヒザまで水に入ってはしゃぎ、ニッコリ家族写真に収まったりしたのでした。勢いとは恐ろしいもので、川からあがるころには、あろうことか賢治さんを笑い者にまでしたのです。「イギリス海岸？　なにをチョコザイな。どうせちょっとした気まぐれやろ。オレだんがオマエ、調布のあっこで、富士山が見えるけえちゅうて富士見坂ち名前付けたやろが、アレといっしょよ」。賢治さんが方言を多用しているのでボクも負けていませんでした。

見てきたようなウソで固めるための説明文を、半ば本気で考えながら、念のために台川を下ってみると、なんだかそれらしい景色になってくるではありませんか。花巻東高校のレンガ塀を左に見て、製材所を右に折れると、急に空が開け、そこはもう北上川だったのです。顔は青ざめ支流はそそぎ、たしかにここは修羅のなぎさ、の心境でありました。

イギリス海岸の歌

Tertiary the younger Tertiary the younger
Tertiary the younger Mud-stone
あをじろ日破《ひわ》れ　あをじろ日破れ
あをじろ日破れにおれのかげ
Tertiary the younger Tertiary the younger
Tertiary the younger Mud-stone
なみはあをざめ支流はそそぎ
たしかにここは修羅のなぎさ

曲がなくても充分音楽的です。同じ言葉をたたみ込んで「おれのかげ」「支流はそそぎ」でアッサリかわし「たしかにここは」の、いきなりの打ち込みは、面一本勝負有り！　お見事、お見事であります。賢治さんには、あんがい厚かましい面もあるのかもしれませんね。随筆の『イギリス海岸』も魅力的です。年譜をみると、どちらも大正十一年の作です。前年から農学校教諭となり、十三年には、生前刊行本のすべてである『春と修羅』『注文の多い料理店』を出しているのですから、生活にも創作にも旺盛だった数年間だったのでしょう。随筆『イギリス海岸』の屈託のなさが好きです。確信に満ち、喜びにあふれています。ただ、この健康は妹さんの死以前のものであることもよくわかります。

ここで気がつくのですが、ボクの宮沢賢治像は、教諭時代でほぼ固めてしまっているようです。手元に残っている本は、角川文庫版の詩集と童話集だけになりました。筑摩書房版の校本を、無理して買ったこともありましたが、草稿、異稿の多さに混乱させられ、できていない作に失望させられ、やがて手放しました。高価な本でしたから随分助けられた事を覚えています。どの作家でも、全部を読むのは、研究者でもない限りあまり益のあることではありません。ポピュラーのポピュラーたる所以を、ある程度認めてもいいように思っています。いまでは、宮沢賢治自身が決定を下したものと二、三の童話があればよいとさえ思っています。二、三といっても、その時々で違ってきそうですが、今思いつくままにあげてみると『セロ弾きのゴーシュ』『グスコーブドリの伝記』『風の又三郎』でしょうか。

それにしても北上川は大河です。世間にはもっと大きな川が流れているらしいし、子供たちの手前もあるので平静を装っていましたが、水量と流れの早さに内心恐れをなしていました。滑るんですよ、イギリス海岸の泥岩が。滑って川にはまったりしたら、そら見ろ、賢治さんの悪口を言うからだと笑われるに決まってますから、断じて滑れません。その泥岩の露出は多い所で三メートルほどで、わずかにしのべるだけです。上流のダム建設の作用によるものだそうです。

近くにクルミの林があります。日が暮れるまで実を拾って、ボロボロに汚れ、クタクタになって旅館に入りました。

宮沢賢治記念館

釜石線で二駅目の矢沢から徒歩で一時間の胡四王山という地に、記念館はあります。その日は、開館一周年記念日で、入口の「ポランの広場」と名付けられた芝地で、式典が催されていました。司会者が胡四王神楽の案内をしています。門の脇では、頬を染めた学生服の少年が、新聞記者らしき男にインタビュウされています。詩の朗読が終わったばかりの様子で、途中でクリ拾いをしたおかげで冷や汗かかずにすみました。「雨ニモマケズ」の朗読ですよ！　耐えられますか？　日はカンカンと照っているのですよ！　たまりませんよ。

記念館関係者が立て札の「一週年」をホワイトで修正している姿を眺めていたらピーヒャラドンドンとお神楽が始まりました。鶏舞《けい》、注連切《しめきり》舞、三韓の舞と三種です。この内、鶏舞のみは素顔で、鳥を装飾したかぶり物で演じる優しい踊りです。あとは面舞で、静と動を配分した力強いものです。色調はいずれも、白黒基調に赤と青を配しただけのもので踊りによく似合ったものです。

個人記念館を他に知らないので比べようがありませんが、賢治さんのは、活動を七部門に分類し、中央に大銀河系図ドームを据え、童話スライド、ビデオ、サウンドボックスまで備えた立派さです。ホールや資料室、それに喫茶店まであるのですから、文句なしではないでしょうか。いかに愛され大事にされているかがよくわかります。

ボクは眼が悪いので、あまり熱心な観客になれませんでした。照明による展示は、最も苦手とする所です。申し訳ないけどざっとしか見ませんでした。ざっと見た中で、生原稿の字体と「風景は涙にゆすれ」と題した、眼の形をした造園スケッチと実際に造られた少年院（？）の庭の写真が、強く印象に残りました。ついでに言うと、詩碑や石像すべての中で、ここに在る「よだかの星彫刻碑」が最良です。

伝説の早書きは後年の脚色じゃあないでしょうか。字体からは、一歩一歩確かめるタイプを想像します。気になったので、一枚千円は高いと思いましたが、複製原稿を買ってきました。『春と修羅』と『風の又三郎』中の有名なさいかち淵の場面です。『風の又三郎』の草稿においても、筆法の丁寧さは、さほど崩れていません。思考の流れも、リズミカルではありますが、加速度のあるものとは思えません。

二枚の原稿をじっと眺めていると、この人がいかに韻律の人であったかがよくわかります。リズムを取ったら、ほとんど無くなってしまうのではないかと、思えるくらいです。

羅須地人協会

強い秋陽を受けて、シルエットになった林で、木の実の音が響きます。どんぐりが落ちる音などめったに聴けないので、しばし耳を傾けました。まるで木の実拾いの旅のようになってしまいました。のんびり遊びながら、同じコースで花巻駅に戻りました。

ついでだからと、今度はタクシーで、花巻農業高校内に復元された羅須地人協会からイギリス海岸に行き、生家、墓所、ぎんどろ公園などを回りました。羅須地人協会は、農学校を退職して移り住んだ家で、島民として実践活動をした所です。このころから、身を刻んで進む生き方がますます強く出るようです。

『農民芸術概論綱要』に再出発と帰結のすべてがあります。「世界がぜんたい幸福にならないうちは個人の幸福はあり得ない」「われらは世界のまことの幸福を索《たず》ねよう　求道すでに道である」――こういったまっすぐな物言いに差しはさむ言葉はありません。たぶん正しい道でしょう。が、近代共存し導いていくのも、なるほど芸術の役割かもしれません。産業や宗教やモロモロと葛藤し個人主義や自我なるものにドップリ毒されているかもしれない一九八三年のマンガ家は、ひと言だけ抵抗します。産業や宗教やモロモロと共存しながらも、はっきり自立しなければ芸術はないし、世界から不幸が無くなれば人類は終わるのではないか、と。

羅須地人協会の建物は、以前は、祖父の別荘らしく、落書き帳に現代の若者が、二階や音楽室まであってぜいたくだと書きつける程度には、ゆとりのある家です。ちょっと住んでみたい気にさせるような、簡素に上品にまとまった家です。ただ、ガラス戸一枚ですから冬は寒そうです。伝言板の文字は、係員が書いてるそうです。「下ノ畑ニ居リマス　賢治」これなどに詩情を感じてしまうのは、後年のミーハー読者の安手の思い入れでしょうか、見せる方も演出を心得ているようです。

鹿踊り

一日の行程としては多すぎますが「雨ニモマケズ詩碑」前広場で催される「賢治祭」も見物することにしました。目的は鹿踊りです。太鼓に誘われたわけでもないでしょうが、焦って出掛けて、開会時間ちょうどに着くという愚を犯してしまいました。たき火がたかれて早くもムードができています。

一時間早すぎました。開会のことば、献花、黙とう、精神歌合唱、朗読、市長代理人アイサツ、参加者のお話と、たっぷり一時間やられたのです。土地の人々はよく心得ていて、このころになると出掛けてきていました。

そりゃあ命日ですから、気持ちはわかります。わかりますけど、あんまりその気になられるのは辛いものです。精神歌を歌わされるとは思っていませんでした。翌日の岩手日報は「花巻小一年、岩田園子ちゃん（六歳）が花束をささげると〝日ハ君臨シカガヤキハ〟の精神歌が参加者の間からわき起こり広場に満ちた……」と美しく報じられていました。それよりも女学生が思い入れたっぷりに「雨ニモマケズ」を絶唱したのには参りました。そうです、つい聞かされてしまったのです。子供がむずがったのを機に売店に退散し、鹿踊りの始まりを待ちました。賢治さんがくすぐったがってるんじゃないでしょうか。聖者として厳かに奉られているのですから。まるで宮沢賢治教の布教集会の様相です。

鹿踊りを演じたのは、春日流八幡鹿保存会の面々です。文字どおり面々で、鹿頭をかぶったグループが、太鼓を単調に力強く打ちながら、これまた単調に踊る雄壮な舞です。そもそもの始まりが供養だそうで、ハデな振りがないのはそのためかもしれません。もっとも、鹿の扮装で太鼓も抱えているのですから、そう動けるものでもなさそうです。

複数の太鼓が同時に鳴るので、微妙に波を持ち、重なり、厚みをもって押し寄せます。単調であればあるほど、胸を打ち、腹に染みます。農耕民族の血を沸き立たせます。

目をあけると、たき火の向うに鹿たちがボウと浮いていました。

追悼　手塚治虫先生

第一人者という言葉が、これほどためらわずに使える人は他にいません。戦後の精神復興に最大級の力の有った人でした。

たくさんの扉を押し開き、真直ぐな道をつけ、昭和を生き抜き、今またひとつの扉を開けて旅に出ます。永遠という名の旅に。

青木雄二氏『ナニワ金融道』講談社漫画賞受賞祝辞

青木さん、おめでとうございます。

読者代表ということで、少しお時間をいただきます。

『ナニワ金融道』の面白さは、ひと口で言って、問答無用のリアリズムにあると思います。一見するとリアリズムから遠いタッチなのですが、その素朴な線が、身近さを感じさせ、奇妙な生々しさで見る者の心をつかんでいます。バブル経済がはじけて、トレンドだとかに代表される不快なカタカナで浮かれにくい世の中になり、改めて見廻すと借金だらけで、格好のよろしくない人々がうごめいている。そんな時だから『ナニワ金融道』は大きな共感を持って迎えられました。金融事情が驚くほどの具体性で描かれていて、それもサスペンス仕立てで展開するので、手に汗にぎりながら勉強もさせてもらえるという、読んで得をするマンガになっています。〝面白くってタメになる〟講談社の基本方針にもたいへん良く見合っています。

青木さん、これからも人間の欲望を面白可笑しく、切なく怪しくあぶり出して、若い読者に人生のキビシサを教えてあげてください。又、一旦マンガを断念し、生活者をして長い時を経て、尚、創作に意欲を持つような、したたかな大人の描き手の出現を促して下さい。いわゆる団塊の世代が巨大なマンガ市場を作り、そのまま、シルバー産業になだれ込みつつある現在、読者も出版社も本物の大人の描き手を待っています。青木さんは、隠れた中年マンガ家の希望の星にもなっているはずです。

青木さん、本日は誠におめでとうございました。

一九九二年六月

『面影の女』に乾杯——杉浦幸雄

一九一一年生まれの杉浦幸雄さんは、一九四五年八月十六日の敗戦を三十四歳で迎えている。価値観の大きな転換点であった敗戦を、何歳で受け止めたかは重要な問題だと思う。戦後生まれのボクなどには推測するしかない世界だけど、時流に影響されることの少ない古典に生きた人や弾圧を余儀なくされた人たちを別にすれば、一般的に杉浦さんよりずっと上の年齢の人には喪失感の方が大きかっただろうし、より若い世代は、混乱をエネルギーに替える力はあっても、表現者としての技は持ち得ていない場合が多かっただろう。焦土に一斉に花開き乱舞したアプレゲールもリベラルタンも、無頼派や左派も、エロ・グロを中心としたカストリ文化も、主導したのは、戦前、戦中から活動をしていた三十歳代、四十歳代の人たちだった。

三十歳代の杉浦さんは、焼け跡の銀座や新橋で怪しいカストリ焼酎を呑みながら、民主主義を代表とするアメリカの横暴や物不足という新たな戦場で、何事をも栄養にして生きていく人々を眺めて感動した。特に女性の強かさ《したた》に、天啓を得た。よし、描けるぞ、と水を得た魚のような自由を感じ、ガレキの山に広がる青空を見上げて、解放感を味わい、この生命力を笑いで描いてやろうと思った……はずである。そこにマンガ家杉浦幸雄がいた。杉浦さんの第二の青春があった。

そうして、かつて手塚治虫さんが〝春風のようだ〟と評したヒョウヒョウとした線と、小唄を想わせる独特のリズム展開で『ハナ子さん』を描き、『アトミックのおぼん』を存在させ、冷徹なリアリストとしての視点があればこその滑稽だよ、と『淑女の見本』を上梓した。男女の機微を見据えながら、一貫して日本女性の逞《たくま》しさと可愛さを描き続けてこられた。

現在も尚、杉浦さんの第二の青春は進行中である。週刊漫画サンデー誌上の『面影の女』に敬礼！　そして乾杯！

拝啓、山猫様――宮沢賢治

四月一日は、エイプリル・フールではなく「山猫の夜」になりました。あしからず。

私の先輩であり古い友人である人が、最近ジャズにのめり込んでいて、その仲間の、やはり先輩に当たる人と結託をして、畑中に壁画を描かせようと、相談がまとまったのです。賢治さんの『セロ弾きのゴーシュ』や『どんぐりと山猫』を版画にしたものを見ての依頼でしたので、電話を受けながら、頭の中では、もうすっかりゴーシュ君や山猫様が音楽を奏でている『月夜の音楽会』を想像してワクワクしたのでした。受話器を持つ手がプルプルと震えていたかもしれません。ちなみに『月夜の音楽会』とは私が若僧の頃から手がけていますところのライフワークの一ツです。

場所は自動車整備工場の事務所が後々にジャズハウスに変貌していったというスペースです。下絵をどっさり作って場所の下見に行き、やっぱり賢治さんで行こうと決まって、そのまま演奏会、カラオケに崩れ込み、まずまずの序奏になったのです。次の日、私の版画展の打ち合わせで会った西日本新聞社の友人から、対馬山猫の写真をプレゼントされ、一気に山猫が踊り始めました。

現在、学術的に認定されているのは対馬山猫と西表山猫と、そして我らがイーハトーブ山猫ですが、遥かな山奥に、密かに暮らす仲間が居ることと思います。今度紹介して下さい。黄金のどんぐり一升と、塩鮭の頭を用意いたします。黄金は、もちろん金メッキですが、我慢なさいませ。お互い様というやつです。ただ三ツほど注意してください。「お酒をのむべからず」「わなを軽べつすべからず」「火を軽べつすべからず」と狐の紺三郎君も申しております。

ウルウルと盛り上るように、あるいは、ドッテテドッテテとリズミカルに、そして、のんのんスイングして、壁に山猫様が表われてきます。私は、仲間や家族に、水性ペイント塗りを、あんまり長い間、号令したために、北斗七星のからすの大監督のように声がさびたのです。そんな時にはすかさず、私、ビールのむ、お茶のむ、毒のまない。いやあ、のみすぎてお腹がタポタポして、といってみたけれど、その場の全員が、中年マンガ家の不養生を承知しているのでした。その不格好を竜の眼で批判しないでくれ。雪婆んごの冷たさで笑わないでくれ。誰にとっても、人生ってやつは辛いものなんですよ。

様々な問題や諸々の責任をヨッシャと担いで、心にリンと虹を張って、雨ニモマケズ、歩いていかなければならないのです。どんぐりは、とがったの、まるいの　高いの、大きいの、とウルサイ、ウルサイ。〝いちばんえらくなくて、ばかで、めちゃくちゃで、てんでなってなくて、あたまのつぶれたようなやつが、いちばんえらいのだ。〟なんだ、そうか、私はエライんだ、と妙に納得して絵筆をすすめます。

裁判終了後、三日月の吹くラッパに誘われて、どんぐり達、演奏会に突入の図です。指揮者は尾っぽにとまった小ミヽズクです。山猫大将は、尾っぽのカーブに弦を張ったハープと、お腹の鍵盤をピアノにし、歯を木琴のようにたたかせて、楽器そのものになっています。歯は歯《は》っ琴《きん》といえば発禁みたいでドキッとしますし歯っ琴《きん》と呼《し》べば失禁が浮かんで、いかにも方向違いなので　ここはひとつエナメル・シロホンとでも名付けます。とにかく、メロディ・キャットの登場です。

周りに、サックス、ペット、フルート、ベース、バイオリン、アコーディオン、チェロ、シンバルのどんぐりの楽隊です。整列して頭をポクポクたたかれているどんぐりたちはドラムスです。隣りの壁には、ゴーシュ君と大虎小虎が月夜を奏でていて、役目を終えた音符がオタマジャクシになって声援を送っています。

壁に半分、天井に半分、九十度に折れながら、それでも、ぎんがぎがまぶしまんぶし太陽も現れて、遂にクライマックスです。窓ガラスでは山猫様が、フムフムと中の様子を伺っています。夜も更けました。酔いもすっかり回りました。外から眺めると、黄色い建物全体が、ドッテテドッテテ、ズンタカズンタカ、お腹に楽隊を入れた、奇妙な生き物になってスイングしてました。窓には、怪しげな灯に山猫様が浮かびあがっています。レモンのような瞳をリンリンと輝かせ、にゃあとした顔で、「決してご遠慮はありません」といっています。まるでそっくり、WILD CAT HOUSEだねと、私は呟いたのでした。

賢治さんときたら大したもんだ。五十年以上前に書かれた作品が、まるで今朝採った畑の作物のように、美しくもあり滋養もありそうな、確かな存在をしています。近年益々の光芒を放ち、読者は増える一方のようです。賢治さんが若き日に願った〝すきとおったほんとうのたべもの〟になっているのでしょう。賢治さんは生産活動と芸術活動と宗教活動の融合こそが理想的人間像だ、ともいったはずです。私も深く共鳴するところでありますが、今回は、その内から重要素の一ツであるところのリズムと山猫様の、たまたまの係わりについてお知らせしました。

次の約束の時間が迫ってまいりました。実はこれから『どんぐりと山猫』と長い旅が始まるのです。木版画六十枚くらいの予定ですから、〝唾《つばき》しはぎしりゆききする　おれはひとりの修羅なのだ〟といった状態になるやも知れません。完成したらまたお知らせします。もちろんここでも、決してご遠慮はありません。

LOVE ME——深沢七郎

レコード盤がカセットテープになり、いつの間にかコンパクトディスクになり、益々、なぜ音が出るのかが分からなくなっていますが、我が仕事場で流れる音楽は、相変らずエルヴィス・プレスリーが最多出演回数を誇っています。「テディ ベア」が鳴り始めると一瞬、深沢七郎の顔と、エルヴィスの初期ナンバーが物語の重要な小道具となっている『東京のプリンスたち』を思い浮かべます。カントリー&ウエスタンとリズム&ブルースなどが合体して生まれたロック&ロールは、イコール不良として捉えられていました。プリンスたちはその音楽に乗って、青春の嫌悪と不安と欲望に刹那的に流されている高校生のことです。淡々と描かれていて、〝東京〟も〝プリンス〟もロックのビートも、若い読者であるボクには感じとりにくいものでしたが、部屋に淀んだ煙草の煙のような、明解な答のない青春の気怠《けだる》さが伝わってきて気になる作品でした。今では一番好きな作品になっています。アメリカ製の風俗を取り入れても、ワシらは営々と稲作に励んできた農耕民族じゃないか、プレスリーなんて田舎者の代表選手じゃないか、などと納得できるまでに、ボクの方にある程度の人生が必要だったのです。

『東京のプリンスたち』は、一九五九年頃の作品です。『楢山節考』で第一回中央公論新人賞を受賞した一九五六年は、エルヴィスがメンフィスのマイナーレーベルのサン・レコードからRCAビクターに移籍して「ハートブレイク ホテル」で初のNO・1ヒットを記録した年でもあるのです。この曲はビルボード誌の四月二十一日〜六月三日迄、八週間NO・1にランクされました。この年は、近年ホイットニー・ヒューストンの「ボディ ガード」のテーマ曲が出るまで長らく記録を維持していた「冷たくしないで」や「ハウンド ドッグ」などNO・1でない週の方が少ないほどの、エルヴィスの年だったのです。日本での紹介は少し遅れていたはずですから、ブームは一九五七年の映画『さまよう青春』以後でしょう。

『東京のプリンスたち』のラストで新曲として鳴り響く「アイ ニード ユア ラブ トゥナイト」は、五八年から五九年のヒット（全米ヒットチャート四位）ですから、小説が書かれたのはそれ以後のことです。ちなみに私見では、この躍動感溢れる「アイ ニード ユア ラブ トゥナイト」と、五七年にシングルカットされずにセールスで遅れをとって一位になれなかったベッタベタのラブソング「ラブ ミー」がエルヴィスの最高傑作だと思います。深沢七郎の「ラブミー農場」のネーミングもこの曲と無関係ではないでしょう。

「テディ ベア」と深沢七郎がなぜダブるのか？ それは、一九七〇年にエルヴィスがカムバックしてきた時、ある音楽雑誌の特集記事で深沢七郎が〝「エルヴィス オン ステージ」は二十回観たけど「さまよう青春」は百二十回なんだよー、若い頃のプレスリーは「愛してるよ、やらせろよ、ベイビィ、ベイビィ」っていってるだけでいいんだよねー。プレスリーとギョウザは精がつくから神様なんだよー〟なんてことをコメントしていて、そこで使用していた写真が「テディ ベア」を歌っているショットだったからです。

ロックのスターがしばしばそうであるところの、男とか女とかの性を越えた中性的な存在を、初めに定着させたのがエルヴィスでした。中でも『さまよう青春』のラスト・ステージの「テディベア」では、とびっきりの化粧をして、ちょっと気味の悪いゾロリとしたエルヴィスがピクピク動いています。この動き方は当時も今も病的なのです。もちろんボクなりの最大級の誉め言葉ですが〝ゾロリとした気味の悪さ〟というのは、一貫して深沢七郎にも付いて回る印象です。

すでに『風流夢譚』で執筆を自粛して、一区切りついて、確か小説集四冊、エッセイ集四冊が出始めてからの読者ですから、前期を一望する形になりました。繰り返し読んだのは『楢山節考』『東京のプリンスたち』の他は『月のアペニン山』『東北の神武たち』と、事件直後のエッセイ群でした。

『人間滅亡的人生案内』からリアルタイムで接したものの、シャレなのか居直りなのか、また本気なのかうまく呑み込めず、今川焼き屋も二十代のボクには共感できず、『みちのくの人形たち』の谷崎賞でのお仲間とのハシャギぶりに不快なものさえ感じ、『盆栽老人とその周辺』に、いよいよもって、これから世に出ようとする自分には不必要だと判断して、読まなくなりました。二十年後の今日、ふと手にした本で『無妙記』『妖木犬山椒』に接し、久し振りに他の作に興味を持ち、深沢七郎の晩年を読む、という楽しみができたことを喜んでいるところです。

深沢七郎は、土俗のニヒリズムを生き、生活者のリアリズムで人間を見て、乾いたファンタジーで表現した人だ、と今のボクは考えています。少なくともボクは、そういう作家根性を教わりました。

私の胸に残る展覧会

◎『妖怪展　現代に蘇る百鬼夜行』川崎市市民ミュージアム
（一九九三年七月二十四日～八月二十九日）
◎『レオノーラ・キャリントン展』東京ステーションギャラリー
（一九九七年十月十四日～十一月十二日）
◎『畑中純の挑戦』川崎市市民ミュージアム
（一九九七年六月十四日～八月二十四日）

妖怪展

鳥山石燕、河鍋暁斎、水木しげるが日本における三大妖怪絵師だと思うが、私の最大のヒイキは広島は三次《みよし》に伝わる少年平太郎の妖怪対決物語、稲生物怪録である。素朴さゆえ、物語りの楽しさゆえに、多くのカタログ的なオバケ絵と違って心に強く残る。構成の勝利である。この妖怪展では全国各地の名品がよく集められていたし、何より憧れの物怪録に会えたことが、ミュージアムにたどり着くまでの疲労感を忘れさせてくれた。オバケ絵は、本式の美術を学んでしまった者には到達できない面白さがある。一堂に集めた物を眺めて、全ての元は中国で、繰り返し再生産されているということがよく分かった。人間のイマジネーションには、そんなに特別のものはないことも、確認できて良かった。

特に印象に残った作家／作品：稲生物怪録絵巻

レオノーラ・キャリントン展

作家は一つのことを生涯描き続ける。まさに絵に描いたようにそれを通してしまったのがキャリントンだ。シュルレアリスムから神秘主義への移行はあるにしても、ごく初期を除けば、作品からは年齢の変化が分からない。生活苦とは無縁の幸運であったのか、現在に到るまで自分を少女だと思い込んでいるかの、どちらかだろう。描かれている全ての目が現実を見ていない。だから超現実なんだといえるのだろうけど、キャリントンの果てしのない物語のような七十点の作品を前にして、改めて、作家と年齢とは何なのかを考えさせられた。東京ステーションギャラリーの立地と雰囲気が彼女の作品に合っていた。東京発キャリントン行きの列車があれば私はどうしたか？　たぶん、タバコを吸いながら列車を見送っただろう。オバアチャンだしなあ……。

畑中純の挑戦

川崎市市民ミュージアムの発足以後、マンガ展覧会が徐々に定着しつつあるが、将来にわたっての最大の課題は、ストーリーマンガを壁面でどう見せるのか、だろう。学芸員細萱敦さんの苦労を目のあたりにしてしまった。本人なので、断然本物の展覧会だった、といい張るしかないが、全作品展をやってしまった当人として、マンガは印刷物に帰れ、といわれないために、壁の展示をどうすべきかの問題提起として、あげてみた。

谷岡ヤスジさんを偲んで

ヤンチャの果てに不条理を覗《のぞ》いた人。呆れる程の下品を描きまくって聖域を造った人。タゴと花っぺと村の哲人（牛）を通して日本人の故郷を教え続けた人。アサ～は突然やってくるしバター犬は無遠慮に訪問するし、なにしろオラオラオラ～の人。過剰な自意識と多大な優しさを時々もてました人。栄光と不安を担いだまま地平線の彼方に逝った人。そして多分に無自覚の人。故に天才という呼び方がこれほど相応《ふさわ》しい天才は他にはいない。

三角寛を読む、日本人を知る

近代に毒され、肉体と精神の両方を軟弱にしたかもしれない我々の前に、山が生んだ三角寛という怪物が復活した。業を背負い、欲をまとい、気を吐き、肉の臭いを放ち、そして愛嬌を残しながら、市民社会の闇と自然界を自在にかけ巡る。挑発し、かく乱し、荒事で事件を解決して、さりげなく道を指し示す。この血の熱さはどうだ。生命の賛歌である。知らない世界なのに、どこか懐かしいのは、国土の七割に山を頂き、常に山を身近に感じながら暮らしてきた遺伝子のせいだ。三角寛を読む、ということは、日本人を知る、ということである。

「天神さまの美術」展を見て

古来より自然神は、天変地異が荒魂《あらみたま》として意識され、対として豊穣をもたらす和魂《にぎみたま》が認識されてきた。和魂には開運の幸魂《さきみたま》と奇跡を授かる奇魂《くしみたま》が含まれる。

失意のうちに配所で生を終えた菅原道真の怨霊を鎮めるために祀ったのが天神社の起源だが、近年は代表的な学問の神として定着している。今回の展示は天神ゆかりの名品が一堂に会しているのだから、その御利益は絶大だと思う。私は、版画やマンガで北野天神縁起絵巻の雷を度々引用したり、絵巻の面白さに目覚めて制作に着手している身だから、本物を拝みに行った。やはり根本縁起の雷図に打たれた。雷と八大地獄絵、六道絵が最優だ。福を呼ぶか罰が当たるかは今後の私の心掛けしだいだ。もし会場に「道真のように才能を発揮しすぎると妬まれるから気をつけなければ」と、つぶやいている人がいたら、それは私です。

弔辞　ナニワ旋風児——青木雄二

九月五日の昼、青木雄二さんが亡くなったという知らせを受けました。

電話の後、青木さんの『さすらい』を読み始めましたが、すぐに涙で曇っていきました。

弔辞の原稿に難航しているボクを見て女房が言いました。アキラの『惜別の唄』を唄えば青木さんが喜んでくれるのでは、と。まさか……。

が、すぐに、それがいいかもしれない、に変わりました。涙でグシャグシャになったら詩は読むだけにする、もし、気力が保てれば唄わせてもらう、と決めました。

そして結果的には唄ったのです。青木さんなら、きっと笑って許してくれると思って。

＊＊＊

青木さん、早すぎますよ。あまりに早すぎましたねえ。

十年ほど前に『ナニワ金融道』が講談社漫画賞を受賞して以来のお付き合いでしたね。初めてお会いした時から、只者ではない、と感じさせる人でした。激しさと優しさの混じった奇妙な味わいもありました。会う度に強烈な印象を植えつけられる、そう感じたのは一人ボクだけではなかったはずです。漫画賞の控え室で、二人で審査員に紹介された時に、女性マンガ家が「すごいマンガ家！」と言って後ずさりしたのを見て「青木さん、嫌われてますよ」「畑中さんでっしゃろ」と笑い合った事や、若き日に新人賞の入選作に否定的な評を下したマンガ界の大御所をキッと睨み据えていた青木さんを、つい昨日の事のように思い出します。

その頃から本当にすごかった。アレよアレよという間に極めつきのベストセラー作家となり、手塚治虫賞も受賞し、マンガ家卒業宣言後はエッセイなどでマルクスを伝道し、又、マンガの監修者として時代の寵児であり続けていました。青木さんの大好きな小林旭になぞらえて言えば、その活躍ぶりは『ナニワ旋風児』と言いたくなるようなものでした。癌細胞など『ダイナマイトが百五十屯』でぶっ飛ばしてやりたかったですね。

多くの読者を魅了したその作風は、実体験に基づいた驚く程の具体性です。一見素朴に見えるんだけど高度にデザイン処理された絵ガラも魅力的です。作家になるために特別な体験が必要なのではなく、経験を作品化できる人が作家になっているんですよね。青木さんは、人間の生理と社会の構造の両方に目の届く人でした。金融システムを世間に教え、人の欲望をリアリズムで見つめ、見定めた果てに桃源郷を夢見た人。ボクは青木さんをそんな風に眺めていました。

青木さんが度々言っておられたように、現在、日本の教育で欠けているのは、お金と道徳の問題ですね。ボクらは、二十世紀の初め頃に定義された「経済が全てを規定する」とか「人は性欲に支配されている」とか「理想を求めて動く」とか「エネルギーの源は優越感であり劣等感である」とかから自由になっていません。確かに経済不安は様々な心理不安を呼んでいます。答が見出せない時代です。人に我欲というものがある以上、全ての人が納得する答は永久に無いのかもしれません。誰もが自信を喪失している時代に、青木さんほど堂々と説得力のある答を打ち出している人はいませんでした。最新作の『カバチタレ！』あるいは『こまねずみ常次朗』は資本主義の病巣を撃つものであり『桃源郷の人々』は低成長時代の幸福の追求ですね。

「世界がぜんたい幸福にならないうちは個人の幸福はあり得ない」と言ったのは宮沢賢治でした。見果てぬ夢でしょうが、やはりボクらは社会の幸福を目指さなければいけません。青木さんは、その言葉を使う人達に批判的でしたが「自由と平等」だってスローガンとしてかかげ続けなければいけません。青木さんの桃源郷は、どこか原始共産社会の香りがしていましたね。物事に終点や完成は無い、と知っていても桃源郷を夢見るべきですよね。理想の社会は在る！　と信じて進む過程に、持続する意志の中に真理が在る！　と、青木さんの全仕事が言っています。

やがて、生臭い仕事の現場を離れ、青木さんは白髪になり、ボクはすっかりハゲたりして、ヨボヨボした頃に「昭和という時代はああだったね」「マンガはこうだったね」と話し合える日が来るだろうと楽しみにしていました。残念です。時代はかけがえのない指導者の一人を失ったのですから。

青木さんは、人の何倍ものスピードと気力で見事な作品群を残してくれました。選ばれた人というのは孤独を引き受けるものです。多くを得ると同時に持った苦悩の大きさは並大抵ではなかったでしょう。そこで、苦しさを柔らげてくれたのは奥さんだと思います。若代さんといっしょになったことで青木さんの仕事は輝き続けました。青木さん、若代さんと旭ちゃんをずっと見守ってあげて下さいね。

青木さんのマンガ作品や数々のエッセイは、今後も人々を刺激し、救ってくれることでしょう。最後に、島崎藤村の詩をアキラが唄った『惜別の唄』でお別れします。

遠き別れに　たえかねて
この高殿《たかどの》に　のぼるかな
悲しむなかれ　我が友よ
旅の衣を　ととのえよ

別れといえば　昔より
この人の世の　常なるを
流るる水を　眺むれば
夢恥かしき　涙かな

島崎藤村　詩

青木雄二さん、
ご苦様でした。
ありがとうございました。

二〇〇三年九月八日

美しき〝若造〟——せきやてつじ小学館漫画賞受賞祝辞

〝永久の未完成、これ完成なり〟と言ったのは宮沢賢治だ。トマス・アクィナスは、善行を指向する不断の行為そのものに神が実在する、と言った。大江健三郎さんは〝持続する志〟〝走れ、走り続けよ〟と若者を励ました。今、そのような言葉を若者に与えようとする時、そうだ、その通りだ、と、頼もしい力強さで、『バンビ〜ノ！』が後押しをしてくれる。

料理修行をする男の成長物語が、細やかな観察眼と豊かな表現力で展開されていて、何より明確な目的と情熱とが、一気に幸福な場所にまで読む者を誘う。その心地よさはどうだろう。意志と努力、この当たり前のことがこれほど美しいとは。現場はいつでも戦場だが、生命の躍動の場でもある。愛情と信頼とを発見する所でもある。主人公の瞳が未来に向かって輝いている。登場人物の理想と苦悩をリアリズムで見据えて、結果的には優しく包み込んでいて見事だ。

料理の話だが、マンガ修行としても読めるし、どのジャンルでも当てはまる共通の葛藤と感動がある。つまり作者は人間が分かっているのだ。マンガ家として、やや遠回りをしたようだが、じっくりと人間とマンガを見つめる時間をもらっていたんだろう。

いい時期に、いい舞台で、いい人達に選ばれて賞が出たね。まだまだ夢の途中だろうけど、ここはひとまず〝若造〟に乾杯。

光・風・水——宮沢賢治

そらの散乱反射のなかに
古ぼけて黒くゑぐるもの
ひかりの微塵系列の底に
きたなくしろく澱むもの

賢治さんの四行詩「岩手山」の視点の自在さ、造形の確かさはどうだろう。風の目になって吹き抜けていく壮快感があり、同時に仏の慈悲に包みこまれてどっしりと坐った存在感もある。ただ、今回接した岩手山は、くたびれ果てて病院のベッドに横たわる自分の姿にも思えた。

どうも変だった。十年程前から一年に一、二度、ひどい倦怠感、酸欠で体が動かなくなっていた。知人の追悼会に急ぐ坂道で、真夏日に息せき切って駆けつけた上野の博物館で、調子に乗って二時間半も講演でしゃべった後で、本を買いすぎてから立ち寄った逓信博物館で、薪を担いで河原に降りていた奥多摩の遊歩道で……うっ、おかしい、水くれ、風くれ、ちょっと寝かせてくれ、と、なっていた。過労からきているのだろう、熱中症だろう、と勝手に決めていた。以前、左肘にヒビが入っていたらしい時も、三日間うなって一ヵ月不自由したが自然治癒にまかせたことがある。骨折したことがないから痛さの度合が分からなかった……では済まされないことだけどね。ある日、だるいだけではなく、心臓がギュンと痛んでキャンと泣いた。ご近所の先生の見立て通り、冠動脈の一本が詰まっていて、金属を入れて広げる手術をしたのだった。

貰った命、といえば五十八歳の若僧が、その程度の手術で何を大ゲサなと笑われるかも知れない。が、私にとっては、この入院が生活の変調に抗っていた気分に一ツの結論を出した。あるがままの自分を受け入れて、ゆっくり、じっくりのサイクルに移行し、納得することだ。長年マンガを描き続ける生活に身も心も動脈硬化を起こしていた。新たな光と風と水を求めていたのだろうし、同時に抱え込みすぎた欲望を出来るだけふるい落として身軽になる必要を感じた。全部は捨てない。欲望こそが生命力だから。

幾つかの継続中の作品、家族と友人と猫たちとの変わらぬ付き合い、故郷とマンガ界へささやかなお礼、など、捨てられない重要課題を指折る中に私のマンガの師表として娯楽として今日まで興味対象であり続けた人物の版画作品化が大きく立ちあがってきている。その代表格が宮沢賢治さんだ。自分の足跡に熱を入れるのは、老いに突入した証拠かもしれないが、今、体感しなければいけない場所は、一に生まれ育った町内、次にイーハトーブだと、これもまた病院のベッドで決めた。

そうだ、風の又三郎に会いに行こう。二〇〇八年の東京でも会えなくないけど、ここはやっぱりイーハトーブだ。それも二十五年前に子供達を連れて歩いた所を追経験するのがいい。花巻のイギリス海岸、羅須地人協会、賢治記念館の周辺、花巻温泉、それから小岩井農場。岩手山を眺める場所は小岩井農場がいいだろう。

わたくしはずゐぶんすばやく汽車からおりた
そのために雲がぎらつとひかつたくらゐだ

小岩井農場　パート一

過去二回小岩井駅に降り立ったが、一度は慌てていて、もう一度は忘れていて雲はひからなかった。今度ぎらっとひかるのは風の又三郎だと思う。悩みや悪徳や、醜いものを凝視しすぎて濁った心も、まだあるかもしれない身体の故障も、一向に光明の見えない不景気の暗雲も〝どっどど　どどうど　どどうど　どどう〟と全部吹き飛ばしてくれ。そして、ちょっとでいいから〝すきとほつたほんたうのたべもの〟をおくれ。このごろインチキな食べ物も多いし、私はカロリー制限していますから。

注文が多すぎて又三郎さんに嫌われますか？

Ⅲ

必殺観戦人——村松友視『坊主めくり』解説

「ところで、マンガ家の死がなにゆえ新聞の一面なんだ？」

手塚治虫さんの死を話題にしていて、年長の友人から発せられたこの一言に、ボクは絶句してしまった。ボクは手塚マンガに熱中した時期はなく、直接的には何も関係のないコースを歩んできた者だが、手塚治虫さんの果たした役割の大きさは充分知っているつもりで、秘《ひそ》かに敬意も表してきた。

現在、爛熟《らんじゅく》期ともいえるマンガは、昭和二十年代に、手塚さんが、それまでののどかな絵物語的滑稽譚《こっけいたん》に映像的手法や、壮大なドラマを持ち込み、開拓したスタイルからそう遠くにはきていないのだ。マンガなんか読んでいるとバカになる、という感覚は今でもなくはない。つい十数年前まで三文漫画という表現が生きていたのだから、手塚さんがスタートした時代はどれほどの蔑視《べっし》に合っていたか容易に想像がつく。子供の駄菓子以下の存在から、ある部分、文化として認識されるに至った歴史は、そのまま手塚治虫さんの歴史と重なっている。ボクはなにもマンガを認めろと言っているのではない。マンガの向上に努力するといった態度はさらにない。そういうものだと諦めつつも、思いがけない所で立ちはだかって来る世間の良識という壁の厚さにたじろいでいるだけなのだ。あの手塚治虫をもってしても……と。

さて、ここでゴングだ。村松友視さんの登場だ。九年前の夏のある日、『私、プロレスの味方です』という奇妙なタイトルの本に出会った。中を確かめずに買ったから、奇妙なタイトルは上手なタイトルでもあったわけだ。第一章でいきなり、だけど、さりげなくプロレスの味方であることを宣言し、続けて「ジャンルに貴賤《きせん》なし、されど、ジャンルの中には貴賤がある」と優しい語りかけで強く説得され、わずか十頁《ページ》も読まないうちに、ボクはその書き手を全面的に信頼してしまっていた。長いこと読者をやっているけど、こんな出会いは村松さん以前にも以後にもない。簡単に感服したのにはボクの方にちょっとした事情があったせいもある。その一年ほど前から描き続けている時だった。ボクのマンガに対して、近い所から〝下品〟に代表される酷評が厭になるくらい聞こえてきているだった。だから『プロレスの味方』の一方のテーマの「社会良識との永遠のデスマッチ」にマンガを重ねて読んだのだ。それと同時に、しなやかな文章と明晰さと強《したた》かなひねくれ者らしいところに文学の匂いを嗅いでいた。

もちろんプロレスの書として目からうろこの落ちるような明快な面白さで、これ以後、プロレスの観客の意識が変わったことは衆目の一致するところだ。アントニオ猪木本人にも村松さんの影響が及んでいると見ているがいかがなものであろうか。ついでに書けば、ボクは控えめなプロレスファンで、生での観戦は、たったの二回しかない。それも、小学生の時、小倉の三萩野体育館に力道山を観に行き、メイン・エベントではしっかり寝ていたし、一気に三十年飛んで、今年一月八日のUWF武道館では、通の説くプロレスではない本物のファイトがよく呑み込めず、会場の熱気と音楽のボリュームしか印象に残っていないようなお寒い観客だ。

その昔、アントニオ猪木が婚約記者会見で、子供ができたら将来どんな職につかせたいかとの質問に「記者にだけはしたくない」と即答し、鮮やかに場をさらったのに魅了され、プロレス全体ではなくアントニオ猪木見たさにTVのチャンネルを合わせていただけの、全然過激ではないファンだったのだ。

ともかくそうやってプロレス者村松友視の名を記憶して、暫《しばら》くの間、雑誌で村松さんの名を見つけることを最良の楽しみにしていた。やがて『セミ・ファイナル』が直木賞の候補となる。当然来ると思ったが、選考委員会の腹はいまいち小さかった。その頃まとまった「男と女　心やさしきデスマッチ」「デスマッチ風　男と女のショート・ショート丼」(何というタイトルだろうか)を読むと、男同士だけでなく、男女の絡みにも(精神ですよ、精神)詳しい人であることがよく分かる。男と男、男と女のファイトがよく見えるということは、面白小説の七割がたが用意されたことになる。なにしろよく見える人なんだ。

男と女、スポーツ、芸能、文学を始めとして観客としての興味は多岐にわたるが、中でも、良識の側からやや白眼視されるような胡散《うさん》臭いモノに向けられた眼差《まなざ》しが、特に強い力を発揮する。忘れもしない、一九八二年「本の雑誌」春陽むははは特大号では、プロレスの味方はボクの『まんだら屋の良太』の味方にもなってくれている。「花道七三という約束事を踏襲する構えから生じる、虚実皮膜につつまれた仁木弾正の世界」と言い、市川猿翁の「壊すことだけが創ることではない……」という言葉を引きながら、アッサリ創作スタイルまで読まれてしまって、ボクは大喜びしながらも少々焦っていた。

「十九世紀は作曲家の時代、二十世紀は指揮者の時代」とは音楽評論家吉田秀和の言葉らしいが、我が意を得たりと、創造の時代から編集の時代へと都合よく受け止め、名作は人類の共有財産であるから大いに生かすべしと、主に小説と映画から、アイディアをいただいた作も多いので焦ったのだ。

だが、少し考えてみて、量の違いはあるにしても、古典から触発されることは創作家なら誰しもだし、花道七三の虚実の皮膜は他ならぬ村松さんの流儀だと納得した。そして納得ついでに大いに甘えてしまった。他人が見える人は自分が見えるとは限らないが、他人が見えて自分もよく見えるような人がモノを書いたりするケースは多い。村松さんはそうだと判断して、その意味で松村我昶という名のニヒルなヤクザを設定して一本描かせてもらったことがある。笑って許してくれると勝手に決めて。

「虚実の皮膜」は村松さんの愛用語で、本篇『坊主めくり』でも、絵師である坊主と、坊主に絵本を依頼した小出版社の編集者洋一が国技館へ向う途中、リンゴを材料に見事なリズムで語られている。

なお、この場面の異種格闘技戦はアントニオ猪木対ウィリー・ウィリアムス戦だが、作者は、これに立ち入れば小説の流れが止まることを配慮してさりげなく扱っている。興味のある人は、前出『私、プロレスの味方です』を参照されたし。対話のテンポの良さはこの場面に限らない。ほとんど全体が坊主と洋一の知的な掛合漫才風に進行していて、会話の中に全容が浮かび上がるような仕掛けになっている。洋一と同じく、ボクも文法は頭に入らなかったが、和歌の講釈は、坊主の言葉を借りればニュアンス出しているし、扱いの決定しない顔の見えない三人のお姫様は、坊主の妻と娘と洋一の恋人千賀子に掛けて、謎《なぞ》をからめて、一気に読ませる、誠に巧みな構成だ。そして、怪しさの中で醸し出される可笑《おか》しさと悲しさ。喜劇と悲劇はいつでも表裏だとここでも確認させられる。無頼者と教師と案内人をブレンドしたような村松流の語り口で。

『坊主めくり』の面白さは、坊主の原型である篠原勝之さんの面白さに負うところも大きそうだ。家庭の事情は知らないが、妙法寺脇《わき》の庵《いおり》住い、ケンカの有段者、状況劇場の絵師、ジャズ走者といった辺りは事実らしく、これだけでも傍で見てれば物書きが放って置くはずがない。

そういえば、嵐山光三郎さんの若き日の秀作『さらばコスモス』に登場する画家のカッちゃんもこの人ではなかろうか。

もちろん坊主は、篠原さんそのものではない。現実を借りても、作者の眼を通った時から、フィクション世界のキャラクターということになる。野放図な坊主に対して、社会のしがらみを抱えた洋一は、優柔不断で受け身をとる事が多いが、この受け身が中々曲者《くせもの》だ。坊主に戦わせているんだから。

いずれにしても、流れるまま、吹かれるままの怪しげな人物が村松さんの好みらしい。怪しげが悪ければ自然体とでもいうのか、プロレス時代から一貫して、受け止めて初めて成立する「過激」にこだわり続けているようだ。

村松さんの全体像を考える時、決まってボクは、平野謙が昭和二十二年に書きつけた「人生の俳優」という言葉を思い浮べる。林房雄が、織田作之助、坂口安吾、太宰治、石川淳らを新戯作派と呼んだのを受けて、「伊藤整をなぜ加えないのか」といぶかりながら、職業作家の矛盾をにらんで、次のように言う。「人生の従軍記者から人生の俳優そのものへ！　それはもはや芸術の実生活化でもなければ、実生活の芸術化でもない、芸術と実生活とを強引に人生の俳優として一元化することによって、その二律背反を克服しようとする一実験にほかならない。そのときはじめて戯作者という概念も新しい意味賦与のもとによみがえるだろう」と。

破滅型の私小説や生活演技説の延長線上にある意見なので、そのまま村松さんに背負ってもらうわけにはいかないが、ここから力コブを抜いたものをちょっと羽織ってもらいたい気持ちを持っている。そして、人生の俳優から人生の達人の道に過激に踏み出して、ついでに明りもつけて、ボクのようなヤボ天を照らしてください。

一九八九年三月

拝啓　青木雄二様——青木雄二『ゼニの幸福論』解説

金が命とり　どじな事件に
今日も酒場は　もちきりなのさ……

青木さん、還暦を過ぎたはずの小林旭が、久々にツッパリ倒して声高らかに歌いあげている『どんでん』（作詞・ちあき哲也、作曲・徳久広司）は、たぶんもうご存知でしょう。ちなみに一九九九年の二月新譜です。ボクは「演歌の花道」でこの歌を聴いた時に十数年前の『熱き心に』以来の感動にうち震えてしまったのです。やった！　アキラがやってくれた！　と。こんなこと他の人には言いません。一笑に付されることが分かっていますから。やや説教節が混るのは年齢を考慮すると止むをえません。昭和三十年代を彷彿とさせる祭り歌になっています。『惚れた女が死んだ夜は』なんて辛気《しんき》臭い歌はいけませんね。〝しっぺ喰らうのさ　みてろよ　あんた……どんでん〟と、こうでなくっちゃあ。

これは青木さんが歌うべき曲だと思いつつ、ボクは『ジンときちゃうぜ』以来五年ぶりくらいにレコード屋（今はＣＤですね）に行ったのです。青木さんは奥さんに「買《こ》うてきてんか」とか言ったのかもしれませんね。以前奥さんは「小林旭のファンと思われるのが厭《いや》だ」と言っていたので買いに走らなかったかもしれません。ジャージ姿の青木さんが自分で買っている図を想像しました。ボクも女房と行ったのですが、『どんでん』と、ついでに小林旭歌手デビュー四十周年記念と銘打った昭和三十年代の曲を網羅した『オリジナル・ベスト55』を「オイ」と渡そうとすると「好か～ん、自分で買い」と言われてしまったのです。「グレイやと？　イエロー・モンキーやと？　ケッ、笑わせるな。スターちゅうのはマイトガイ・アキラを措《お》いて他にないど」と、心の中で呟いたのでした。カウンターで「ポスターはないか」と聞く度胸はさらに無かったのです。

また一緒に歌いましょう。敬意を表して一番は青木さん、二番はボク、三番は合唱ですよ。このごろは一年に一度パーティーでご一緒して最後はカラオケでアキラ合戦というのがパターンになりましたね。ボクは、そのことに大きな幸せを感じています。できたら〝アキラ合戦〟のためだけにそちらに行きたいと考えてもいます。もしかしたら青木さんはバブリィな発想だと笑うかもしれません。経済的に破綻した人間は見栄を張るものだ、と『ゼニの人間学』かどこかで書いていましたが、ボクも、ちょっと休むか気を抜くかすると破綻するのが見えている状態なので、ささやかな夢くらいは見ていたいという心境なのです。

「うまいことしとる奴はいつの時代でもおりまっせ」と青木さんは繰り返し語っていますが、うまいことする人は別世界の人達だと元来考えている当方、マヌケと分かっていても流れのままにいくのも人生と思っているボクは、今となっては信じられないような大バカな住宅ローンを十年前に組んだのでした。バブルは、うまいことする人にも、下手を売りつづける人にも、等しくバブルだったのでしょう。十数年前は皆、それぞれの潤《うるお》い方をしていたはずです。

ここに書くのも腹立たしい金額なので言いませんが……というよりも、書くと喜ぶ人がいるのが腹立たしいので言いませんが、もう笑ってしまうしかないような、計算するのさえおぞましいような、これまでの金利の支払いと今後の逃げられない支払いなのです。腹立たしい金額というのも受けとめ方は人さまざまでしょう。

たとえば『ゼニの人間学』の解説者・宮崎学さんの体験した修羅場《しゅらば》に比べたら恥ずかしくなるような小さなものですが、貧乏性で小心者であるボクには、両手をあげたくなるほどなのです。でも、あげません。手は仕事で動かします。

十年前も今も同じように動かしているのですが、仕事を取りあげられた人は別として、働いている人が誰でもそうであるように利幅が小さくなっているのです。こうやって書いているほどの事ですから差程《さほど》の悲愴感はなく、支払っていく自信はあるのですが、もう飽きました。十年前に青木さんを知っていれば、青木さんは必ず「そんなアホなローンやめなはれ」と言ったでしょうね。そう忠告されても必要に迫られていたボクは買っていたと思いますが。青木さんも言っている通り、組んだローンは、無理してでも内入れして元金を減らすしか方法はなさそうなのでせいぜい努力することにします。青木さんほど力強くないけれど、ローンで青息吐息の世のお父さんたちに〝ガンバレ〟とエールを送るくらいの元気はまだボクにも残っています。

そんな状態ですからゼニの問題を避けたい気分が強く、実は、本書『ゼニの幸福論』の解説の適任者ではないのです。金融の構造はボクには分かりません。青木さんの著書を、なるほど、と感心して読む一読者にすぎません。ナニワの金融業者に〝納得、得心〟させられてハンコをつくような世間知らずかもしれないのです。よくもまあボクのようなお人良しのいい人が生きてこられたなあ、世の中捨てたもんじゃないなあ、と時々思います。でも、自分でこんなこと言う奴こそ本当は極悪人かも知れませんね。そもそもいい人は物書きなんかになってないでしょうし。人の悪いマンガ家であるボクも幸福になる権利はありそうですね。『ゼニの幸福論』にそう書いてある！　ついにボクは解説者からナニ金教の信徒になってしまったのでした。

青木さんは一貫して原理的であり具体的な人です。初対面は『ナニワ金融道』が講談社漫画賞を受賞した時ですから八年ほど前ですね。呉智英さんを含めた公開鼎談《ていだん》でしゃべったことを繰り返しますが、ボクは青木さんの『ナニワ金融道』以前の投稿作品を読んで、編集者に「この人、面白い、下手だけど面白い、こんな面白い作品だけど売れないんだろうな」と、いらんこと言いました。ただ青木雄二という名前はすっかり忘れてしまっていて、後に『ナニワ金融道』の連載が始まった時『『ナニワ金融道』は面白いねえ、作者はどんな人？」と編集者に聞いたら「ほら、あの時、畑中さんが褒めてたじゃないですか……」と返ってきました。それから程なく、アレよアレよという間に極めつけのベストセラー作家となっていったのでした。言い訳みたいになりますが、ボクのいう

〝下手〟は、マンガの主流から見ると、という意味で、自分と同類の仲間意識を表明したものでした。ボクなどはいまだに、ボクと感覚を異にするマンガファンから、下手だと言われつづけているのです。将来もその声は多いでしょう。

講談社漫画賞では、ボクは〝問答無用のリアリズム〟〝怖るべき具体性〟〝中年マンガ家志望者の希望の星〟などと下手なお祝いの言葉を贈らせてもらいました。現在の〝唯物論〟か〝観念論〟かどっちやねん、と迫る青木さんの根性をかいま見たのは、その授賞式の控え室においてでした。マンガ青年だった昔、青木さんが二十五歳のころのビッグコミック佳作入選作に、選者の一人だった、今は亡きあるマンガ家が批判がましい文句を連ねていたのですが、その大御所を「許せん」と睨《にら》みつけている姿にボクは感動したのです。そこに不安と自信とがない混ぜになった〝作家〟を見たからです。多数の読者に支持されて発言が益々《ますます》堂々としてきた今日も多分、不安は付いて回っていることでしょう。むしろ注目される度合が大きくなるほどに、選ばれた者は、自信とともに、不安や責任も増大していくもののようですから、青木さんの精神力の錬磨《れんま》は大変なものでしょう。今日の日本国民の自民党離れや若者の共産党支持の増加に青木雄二発言の影響力が大きいと言われるほどの存在となってしまっては、計り知れない重圧もあるのだろうと推測するしかありません。〝働かずに好きな時に酒が飲めるのが最高に幸せ〟という度々の発言は三分の一くらいは重圧をはねのけるためのエネルギー補給だと了解しました。

それにしても、歴史的に見て共産主義社会の存続が無理なことも、かろうじて維持していくにしても強固な官僚主義なくしてありえないという答えが出てしまった時代に、構造的腐敗土壌の資本主義社会め、反省しなはれ、ビシバシ、とマルクス印の幸福の鞭《むち》を振りおろす人が現われるとは、正直言って思いませんでした。しかし、心地良いんですよね、この鞭は。

青木さんの最近の著書を読む度に、そういえば一九六〇年代の末頃にマルクスボーイが八鱈《やたら》とたくさん居たなあ、と、時代が三十年逆行する雰囲気をちょっと味わうのですが、世間知らずのお坊ちゃん達の教条的なマルクス主義と一線を画するのは、青木さんなりに貨幣経済の理不尽を体験しつくして行き着いたマルクスだから、多少素朴さや矛盾を内包していても妙に説得力を持つのです。おそらく大阪弁にも力があります。

ボクのように、創作至上主義的に、なにを描くかと同じ比重で、どう表現するか、に心を奪われている人間は社会が見えてないのかもしれませんが、やや意気がって言えば、ボクはあらゆる制度からの創作の自立を夢見ているのです。そして、二十代の中頃に、たとえそれがより良い志で生まれた組織であっても、その維持は、突きつめていけばゼニに代表される利益社会か恐怖政治しかない、と思い込んでしまい、そこからいまだ自由になってないのです。なるほど無茶な秩序は壊すべきですが、ピラミッドは一つ壊せば次のピラミッドを造るのが人間だと認識しています。我々はついに我欲《がよく》からは自由になれないんでしょうね。自由などもともと無いものだと思ってしまうと少しは楽にならないでしょうか。それともこれは弱者の考え方ですか？　難しいですね。だから人間は、哲学や宗教や芸術を作って何千年も苦悩したり楽しんだりしてきたのでしょう。

今、〝楽しんでいる〟と書きました。苦悩があれば一つ一つ克服していく過程にこそ人間の生きている実感や喜びが有るのでしょうから。イコールではないにしても、苦と楽は兄弟か友人みたいなものです。青木さんが永久に来ないかもしれないが目指すべきだと繰り返し力説している、平等で苦しみのない理想社会は、もし本当に到達してしまったら、人間は生きる意味を見失って人類が滅亡するかもしれませんね。それでも、苦悩は多分永久に付いて回るだろうという前提で、やはり青木さんの説く〝一歩でも勝ち取る努力〟を怠《おこた》ってはいけないのです。どうしてもピラミッドが必要なら、少しでも正しい構造を持つように、志の高い設計者や頑固な現場監督を選ばなければなりません。

アキラも歌ってます。〝嗤《わら》って踊ってろ　しっぺ喰らうのさ　みてろよ　あんた……どんでん〟と。

遡《さかのぼ》って昭和三十四年に悲恋の名曲『十字路』を歌っています。日本は今また「くらい十字路」です。どの路《みち》を行くか、青木さん、あなたの指示を、時代は待ってます。

サンボリズムより散歩リズム——宮沢賢治『宮沢賢治詩集』解説

サンボリズムより散歩リズム。説明の必要な駄ジャレで書き起こしてしまったこの文に早くも暗雲が垂れ込める。とにかく歩こう。歩いていけば、やがて雲は途切れて、「どんぐりと山猫」の金田一郎くんのようにピカピカ輝く草原に行き着くかもしれないのだから。草原に立って口ずさめばいいのだ。〝海だべがと　おら　おもたれば　やっぱり光る山だたじゃい　ホウ　髪毛　風吹けば鹿踊りだじゃい〟と。

散歩リズムの解説を忘れかけていた。一九五〇年生まれのボクは、一九六八年に北九州の高校を卒業してマンガ家を志して上京した。スタートはブラックユーモアを主体とする一枚マンガだった。ある心象か事がらの決定的瞬間を切り取るか、とじ込めるかして一枚を構成する。視点はシニカルで何かに喩《たと》えて表現することが多い。今見るとお寒い若描きだが、ボクなりの青春の苛立ちだったのだろう。近頃の青少年は実際にナイフを持ってて愚かだけど、人みな心にナイフを持つ時期はあるだろう。〝四月の気層のひかりの底を　唾《つばき》し　はぎしりゆききする　おれはひとりの修羅なのだ〟がピタリと心に寄り添う時期がある。若い季節だ。そして政治の季節だった。学生運動華《はな》やか

り し頃で、当時の流行《はやり》モノは、サイケデリック、アンダーグラウンドに代表される一種の、また何度目かのアヴァンギャルドだった。大江健三郎が華々しく登場し、教条的で舌足らずな唯物論が横行し、未だによく解らない実存主義が押し寄せ、ノーマン・メイラーは政治に対向するのは性と暴力だと叫び、ニーチェはしかめっ面をし続け、無理して日本を背負った三島由紀夫がスターで、健さんはスクリーンで我慢の末に悪党共をたたっ斬っていた。田舎出のマンガ家の卵が右往左往するのに充分な状況だ。〝情況〟なんて羞恥心なしには口にできない程の流行語だった。

とにかく乗り遅れてはいけない空気があって、踊らされもしたし叩きのめされもした。みんなウルサイよ、人それぞれだよ、と、深夜密かに慰めてくれる何人かの作家が居たが、その中で最高の存在が『春と修羅』『注文の多い料理店』の宮沢賢治だったんだ。

詩を読むという行為がまだまだ普通のことで、周辺に詩の本はいくらでもあったし、友人と集えば詩人に話題が及ぶこともごく自然な環境だった。ランボーと朔太郎が一番人気だった。他に中也、啄木、達治、ボードレール、ヴェルレーヌなどが好まれていた。象徴主義（サンボリズム）といわれる人々が詩を代表していたような気がする。ボク自身も好んではいたが、次第に、これら選ばれた人々に反発し、又、敗北もし、生来の叙情好みに気づき、俗な物語に目覚めていく過程で、「歌の別れ」を迎えていく。知的エリートたちに脆弱《ぜいじゃく》を見て離れたわけだけど、逆に云えば、ボクの〝青春の鋭角〟なんて知れていたのだろう。そんなダラシナイ男に長らく付き合ってくれたのは賢治だけだった。近年になって賢治ってたいへんなナルシストでエゴイストだと気付くのだけど、当時は、小学生の時〝雨ニモマケズ〟を茶化して遊んだ延長や、童話作家の一見柔らかさと、地方人の一見素朴さが、気安く感じて入り易かった。この間口の広さは、実は巨大な落し穴みたいなもので果てしがない。宇宙にまで連れて行かれると帰り道が分からなくなるので、行ってしまわない所をボクは彷徨《さまよ》っている。なにより韻律の人であり、徹底的に韻律の人である点に酔える。これはボクの偏見かも知れないが、どのジャンルでもリズム感のない人は大成しない。また、詩というものは記憶され口ずさまれてこそ詩である。もしかしたら文語定型詩こそが詩なのかもしれない。その雰囲気を残す四季派の三好達治あたりを境に、以後の現代詩は成立が難しくなった。

余計な物云いはここらでやめて、リズムに戻れば、賢治の心象スケッチや様々な現象や風景の記録は、歩行のリズムではないか、と、やや強引に結びつけボクは納得する。ここでようやく〝サンボリズムより散歩リズム〟にたどり着いた。

散歩における現象の流れと妄想の錯綜、歩行のリズムに想起されるイメージと、また、よく一致する思考のリズム。至福の時だ。春画展を開く所まで来てしまった四十八歳マンガ家の散歩の妄想は、食い物と助平が半分くらい占めていて見苦しいが、若き日の賢治はそんなものではない。風を摑まえ、大地と対話し、愛と死に慟哭し、労働に苦悩し、人類の未来を憂える詩人だ。が、賢治を類稀《たぐいまれ》なる芸術家だとは思うが、正しい人だとはいわない。より良い志のみで良い作品が生まれるとは限らないと考えるし、悪魔とも取り引きできてこそ一人前の作家だと思うからだ。

今となっては、いわゆる高等遊民を気どれたこと、無テッポーに理想に突き進めたこと、戦争や生活の俗事に汚れなくて済んだこと、などを祝福したい。賢治は、それが許された数少ない巨《おお》きな才能だったのだ。

「黄金時代」——芦原すなお『松ヶ枝町サーガ』解説

野球、相撲、チャンバラ。一九五〇年代の少年で、これらに関わらなかった者は皆無といっていいでしょう。昭和三十三年（一九五八）に小学校四年生である十歳の「ボク」ことツーちゃんは、特に野球の洗礼をモロに受けています。敗戦から十三年が経っています。野球は、アメリカ映画と共に占領軍が奨励した日本人の民主主義教育の最たるものだったのです。バットとボールとグローブらしきものさえあればやれるスポーツですから、たちまちのうちに空地や路地に野球少年たちが溢れました。ツーちゃんたちのように頭数《あたまかず》や場所に合わせたルールを作ればいいのです。芦原さんと同学年らしい私も運動神経が無きに等しいことなど考えないようにして野球に興じていました。四年生のツーちゃんは〝プロ野球になる〟と夢を語っていますが、私などは四年生の時にベースボールを気取るつもりで〝オーイ、デッドボールしようや〟と声を掛けて町内中の笑い者になり野球が嫌いになっていったのです。エライ違いです。

西鉄ライオンズは福岡を本拠地とする西日本の雄です。経営はその後、クラウンライターに移り現在は西武鉄道のチームです。当時は鉄腕稲尾や怪童中西を中心とした野武士といわれた球団でした。そのチームが、今も昔も野球エリートのジャイアンツをやっつけるのですから西における盛り上りは半端じゃありませんでした。

　少年たちの野球熱に漫画作品が拍車をかけました。草創期の『バット君』（「漫画少年」）はすでになく、作者井上一雄の没後に福井英一が引き継ぎ、福井は昭和二十七年（一九五二）からの熱血柔道漫画『イガグリくん』（「冒険王」）で大ヒットをとばし、そのイガグリを意識したクリクリ頭の貝塚ひろし『くりくり投手』（「おもしろブック」）が読者を獲得します。球が二重にブレながら飛んでくる〝タマタマボール〟が主人公の魔球で、対するライバルの秘球は〝怒とう投げ〟という地面に着かずにホップ・ステップ・ジャンプしてくる波を模した投法でした。なんとも素朴ですが子供たちも充分に素朴だったからそれで良かったのです。素朴といえば寺田ヒロオの『背番号0《ゼロ》』（「野球少年」）は心温まる良識派の野球漫画でした。魔球にそれらしき科学的裏付けが表われるのは、ちばてつや、福本和也コンビの『ちかいの魔球』（「少年マガジン」）あたりからでしょう。

　ボールを追っかけるばかりが少年世界ではありません。しっかりとキタ・セクスアリスも体現中で、性の目覚めにちょこっと足を掛け始めたツーちゃんは、美貌のエッコ姉ちゃんの御休憩を気にかけます。男の子です。男の子は、甘美な思い出や苦い思いを呑み下しながら少しずつ男に成っていくのです。女に生まれついて世の荒波をスイスイ泳いでいく女性とは違って、男の純情は中々厄介なのです。

　マイ・カー時代が数年後にやってくるのですが、舗装されてない道路を荷馬車がカッポする風景は一般的でした。馬の糞を踏むと足が速くなるというので、運動会の前には皆で馬の糞を踏みに行ったものですが、もちろん効力はありませんでした。色が似た厚紙のバフン紙は最近は違う名で呼んでいるようですが、ムラサキウニと並ぶ食用のバフンウニは相変らず昔の名前で出ているようですね。名前を変えたほうが旨さが増すのではないでしょうか。

「戦闘開始、トテチテター」は『青春デンデケデケデケ』の作者らしいタイトルです。トテチテターは進軍ラッパの決まりの音で、事が男女関係であろうとケンカやバクチであろうと決戦に向う者の胸に高らかに鳴り響くのです。ツーちゃんの父ちゃんは春歌仕立てのトテチテターを大声で歌います。酔って帰る家は一種の戦場なのでしょうか。

パッチンは駄菓子屋で十数枚つづりのやつを買ってきてハサミで切り離していました。その時々の人気者が印刷されています。柔らかい紙と堅い紙と二種類あって私の故郷福岡県小倉では、それをホヤパン、カタパンと云っていました。パッチンと地面や床にたたきつけるからパッチンなのでしょうが、何十枚かずつ出し合って台の上にひと束にし、自分の持ち札を投げ差して一枚抜き落とした者の勝ちといったような、早い勝負が主流だったようです。それぞれの土地でゲームは工夫されていたでしょう。たいていの場合、おばあちゃんが店番をしている駄菓子屋は、宝の山であり子供たちの社交場でした。路地の陽だまり、貸本屋、テレビのある家、銭湯なども子供社会の重要な場所なのです。

テレビ放送のスタートは昭和二十八年（一九五三）ですが地方の放送は三十一年（一九五六）以

後ですし、初めはなにしろお金持ちに限られていました。力道山はすでに大スターでプロレスごっこは親や教師の怒りの材料でした。よそん家で『チロリン村とクルミの木』（NHK）や米テレビドラマの『スーパーマン』『名犬リンチンチン』などを見て、漫画のヒットからテレビ化、映画化とブームになった『まぼろし探偵』『赤胴鈴之助』『月光仮面』などを日本中の少年少女たちが眼を輝かせて見つめたものです。テレビ時代の幕明けは、紙芝居の凋落《ちょうらく》、映画の斜陽など娯楽メディアの変革を決定づけていきますが、なにより重大事は子供たちから行動や創意工夫を奪う受け身文化をスタートさせたことでしょう。集団のルールや隣り組を解体させるのにもテレビの力は大きかったようです。もちろん教育などに功利的に機能した業績は計り知れません。もっともこれは後年の解説でしょう。真っ只中にいる子供たちは、どんなものでも呑み込んで消化していきます。ただ、子供が集まれば自然と年長者がリーダーになって遊びを教えながら〝社会〟をマスターしていく、というシステムが、現在希薄になっている事だけは残念です。

占領軍のGHQによって禁止されていた武士道や武術は、すでに昭和二十六年（一九五一）の対日講和条約、日米安全保障条約の調印、翌年の発効と共に解禁となり、チャンバラと栃錦、若乃花時代の大相撲が大人気となっていました。経済白書が「もはや戦後ではない」とぶちあげたのが昭和三十二年（一九五七）で、そのころ電気冷蔵庫、洗濯機、掃除機（のちテレビに変わりツーちゃんは〝目が悪くなる〟と母から断わられている）が三種の神器といわれています。映画では『ゴジラ』が火を吹き、太陽族は暴れ回るわ、石原裕次郎は嵐を呼ぶわ、本国より一、二年遅れのエルヴィス・プレスリーらを模したロカビリー旋風は吹き荒れるわ、フラフープはクルリンクルリン回っているわ、児島明子はミス・ユニバースで一位に選出され嫉妬と羨望を一身に集めるわ、で、要するに経済が神武景気だ岩戸景気だと徐々に上向いていき、世界史上未曾有の経済成長、大消費社会へと突入する前夜を、ツーちゃんたちは、そんな未来はあずかり知らずの呑気な小学生生活を送っているわけです。消費社会は「人生いかに生くべきか」を捨てた、とりあえず面白ければいいんだとする趣味の時代です。

誰しも少年期は黄金時代でありますが、そこに経済社会の黄金期が重なろうとしているから、さあ大変、なのです。特筆すべきは、青春が文化となり商品になっていった時代だということです。青い春が、子供から大人への単なる通過点ではなく、確固たる立場として存在してしまったのです。それは増長し続け、やがて一九九〇年代には若人のマーケットが消費をリードするまでの寒々しい世界を追ってしまったのです。

さて、もういちど昭和三十年代に戻ります。我らがツーちゃんは、腕はいいが呑んべでやや投げやりな建具師の父と農協に勤めながら家庭を切り盛りする強い母、ラブレターを貰う年頃の姉ちゃんのいる家庭でノビノビと暮らし、仲間と争い、年長者に憧れ、大人世界を垣間見てドギマギし、おチチのふくらんできた本当のチャンピオンのシゲコとしょっぱいが晴れやかな別れをしたりして、日々を充実させています。今日も白球を追っていますが、父子揃って〝名画〟にうつつを抜かし、野球大会では準優勝に終わってしまったのです。そして昭和三十四年（一九五九）、秋の松ヶ枝神社ドンデン祭りでは、神輿のぶつけ合いを引き分けに持ち込んで気分的には勝ってしまった父の勇姿に、いつか自分もと、ほろ酔い加減の女装束でドンデンを担ぐ姿を思い描いてニンマリするのでした。昭和三十五年（一九六〇）の正月には、父の手作り凧の京マチ子号が泳ぎ、春休みにはマサヨシのばあちゃんの遺言でひと騒動でしたが、エツコ姉ちゃんが〝のし餅〟みたいな赤ちゃんを抱いて里帰りして来て目出たいお彼岸になりました。老人は風景に溶け込み、新しい命は誕生し、少年の時間はキラキラ、ドキドキと確かな音を刻みながら進んでいきます。六年生になってツーちゃんのチームは、きっと優勝するでしょう。

芦原さんは抑制とユーモアの人です。そして名前通りの素直な文体でリズミカルに物語ります。一見素朴ではありますが強い方法論の作家だと読みました。物書きというのは作品の中で、登場人物や時代を、つまり自分を語りすぎるという愚を度々犯すものですが、書きすぎが作品をぶち壊すことをよく知る芦原さんは、出来うる限りの、あるがままの姿をポコンと裸で見せるだけです。時代の説明などのヤボは、この稿で私が引き受けました。年月を西暦で統一したのは現代の若い読者に世界を共有しやすくするための配慮と思われますが、昭和表記でないと私が乗れない部分があるので、あえて書かせてもらいました。方言を使ってないのも場所の特定がないのも同じ理由でしょう。『青春デンデケデケデケ』で知られていることを前提としてヤボを押し進めますと、松ヶ枝は作者の故郷である、四国は香川県の西はずれ、観音寺市海岸近くの実在の土地であり、架空の舞台でもある、ということなのでしょう。松ヶ枝は宮沢賢治のイーハトーブやウィリアム・フォークナーにおけるヨクナパトファー郡だろうと思いました。

一九九六年に書かれた芦原版『ボヴァリー夫人』とも『女の一生』ともいえる一人称小説の秀作『官能記』のラスト近くに、主人公の応募小説にベテラン作家が選評している箇所があります。いわく「ドライだね。いや、透徹してるというかね、……人物を見る目に曇りがないというか、依怙《えこ》贔屓《ひいき》がないいんですよ。……裁いてないいんですよ。裁かないで、人物たちをそのまま読者の前に提示しているんだ。……いろいろ破綻はあるよ。ちょっとご都合主義かな、と思われるところもあるけど、それが気にならないいんだ。これは語り口のテンポのよさにのせられちゃう……」この科白《せりふ》は、芦原すなお自身の心掛けであり、ちょっと自己弁護であり、又、小説の理想像をいっているのです。

組織と個人――宮崎学『突破者烈伝』解説

笠原和夫脚本、深作欣二監督の『仁義なき戦い　代理戦争』（一九七三年、東映京都作品）は、極道社会の隠語と安芸《あき》方言が融合した絶妙のセリフ回しの宝庫であり、その言語表現のみをとっても、リアリズムとユーモアにおいて日本映画史上屈指の名品である。中にこんなシーンがある。渡瀬恒彦演ずる工員の猛《つよし》が屋台でもめた酔っぱらいのレスラーの耳を出刃包丁で削ぎ落としてしまう。逃げられなくなった猛は、小学校か中学校かの恩師と母親に連れられて菅原文太扮する広能昌三親分に詫びに来る。話がついた後での先生と親分の対話が面白い。

先生　それでのお、こいつの今後の身の振り方なんじゃが、どうじゃろう、こんなあの下で極道修業さしてみちゃってくれんかのお。こりゃあ突破者《とっぱもん》じゃけん、極道ならまァ将来の見込みはあるけん、ワシが推薦するよ。

広能　教育者の先生がそがぁなこと云うたらいけんでしょうが。

〝突破者《とっぱもの》〟あるいは〝突破者《とっぱもん》〟は、西日本独得の用語なのか、東京で話していると〝突破者《とっぱしゃ》〟という人があまりに多いので、正しい用語使用例として『仁義なき戦い』を引いてみた。字面《じづら》の通り、強烈な精神力と行動力で突き抜けていく者、という意味だが、多少、人情や愛嬌を加味して捉えるといい。

一九九六年、宮崎学『突破者』の刊行を雑誌広告で見た時の妙な胸騒ぎは今も記憶に残っている。初めて見る名前だったが、ヤクザの組長の息子、共産党ゲバルト部隊隊長、ルポライター、解体屋、地上げ屋、そしてグリコ・森永事件のキツネ目の男か？　と、ボクの興味対象が揃い踏みをしているのだからただ事ではない。怪しさが尋常ではないのである。一刻も早く読まなければいけない本だと直感して書店に走った。実際は、運動不足の肥満中年だから、ノソリ、ノソリ、ゼエ、ゼエ、随分と不健康な歩みだったに違いない。

ボクは、『突破者』に最も共感した読者の一人だろうと自負している。当時のボクは、『玄界遊俠伝　三郎丸』というヤクザの一代記を週刊連載している最中だった。十歳で敗戦を迎えた離島の少年が、復興期の嵐の中で数々の暴力を体験し、十六歳で一家名乗りをする。経済成長と組の膨張と、それにともなう内部分裂や対立組織との抗争を描き進めていた。表現としての暴力のカタルシスもさることながら、キッチリ捉えなければいけないのは、内部的にも対外的にも起こってくる〝組織と個人〟の問題である。いつでもどこでも、厄介なのは外敵よりも内部分裂なのである。やがて、ある覚悟の元に主人公が日本最大の組織と対決していく、という大筋は決まっている。そこに至る過程で右往左往している時だったから『突破者』に表わされている組織論と〝個〟の力に大いに励まされたのだ。

いうまでもなく、国家あるいは社会は人間と機構の集合体である。身近で考えても、会社とか地域共同体とか学校とか家庭とか仲間とか、皆、どこかで何かに属していなければ生きていけない。宮崎さんは、色んな集団の離合集散の構造を、体質もあるのだろうが、常により過激な闘争の場から見ている。戦力としての組織作りや勝ち負けの構図を、幼くして名門ヤクザ組長の実子として、やや長じて自らの積極的不良活動を通して、また共産党の戦略や革命理論の実践において、社会人となってはジャーナリストの視点から、やがて荒事《あらごと》も有りの会社経営者の立場から、そしてバブル経済を象徴する地上げ屋稼業に身を置いて、見つめ、戦い続けてきた。そこで集団の強さと同時に弱さを見定めた。集団の栄枯盛衰を眺め人生の悲哀をかみしめた、といったレベルの事ではなく、命を賭けざるを得ないギリギリの崖っぷちで、絶望的虚しさの中で、尚突破していくしかない生命力を見たのである。宮崎さんが繰り返し確認しているのは対立構造における個人の立脚点である。集団の色あいに個としての色や匂いをどれだけ出せるかであり、また、あらゆる性質《クセ》の個人が力を発揮できる社会でないといけない、ということである。それができないのであれば、入れ物が間違っている、ということだ。あらゆる秩序は絶対のものではなく仮設にすぎないのだから個人の命の躍動を優先させるべきだ。欲望は正しいと、いってしまえば極論にすぎるのかもしれないが、一番の大事は、個人でどれだけ戦えるか、であり、個体でも戦える戦いは有る！　といい切っているのが宮崎さんだ。

蟻《あり》の穴から堤《つつみ》も崩れる、ということわざもある。……アリさんは集団の代表選手だからマズイなあ……古典的にいうと、千丈の堤も螻蟻《ろうぎ》の穴を以て潰《つい》ゆ、か……もっとマズイ。宮崎さんをオケラに喩《たとえ》たのでは怒られる。キツネにされたりアリやオケラにされたり、宮崎さんも忙しい人だ。よく分からなくなったが要するにそういうことである。

『突破者』が説得力を持つのは、数々の修羅場を通過して、地獄を見て、ある地点に達してから眺め直した自分史だからだと思う。少年期を書くのに五十歳という年齢は整理するにも昇華するにも程の良い距離なのだ。かつて伊藤整が『若い詩人の肖像』を書いた歳が五十だったのを、なぞったのかどうだったのか忘れたが、ボクは、自身の少年期を扱うならばその年齢に達してからだと自己規定していた。これは計画的実行ではなく偶然そうなったのだが、四十九歳の現在、自伝的要素の濃い『ガキ』という作品に関わっている所だし、自伝的エッセイの書き下ろしに取りかかったばかりでもある。ついでに書けば、絵本や童話の作者は人間社会の深淵を覗いて悪魔と付き合いながら幼児にも近づきつつある老人であるべきだとも思っている。重ねていうが、客体化もエンタテイメント化も才能プラスこの距離感にかかっている、と、ボクは思う。

その意味で、〝キツネ目の男か?〟は、宮崎さんご自身が渦中に居すぎるし、読者としてのボクも歴史としては近すぎて、そこに材料の闇も加わって充分に伝わったとはいえない。なんといっても少年期、青年期の面白さは圧倒的だ。もちろんこれは宮崎さんの不備ではない。なん人《ぴと》にも、どの一代記にも必ず立ちあがってくるところの、大人の、立場の、より近年の、といった意味での不自由だ。宮崎さんほどの突破者をしてそうなのだ。フリーの物書きとなられても尚そういうものなのだ。フリーの作家（くどいようだが完全なフリーなど有り得ない）としての宮崎さんの筋の通し方と挑戦は、元来、社会生活への不適合と小心さから一人でもやれるという理由でマンガ家を選んでグズグズと生きてきたボクなどには、実に見習う点の多い、頼もしい存在に映っている。かつて『突破者』の推薦者であった呉智英さんと電話で話した時、ボクが「『三郎丸』の後半を描く前に『突破者』を読んで良かった」というと呉さんは「宮崎学は世界観を持っているからね、そりゃあ面白いよ」といい放った。その通りだと思いつつも、では果たしてボクはどうか？　と暗雲がたれ籠めそうになったのを手で払いのけながら、カラ元気で笑って電話を切ったものだ。

さて『突破者烈伝』である。ボクは、この作品の単行本で装画を担当させてもらっている。従って、作者、編集者、校閲者の次くらいに読み込んだ人間かもしれない。京都伏見の寺村組組長の実子として育った宮崎さんの周辺に跳梁跋扈《ちょうりょうばっこ》する見事なお役者陣は『突破者』で初見参している。ここでは、故買屋《こばいや》のおっちゃんと金貸しのおばちゃんの夫婦、解体屋《コボチャ》の大原のおっさん、土建屋の内田社長らが、抱腹絶倒、波乱万丈の人生を演じ切っていて、爽快感と共に哀愁が読む者を魅了する。この方々は宮崎さんの稼業の関係者であり、いわば時代と地域を共有したお仲間だ。京都の空気である。

構成上の異色は、第四章に登場し大トリを務める九州の雄、三代目工藤會、溝下秀男会長だ（本書では、工藤連合草野一家となっているが一九九九年に工藤會と改まった）。九州というよりも当代日本を代表するヤクザのお一人だと側聞する。溝下さんは著述家でもあり『極道一番搾り』『愛嬌一本締め』（いずれも洋泉社）の著作もある。

宮崎さんは、一九九二年の暴力団対策法施行で「指定暴力団」に指定される前後の溝下さんの発言に、並々ならぬ突破者精神を感じたのだろう。一九九七年夏に「闘争無限」を座右の銘とする溝下さんと会談している。ここでは組織と個について洞察し、突出した遠賀《おんが》川筋《かわすじ》気質から広く北九州気質に思いを馳せ、根元的なヤクザ論まで展開する。宮崎さんが記述するように、暴対法以後、確かにヤクザが見えにくくなっている。もはや、地域社会での「共存、共生」は有り得ないのだろうか。では、有ったほうがいいのか？　と問われると即答はためらわれるところでもあるが。だが、人間社会に競争や闘争は無くならないだろうし、人間に欲というものが有る限り、様々な立場や生き方が成立する土壌は確実に在る。つまり、ヤクザといわれる人達や、器としての組が存在するのであれば、少なくとも代紋は表に出して責任の所在だけは明らかにしたほうがいいだろう。そのことは宮崎さんも溝下さんも自明の理として発言されていると読んだ。

最終章で扱われている外国人マフィアの問題は、ボクも賛成したい。たとえば新宿の夜の怖さはどうだ。近づかなくなって、もう何年になるだろうか。

ハワイ本島のマフィアがお金を持ってからというもの、危ない仕事を小さな島のマフィアにやらせていたら、小さい方は、当然のように全部仕切れば楽だと発想し、武力を行使して代わってしまった。そういう笑っていいのかどうか判断に迷う話を聞いたことがある。これは、日本各地で進行中の現象ではなかろうか。

本書の性質上、長文の記述はないが、「部落解放の父」といわれている松本治一郎と「右翼の祖」と位置づけられている筑前玄洋社の頭山満の名を散見する。この二人の巨人について、宮崎さんはすでに考察を進めているかもしれない。方向は違ってもそれぞれ魅力的な人物だ。土着の民衆の意志力が運動のエネルギーであると仮定すれば、その運動を強靱な個性で組織し、さらに強固な意志を厳然と存在させた人達だ。が、そこにはたぶん、評価の高さと同じ量の、もしかしたらそれ以上の深い孤独や悲しみがあったはずだ。これは想像だが、松本治一郎も頭山満も、ある時、遠くに目をやりながら、「結局は個人だね、人間は一人だね」、といったことがあるだろうと、ボクは思う。

頭山満には「一人でいても淋しくない人間になれ」という言葉もある。その言葉は、突破者宮崎学にもよく似合う。

IV

インタビュー書評

文藝春秋編『マンガ黄金時代 '60年代傑作集』

この本を読んで、全作品を初出誌で見ていることが分かり、少し驚きました。もちろん全部を買ったわけじゃなく、マンガ好きの友人やマンガ家のタマゴたちと情報を交換していましたし、拾って読んだものもあります。そのいくつかは、元の雑誌や切り抜きをストックしてあります。

通読してみて、改めてオーソドックス・スタイルの大切さを思いました。意匠や主張が表に出すぎたマンガは、いま読むと見づらいんです。若者文化の代表のようにいわれているマンガの中で、貸本時代からの作家がいまも第一線で頑張っているのは、才能を別にすれば、〝いかに見せるか〟についての鍛え方が違っているためじゃないでしょうか。

たとえば、テレビのワイドショーなんか、昔のを見るよりいまのほうがずっと面白い。マンガもそれと同じで、〝現在こそが命〟というところがあります。ですから、実験的な作品、時代性が強く出た作品は、時代に耐えられない面が、どうしても出てくるんですね。だけど、それじゃ同時代のマンガだけ読んでりゃいいかといえば、そうともいえない。なかには時代を超えた名作があります。それに、この本に収録された作品は、マス・プロ製作の平均的マンガじゃなく、作家性が強く出ている。読者は、隅々までゆき届いた作家のクセを楽しみ、個人の手作業こそが創作の原点だと確認することができます。むろん、ナツメロ的な興味で読むひともいるだろうし、ぼくなんかはマンガ史的な関心をひかれます。多方面から楽しめる、このテの本は大歓迎ですね。

それにしても、いろんな人がいますねえ。いつの時代でも活躍している手塚治虫。好人物を想像させる、滝田ゆうの笑った線。山松ゆうきち、淀川さんぽの描く人間のたくましさ。いしいひさいちのルーツを思わせる勝又進の四コマ……。村野守美の日本の風景には、甘美さに反発も感じますが、抗いがたい魅力があります。ぼくは、村野さんの、主に画面からたくさんの勉強をした時期があります。読者の中に棲みつづけるのは、案外センチメンタリズムやリリシズムなのかもしれません。

真崎守、宮谷一彦は、まさに〝時代の児〟ですね。逆に時代を感じさせないのが日野日出志の「赤い花」、それとベテラン作家の物語で見せる作品です。また、居直りとも見える突き抜け方で、少年誌で暴れていた谷岡ヤスジ「メッタメタガキ道講座」や、高信太郎の駄ジャレのおかしさなどに接すると、マンガは〝たかがマンガ〟といった気安さを捨てたらダメだ、と考えたりします。

いろんなスタイルがありますが、どのような自己表出も、ユーモアの気軽さと物語の面白さで描かれたとき――それも押しつけがましくなく、さりげなく成立したときに、味わいが深いようです。そのような作として、つげ義春「ほんやら洞のべんさん」があります。これ、初出では扉に絵がついていなかったんだけど、どうしたのかなあ？

ぼくは一九五〇年生れで、六五年にマンガ家になる決心をした。当時は一枚マンガ家志望。で、ここに収録された作家群に共鳴したり反発したりしてストーリーマンガに入っていきました。決定的だったのは、つげ義春と山上たつひこでした。「ガロ」のつげ義春特集は、六八年の六月。ぼくはその年、小倉から上京してマンガ学校に籍を置いていました。つげ義春は当時のマンガ青年にとって最大の事件でしたが、貸本時代からの印象で、相変わらずドロ臭い線で貧乏話を描いてるな、としか思わなかったんです。四年ほどたって、一枚マンガにも生活にも疲れ、改めてつげさんの作品群の虜になりました。つげ義春、山上たつひこの影響を受けつつ、この二人と異なったマンガをどう描くべきかが、その頃のぼくの課題でした。『喜劇新思想大系』の、オモテ社会では嫌われる材料を用いて、ナンセンスとストーリーテリングで戦いつづける山上さんのコースは頼もしく、立派に映りましたね。ふだん買わない「漫画ストーリィ」掲載で、ぼくはこれを、アパートに帰る途中、捨てられていた雑誌の山から見つけました。文字通りの〝拾いもの〟です(笑)。

「マンガ黄金時代」というタイトルだけど、この本は雑誌「ガロ」と「COM」の黄金時代といった趣もあります。もしくは、日本の黄金時代でしょう。高度成長がマンガにもおよび、いろんな方向を成立させるユトリができた。多くの新人を輩出し、スタイルもほぼ出揃い、今日まで方法論的には大きな変化がない――その意味での黄金時代。

結局、六〇年代は〝青春〟が商売として定着した時代じゃないでしょうか。いわゆる〝団塊の世代〟が市場を作りました。たとえば音楽なら、五〇年代末期のプレスリー、六〇年代のビートルズなんてのが象徴的ですよね。大人向け、子供向けと二分されていたところに叫び声をあげて、子供から大人になる過程とは違うんだ、われわれは〝青春〟という存在なんだ、と居坐ってしまいました。子供マンガで育ち、子供マンガを拡大させた世代が育ってきて、読者と描き手、双方が自分たちのマンガを欲していたんですね。

「ガロ」の創刊が一九六四年、「COM」が六七年、六〇年代末期には青年マンガ誌も出そろって、エネルギーに満ちていた時代です。「ガロ」も「COM」も、意欲作、実験作に取組んでいました。ただ、ハッキリさせておかなければならないのは、「ガロ」「COM」に載った作品の半数は、一般娯楽誌にあえて背を向けたのではなく、未熟であるゆえに向けざるをえない、そんな〝問題作〟だったということです。

この本には、永島慎二「青春裁判」と、石森章太郎の「ファンタジーワールド・ジュン」が入っていますね。ぼくの世代のマンガ少年をもっとも魅きつけたのは、このお二人だったと思います。永島さんの貸本時代の『漫画家残酷物語』を、まるでバイブルみたいに扱っている人をたくさん見ましたし、石森さんの『漫画家入門』は必読書でした。ぼくも高校二年のとき買っています。永島さんは心情的に、石森さんは技術的に、多くのタマゴたちを主導していたといえそうです。「青春裁判」をはじめとする永島慎二の青春シリーズを見て、マンガ少年たちは人生を語り、石森章太郎の「ファンタジーワールド」でマンガ論を戦わすといったシーンが、あちこちで起こっていました。

現在、そういう立場にある代表的な人は、大友克洋ですね。

文庫本でこういう本が出るのはうれしいけれど、今度は百巻本くらいで、詳細な年表を別巻につけたマンガ全集が出ないものでしょうか。その日は近い、とぼくは夢見ているんですが。

二十世紀の名著　私の三冊

〈1〉未来への幸福行きキップ――宮沢賢治『注文の多い料理店』

「あなたは、ごきげんよろしいほで、けっこです。あした、めんどなさいばんしますから、おいでんなさい。とびどぐもたないでくなさい」

かねた一郎くんが山猫から受けとったという〝おかしなはがき〟をボクは十八歳の春に受信しました。マンガ家を志し、東京で独り暮らしを始めたばかりの苛立《いら》った青年に、宮沢賢治の作ったドリームランド岩手県イーハトーブへの誘いは、至福の疑似旅行となったのでした。

『注文の多い料理店』一冊は、心の痛みを和らげる最良の薬だったのかもしれません。幾度か読むうちに〝すきとおったほんとうのたべものになること〟を願った序文と、巻頭作品「どんぐりと山猫」の〝おかしなはがき〟から読むのが、ボクの儀式となりました。あとは気分まかせにイーハトーブの好みの場所にそっと立てばいいのです。

「どんぐりと山猫」は、誰が一番かで三日間ももめているどんぐりたちを、もてあましてしまった山猫裁判長が一郎を判事として招いて、坊主の説教よろしく、欠点こそが一番エライんだと仲裁して、やがてただのどんぐりに変わる金のどんぐりを一升貰《もら》って帰って来る、という典型的な「行きて戻りし物語」です。

一時《いっとき》、異界を冒険し、円満な日常に戻れるのは、賢治の場合、小学三年生以下と決めているようです。雪の結晶のように美しい「水仙月の四日」の赤い毛布にくるまった子供も、月夜の鉄道路線で電信柱の行進を幻視する恭一も、『注文の多い料理店』以後の「雪渡り」や「ざしき童子のはなし」でも、見えているのは子どもたちです。欲にまみれた大人たちは、行って戻った時には、何らかの罰がかせられています。

賢治は、どこかで悪徳を抱え込まなければいけない〝大人〟を拒否していました。言い替えれば〝大人〟に敗北していました。生涯を通じて生活者のリアリズムの欠如が見てとれます。体力、気力、両面の脆弱が生んだ、あまりに求道的な作品「よだかの星」「グスコーブドリの伝記」「銀河鉄道の夜」などには、死による浄化や美しすぎる自己犠牲という一種の衰弱した魂が漂っています。

賢治の全作品は、布教活動という明確な目的意識で書かれていました。それ自体は結構なことですが、目的が勝ちすぎると無理が目立って邪魔になります。坊主のお説教をそのまま持ち込んだ「どんぐりと山猫」にそれがないのはなぜでしょう。理想と善意と未来を信じてゆるぎない若さが勝利していました。言葉や物語の造形家としての天才が、なにより創作を自立させていました。

豊かさの歪みや落とし穴を無数に抱えた現在、次々と押し寄せる〝めんどなさいばん〟に、欠点こそが一番エライとする判決がどの程度に有効か疑問も残りますが、少し優しくなる必要を感じた時、二十一世紀の幸福行きのキップとして、山猫が馬車別当に代筆させた〝おかしなはがき〟を、今日もボクは受けとるのです。

〈2〉明晰で精密な小説の考証――伊藤整『小説の方法』

大正の末に叙情詩人として出発し、第一次大戦後の新文学の波をまともに被り「新心理主義」を提唱し、地方出身のモダニストをぎくしゃくと歩いた伊藤整は、戦時色の強まりをオーソドックスなリアリズム小説、変型私小説、少年小説など彼らしい慎重さでやりすごした後、戦後第一声から重要な発言を打ち始めます。昭和二十二、三年には、伊藤にとって確かな立脚点となった、教養小説『鳴海仙吉』と評論『小説の方法』を上梓《じょうし》しました。

『小説の方法』は、西洋と日本の小説を比較しながら、「小説とは何か」を考証することで、伊藤の長年の疑問であり、悪戦苦闘の最大の要因であった「私小説とは何か」を明確にし、結果として私小説を擁護しました。提示された疑問は、小説とは物語なのか、思想なのか、造型なのか、あるいはそれらの組み合わせなのか、集合なのか、といったようなものです。

そして伊藤の苦闘とは、自分のように古今東西の小説に通じ、スタイルを模索し、明晰な論理でもって何事も見えている人間が、なぜ下手な生活報告文や写生のような小説に負けるのだろうか、といったようなことです。

伊藤は全キャリアを通じて意識的な方法家でした。勝利も敗北もこの辺りにあります。作りものは本物の自然にたじろぎ、意識は無意識に吹き飛ばされるもののようです。

「日本の私小説家にとっては、自ら身を投じた文壇がその宇宙であった」という一行で始まる第九章「散文芸術の性格」で、私小説なるものが定義づけられました。私小説も文壇ももはや死語に近くなり分かりにくいかと思いますが、明治以後の近代文学は、新思潮のさまざまな波に揉《も》まれながら、特に自然主義の「あるがまま」の誤解から戦後の経済成長期まで、私小説派も前衛も後衛も装飾や造型を無視しながら、「純文学」などとクダラナイ用語を作ったりして、求心的、求道的な危うい鋭角に突き進んでいったのです。

小説家は、長らくまっとうな市民でも社会人でもなかったのです。いわば現世を放棄した出家者たちが、修行道場を作って、生き方の正しさか烈《はげ》しさか、不幸の自慢を競っているところが文壇だと、伊藤はいいます。社会的に立場のあった夏目漱石、森鷗外は、ギルドのような文壇棲息者からはずれて「文学者」を生き、物語の谷崎潤一郎は東京を蹴り、モラルの志賀直哉は「神様」になっていった、ともいいます。環境や経済機構まで視野に入れて、型を分析し、構造論のスタイルをとるのが特徴で、小説及び小説家を巨視的にも微視的にも眺めつくすことによって、日本人論にまで達した人でした。その達成の第一歩が『小説の方法』だったのです。

マンガの方法が分からなくて、もだえ苦しんでいたボクは、『小説の方法』を繰り返し読むことで、創作に絶対の約束などなく、どんな人にもその人に合ったスタイルが必ずある、という、しごくあたりまえの、大いなる安心を貰って、マンガ家としての第一歩を踏み出したのでした。

〈3〉怪しく美しい光芒放つ――つげ義春『つげ義春作品集』

有能なるマンガ家つげ義春が『無能の人』を発表後、ペンを置いて十年が経ちました。『無能の人』の最終話「蒸発」は、漂泊の俳人井月に思いを馳せる話です。我が身をなぞらえた対象が漂泊のエリート西行でなく、出生さえ定かでない、ほとんど埋もれていた井月なのがつげ義春らしいし、それを描くことで憧れとしての〝蒸発〟に区切りがついたのか、二、三の青春記を描いて、休筆生活に移行していきました。それは新たな彷徨の始まりです。流離《さすら》う場所は〝平凡な日常〟という名の果てしなき宇宙であり、修羅の渚《なぎさ》であり、また楽園でもあるのです。

つげ義春は、昭和三十年にデビューし、貸本マンガで約十年活動の後、昭和四十年代に台頭してきた青年マンガの一翼を担う月刊マンガ誌「ガロ」に毎月のように問題作を発表し始めます。本人の言う〝娯楽意識からの解放〟は、その後に続くマンガ青年たちにとっても、健全で分かりやすい物語を第一義とするマンガ主導からの解放となりました。反娯楽ではなく、娯楽の幅の提示です。

作品「沼」のヘビが首を絞めに来ることに快感を覚える不思議な少女をふっきるために猟銃を撃つラストシーンから、作家つげ義春が始まったとする評価が定着しています。一年後の「通夜」は、果たしてあれは死体だったのか、盗賊を避けるための疑似死体だったのかと、見事な構成で読者を考えさせ、強く印象づけます。

私見では、「通夜」から二カ月後の、わずか八ページの「山椒魚」によって、つげ義春はある線を越え、さらに一年後の「ねじ式」で、ちょっと厄介なドアを開けた、と思います。どうして下水道に棲むようになったか分からないという山椒魚が、限定された不快な空間にやがては楽しみを見いだしていくのです。自由など幻想にすぎません。不自由の中での自由の満喫という一種の哲学を会得したのです。

左腕の血管を切った青年が医者を捜してさ迷い、○×方式の手術で取り付けられたネジに生を左右される「ねじ式」でも、人生は制約があり、その制約を享受する生も結構楽しいよ、と言っているようです。

「ねじ式」を巻頭にした特集号でブームを起こし、昭和四十五年に一度目の休筆に入るまでの作品は、四十八年に『つげ義春作品集』としてまとまりました。ユーモラスな紀行モノの他、初潮を扱った名品「紅い花」、無用者を生き生きと描いた「李さん一家」、二重生活をなにげなく生きる「峠の犬」、もう一人の自分の存在に恐怖する「ゲンセンカン主人」など、以後、繰り返し描かれることになる漂泊思考や漂泊ゆえの立脚点の危うさを題材にした作が出揃います。一口でいえば存在の不安です。

この不安感をつげ義春は、存在を極力失くすることで存在してしまうという二律背反の形をとりながら解消しました。そして、遁走、限定、消却などの人生のマイナス材料で人の哀れと可笑《おか》しみを掬《すく》いあげ、怪しくも美しくも光芒《こうぼう》を放ち続ける作品群を存在させたのです。

寝ころびながらエリ正す

——呉智英『危険な思想家』『マンガ狂につける薬』

辛辣な皮肉と健康な哄笑《こうしょう》の珍なる一体感で心安く書物の迷宮に誘ってくれるインテリ業者、呉智英の最新刊二冊を楽しむ。『危険な思想家』（メディアワークス）は、五十余年かけて十重二十重に構築された戦後民主主義教育の歪みや基本的人権や良識の矛盾を軽快に撃ち続けている。差別問題などは「危険な思想家」たらんとする著者の〝覚悟〟を感じ、エリを正して（寝ころんでだけど）読んだ。

『危険な思想家』が近年の著者の本論ならば、『マンガ狂につける薬』（リクルート）は、一転して該博な〝知〟に裏打ちされた上での気安い比較文化論に仕立てられている。序文でいわく、「活字とマンガの『虹の梯《かけはし》』あるいは『愛の往復書簡』」と。古典文学の作品がいかに現代の混迷に答えてくれるか、また、マンガという表現行為がそれほど捨てたものじゃないかを、分かりやすく比較して案内してくれる。ただ、最終章は、伊藤整『日本文壇史』と比較するなら関川夏央・谷口ジロー『「坊っちゃん」の時代』、つげ義春『無能の人』を取り上げるなら、平野謙『芸術と実生活』が妥当ではなかろうか。

二十五年経て終わらぬ戦い

――杉作J太郎・植地毅編『仁義なき戦い　浪漫アルバム』

若き日に笠原和夫シナリオ、深作欣二監督の『仁義なき戦い』の集団の活力に圧倒され、魅了されて、自分もこういった作品を描きたいと夢見たことがある。このほど「公開25周年記念　究極のファンブック」と銘打たれた、杉作J太郎、植地毅編著の労作『仁義なき戦い　浪漫アルバム』（徳間書店）が出た。関係者のインタビュー、裏話、周辺ガイド、フィルム・ギャラリー、面白さの分析など、徹底的に楽しみつくそうとした試みだ。そうか、もう二十五年か。物故者が多いのもやむをえない。ボクも体重が二十五キロ増えたし……。

『仁義なき戦い』の骨の髄に染み渡るベースのメロディーに乗せてナレーションをマネすれば、「あれから四半世紀、男たちの戦いは繰り返されたが、ついに『仁義なき戦い』を超えるヤクザ映画は製作されなかったのである」。歴史の縦糸に幾重にも錯綜する人間関係の横糸。組織に翻弄される個人。ムキ出しの欲望の行使による実りなき結末。『仁義なき戦い』は、いわばヤクザを通して描かれた戦後昭和史であり、社会の縮図であり、日本人論なのである。

「虚実の皮膜」円熟期——村松友視『ベーシーの客』

純然たる舞台でも単なる通路でもない花道。真が七割、嘘が三割、あるいはその逆もありか。花道七三の虚実の皮膜、それが人生の面白さなんだよ、とデビュー以来一貫して怪しい境目に佇《たたず》み、プロレスを見定め、歌舞伎を眺め、ジャズを語り、そして男と女の格好のつけ方を描いてきたのが村松友視だ。どこか滑稽味を帯びた、たっぷりの思い入れと洒脱なダンディズムが同居した不思議空間だ。

村松さんお得意の酒場での男女の心の綾にやや食傷気味だったが、昨年、ノンフィクションを織り混ぜた『トニー谷、ざんす』(毎日新聞社)、『鎌倉のおばさん』(新潮社)に〝虚実の皮膜〟の円熟を見た。この方向に何か大きな収穫がある、と感じたものだ。そこに益々もって眼の行き届いた人生の悲哀。それらがブレンドされて程よくスイングしたのが『ベーシーの客』(マガジンハウス)だ。

ボクのようにモダンジャズを騒音としか感じないヤボ天にも、ちょっと途中下車してコーヒーを一杯のんでいこうか、と思わせてしまう一冊である。

良質の私小説のような

——洲之内徹『気まぐれ美術館』『絵のなかの散歩』

エッセイスト？　評論家？　画商？　と疑問符が付いたまま洲之内徹の名を十年前から見知っていた。名字が変わっているし、愛読の美術誌に延々と連載していたからだ。ボクは毎回それを跨いで通っていた。取りあげる画家が、ことごとく肌合いが悪かったからだ。なぜ貧乏臭い絵ばかり好むのだろう？　これも洲之内の印象の一つであった。

昨年末、読むものがなくなって仕様がなしに雑誌連載の一回分を読んだ。経済的に恵まれてないらしい筆者がタナボタ式に山荘を手に入れる話だ。不意打ちを食らった感じだ。ほとんど絵が出てこないからだ。続・続々と後日譚まである。なるほど題が『気まぐれ美術館』（新潮文庫）だ。絵の周縁の日常が素直な文章で淡々と書かれ、結果として豊かな物語りが立ちあがってくる。青春期に交遊録に家庭の不幸に、気まぐれに精神がはみ出していくさまが面白い。ちょっと書きつけた人間の業や、自身の腑甲斐なさを苦笑いしている所が信頼できる。『絵のなかの散歩』（同前）も出た。良質の私小説を読んだ気がする。

谷崎という巨大な山——谷崎潤一郎『潤一郎ラビリンス』

映画界に黒澤明を持ったことを誇るように、日本文学史に谷崎潤一郎という巨人が居ることを世界に誇っていいと思う。谷崎は、西洋的な心理分析と日本的な伝統美を見事な文章力で融合させ、女と男の関係を豊饒な物語にした。性という題材の永遠性があるにしても、死に至るまでこの人ほど旺盛な創作意欲を見せ、芸術と生活の一致を通し続けた例は他にないのではなかろうか。ゆえに「我という人の心はただひとりわれより外に知る人はなし」と詠ずるほどに孤独だった。

谷崎潤一郎という巨大な山は道の分かりにくい独立峰だ。一貫して道徳、人徳に反していて生産的、前向きな指標にしにくいからだ。だが芸術は悪魔と取引できてこそ芸術だ。生を知るには死の認識が要る。悪なしには正義はない。命をかけてよいほどの快楽はあるか。異常と正常の境い目はどの辺りか。異常に歩を進めて帰り道はあるのか。答えを出すのは道徳心なのか神なのか。これらの創作欲、作家の孤独、分かりにくい道は谷崎自身に聞くのがいい。『潤一郎ラビリンス』(中公文庫・I〜V)が刊行中だ。

話題の本を読む――ジョージ秋山『捨てがたき人々』

人間一皮剝けば色と欲。この身も蓋もない、あたりまえにすぎる認識を根底に置き、露悪的なまでの表現で、営々と業《ごう》の数々を物語に仕立て、俗悪の中になお生きるに値する生はあるか、と、もがきながら、地獄図を浄土にまで昇華する作家。ジョージ秋山はボクにはそのように見える。

若き日、ボクは、ジョージ秋山のいい読者ではなかった。なにより、その描線に馴染めなかったし、全体から臭うお説教が苦手だった。今でもこの印象は拭えないままだが、ボクも中年になり、仕事に初めて迷いが生じ、同時に他人の仕事に興味が無くなるという奇妙な時期に、捨てがたい作品に出会った。それが『ビッグゴールド』誌上で『二宮尊徳』の後に開始された『捨てがたき人々』だ。捨てがたいどころか、瞠目すべき連載である。

どの職業でも、ベテランになると力より技が目につくようになる。調和、安定、円熟は、実は衰弱の言い替えにすぎないのではないか。作り話もテクニックももういい。もっと、はみ出していく力を、もっと生のリアリティを、とある時ボクは欲するようになった。そんな時、表現されたものである限りは、情熱もリアリティも表現技術によるものだと承知しつつも、技術などというちょこざいなものを感じさせない活力を『捨てがたき人々』に見た。美男、美女とはいえない人々が、なに事か企み、蠢いているところに「真実」を感じ、女の尻、脚、足を堂々見据えた眼に、下品を突き抜けた「正直」を感じる。肉体を描かないことには精神も描けないよ、といわれている気がするし、大いに賛同もする。

無防備な女体、ど迫力の肉体は『ピンクのカーテン』前後から繰り返し描かれてきたのだろう。醜い姿の悪人は、思えばスタート時からジョージ秋山の最大の興味だった。なにしろ少年誌で『銭ゲバ』『アシュラ』を強烈に存在させた作家だ。悪の要素を彼ほど見定めている人はいないのではなかろうか。正義と悪は独立した概念ではないし、他者との対立に現れるものでもなく、常に、それぞれの個人が内包しているものだ。つまり、ジョージ秋山の中に正義漢と極悪人がいる。そして多分、それを自覚している人だから道徳を語って説得力を持つのだと思う。ここで大きく扱われているのは性欲だが、その本質は性表現にあるのではなく、不道徳から道徳を捉えようとする試みであり、倫理で計れないところの根元的な生命の賛歌なのである。

不況けとばす元気の出る本

——青木雄二・宮崎学『土壇場の経済学』

見渡した所、当代日本において、その匂い立つ怪しさや強靭な精神力や波乱万丈の物語の持ち主として、青木雄二と宮崎学ほど魅力のあるキャラクターはいない。

青木さんは、ご存じ『ナニワ金融道』の作者で、新聞紙上でも、資本の悪のカラクリを具体的に衝《つ》いて絶大なる支持を得ている人だ。宮崎さんは、突然、グリコ・森永事件のキツネ目の男か？と耳目を集め、我々の前に巨大な岩山のように出現し、なおその岩山の存在感で『突破者』を駆け抜けようとしている強者だ。

そういう二人が対決したのが本書である。面白くないわけがない。対決というより最強のタッグチームを組んだ。最盛期のジャイアント馬場・アントニオ猪木のように、あるいはタフガイ（石原裕次郎）とマイトガイ（小林旭）で世間を沸かせた日活のように、さん然と輝いて頼もしい。

二人とも、敗戦の年に日本文化の博物館のような京都で、古都に相応しいとはいえない過激な産声をあげ、戦後の復興から経済成長を、そして巨象が膝を屈するような日本式資本主義の衰退を見据えている。この衰退の中で勝ち抜いていこうぜ！　とエールを送っている。金融の構造を中心に、修羅場の数々をねじ伏せたり、辛くも回避した実戦の体験を踏まえ、青木さんはどちらかといえば原理的に、宮崎さんは精神論的に戦法を語る。〃ゼニ〃は万人の問題だ。はからずも金のトラブルを抱えた人も、意図的に何事か企んでいる人も、本書から有効で実り多き施策を多々発見するだろう。ただ、鵜《う》呑《の》みにして実行するのは少々危険だ。

二人とも、類まれなる表現者であり、百戦錬磨の世界観を根本に据えたうえでの現行の社会機構の実践者であり、勝利者だ。普通の人々がおいそれとやれることではない。強く生きている二人から〃諦めるな〃という元気をもらえばいいのである。とにかく元気の出る本である。

読んだ夜、経済企画庁長官・青木雄二、文部大臣・宮崎学の夢を見た。日本はどこに行こうとしているのか。

詐欺鉄則は作家心得にも似て——久保博司『詐欺師のすべて』

たとえば奥多摩氷川の冷水に頭を浸したり、焚き火の炎をぼんやり眺めたりして、肥大化した自己から解き放たれた状態で改めて作家って何だろうと考えた時、結局、いかに心地好《よ》く騙すかにかかっている点で、詐欺師みたいなものだろう、という思いに達したりする。

だが、事が生命に係わってくるとそんな呑気《のんき》は言っていられない。金額の上昇や人間の物扱い化はエスカレートする一方のようだ。和歌山毒カレー事件に至って初めて明るみに出た保険金疑惑や、過去に度々世間をにぎわした保険金殺人が、保険会社にも利用者にもなんら教訓になっていないのが怖い。否、教訓にはなっているのだろう。双方抜け道はないかと日々精進しているようだから。だいたい保険金に限らず大金というのは、非合法でなくとも補償金、宝クジ、拾得金、配当金などは、手にした者の人生を過《あやま》らせる要素を多分に含んでいるものだ。

人間の欲望は、それなくして人間を考えられないほど必然の事なのだから、前向きに捉えなければいけない。したがって最終的には道徳や倫理によるコントロールの問題になる。騙す方も騙される方も欲望とは無縁ではない。善意を裏切られた被害者には同情するしかないが、投機目的の被害者に人が冷ややかなのは、欲をかくからだとの批判があるからだ。高い勉強代だったと笑って済まされないような、人生や生命に係わってくる詐欺に遭う可能性を誰しもが持っているのだから、やはり用心にこしたことはない。

しかし、いつの世も狙う人の方が狙われる人よりも強いものだ。騙しのシステムやテクニックは時代とともに進化していて、いつでも警戒心の上をいく。理由《わけ》知りのさらに上をいく。

その辺りを丁寧に実地検証しながら警鐘を鳴らしているのが久保博司だ。保険金、地面師、パクリ、証券、金融などから寸借詐欺まで、あらゆる騙しが紹介されている。詐欺師と被害者（カモ）の心理と精神分析に立ち入った詐欺の鉄則十五箇条が秀逸。そのまま商人心得や作家心得になってしまうのが怖いし、面白いところでもある。

2002年　私の3冊

①『ユートピアの期限』（坂上貴之ほか編著・慶応義塾大学出版会）
②『いま、三角寛サンカ小説を読む』（サンカ研究会編・現代書館）
③『小林旭読本』（小林信彦・大瀧詠一編・キネマ旬報社）

①制度への不満が沸点に達すると起こるのは何か。戦争、革命、宗教改革、異常犯罪か。いずれもゴメンである。もっと穏やかにユートピアを夢見る手だてはないか。十七本の論証の中に貴方《あなた》好みの理想郷が見つかるはず。②昨年の「三角寛選集」の副読本。読者の存在を明確に教えてくれた妙な本。妙は三角寛にあり。文筆をよくする香具師《やし》、山師の印象だ。もちろん最大級の誉め言葉である。③位置づけの難しい最後の大スター（!?）小林旭の最良のサポーターであるお二人の編集だ。極めて正しい。アキラのハイトーンは、無国籍とも異世界ともいえる一種のユートピアへのいざないだ。

観光とは対極にある〝つげ式の侘びしい旅〟を堪能

――つげ義春『つげ義春の温泉』

四月×日　〝なんにも要らない〟こそが正しく美しい人生ではないか、と思うに到った。〝全部欲しい〟が不可能なように〝要らない〟も徹底できないのだけど、方向としては、かく在りたいと願う。そんな男が教えるのは迷惑かもしれないが、四月末から武蔵野美術学園というところでマンガ塾を開講している。

昨年から本、雑誌、ビデオテープなどの整理をしている。ゴミか宝かの最終決定だ。遅々として進まない。目下のところ、一番の楽しみだ。積んでは崩してある。

老成、成熟、そんなものはウソだ。老いはコッケイにして哀れだ、と確信した。ちょっとした春の嵐である。独りで置いておけなくなった義父を福岡から三重の長男のところに移動させ、小倉の家を始末した。その騒動のさ中、実父が雨の日に自転車で転んで腰を骨折してしまった。父たちを見て、老いが急速に現実味を帯びている。父たちの中に自分を見たのだ。

友人と会えば、食っていくだけの収入でいい、年に一度湯治でもして……といった話に落ち着く。そんな環境で改めて「つげ義春の温泉」（カタログハウス）を読む。未発表分は写真と三本のエッセイだけで幾度も見知った世界だが、風光明媚、美酒美食などで誘う観光とは対極にあるような、つげ式の侘びしい旅を堪能した。年若いころから隠れる場所を捜してさ迷うような旅だ。〝居ながらにして居ない〟を理想としている。

現在のつげさんは、長年の積み重ねで〝貧困〟〝隠遁〟に安らぎを見つける術を会得しつつあるようだ。「何にもしたくない、町から出なくて四年になる」という言葉に私は感動した。

それにしても社会生活を拒否し創作活動をしないつげ義春が、誰よりも存在し、どの人より健康に見えるのは、なぜだ。

マイ・ロングセラー

〈1〉興味尽きない日本人論——伊藤整『日本文壇史』

国家というものを初めて明確に意識したのが明治維新だ。明治時代は近代日本の青春期だ。津波のように押し寄せてくる西欧の思潮に、人はいかに啓発され、また翻弄され、自己を形成していったか。作家、思想家、新聞人を中心に、それぞれの個性を捕らえ、個性と個性の関係性を重視し、編年体の物語で読ませる日本人論、それが伊藤整『日本文壇史』だ。小説家、詩人、評論家、翻訳家、教師と多角的に活動した伊藤整ならではの仕事である。

『小説の方法』で西欧と日本の特質を追求した後、チャタレイ裁判で秩序や組織の認識に立った上での出発だった。明治十九年の言文一致運動から筆を起こしているが、単行本化にあたり江戸戯作から坪内逍遙『当世書生気質』までを前史として書きおろしている。書き進むほどにこの仕事の重要性や面白さが深まったのだろう。連載は一九五二年から作者が死去する六九年まで続いていた。

私は六八年から伊藤整を読み始めている。が、十八の小僧に知らない名が多数出てくる明治文壇史はなじめない。七二年に全集を予約した書店のオヤジに営業されて入手したのが正式な出会いだ。建築関係の飯場で文壇史を読む、いやらしい青年だったのだ。年を置いて、少しずつ登場人物を識《し》るほどに面白さが増してくる。私の年齢が作者の執筆年齢に重なるようになって増々面白い。作家の我がままぶりや人は歴史と時代に無縁でいられないことや身長、体重、風貌、経済は思想である、ということなど興味は尽きない。

小樽の『日本文壇史』展で、細々《こまごま》とした百十七枚の執筆予定年表に対面し、これが寿命を縮めたかと、私は泣いた。

〈2〉悪い心も吹きとばせ――宮沢賢治『風の又三郎』

どっどど　どどうど　どどうどどどう　青いくるみも吹きとばせ　すっぱいくゎりんもふきとばせ

風の又三郎に不安や怒りを吹きとばしてもらうこと幾度か。風の精かもしれないと思われている転校生、高田三郎と小学生たちの交遊記だ。わずか十二日間で風は去る。

当方の成長や立場により風の印象は違っているが、おおむねは良好な風だ。豊かさや優しさを連れてきてくれる。最近は私に時々お金も運んでくれる。賢治で食べているマンガ家、などと素直にして悪意ある風評も聞くので先回りして云ってしまった。今また、ある新聞に復刻連載される賢治作品に六十余枚の木版画を製作中だ。一月には宮城県塩竈《しおがま》で『風の又三郎』を中心にした作品展もやる。事が頻繁だと、それに見合った悪口が出てくるのもやむをえない。人は心を清らかにしたり汚したりしながら生きている。もちろん私もだ。だから私は、さいかち淵《ふち》で繰り返された「あんまり川を濁すなよ、いつでも先生云うでないか」を心の戒めの一ッとしている。

ささやかな善意、ちょっとした悪意に賢治ほど過敏に反応した人は居ない。強すぎる感受性は実生活では数々の不適合を生んだが、造型の天才はさりげなさと巨大さの同居した美しい作品群を残した。

心豊かな賢治の風を次世代に伝えることは義務だ、と私が声を大にする必要はない。ある時、確かな浸透度と伝承の約束を目の当たりにした。深大寺「ソバの会」で賢治に触れたら、後から立ったほぼ全員が賢治がらみの話をした。私の賢治版画展で会場に居た三十数人の約三分の一の人が国語、音楽、美術の教師だったことがある。恐るべし。

どっどど　どどうど　どどうどどどう　悪い心も吹きとばせ　暗い景気もふきとばせ

〈3〉頑なに土を守る戦い――松下竜一『砦に拠る』

昭和二十八年に西日本を襲った集中豪雨は、私の最も古い記憶の一ツである。九州一の大河筑後川流域でも甚大な被害を受けた。それが多目的ダム建設に拍車をかけた。

熊本、大分県境の津江川の下筌《しもうけ》ダム計画には地主の一人、室原知幸という肥後モッコス（頑固者）が反対運動に立ち上がった。いや、立て籠った。蜂ノ巣岳の渓谷に砦《とりで》を造りながらの十三年に及ぶ闘争だ。蜂ノ巣城、阿部一族、神風連の乱は肥後三大立て籠りといわれている。その室原の戦いを史実と妻ヨシの談話を織り交ぜて祖述したのが松下竜一『砦に拠る』だ。ダムに揺れる村を描くという私に一読を勧めたのは呉智英だが、読んだのは描き終えてからだった。影響されるのが分かっていたからだ。温泉や川を描き続けているうちに私の中にもダム問題が持ち上がり、昔、ニュースでかいま見ていた蜂ノ巣城が大きな意味を持ち始めていた時だったのだ。

ひと口でいうと公共の福祉、国家土地収用法と基本的人権、私有財産権の戦いだ。『砦に拠る』の特徴は、呉さんもいっていた通り、地主が自分の土地を守る戦いだ、といってはばからなかった点にある。枝一本、土ひと掬いも他人の自由にさせない頑なさが面白い。今なら環境権やダムのムダが争点にもなろうが、経済成長に何者も抗えなかった時代の事だ。室原の情熱は奇異にも滑稽にも見えた。現視点からだと間違っていたのは国だと分かる。

私の現在の興味は、正しさは頑固ジイサンにあるか国にあるかではない。何も変わらないことこそ理想郷とする視点もあれば、造らなければいけないとする考えもある。充足がないのが人間だから造るほうが自然だ。人生はエゴの対立である。ダム建設の対立を切っ掛けにした理想郷造りを、もう一度やってみようと、ただいま準備中なのだ。

〈4〉極まった不気味の見事さ——深沢七郎『楢山節考』

いきなり名作で登場してしまった作家は、その後が結構辛いんだろうなと想像する。頂上で登場して階段を降りてきた、といわれているオーソン・ウェルズではない。農村の深沢七郎だ。晴れて勇んで姥捨《うば》てを希望する、おりんばあさんにショックを受けたのは十八の時だった。だが当初は『楢山節考』よりも『東京のプリンスたち』『東北の神武たち』の方が面白く刺激的だった。『楢山節考』は子を持ち親を自覚して読むと味わい深い。母を亡くした今、さらに感銘は深い。

私は深沢七郎を抜きにして日本の村や日本人をイメージできなくなっている。一九六〇年代に農民の狡《ずる》さを書いたのは深沢七郎だが、八〇年代にそれを書いているのは畑中だ、とどこかで批評されたほどだから影響もあるのだろう。では大好きかというと、これが難題だ。拒絶反応濃厚な〝好き〟なのだ。なんか知らない所で嫌ったり握手したりしている気がする。農耕民族の遺伝子かもしれない。私の名は純粋な畑の中だ。

思えば不気味な作家である。地獄極楽のフリーパスを持っているような人だ。同時に作為的な人でもある。あれぞ自然体だという多くの声も聞くが、私は、作家訪問記などのエッセイ、人生案内、今川焼きの店、文学賞受賞のパフォーマンス、リアルタイムで読んだ小説、そのいずれにも素直な拍手を送れなかった。嫌な臭いがつきまとっている。しばらく避けていた。

昨年の夏のことだ。必要あって読み返した『みちのくの人形たち』『アラビア狂想曲』に戦慄してしまった。極まった不気味というものも見事である。

そうして、もう一度振り出しの『楢山節考』に戻った。〝死〟を考える題材のひとつだ。が、おりんさんの年齢になった時に再読する気になるかどうかは、分からない。

〈5〉山川草木に手招きされて――水木しげる『河童の三平』

理想郷を人と動物、植物、物の怪《け》との自然な共生という視点で眺めれば、自在に表現している作家の第一に水木しげるが居る。その膨大な作品群の中で、断然楽しく繰り返し読んで飽きないのは『河童の三平』だ。山村に棲む河原三平と双子のような河童のかん平の二人三脚に死に神や狸がからんで織り成す日常生活や冒険譚である。

『河童の三平』には貸本時代の初期型と改稿版がある。識者は口を揃えて第一稿がいいという。作者の情熱、感動、精神、それらは第一稿に尽きる。私自身も初期作品を三稿、四稿と描いて経験している。私は小学時代に水木しげるを拒否した。一九七〇年に細密描写の三平に改めて出会って魅せられたのだ。

まるで精霊が宿っているような山川草木に、おいでおいでと手招きされるように引き込まれた。

作品世界に入って河童や狸といっしょに遊びたくなるのだ。濃密な舞台上で、やや頼りない登場人物たちがとぼけた会話をやり取りしながら大事件が淡々と進行する。地球征服も妖怪大戦争もユーモラスに展開する。

押しつけがましくなく、さりげなく存在する。構えず力まず誰よりも自己を通す。あらゆるジャンルにおける一級のやり方だ。かく在りたいと私も願う。水木しげるは大真面目のヤボや熱狂のウソを誰よりも知っている。何も信じない事や諦めを力に転化する術を持っている。生と死を等価で語って許される人だ。大人《たいじん》水木しげるの前では私などほんの小僧にすぎない。小僧なのに頭は河童になり腹は狸に似てきた。残念である。

ある日、水木御大を書店でお見かけし、外の道をつげ義春先生が自転車で通る場面に遭遇した。水木しげる、つげ義春、畑中純、三巨匠すれ違いの歴史的瞬間だ、と思いっ切り背伸びして、転んだ。

妖怪から鰹節まで〝荒俣宏〟と過ごす夏

――荒俣宏『妖怪大戦争』『男に生まれて　江戸鰹節商い始末』

妖怪と鰹節は大好物だ。鰹節のほうは、わが家に居る九匹の猫もそうみたいで、出すと必ずケンカになる。私と。たいてい私が負ける。猫同士は仲良く食べている。ちょっと分けてもらって鰹節かけゴハンで元気をつけて妖怪大戦争を見物に行く。河童、鬼、狸を営々と描き続ける。美しい女性も大好きだけど、こちらは様々問題が起きそうなので遠くから眺めるだけ、絵に描くだけ、である。

荒俣宏『妖怪大戦争』（角川書店）『男に生まれて　江戸鰹節商い始末』（朝日新聞社）に接して幸福な夏を過ごしている。『妖怪大戦争』は、稲生タダシ少年と妖怪たちが侵略者ヨモツモノとその首領、あの加藤保憲に挑む一大戦争絵巻だ。史上最大の盆踊り大会といったほうが正しいかもしれない。妖怪たちがなんとも情けなく愛嬌があって友達になれそうな感じなのが嬉しい。妖怪たちが作者の新たな創造ではなく博物学、神秘学の遺産にのっとっている所が楽しい。また荒俣さんらしい。異世界へ行きつ戻りつするための条件は唯ひとつ、少年であることだ。もちろん少女も可である。声変わりし、ヒゲが生え始めると見えなくなる世界もある。作中の妖怪雑誌記者佐田氏のように酒の力で少年に戻る人もある。佐田氏がさりげなく指摘している通り、性、性欲の成長過程に大いに関係がある世界だ。男の子が男になる大きな一歩を踏み出す物語であるが、一方で「百鬼夜行」、「稲生物怪録」、マンガ家水木しげる大人へのオマージュだともいえる小説だ。

私は、鳥山石燕、河鍋暁斎、水木しげる、が三大妖怪絵師だと思っているが、最高傑作はというと備後三次の稲生家に伝わる作者不詳の「稲生物怪録」だと思う。元服前の少年が強迫観念から生まれた化け物を退治する絵巻物だ。素朴な筆致が気味悪さをユーモラスに包んでいて見飽きない。妖怪画の場合、達者すぎる絵は作り込みのウソを感じる。水木さんのものでは冒険譚ということで『河童の三平』（ちくま文庫）を選びたい。未だに繰り返し見ている唯一の他人のマンガだ。百鬼夜行図などは、たとえば『図説　日本の妖怪』（河出書房新社）、『図説　日本未確認生物事典』（柏書房）など各種図録が出ているので参照して『妖怪大戦争』を読むと十倍楽しめる。

『妖怪大戦争』が男子の通過儀礼なら、男の心意気をたっぷりと味わいつくすのが『男に生まれて』だ。「にんべん」を始めとする江戸日本橋商家のダンナ衆とその周辺の人々が迎え打つは明治維新！　意地で支えた一世一代の男祭りでぇい。てやんでい、べらぼうめい。九州出身の私としては、立ち入るのに多少ためらいがある。痛快な江戸言葉のやりとりに、なんだか良質の長編落語を聴いたような爽快感が残った。意気地なしの私は、背中をポンと押された気がしている。そしてオカカゴハンとソバをずっと欲していた。

日本橋の老舗は将来も繁栄していくだろう。では、終わった産業王たちの心意気はどうであったか。荒俣宏『黄金伝説』（集英社文庫）を再読したくなった。ニシン王、石炭王、生糸王、煙草王などの人となりや産業遺跡を訪ね歩く「産業考古学」だ。ここでも一種の妖怪大戦争である。巨大化もケタ外れなら社会貢献も充分である。現代の怪物が各ジャンルとも小粒なのはなぜか。国家意識の持ち様、資本主義社会構造の推移など色々あろうが、最大の原因は税制の違いだ。特別の人を許さない環境にあるようだ。

好奇心をエネルギーに博物、神秘、歴史、物語を突き進む荒俣宏が求めているのは、好奇心を無限に生かせるユートピアなのだろう。

結婚式ラッシュの秋に「殺人」と「共同体」を考える

――蜂巣敦『「八つ墓村」は実在する』

十一月×日　秋は結婚式ラッシュだ。世間ではない、わが家が、である。十月に長男、十一月に長女と次女が結婚する。少しは親のことを考えてほしい。経済問題ではない。神妙に涙する新郎新婦の父ではなかろう。三ツも続けばスピーチと歌のコーディネートが大変だ。桑田佳祐の「ＢｏｈｂｏＮｏ・５」を熱唱すべく特訓中なのである。

私は結婚も離婚も反対はしない。それぞれ意義がある。夫婦は、性と愛憎でつながる分、最小で最強の共同体だ。夫婦、家族、地域、国家、どこまで意識下に置くかは自由だが、個人と集団の関係構造から無縁でいられないのが人間だ。いかなる個人主義者、エゴイストも社会がなければ、その色さえ分からない。

共同体の栄光はさて置いて、負の実例として考えられる最悪の事件がある。一九三八年、岡山県津山で起こった〝三十人殺し〟だ。不断の興味であるところに、殺人事件ライターとしてキャリアを重ねてきた蜂巣敦が『「八つ墓村」は実在する』（ミリオン出版）を投げかけてきた。

掲載誌の性質上、オカルトのカラーが強くなっている。横溝正史著『八つ墓村』（角川書店）と事件の虚と実をたどる道筋が、犯人の虚妄や自画の肥大をリアルに伝える手続きとなり、実際に現地を歩いた体感、地誌による検証、いずれもが情理兼ね備えたルポとなっていて、一気に読んだ。

一晩三十人殺しは記録でもあるようだ。犯人、都井睦雄（二十二歳）は、よくある失恋、ちょっとした差別、過剰な自意識、劣等感などが殺意高揚気運の甘ったれたヒロイズムと相まって走った。閉鎖空間でありながら歪んだ開放も在る共同体の生んだ鬼だった。都井睦雄の人及び事の子細は、蜂巣敦も触れている通り、筑波昭著『津山三十人殺し』（新潮社）が詳しい。松本清張著『ミステリーの系譜』（中央公論新書）、犯罪史からドイツの「ワーグナー事件」など捜して比べるのもいい。

結婚、殺人、両極から共同体を考える秋なのだった。

書林散歩――高倉健写真集『想ＳＯＵ　俳優生活五〇年』

私にも、観客として最後まで付き合おうと決めている作家、歌手、俳優が何人かいるが、その最たる存在が高倉健さんである。母が美空ひばり、中村錦之介ファンだったから東映は馴染みで、健さんはデビュー作から観ていた。決定的に出会ったのは、一九六五年の『網走番外地』『日本侠客伝』だ。すなわち、兄貴な健さんである。以後、映画、ＴＶ、写真、活字、歌と全部観た聞いた。唯一、最新作『単騎、千里を走る』のみ避けている。なぜか。多分、良い話すぎるからだ。逆らうつもりはないけれど、健さんが最近観たベスト作品とおっしゃるチャン・イーモウ『初恋のきた道』を、私は、グロテスクな怨霊映画だと受け止め意見を異にした。そう言えば『ブラック・レイン』からこっち、仕立てが優しすぎる。強固な精神主義では通りにくい年齢でも、時代でもあるのだろう。〝ヤクザ〟を無かったことにしたいのかと思えるほど、〝癒し〟で覆いつくそうとしている。集英社が。

『想』を広告で見て、いつもなら書店に走る所（実際は走れない）今回は我慢していた。どうも柔らかくまとめていそうだったからだ。年末にチラと立ち見して、遠賀川と初めて見る子供時代の写真に魅かれ、たまらず買ってしまった。今年は色々頑張ったから自分にご褒美だ、とか言い訳して。三千六百七十五円のホウビ……、安！　健さんファンは、そろそろ定年退職だしクリスマスだし、確実に買うぜ、という販売に乗せられたというワケだ。モノクロなのは歴史を味わえていい。フィルモグラフィーは共演者名を二名ほど入れるべきだ。サービスとして礼儀として。

エッセイ集『あなたに褒められたくて』『南極のペンギン』（唐仁原教久　画）を合わせて読むと、ここ十五、六年の健さんの佇まいがよく分かる。筑豊から夢を抱いて出てきた少年は、日本一のスターという思い掛けない高みにまで登り、スターを演じ続けてきた。苦悩は栄光の度合いに比例する。選ばれた人は孤独を引き受けなければいけないものだ。世の中は理不尽なことばかり。根性の歪んだ奴ばかり。何年になるのか忘れるほど生きてきたが、完全な満足も正義も自由も無い事だけは分かった。しかしもう、拳を突き出して将来や理想を語ることもない。怒りも迷いも痛みも全てを呑み込んで、触れ合ってきた優しい想いだけを大切に伝えよう。どこかに待ってくれている人がいるから。深く刻み込まれたシワがそう語っている。

V

個我・もしくは我がまま

今回の記号学会のテーマである「文化における仮設性——建築からマンガまで」とは、ボクの経歴のことである、と勝手に決めさせていただきました。「仮設」と聞いて瞬時に思い描くのは、十九歳から二十二歳まで暮らした作業員宿舎、いわゆる飯場です。一九七〇年ころのことです。当時のボクは、火力発電所建設の配管工でしたから、一年一基の工程で関東の海岸線を転々と移り住んでいたのです。

ガスバーナーと電気溶接を使って大小様々なパイプを仮に繫いでいくのが主な仕事です。仮付け工事をして仮の共同住宅に住んでいたのです。人によってはプレハブ住宅といった方がイメージしやすいかもしれません。プレハブは、prefabricated houseの略らしく、工場大量生産のパーツを現地で組み立てる住宅のことです。大手住宅メーカーが販売している家はほとんどこれですが、一九七〇年ころまではプレハブといえば簡易住宅のことでした。最近では、阪神淡路震災でテレビに度々映された仮設住宅で記憶している人も多いでしょう。軽量鉄骨とパネルで組み立てた基本形態のみですから構造が分かりやすく、ボクは飯場を見て、建築は要するに四角と三角の組み合わせだ、と了解しました。困ったことは建築構造よりももっと分かりやすい人間の生活です。共同生活は長年はやれません。たいへんなストレスになります。

配管工以前は二年間ほど町場の鳶《とび》職人でした。基礎工事の仮枠組みや足場かけをやっていました。完成時には取り払われて無くなってしまうか、隠れて見えなくなる作業です。

それ以前となると高校生です。美術部で、キャンバス代わりのベニヤ板に油絵を描いて木の仮縁を作って発表していました。そして、アルバイト先の鉄工所で、地下鉄工事現場などで仮の道になるらしい鉄のマットを組み立てて、体の隅々にまで労働の過酷さを教え込まれていました。そういえば生まれてからずっとアバラ屋の借家住まいに引け目を感じていたなあ、と厭なことも思い出しました。「仮」というのはあんまりいい連想をしませんね。

では発電所以後はどうかというと、渋谷の設備会社に就職して上下水道の配管工となっていったのです。大手プレハブ住宅メーカーの専属でした。現場の初っぱなの工事は、作業用の仮給水です。これは「仮設」といっていました。仮設がいよいよ本物になっていったわけです。

どの仕事も世の中の役に立っている大事な物だとの自負はありましたが、マンガ家を志す身にとっては、全ては仮の姿です。マンガに専念しようと二十五歳の時に仕事を辞めてマンガ家宣言をしました。いつの世も世間の評価と自己申告は別物で、途端に食えなくなり、再びアルバイト生活に戻りました。歩行者天国で絵を売ったこともありますが、これは、画家に近くって最も遠いことをやっている気がしてすぐに止めました。香具師の売（バイ）を手伝ったのが縁でテキヤの一家に誘われて逃げ出したこともあります。商店街の休業中の青果店の軒先でB級品の果物を売って商売の面白さに目覚めたりしていましたが、ここも正社員になれと誘われたのを機会に退きました。仮設の露店は子供の時から大好きですが、これらもマンガが遠そうです。故郷に逃げ帰って先輩を頼って行った鉄工所では、ホテルの非常梯子《ひじょうばしご》やバルコニーの防水や精神病院の窓の鉄柵などを造っていましたが、「おまえのは仮付けだ。きちんと本付けしてないとえらいことになるぞ」と、親方から怒られていたのです。

二十九歳になってようやくマンガで食えるようになりました。それから二十年営業を続けています。いつごろでしょうか、ある時、マンガ雑誌こそ、一時の娯楽を提供するだけで役目を終え、読み捨てられ四散する運命の儚い入れ物だと思い知らされました。雑誌こそ仮設中の仮設なのかもしれません。作品をわずかでも記憶してくれる人があれば幸せです。たいていは時代と共に流れて忘れ去られていきます。マンガの場合は単行本でも事情は似たようなものでしょう。近頃、美術館での展示や収蔵の動きがあったり、大衆文化史の資料としての保存が一部で叫ばれたりしていますが、これは多分、一つのジャンルの終焉を警告しているのでしょう。

とはいえボクなど他に能力があるわけではないのでマンガを続けるしかありません。ここまで来た仮設人生ですからね。どうせなら仮設を極めなければ、これまでの自分のキャリアに対して申し訳が立ちません。

ボクのことはこれくらいにして、ボクのささやかな交友関係や興味対象の人物の中から、世は仮りそめ、を見事具現している人や、国家体制、社会秩序・道徳などの制度こそ仮設にすぎない、と、異を唱えてどっかりと存在してしまった人達を紹介します。値打ちのある我がままを通している人たち、と言い替えてもいいかと思います。

こんな人がいます。『突破者』という自伝で宮崎学（一九四五〜）が我々の前に突如現われたのは一九九六年のことでした。太平洋戦争の敗戦の年に京都は伏見に生まれています。ヤクザの組長の息子、共産党ゲバルト部隊隊長、ルポライター、解体屋、地上げ屋、そしてグリコ・森永事件のキツネ目の男か？　と、何とも凄まじくも怪しくもある経歴の持ち主です。この略歴とタイトルに惹かれてすぐに買って読みました。一年に一冊出会えるかどうか、というくらいの面白本です。五味太郎のブックデザインも素晴らしいです。

十人のうち八人までが〝とっぱしゃ〟と読むようなので念のために言っておきますと、〝とっぱもの〟もしくは〝とっぱもん〟と使い分けます。読んで字のごとく強靭な精神力で突き抜けていく者という意味ですが、西日本独特の用語なのでしょうか、東京では三十年間耳にしたことはありません。たとえば〝あれはトッパモンじゃけ触るとケガするぞ〟とか〝トンパモノやさかい極道なら見込みあるんとちゃいまっか〟とかいった使い方をします。

宮崎さんはファイターです。戦後の復興期を暴力的な環境で育っています。元々体質として戦闘的要素を持ち合わせていたのでしょうが、父の家業がら体面を守るために無理をした場面もあったりして男を作っていった部分も大きいでしょう。ヤクザ組織にはいろんな突破者が吹き溜まるように集まってきます。逸脱した人達の悲喜こもごもがユーモラスな筆致で捉えられています。荒事や非合法活動も日常茶飯事として眺め、幼い時から争いの真只中で集団の構造や個体の戦力を見定める修行をしています。やや長じては自らの不良活動やセクトの闘争に情熱を傾けています。学生運動の中心的世代ですからね。

社会人となってからは雑誌記者として裏社会をさんざん覗いたでしょう。そして、土建会社の経営に奮闘した後、キツネ目の男か？　と疑いをかけられます。周辺から、さもありなんと思われる生活をしていたということでしょうか。バブル経済期には地上げをやったり愚連隊の神様といわれている伝説の男、万年東一を手伝ったりしています。万年東一については、第二作目の『不逞者』で扱っています。『突破者』は近年になる程に周囲への遠慮が出てきているようですが、文章は暴力に転じる可能性が大きいから、配慮や対象との距離が必要になってきたのでしょう。判断にはある程度の時間が必要なこともあります。

波乱万丈の物語の魅力もさることながら、突破者宮崎学に一番共感できるのは、相手がヤクザであれ警察であれ、その他諸々の権力に対する一貫した個体での戦いの有効性を説き続け、読む者に自分にも少しは戦えるかも知れない、と自信をもたせる所です。戦後五十余年をかけて、民主主義教育とやらで牙を抜かれ、頭をなでなでされながら押さえつけられて眠ってしまった男の子を目覚めさせてくれる人なのです。

こんな人がいます。宮崎学と同じく一九四五年に京都に生まれ、やはり中年になって表現者としての確立を見た青木雄二もまた強烈な個性の持ち主です。いわゆる団塊の世代は熾烈《しれつ》な競争社会を生きてきています。一クラス五十五人の一学年十五組なんて中でもまれてますから、先生の眼が届かなくて大半は落ちこぼれてしまうのですが（ボクのことですが放っといて下さい）厳しい生存競争だからこそ強《したた》かなキャラクターが出現したりします。

青木さんは、二十五歳の時に「ビッグコミック」の新人賞で入選し、その後二十年間、アルバイトや会社経営をやり、四十六歳で再デビューを果たしました。苦労人であることは投稿作品からも見てとれましたし、初対面の時のまるで職人さんのような風貌からもそう感じました。苦労人だと限定すると、どの人も本人は首を傾げるものですが『ナニワ金融道』の確固たるリアリズムは、やはり、長い潜伏期間や人生経験に裏打ちされていると思います。どんな人生も無駄な時間は一刻もないし、あらゆる体験は消化して表現してこそ作家だし、また、花の咲く時期は人それぞれだ、と、ボクは青木さんに教わった気がします。

『ナニワ金融道』は、ひょんなことから街金に勤め始めた青年を通して、金を貸す側、借りる側双方の悲喜劇を、金融システムの驚くほどの具体性と、一見すると稚拙ですが味わい深い高度にデザイン処理された絵で表現された物語りです。資本主義経済の失速にテーマがうまくマッチした所もあるでしょうし、コテコテの大阪弁も人々をゼニの問題に向かせる効果がありました。

大人の読書に耐えうる青年マンガとしては最後の大ヒット作ではないでしょうか。まあ、これは、ここ五、六年刺激を与えてくれる作品にお目にかかれないボクの側の問題かも知れません。否、一作だけありました。青木さんのアシスタント経験もある松永豊和（一九六四〜）が『バクネ・ヤング』という超ド級の暴力マンガを進行中です。第二部がスタートしたばかりですからコメントは控えますが、たとえばオリバー・ストーンやクエンティン・タランティーノあたりに、暴力表現の恐怖感、爽快感、哀愁、ユーモア、美学……どれもこれも『バクネ・ヤング』がアッサリ越えていったぞ、と、猛省をうながしかねない作品です。「ヤングサンデー」でやっていますので興味のある方は読んでみて下さい。

青木さんは、現在はマンガ家を卒業して、唯物史観を説法する論客として活躍しています。伝導師とも世間師とも思想家ともいっていいでしょう。大量の読者を獲得しているようですし、ボクの身近でも〝面白い〟〝勉強になる〟という声をよく聞きます。読む度に痛快になります。

なるほど、デビュー作や『ナニワ金融道』終盤の理屈優先や、論理の主張で展開されている『さすらい』前後の短編を読めば、現在のポジションやマンガ卒業も納得できます。

実はボクは、そんな青木さんをちょっとだけ受け止めかねている所があるのです。ボクが唯物史観や共産主義に疑いを持っているからではありません。ベストセラー作家という資本主義の権化にして共産主義者という立場を責める気もありません。むしろ大喝采です。では何に戸惑っているかと言いますと、他人を教え導くことの責任の重さ、といいますか、好むと好まざるとに拘わらず、支持を得た者が引き受けてしまう指導者としての身の律し方や、主義のための生活が負担にならなければいいが、といった様な危惧です。「ため」の生活が快感や活力ならばバンザイです。ボクの意見は老婆心であることを願います。

青木さんと酔っぱらいたくなりました。いっときますが凄いですよ。火のついたダイナマイトだったり、クラゲみたいにグニャグニャだったりします。ビールで口を湿して、二人でハイライトを山ほど吸って、小林旭を歌いまくるのです。

こんな人がいます。谷岡ヤスジ（一九四三〜一九九九）の仕事は随分楽しませてもらったし尊重もしていましたが、残念ながら本人とはいい出会いかたをしませんでした。ダダっ子のようでした。酒の力を借りる人でした。最後に会ったのは実業之日本社の創立百周年記念パーティの席上です。癌告知の直前だったのかもしれません。昼間だったせいもあるのでしょうが、あんまり穏やかなので「谷岡さんらしくないですね」と話したほどです。

ヤンチャを押し通して不条理を覗き、下品の果てに聖域を作った人でした。過剰な自意識と多大な優しさを時々もてあます人でもありました。B4サイズの紙の上で巧みな間合いと地平線の操作による舞台空間の大きさの表現に優れた人でした。絶妙のセリフ回しと造語により幾度かブームを呼んだ人でした。おそらく知識や認識に根差したものではありません。多分に無自覚であり感覚的なものです。だから天才という呼び方が最も似合う天才でした。

その代表作は一九七〇年から「少年マガジン」に連載された『メッタメタガキ道講座』と一九七三年より「漫画サンデー」に長期連載された『アギャキャーマン』です。


こんな人がいます。並外れた知性と創造力を生前は遂に理解されず、あまりに濃すぎる善意を周辺に煙たがられ、歳若くして理想郷造りの幻想に殉じた人。実際、賢さあにも困ったもんだ。宮沢賢治（一八九六～一九三三）の三十七年の生涯は、その自由闊達、壮大な創作世界に比べて、実人生のなんと窮屈なことでしょう。岩手県花巻の資産家の跡取りとして大事に育てられた利発な坊ちゃんは、幼くして世の不合理や農業の過酷な現状を目の当たりにして、平和な世界を夢見ます。思春期には、法華経の教典に表された宇宙的な時間と空間の広がりに心を打たれ、法華の真理の追求を目指します。生涯のコースの決定といっていいでしょう。宗教者と農業科学者が融合し、芸術家賢治に統合されて豊かな作品群を形成していきました。中でも童話は、法華経の布教という目的意識を抜きには考えられません。

人生いかに生くべきかを、一人で修行し深化させている分にはトラブルは起きないのですが、宗教家や主義者は、より良い社会造りという大目的があるせいか必ず周辺を巻き込みます。賢さあは多分、傍《そば》に居たら迷惑な奴だったと思います。活動に常軌を逸した面がありました。一日中、田畑にへばりついて労働した後にエスペラント語の勉強会とか音楽会とか、ボクなら厭です。経済的不安のない教育も充分な人がしばしば敗北するのが、生活者のリアリズムというやつです。現場の労働者の中には、理想を寝言としかとらず〝清く正しく美しく〟に神経を逆なでされる思いの人が多いのです。現場に降りてきたお坊っちゃんほど邪魔なものはありません。

宮沢賢治は現場の労働に溶け込んだことはなかったと思います。計画のみ、もしくは見習い期間中に挫折しています。どうも生活力が欠如していましたね。どこかで大人になることを拒否していたのかも知れません。

体力、気力共に弱っていた晩年の作品は死による浄化や自己犠牲が、あまりに美しすぎて、もっといえば辛気臭く抹香臭くて脆弱な感じがします。出発点からその要素はありますが、初期は若さが勝利していたというか、造型の天才と情熱が勝っていました。ボクは、教師時代までの健康とユーモアを愛します。生前刊行本の二冊『春と修羅』『注文の多い料理店』を深く愛します。

不景気は進行する一方で、将来の不安に押しつぶされそうな現在、子供も青年も大人も皆等しく傷つき疲れています。なにか疲れを癒しイラ立ちを沈める薬はないものか。あります。現代の流行としての、企業戦略としての卑しい癒し共が束になっても敵わない絶対の本物、宮沢賢治の作品集が一番の薬です。

こんな人がいます。理想的な社会造り、志の積極性、これらと対極にあるような隠遁生活をしながら厳然と存在しているマンガ家つげ義春（一九三七〜）の休筆生活が十三年目に入りました。本はよく売れているようです。売れているから描かないという事でもあります。読者も編集者も新作を切望しています。色々事情があって新作はしばらく難しそうですが、特集本や展覧会の企画がいくつか立ったりしているので近い将来何らかの展開がありそうです。

つげ義春の作家活動のスタートは、遠く一九五四年に遡ります。月刊漫画誌を振り出しに、約十年間、貸本漫画界で鍛えられ、一九六〇年代に台頭してきた青年マンガの一翼を担う雑誌「ガロ」に発表し始めてから脚光を浴びました。ボクは一九六八年にマンガ家を志して上京しましたが、その夏は、つげ義春が静かなブームでした。時代はやかましい政治の季節です。サイケデリック、アングラ、任侠映画、グループサウンズと活力に満ちていました。そんな活力に、素知らぬ顔で逆らうように、限定空間の遊泳を楽しむ『山椒魚』やメメクラゲに左腕の血管を切られた青年が医者を求めてさまよい、○×方式の手術で取り付けられたネジに生を左右される『ねじ式』や少女の謎を眺めた『紅い花』の他、『李さん一家』『峠の犬』『ゲンセンカン主人』などで、無用者の生、仮りそめの人生、存在の恐怖などを描き続けました。以後繰り返し扱うことになる漂泊思考や漂泊ゆえの存在の不安感などの最重要テーマやスタイルがこの時期に明確になりました。

ごく稀に、生き方そのものが作品になる作家がいます。読み捨てられる運命のマンガ界にあって、つげ義春は、人の心の痛みや哀れや可笑しみの奥深い所を刺激しながら珠玉の短編を紡ぎだし、その作品集は、世代を越えて、それはそれは大切に読み継がれています。

読者の有り様が一種宗教を感じさせる作家をボクは三人知っています。宮沢賢治、太宰治（一九

○九〜一九四八)、つげ義春です。
自由など幻想にすぎないし、自由こそ不自由だし、自由は不安の病理の源であり、不自由だからこそ表現に向かうのだし、不自由ゆえにギリギリの結晶をするのだし、不自由なればこそ安心感があるんだ……なんだか禅問答みたいですね。つげ義春の言葉そのままではありませんが、つげさんの認識はこんな風じゃなかろうかと作って書きました。「ハタナカさんはまだまだ不自由が足りないね、フッフッ」と、つげさんの声が聞こえてきました。

自分の世界をよく知り、頑なに自分の場所を限定し続け、真に心に響くものを待ち、求めているようなつげ義春もまた我がままの人、といえそうです。


こんな人がいます。心境小説やその他の小説形式の型そのものを否定するつもりはないが「小説と云うものは、矢張り徳川時代のように大衆を相手にし、結構あり、布局ある物語であるべきが本来だと思う」といって、豊饒な物語を死の寸前まで作り続けた谷崎潤一郎(一八八六〜一九六五)は、分かりやすくてやっぱり分かりにくい不思議な作家です。

谷崎が書きはじめた明治の末は、自然主義文学が主流で、それも一区切りがついた時期でした。ヨーロッパの様々な新思潮が紹介され模索期でもあったようです。日露戦争の一応の勝利は近代国家としての自信になりましたが、賠償金を得られなかったために経済恐慌を生み、世相は暗かったようです。地方と中小企業の困窮と一方での独占資本体制に社会主義運動が高まった時期でもありました。

　反自然主義文学はというと、文芸の傍流のまま、すでに壮年期を迎えていた文学者、森鷗外（一八六二〜一九二二）や夏目漱石（一八六七〜一九一六）の周辺に集まりました。日本的自然主義は、社会変革よりも、田山花袋（一八七一〜一九三〇）の『蒲団』の自己表白の方向に発展しました。去っていった女弟子の残した蒲団の残り香をかぐという、納め処を失った男根の勃起に方向を指示されたといってしまうのは言いすぎでしょうか。だいたいにおいて田舎者の平板な写実表現で、扱う素材は実家の問題と貧乏、病気の自慢と性の素朴で厚かましい告白です。この道は私小説という日本的な独特の形態となって現在でも生き続けています。その最良質の部分はマンガ家つげ義春が受け継いでいます。

　谷崎潤一郎は日本橋に生まれ、神童の誉れ高く特に文才に秀でた人でした。東大在学中に第二次「新思潮」に『刺青』を、鷗外の主宰する「すばる」に『少年』を発表し、そのデビューから一流の席を与えられた作家です。先輩の永井荷風（一八七九〜一九五九）が「肉体的恐怖から生まれる神秘幽玄、都会的、完全な文章」と評したのは明治四十四年です。時代風潮と共に作風も評価も多少の変遷はありますが荷風の評は今でも有効です。悪魔主義、耽美主義、変態心理作家とか色んないわれかたをしました。批評世界は明治中期から現在まで左翼の人達が敷いたレールを走っていることもあって〝人生いかに生くべきか〟〝より良い社会造り〟が大命題となり、谷崎はその方向からは、エロと伝統美が無思想に結託した軟文学作家と後ろ指を差されていました。国造りや人造りに関して一番意見を聞いてはいけない人ですね。谷崎はそんなこともあって少しムキになって、思ったように生きる自分を演出していった風もあります。

関東大震災後に関西に移って伝統美に浸っています。昭和二年には、文芸の本質はアフォリズムだとする芥川龍之介（一八九二〜一九二七）と、物語こそ命だと論争をしています。同じ「改造」誌上で、芥川の随筆は『文芸的な、余りに文芸的な』で、谷崎は『饒舌録』でやり合いました。二人共に本来の敵はプロレタリア文学と私小説だったのかも知れません。芥川はその年に「ぼんやりとした不安」を抱えて自殺しました。谷崎は転換点にきていました。思い入れた義理の妹のために映画会社を起こしたり、奥さんを後輩の佐藤春夫（一八九二〜一九六四）に譲渡したり、今ならワイドショーが大喜びしそうな〝事件〟を起こしたのもこのころです。それに先立つ震災前の一九二二年に、春夫は心情を込めた詩を書きました。『秋刀魚の歌』です。〈あはれ、人に捨てられんとする人妻と　妻にそむかれたる男と食事にむかへば、愛うすき父を持ちし女の児は　小さき箸をあやつりなやみつつ　父ならぬ男にさんまの腸をくれむと言ふにあらずや。〉〈あはれ秋風よ情あらば伝へてよ、夫を失はざりし妻と　父を失はざりし幼児とに伝えてよ――男ありて　今日の夕餉《ゆうげ》に　ひとりさんまを食いて　涙をながす　と。〉春夫のさんまは苦く塩《しょ》っぱかったようですが谷崎のさんまはどんな味だったのでしょう。舌は贅を尽くしていたようですから庶民の味など知らなかったかも知れません。まったく困ったオッサンというか羨むべき大人というか。

伊藤整（一九〇五〜一九六九）が、その伊藤理論の成熟期でありチャタレイ裁判の渦中である時期に、無思想の作家と定着していた谷崎を、あれほどの思想家はいない、あれは〝女のために生きる〟という、社会思想以前の根元的な思想なんだと『谷崎潤一郎の芸術と思想』で論評したのは一九五二年のことでした。一九五七年の谷崎潤一郎全集三十巻は伊藤整の単独解説です。

谷崎評価の流れは多少変化しましたし、相変わらずたくさんの読者が付いていましたが、この大家は終生孤独でした。『細雪』完成後『鍵』(谷崎七十歳)『瘋癲老人日記』(七十五歳)を発表します。信じられませんね。若死にした人には当てはまりませんが、普通、作家は、二十代に才走った作で認知され、四十代に代表作を完成させ、後は余力で生きるものです。谷崎に限っては、死ぬまで生々しい問題作を発表し続けていました。枯れないんです。これは老体で横綱を張り続けるような奇跡です。

晩年になっての随筆集『雪後庵夜話』の冒頭に「我といふ人の心はただひとりわれより外に知る人はなし」という歌を掲げました。突きつめればどの人も皆そうなのかも知れませんが、谷崎という人は、只一人の友達さえ居ないような孤独ではなかったかと、最近思うようになりました。当然子供時代があったでしょうが壮年期の顔写真からは、いたいけな幼年時代や、かくれんぼをする少年など想像できません。いつもふて腐れたような、尊大な様子をしていたのではないでしょうか。可愛げのないガキだったに違いありません。尊大な谷崎少年が大胆不敵なお医者さんごっこに熱中している図だけは想像できました。この人は師や先輩に尻尾を振ることは遂になかった人かも知れませんし、思春期のお互いを高めあったり傷つけあったりする濃い付き合いが尾を引いた形跡もないし、弟子や後輩に慕われた風でもありません。谷崎の眼は女しか映ってなかったのかも知れません。男は女の引き立て役でしかありませんでした。自分以外の男は。

女のために生きることは、なるほど男の理想像の一形態ですが、傍で見せつけられると気持ちのいいものではありません。女を第一義的に優先させる男は確実に男に嫌われます。女の世界でもそうです。女同士の友情など見たことがない点を考えると女にはあたりまえの性《さが》なのでしょう。いずれにしても異性への情熱と成就は、妬みと侮りを同時に買います。稲垣足穂（一九〇〇～一九七七）のように「人の小粒は性愛に係わる度合いに比例する」という考え方だってあるのですから。足穂は少年愛の人ですし大宇宙を標榜する魔王、もしくは生ゴミみたいなオッサンですから、この場合は谷崎のほうが男の自然ですね。あの膨大な作品群は女に支えられてできていますから、それも良しとします。女に入れあげるなら谷崎ぐらいに徹底的にやれ、といいたいです。半端な行為からは半端な答しか出てきません。

一流であること！　これを自己の創作にも、女にも食事にも、同じ舞台の出筆者にも求めました。息苦しいほどです。不遜ともとれます。才能の大きさの違いなど、友人関係では、ウマが合うとか情とかで繋がるものでしょうからたいして問題にはなりません。作家なんて一般社会に置けば単なる無能の人で、他のジャンルの人達とは、やや譲歩して言えば仕事を離れた友達関係は成立するものです。が、谷崎のように、女を書くことに腐心し、書くという作業に至福を見た人にとっては、他のあらゆる関係性は唯うっとうしいだけのことだったのかも知れません。有名になるほどに一流世界の交遊も広がればヤクザな接触も膨張するものです。世間の評価が違いすぎれば昔なじみとも双方でギクシャクするものです。書物世界に生き、見えすぎる眼を持つ人は、考えすぎて他人との距離感をしばしば間違えますしね。概して著名人は孤独なものです。そうして好むと好まざるとにかかわらず、有能な人ほど至上主義的になります。あらゆるものを犠牲にして作品を生かすべきだとの結論に達します。

谷崎の理想の女性は母親でした。母に理想を見た男は遂に理想の女性に出会えません。従って女をさまよいます。マザコンでなくても人には完全な充足はないから、実行するかどうかでしょうか。谷崎は実行する人でした。そこから必然的に導き出される反道徳は谷崎文学の最重要部です。性表現など、どこまでいっても表現ですからたいしたものではありません。心を揺さぶるのは破滅の美学です。道徳倫理に逆らい、制度を突破して、命を捨てても味わう快楽があるのだといい続けています。もちろん肉体的な恐怖や存在の不安と戦いながらです。極限の性的快楽を欲する自分と欲望を通せば家庭や社会が崩壊することを知る自分と、どの人も同居させています。だから境界線を、戻れない所まで踏み越えてしまっている谷崎文学は、読者に強い不安感を与えながらも危険だからこそ快感原則に大きく作用するのです。

ただ、女性の自立や自由が自在になり、恋愛に関しては女が主導する現代とあっては、谷崎的な制度に対決するスリルやミステリーは成立し辛いでしょう。男が全員マゾ傾向を帯びてしまったら創作の欲求さえ起こらないかも知れません。逆にサドに目覚めるでしょうか。

十代の中ごろ、テレビに映った谷崎潤一郎を観たことがあります。奥さんが同席していました。「女のお腹の上で死んでいく男の一生って有っていいと思うんだよね。自分はもう歳だから想像するだけ、だけどね」と、しゃべっています。ボクは、このエロジジイめ、と怒りました。四十代になって同じ画像を戦後五十年特集で観た時、他の何百人かの誰の発言よりも谷崎に感動してしまって、その日の日記に書き付けました。ああいうジイサンになりたい、と。

追記　我欲を追求し分析し続けた伊藤整については、ごく最近二、三書いたので、また日を改めます。そして、ここは我がまま大王山口昌男に登場願わないことには収まりがつかない所ですが、山口先生については今後の宿題にさせていただきます。

魔の山

山はしばしば怪物を生む。それが自然の山であれ、書物の山であれ、山は怪物の母の役を担う。そこに生きる人にとって、また分け入る人にとって、山は母であると同時に、時として神の寝園であり魔の巣窟でもある。

人は齢を重ねる程に自分にしか興味がもてなくなるようだ。ましてや自己愛と自己顕示欲の権化のような表現者なら尚さらだ。そういう歪んだ人種であることを了解してもらって、まずは私の興味対象の羅列から眺めていただきたい。これは一九七九年から、たまたま始まった『まんだら屋の良太』という地方の温泉郷を舞台にしたマンガ連作を育てながら徐々に明確にしていった題材である。

村と町、地方と東京、組織と個人、男と女、親と子、定住者と漂泊者、精神と身体、上半身と下半身、日常と非日常、ハレとケ、善と悪、選ばれた人と外れた人、近代と反近代など、関係性の諸問題が立ちあがってきた。それらを対立概念としてではなく、内包し流動する個人の問題として捕えていた気がする。職種や属としては、旅館経営者、仲居、芸妓、売春婦、芸能人、作家、百姓、漁師、香具師《やし》、ヤクザ、ペテン師、遊民、山窩《さんか》、鬼、河童、天狗、ヤマネコ、オオサンショウウオなどを繰り返し愛情を込めて描いてきた。いずれもその時々に気の向くまま取りあげていたもので点景でしかなかった。体系を意図したものではないし、自分でうまく説明できるものでもなかった。週刊連載ではゆっくり考える間もない。考えすぎれば筆が止まる。ええいっ、見る前に跳べ、だ。大江健三郎経由のオーデンの言葉を都合よく解釈して励ましていた。点が線で繋がり始めたと感じたのは四十歳近くなってからだ。自分は結局、普通とか常識とかから、やや逸脱した人達の理想郷を造っているのだと思うに至った。この時点でもまだ、思うに止めて、あえて深入りはしていない。乱暴な物言いになるが、考えるのは学者や批評家にまかせればいい。まずテーマありき、は、創作ではマイナスに作用する場合が多いからだ。テーマ主義や脳と社会の構造分析や認識力や方法論の先行は、創作に限っては天然自然発生的な（もしくは自然にまで昇華された高度な）表現に勝てないのだ。いつの時代でも造り物は生に負ける傾向にあるし、「識《し》ること」と「作ること」は必ずしも喜ばしい一致をしない。それを私は、私の師であり、批評能力が有りすぎる作家であった伊藤整の悪戦苦闘ぶりを見て知った。マルクス主義文学とモダニズム文学と現代絵画の、ほぼ惨敗ぶりを見て学習した。表現で感心させることは容易だが感動させることは難しいのだ。

では負けは全部ダメか、というと、そんなことはない。ダメの味わいも立派なものだし、その時代の役割りもあるだろう。いかんともしがたい個人の癖もある。価値判断は千差万別でいい。不変の価値基準など、もしかしたら無いのかも知れないのだから。富と名声は分かり易い欲求ではあるが、それが人生の目的でも終点でもない、と知る人も多いだろう。私自身は「醜く勝つよりは美しく敗けよう」と宣言したばかりである。往々にして敗けは醜く映るから困ってしまうのだが。ちょっと厄介になってきた。難しいことを考えるのは山口昌男のような人にまかせることにしよう。

山口先生を知ったのは一九八二年だった。といっても先生が何者なのか、文化人類学がなんなのか、さっぱり分からなかった。今でも、どうやら民俗学に近いらしい、とくらいにしか理解していない。八〇年代に先生の道化やトリックスターや中心と周縁の著作に触れ、なるほど私の『良太』を面白がってくれるわけだ、とおぼろげに了解した。西新宿の「火の子」で時折お見かけする程度で時移り、再会したのは一九九八年春のことだった。私は四十八歳。仕事の変わり目を自覚していた時期で、多少自分を眺められる位置にあり、貧しい読書やそれなりの生活を重ね、やっと大人の付合ができる所まで来たのだろう。実際はいつまでもガキのままだが、先生はもっとガキ的要素を発揮されていて全く敵わなかったりするのだ。いずれにしても、山口昌男の近年の仕事は、私にとっては小さくはない光と風になっている。

一九八〇年代末から展開された近代史の気の遠くなるような掘り起こし作業の『「挫折」の昭和史』『「敗者」の精神史』『内田魯庵山脈』に、私は率直に頭を下げる。歴史学は、該博な知識と大胆な仮説と繊細な実証と語りの匠とを駆使できる人のものだ。それと指導者の苦悩と庶民の逞しさに同時に目の届く人がいい。もっというと、高尚な志と貧、病、争やエロ、グロ、ナンセンスまで素手で摑んで動じない人がいい。さらに、なんといっても醍醐味は人間の関係の妙だから、縦糸と横糸とを自在に編み込まなければ生きた歴史にはならないのだ。

私は文学史から入っていったが、今や近代史は趣味の一つになりつつある。明治維新が面白いのは、これはまあ已《や》むをえない。西南戦争から日露戦争まで、ここら辺りが苦手だ。明治の三十年代から昭和四十年代頃までは興味が尽きない。まだまだ素人歴史読みだ。二十歳の時に伊藤整『日本文壇史』の登場人物の関係性の面白さに目覚め、坪内逍遙から中上健次までの文学史に長年馴染んでいたし、敗戦から経済成長前夜までは、ヤクザの一代記や自伝的作品で扱ったりして、ひと通りのお勉強をしていた。だから山口昌男式イモヅル、ネットワークを受け止める素地がいくらかできていたようだ。点と点がどんどん繋がって、ひところ私の、あまり質の良くないらしい脳ミソは、大ぜいの人達に歩き回られてグシャグシャになっていた。やがて大半の人達にはお引取り願った。

もう一冊重要な本がある。『「挫折」の昭和史』『「敗者」の精神史』『内田魯庵山脈』の案内書とも解題ともいえる二〇〇〇年刊行の『敗者学のすすめ』だ。同時に読むべき本である。対談、インタヴュー、エッセイ、書評の組み合わせで、意中の人物の魅力が簡潔に紹介されていて、すごく身近さを感じさせてくれる。私は特異なシチュエーションで読んだことも加味されてか、様々な刺激に満ち満ちた実り多い読書体験となった。先生が斎藤昌三『書淫行状記』を指して、いみじくも語った「一冊に百冊分が籠められている本」とは、まさにこの本のことだ、と独り寝台車の個室で興奮したのだった。札大ギャラリーでの「宮沢賢治版画展」で小講演を済ませた後でいただいた本である。私は十年ほど前から賢治について語る機会を度々与えられている。その時々で違う話になるのだが、必ず触れるのは、言葉のリズムと日蓮主義、国柱会の田中智學の影響と羅須地人協会の挫折だ。興が乗れば妹との恋愛的感情や友人保阪嘉内とのホモ的心情も語る。つまり、賢治に聖人君子を見たがる信者にとっては厭な内容だ。私はロマンチストであると共にリアリストでもあるのだ。ともかく、それは忙しい汽車旅となった。三十年振りに読んだ岩下俊作『無法松の一生』に涙し(三十年前はつまらなかった)、『敗者学のすすめ』の賢治、智學、石原莞爾、内田魯庵、尾崎紅葉、田河水泡、梅原北明、岡正雄、その他の異才たちが、私の枕元で勝手におしゃべりを始めて寝かせてくれなかったのだ。無法松の「暴れ打ち」はドドンコドドンコ鳴っているし、おまけに雨で東北本線は不通となり日本海回りとなったため景色を眺めるのにも忙しかったのだ。おかげで世界旅行をしてきたように憔悴しきって上野に着いた。なんだ山口昌男の本って疲れるのか? いけない、書物の山を離れて自然の山に目を移そう。

現在の私は、山が育んだドン・キホーテに熱いエールを送っている。

武者小路実篤が理想主義を掲げて、日向木城の小丸川に三方を囲まれた半島のような山城跡に強引に「新しき村」を開村したのは大正七年だった。十八名での出発だった。「新しき村」から北西に五十キロも山に入れば椎葉村だ。椎葉から九州山地を越えた辺りに肥後、五家荘、五木村が在る。五木から球磨川を少し下った四浦村晴山から、実篤の日向入りと入れ替わるように小山勝清という熱血漢が東京へと旅立っていた。堺利彦の書生をしながら、大正八年には足尾銅山や釜石鉱山の組合組織化作りに命を賭けていた。『或村の近世史』発表後は、柳田國男『山の人生』の「山女」の提供者だったりしたが、柳田のいわゆる常民思想に反発し、都市文明に敗北し、故郷と東京の間で揺れていた。軍靴の響く昭和十年代は『彦一頓智ばなし』で生き抜き、戦後は野性的な少年小説や人生の総決算となる『それからの武蔵』を書いて「山はほらあなである」「ワレ山ニ去ル、ワレ山トトモニ死ス」などの言葉を残し、山人たることを確認して死んでいった。そんな肥後モッコスがもう一人のモッコスに強く共鳴していた。小国町志屋の蜂ノ巣城城主室原知幸である。筑後川の支流津江川沿いの山林地主に生まれた室原は、大正六〜八年には豊後竹田で寄宿生括をしながら中学に通っていた。同じ頃、竹田では目の鋭い三浦守少年が小坊主として暮らしていた。小坊主は、山の彼方に新世界を夢見、又、草根木皮を全てお金に見たてていた。後のサンカ小説の第一人者、三角寛である。竹田盆地は九州の尾根に取り囲まれている。北に九重山、東には「吉四六《キッチョム》ばなし」の発祥地、野津が在る。西は阿蘇山、南は原生林に覆われた祖母山、傾山が坐し、高千穂から百キロも下ると「新しき村」だ。室原知幸が竹田中学を卒業して、早稲田大学政治学科に入学したのは大正八年だ。東京生活を切りあげ渋々山に帰ってきたのは、それから八年後だった。村の唯一の学士様で「大学さん」と呼ばれていた。ガンコな町議、山に不向きな理屈屋の座敷大学さんとして二十数年を過している。昭和二十九年からは下筌《しもうけ》ダム反対戦争の代表者となって一身に耳目を集めることになった。死ぬまでの十三年戦争だ。最後はたった一人の戦いを戦い抜いたアッパレジジイサンだった。この闘争は、阿部一族、神風連の乱と共に肥後の三大立籠りといわれている。

小山勝清も三角寛も室原知幸も山の霊力を吸収したり嫌悪したりして大正デモクラシー真只中に、

それぞれの色で染めながら思想形成をしていった人たちだ。無理を意地で固めた不安定な基礎の上に、我がままという絵図面で夢の砦を構築していった見上げた男たちだ。はからずも近代に反逆することで、また反逆の蓄積をエネルギーに転化させてユートピアを標榜していたのだろう。

書物の山も自然の山も結構疲れることが解ってしまいましたねえ。どうしましょう。

山口先生、もし先生が、反近代ではなく超近代の旗をたててドン・キホーテ宣言をされるのであれば、私、ロシナンテにだってサンチョ・パンサにだってなります。……気持ちだけ。

『理想郷』

〈変革〉

小泉純一郎を代表とする「変革」が、まるで錦の御旗のように、あるいはお題目のごとく、また は念仏みたいに蔓延した夏。秋口のニューヨーク貿易センタービル崩壊で全てはぶっ飛んだ感もあるが、二〇〇一年は爆撃テロも含めた変事の年、と、後年そのように記憶されるだろう。私自身は間違いなくそう記憶する。

マンガの締め切り間際に小泉純一郎や田中眞紀子を題材にさせてもらって何度助けられたことか。肯定するにせよ否定するにせよ、描きたくなるような強烈な臭いや光を放射している。似顔絵を描いて益々実感したことだが、お二人共いい面構えをしてらっしゃる。誰しも利権に肥満したタヌキオヤジや無能な一見聖人君子に指導されたくないだろう。リーダーは、多少問題はあっても比類なき個性を発揮できる人がいい。書生っぽさと戦国武将の雰囲気を合わせ持つ首相、若干の神懸かりと勇み足のお嬢様外相、結構な事だ。国民の支持も含めた強力なサポーター次第で大きな仕事を成す空気がある。改革は一気に進行すべきだ。移り気な民衆が去る前に。それにしても時代の変転のスピードはなんだ。すでにお二人とも外され始めているではないか。この小文が表に出るころには居ない可能性もある。

本来、壊す人と造る人は別の才能のはずだ。伝統の継承に比べればたいしたものではないが、新しい創造が伝統の否定となり、その繰り返しが歴史になっていく部分も小さくはない。反逆、反抗程度ならば共感しにくい年齢になってしまった。時代の水準に届かずやむなく反逆、拒絶されていたしかたなく新機軸で打ち死ぬ場合がほとんどだ。求めているのは真の改革者だ。真の改革者が居るとすれば、そういう人物は早めに退くべきだ。退くから愛と栄光を得るのだから。たとえばフランス百年戦争では、民衆を率いた女神は焚殺された。今こそその時だとなぞらえたがっている明治維新を見ても、希望の星の坂本竜馬は革命成就前に暗殺され、絶大なカリスマ性で牽引した西郷隆盛は野に下り、果てたではないか。火あぶりや暗殺は穏やかならん、というならば大改革達成後に「どうもゴクロウサン」と、ロック・コンサートやクラシック・コンサートのチケットでも渡してお引取りいただいて、地味だが強情、極悪人なれど辣腕、堅実の権化、そんな人物が後始末から制度の整備をすればよい。

資本主義形態も爛熟期を過ぎた今、なにをやっても経済は衰弱の一途をたどるのならば、たとえ幻想でも変革に賭けて夢を見たほうがいい。痛み？　痛みの中身は決まり切っている。貧乏と意識改革だ。痛みの果ての展望？　そんなもの、政治、経済、思想界のトップが誰も分かってないのにマンガ家ごときに答があろうはずがない。見る前に跳べ、だ。壊してから考えたらいいんだ。

貧乏は繁栄しか知らない人には苦痛だろう。また築いた立場から後退するのも辛いだろう。が、人間の逞しさと知恵は信頼していいのではなかろうか。我らには幾度もゼロから立ち上ってきた勝利と栄光の歴史があるではないか。勝利も栄光もいずれも「?」つきではあるけれど。心の改革のほうは、これも歴史を眺めれば一夜で変われる柔軟性を持ち得ている国民性であることが瞭然だ。もしかしたら有史以来一貫した主義、思想は一ッも無かったのではないか。心の変革こそが日本人の最大の特徴といってもいいくらいだ。

明治維新と太平洋戦争が近代史の二大転換点だといわれている。識者の尻馬に乗るわけでもないが西暦二〇〇〇年こそ第三の転換期だとする説に私も賛同したい気分でいる。区切りをつけるか、変わるのか、反省、検証するのか、いずれにしても五十〜六十年間くらいのスパンは、何事かが終わるか始まるかするのに適した時間であるようだ。人の寿命と関わりのあるサイクルかもしれない。

近代の幕開けは明治維新といい切っていいだろう。尊皇攘夷のうち攘夷はすぐに沙汰やみとなった。引っ込んだどころか急速に西欧化が推進された。それもいい。スローガンは、とりあえずの達成で役目を終える部分があるのだ。最近、逆立ちして鎖国を提唱している人を見かける。面白いがその当否に立ち入っている場合ではない。西欧に犯され屈服し一転して崇拝に回って日本美術二千年史を足蹴にしたという大失態もあるが、ここでは深入りしない。

開国、文明開化、各種法整備、産業構造改革、廃藩置県、排仏毀釈、自由民権運動……どれ一ツとっても大混乱や苦悩があったであろうことは容易に想像できる。その時の遺恨を五代、六代と現在まで持ち越している人達が居るくらいだから。

富国強兵は最初は富国富民だったのではないか？　ではいつごろから偏向していったのか？　富国強兵は本当に悪なのか？　立身出世はいつごろから後ろめたくなったのか？　大多数の人にとって富国強兵、立身出世は太平洋戦争の敗戦までは、当たり前のことであり、正義であり、美談でもあった。立身出世に醜談が付いて嫌われたのはバブル経済期のごく近年の感覚かもしれない。軍隊は戦後一変して唾棄すべきものになった。戦後生まれの私は自衛隊という曖昧な軍隊しか知らない。戦争放棄の銘文下で誰しもが判断に難儀し、いまだに解決が見出せない。遠い将来は知らないがしばらく解決はなさそうだ。

自由、平等、平和の戦後民主主義とやらは安心して担ぎ易い神輿だったが、我らの足腰を軟弱にし、その上に随分と歪んだ不安な大地に立たせる結果になっていないか。戦後五十余年、刻苦して築きあげた経済成長の果てに下された唯一の明確な答は、心の荒廃だ。残念ながら手術は不可能です、処方箋もありませんな、と、引導を渡されているようだ。老いも若きも病んでいる。毎日のテレビ、新聞を見るのが怖い。

相変らず偏差値で人間のランク付けをすることを止めない。自由という名の我がままが傍若無人に闊歩している。五十歳以上は九十パーセントがリストラ対象だ。女の元気は男女平等が完成したらどこへ行くのだろう。

雇用に終身が無ければ基幹産業にも永久性は無い。農林水産の一次産業は切り捨てられて久しい。製造業が重化学工業で成長しているころがハイライトだろう。やがて金融、証券、流通、サービスがリードするようになりコンピューターの時代までできた。その時人は、人類の英知を誇ると同時に巨大な不安感に包まれた。はずである。私がそうだったから仲間が居ると信じたい。労働自体に喜びを見出し得るのは製造業までだ。私などは完全に取り残された。頭もさることながら、心と体が新しいシステムについて行ってない。すでに始まったITバブルの崩壊は、そのことも要因しているのではなかろうか。

人は、行き詰まり絶望した時、どう行動するのか。ピンチこそチャンスも確かにある。しかし掛け声の数だけ成功すれば、それはそれでおかしなことになる。

文明の曲り角や大戦争による喪失や天変地異による破壊の後に、新宗教、自殺、犯罪と共に必ず流行るものがある。ユートピアの建設だ。

キリスト教を元にしたユートピアの最上の形が空想的共産主義にとどまり、儒教圏仏教圏の桃源郷が現実から逃避して迷い込んだ一炊の夢にすぎない、と説かれようと、過去に実行された例は無数にある（ほぼ同数失敗しているのだが）し、理想郷を求めることは悪くない。理想に向って努力精進するから人間には価値があるのだから。

やっとユートピアに辿り着いた。楽しむ、戦う、逃げる、従う、と、形は様々でも、個人と社会制度は技き差しならない関係にあるし、いずれにしても理想国家造りが大命題だろうから、勢い前振りが長くなった。ここからは、やや微視的な視点も交えて二ツのユートピアを眺めてみよう。

全世界の人間の同一を志しながら小さなコロニーに停まった武者小路実篤の「新しき村」と、全宇宙的、地球的を標榜しながらサークル活動としても不完全に終わった極めて私的な宮沢賢治の「羅須地人協会」の場合だ。

〈新しき村〉

この道より
我を生かす道なし
この道を歩く

武者小路実篤、九十年の生涯の標語といっていい言葉だ。膨大な著作と書画を残しているが、その全てが喜びと希望と調和だ。一口でいって見事な肯定的人生である。もちろん人間だから葛藤もある。怒り悲しみは自明の理だ。苦悩を読んだ記憶も有るが、印象としてはどこまでも楽天家で前向きだ。私はこの人以上の天下堂々を知らない。

昭和四十年代まで武者さんは最もポピュラーな作家の一人だった。今はほとんど読まれていない。若い編集者に聞いてみても、教科書に出ていましたねえ、確か人道主義とか、……そのくらいの答しか返ってこない。私も若い頃は興味対象外であった。なんだか善意の人で「仲よき事は美しき哉」のほのぼのオジさんでしかなかった。ちょっと違うぞ、と、思ったのは、三十代に『まんだら屋の良太』『私の村』などの欲望濃厚な村の話を描き、村落共同体の面白さ、難しさに、どっぷり浸ってからだ。マンガ連作の積み重ねで、結局自分は理想郷造りをやっているのだと、自覚してから改めて見た武者小路実篤は、唯のほのぼのオジサンには見えなかった。凄く恐い人に思えた。

この人は、もしかしたら自分を神だと信じ込めて、回りからもそう思われて、教祖を全うした男ではなかろうか。「人間らしく」「真・善・美」「誠意」「理想」「協力」「幸福」「愛」などを繰り返し説きながら、自分はちゃっかりと唯我独尊を生き抜いたフシがある。

武者小路実篤は明治十八年（一八八五）に東京市麹町に生まれる。現在の千代田区である。父実世は公卿華族の子爵、母秋子《なるこ》は勘解由小路《かでのこうじ》家の出である。実篤は八番目の末子で、八人のうち六人までもが生後すぐに亡くなっている。父は実篤二歳のとき「よく育ててくれるものがあったら、世界に一人という男になるのだがな」と言ったという。実世はその年、三十二歳で死んでいるから、この言葉は幼児期より母が子守唄のように聴かせ続けていたのだろう。環境が人を作る。出生をざっと書き抜いただけで唯我独尊は出揃った、と思った。実篤の方にも予言を受け止めるだけの力があった。「世界に一人」を長らく心の拠り所とし糧としたようだ。ちょっと恐いものがある。

実篤誕生の年には尾崎紅葉をボスとする硯友社が組織され、坪内逍遙が『小説神髄』『当世書生気質』を出し、二年後には二葉亭四迷『浮雲』が出版された。文芸は江戸戯作から写実主義、文語文から口語文に移行していた。思春期の精神形成に重要な人物として、学習院での友との出会い、小説執筆のキッカケとなった初恋、熱愛、失恋の相手お貞さん、トルストイを始めとするロシア文学と農業の実践を教えた叔父・勘解由小路資承《すけこと》がいる。同級生に、木下利玄《としはる》、志賀直哉、正親町《おおぎまち》公和《きんかず》がいた。文学界はロマン主義が世界を席捲していた。

ロマン主義は、フランス革命後に起った芸術思潮で、古典、啓蒙、合理を嫌い、感情、空想、主観、個性といったものを重んじ、自由や夢を愛す傾向にある。日本では何年か遅れて輸入翻訳され明治の中期から後期に浪漫主義として一世を風びした。森鷗外、国木田独歩の二人に力があったようだ。与謝野鉄幹の『明星』、北原白秋らの『スバル』が中心的な舞台となった。

ロマン派には夢想的、感傷的といった否定的なニュアンスも付きまとうが、ロマンチックは、誰しもが大切にしたがる心の或る部分であることは疑えない。あらゆるものに敗北したせいかも知れないが、私はこのごろ、感傷？　大いに結構じゃないの、真に心をとらえるのは感傷しかないよ、と居直っている。ちっと俗事に傾くが「春や春、春、南方のローマンス」という甘い誘いや、男子の安物の鼓舞や言い訳であるところの「男のロマン」とか、恋愛その他に酔っぱらった乙女の「夢見る夢子さん」状態など、私は嫌いではない。

明治期の後半は近代国家日本の青春である。ピタリと実篤の青春と合致した。明治二十七年、日清戦争に勝利し、十年後には日露戦争が勃発している。実篤二十歳だ。時代は戦勝気運で胸を張って帝国主義に歩を進めていた。殖産興業、富国強兵策の強行は当然反対勢力を生む。新しくて強力な波であったキリスト教や社会主義が有力な人材を多数輩出し、主に都市部の中産階級の聡明な若者の熱血をたぎらせた。悪徳の浄化、性の告白、病気貧乏自慢へと歪んでいき、後年日本的私小説を生む母体となった自然主義は、当初は自然崇拝や唯あるがままを第一に掲げていて、多くの青少年を魅了していた。「新しき村」のスタートは大正七年であるが、この時すでに理想郷は空想されていたといってもいい。明治三十年からの十年間に「新しき村」のバックボーンが揃い踏みをしている感がある。

『お目出たき人』の執筆、雑誌『白樺』の創刊が明治四十三年、実篤二十五歳の時だ。大躍進の年である。夏目漱石の好評を得たことが何より彼を喜ばせた。『或る男』（大正十年）の中で、漱石は尊敬する唯一人の文学者、といい切っているが、晩年に、天に即して我を去る、という境地に達した漱石と、天上天下我一人、自分が一番といってはばからなかったような実篤が、ニアミスとはいえ一時エールの交換があった事実が楽しい。

エリート集団然とした『白樺』は、その陽光、涼風が、文化系の人々に大歓迎された。彫刻家のロダンや画家のゴッホや印象派を積極的に紹介したことが最大の功績だろう。白樺派はモダンな文人集団で、美術に造詣の深い人が多かった。同人は、実篤の他、志賀直哉、木下利玄、有島武郎、有島生馬、里見弴、正親町公和、園地公致、柳宗悦、児島喜久雄、田中雨村、長与善郎、郡虎彦、千家元麿、小泉鐵、近藤経一、日下諗などだ。岸田劉生は客分と考えていいかもしれない。明治四十三年から大正十二年の関東大震災で終刊するまで、準備期間を入れると十六年間、一六〇号を数える雑誌だから、当然、離合集散はあったであろう。みんなお坊っちゃんだから大きなケンカは無かったようだ。引き合いに出して申し訳ないが、大正元年にスタートした広津和郎、谷崎精二、葛西善蔵らの『奇蹟』派は、凄絶な罵り合いや肉弾戦が絶えず、一年と持たなかった。

『白樺』が実篤に自信（元々あるんだけど）をもたらせば、明治末の、初恋のお貞さんが小樽で幸福な妻、母となっていることの確認と『お目出たき人』に書かれた女性との破局、その後出会った社交的な女性、竹尾房子との結婚は、一段階段を登らせるか、気持ちに区切れをつけさせるかしたはずだ。

私は著名人の年譜を見るのが好きだ。批判を恐れず言えば、年譜の醍醐味は、金、女（女ならば男）、病気、ケンカだ。この辺は宗教入信のキッカケ、貧、病、争に似ている。どの年譜も深入りしたがらない部分がそこでもある。実篤の場合、看板が人道主義だから特にそれらがさりげない。竹尾房子を社交的女性と書いたが正確ではない。当時のゴシップ記事に「ズベ公、坊ちゃんをひっかける」といった文字が踊っていたという。

新婚生活で転居を繰り返し、後に誤診だと判明するが結核の転地療養のためもあって、志賀直哉、柳宗悦が居る千葉の我孫子に家を建てた。我孫子は白樺村となった。「新しき村」が具体的に動き出したのはこの時である。まず西洋近代美術館設立を唱え、それを「新しき村に就ての対話」にふくらませて、『白樺』や新聞に公表した。理想の村造りを提唱して機関誌『新しき村』を創刊する。大正七年のことであった。

大正七年は実篤にとって不安と歓喜に包まれて嵐の中を突き進むような一年だったろう。土地捜しに動いているとウワサが先行し、引きも切らずに提供者や売り込みがあった。その後押しもあったのだろう、一気に実現に向っていく。当初近場でと考えたようだが、当て込みで地価が高騰しすぎて手が出せなくなっていた所にある人から九州日向を薦められて一気に気持ちが傾いた。高天《たかま》が原、天孫降臨の地が気に入ったのだ。

その年の九月に我孫子を出発し、各地で会員や賛同者の世話になり、講演会を開きながら九州入りをしている。さぞや信者と反対者の熱気に包まれた異様な運動体であっただろう。つい信者と書いたが、宗教法人でこそないが限りなく宗教に近い団体である。事実、怪しい宗教だと恐怖した人は多かったし、公安は危険思想集団と見て警戒した。

身内で冷ややかだったのは有島武郎だ。失敗に終わるだろうが、失敗に意味があるからおやんなさい、といった内容の文を発表した。有島は、大正十一年、北海道狩太《かりぶと》農場を小作人に解放する。これには実篤への対抗心が多少はあったのだろう。三年後には波多野秋子と情死している。姦通罪のあった時代だ。秋子の夫から脅迫されてもいた。神経質な人のようだから、実篤の楽天性が一貫してうっとうしく映っていたのかも知れない。

大正時代というのは、山口昌男に言わせると「軟派が生き易い時代」(酒場でのおしゃべりなので取り消せ、といわれればすぐそうします）だ。江戸期より常に他国の植民地化の危機にさらされ続けている。日露戦争の戦後処理の難航を払拭しようと益々帝国主義は進行し、その同伴者の独占資本体制も肥え太り、中小零細の大不況、農村の冷え込み、など問題は山積していた。そうなれば社会主義運動も盛んになる。そこに様々な主義が乱れ飛んで、いわば、不安感にあぶり出された徒花の撩乱のような文化状況だったのではないか。だから「新しき村」も起こったのである。

九月に出発し、大分、宮崎の候補地を幾つか検討したが、地方行政の警戒心と、地主側の値上げが原因で二転三転とする。『或る男』によると、苦難の経緯は書かれているが、実篤流のぶっきら棒な表現で、いちいちの出会いの喜びばかりが目立ち、相手との摩擦やアツレキや批判はほとんど言わない人だからよく分からない。書き忘れていたが自然主義が私小説ならば白樺派の多くも私小説なのである。実篤は心理描写や表現の技巧に興味がなかったのか、真実を描いて実態がよく見えない描きぶりだ。傑作を書かない巨人、武者小路実篤という生き方が作品、といった、黙って見物するしかないいんじゃないの、みたいな評が多い人なんだ。

「腹の底からうれしくなった。余り、うれしかったので、木村は川へとび込んで泳いだ。皆もすっかり元気になった。」（『或る男』）

それほど喜んだこの土地は、金額で折り合いがつかず、間を置いて一反七十円が五十円になって話が一度ついて、再び乗りあげた。他に行く態度をみせてようやく契約にこぎつけた。出発から二ヶ月、大正七年十一月に宮崎県児湯郡木城村大字石河内字城に「新しき村」が定まった。宮崎市の北方二十五キロ、日向灘からは十キロ内陸だ。三方を小丸川に囲まれた、昔の山城跡で三段からなる六・五ヘクタールの半島みたいな土地である。第一種会員十八名（子供も含む）が村の生活を始めた。

私達の祈りはきかれて、
土地は与えられた。あなたから
ありがとう。
あなたの守護なしには土地は得られなかった。
あなたの守護なしには土地は生かせない。
私達はあなたの光栄のために働くものだ。

『或る男』第二二五

入村離村が繰り返されている。出入りの早さは只事ではない。村内会員が最大だったのは開村から四年後の大正十一年で、男二十八名、女十二名、子供四名の合計四十四人だ。村外会員は五百名に達したこともある。当時の会報には、村内会員五十名、村外会員千名で運営とある。主催者発表と調査発表が一致することはない。「自己を生かす」に始まる、これまた多量の村についての実篤語録があるが、全て心の問題なのでどこまで行っても解決のつかないことばかりだ。全て正しい、ともいえるし全部が曖昧模糊としたスローガンでしかないともいえる。一見してアリガタイお言葉なのである。実篤が説法する時、会員には後光やハスの花が見えたのではなかろうか。どこで読んだか忘れたが、皆、実篤の前では正座して涙を流して聞いたという。

生産活動と芸術活動と宗教活動の融合こそが理想的人間像なのだろう。農業素人も多い僻地での共同生活。夢見がちな人々の共生。社会主義、共産主義、虚無主義、無政府主義、いずれでもなく「いわば協力主義」と言っていた。「兄弟主義」とも記述がある。「配分の平等ではなく義務労働の平等」ともいっている。が、果たして理想通りに行かないのが現実である。志のみが先行した危うい集団だ。誰の目にもそう写った。なにより経営者がいない。心だけでは集団は維持できない。残念ながら組織の運営は力による支配か金による支配しかないという残酷な面がある。神懸りの実篤を持ってしても腹が減ればそれまでよ、なのである。究極、恐怖政治か金銭奴隷かと迫られれば私なら金を選ぶ。

この種のもので一応運動展開が成功したと見ていい集団として、尾崎増太郎の「心境部落」と山岸巳代蔵の「山岸会」がある。「心境部落」は、強い土着的結束があればこそ、成立した。「山岸会」は、大企業の持つ苦悩や家族問題が絶えないようだ。円満な組織など永久にないだろうが、目の届く程というものがありそうだ。そして自給自足が絶対的な条件であり目的であり結論だと思う。

私は「自由、平等、博愛」は人類永遠の見果てぬ夢だと思っている。永久にスローガンにしなければいけない、と思っている。人の心は善も悪も同居し、悪もまた大切な要素である。だから人間は面白い、と思っている。

「新しき村」を眺めて一番に浮かぶ疑問は、我欲だ。所有欲はどうなっている？ 性欲はどこへ行く？ さらに優越感は何で充足させる？ 嫉妬心はどうやって捨てる？ 向上心はどうやって鍛える？ 一度知った都市文明の便利、刺激を忘れられる？ どこにいても出てくる問題が、過酷な自然と労働の連続の中で、心の開放を謳いながらも地理的な閉鎖空間の中で、より先鋭化されて噴き出すんじゃなかろうか。

貧困の中で豊かな心は保てるだろうか。無理だ。荒《すさ》ぶに決まっている。主食の自給自足にも十数年かかっていて、長らく実篤の印税や村外会員、賛同者の寄付に頼っていた。相次ぐ離村者の歴史が生活の大変さを物語っている。

私が最も知りたい事は、下司な興味だといわれても仕方がないが、離村に到った人達の言い分と、都会の申し子のように育って、実篤と共に入村した房子の一生だ。入信要素として記述した貧、病、争が、やはりからんでいるだろうと推測する。村の会報には、文化活動や生産面は克明に記録されるが、村の為にならない事への記述は、ほとんど無い。多くの場合、会員誰それとは見解の相違があった、という風に片付けている。入村すればタダメシが食えると勘違いした人は論外だが資産の一切を整理して入村し、半年、一年で離村する人も少なくない。恨み骨髄の冷たい眼が右から左から見つめているだけで理想郷としては失格だ。

　実篤、房子に限ると、現代用語で言えばダブル不倫だったらしい。大正十二年に離婚している。実篤は大正十年入村の飯河安子と結賭し、房子は大正十一年入村の杉山正雄といっしょになった。「新しき村80年」展（調布市武者小路実篤記念館）の冊子には、杉山正雄は一時房子夫人と離村し、昭和十年再入村、十五年に武者小路と改姓し房子夫人と共に住む、とある。五年間の房子の行動は分からない。そして昭和十三年からのダム建設のため、地味の豊かな下の城、中の城が水没したことが大きな転機となり、杉山夫妻ともう一家族を残して全員が離村した。夫妻は生涯を村で暮らした。小武者小路を生きた杉山、小武者小路と生きる決心をした房子に、波瀾万丈の物語が想像できる。小さくはあるけれど、この時、日向新しき村のユートピアは完成していたのではなかろうか。

　後回しになってしまったが、実篤の離村は大正十五年である。十二年の関東大震災、生家の焼失、『白樺』の終刊、長女、次女が村で誕生、と大きな出来事が続いた。十五年以後は村外から村の運営を支えている。離村時四十歳。夢見る歳は早や過ぎて、体力的減退が加味されて、「四十はいい機会だ」と、小丸川の流れに向って実篤はつぶやいた。

　四十歳から第二次世界大戦勃発までの十四年間はインターバルの区間なのか、転居、旅行、療養生活が多く執筆活動は細っている。

　前述の日向新しき村のダム水没にともなって東の村創設がもちあがり、大正十四年、埼玉県入間郡に約十ヘクタールの「東の新しき村」を進行させた。実篤は、やはりここでも精神的経済的支柱だ。この持続する志は尋常ではない。

しかし戦時下のことだ。創作活動も、何家族かにまかせた村も大きな制限があったであろう。太平洋戦争中は遂に一家族だけになった時期もある。実篤には戦中に日本文学報告会劇文学部会長と貴族院議員に就いたことから戦後六年間公職追放の憂き目にあっている。解除されてからは、たくさんの賞を授けたエライ先生になってしまい、一貫した実篤タッチを年齢と共に優しくしていき「仲良き事は美しき哉」のほのぼのおじいさんとなって、昭和五十一年、九十歳の天寿を全うした。

一九九八年の報告では、日向新しき村では二家族が、東の新しき村では六家族が生活をしている。現在も大きな変化はないだろう。日向の開村から八十三年。新しき村も古くなった。高齢化問題、経済問題、対人問題、自己の問題……新しき村でなくとも、いつの時代でも、どこの地域でも起こる色々な問題を抱えながら、村は生きている。

私は、「新しき村」がユートピアであるという声を残念ながら一度も聞いたことが無い。が、住めば都で、村民にとっては至福の土地であるはずだし、挫折した人も、一時でも実行したことがいい思い出となって生きているはずだから、やはりユートピアだったのだと信じたい。ただ、うらやましい、というほどではないけれど。私は現在『美し村』というタイトルで（『美しき村』で当初考えたが、これは堀辰雄にある）理想郷造りを企画立案中である。といっても青写真通りには行かないから、描きながら育てるしかない。スタートの機をうかがっているといったらいいだろうか。今なお建設中の九鬼谷温泉（『まんだら屋の良太』として五十三巻があり、二〇〇二年からは『月子まんだら』として再スタート）は、お湯という資金源があって成立した村だ。『美し村』では、生産と勉強をゼロから目指す若者たちの困難と歓喜を丁寧に描きついでいくつもりだ。収穫祭を祝う日を夢みながら。

〈羅須地人協会〉

春

陽が照って鳥が啼き
あちこちの楢の林も
けむるとき
ぎちぎちと鳴る　汚ない掌を
おれはこれからもつことになる

宮沢賢治の一生は「おれはこれからもつことになる」の連続だった。ただいま修行中。開店準備中。相変らず試作中に、三十七歳で、無名の地方詩人は逝ってしまった。公には、地元新聞に小さな死亡記事と、ほとんど唯一理解者、詩人、草野心平が同人誌で「宮沢賢治追悼」を出しただけだ。

その追悼集が賢治の名を出版界に知らしめ、一年後には文圃堂から三巻の全集が出て、広く知られるようになった。それから今日まで途切れることなく評価され続けている。ほとんどの作家は生きているうちに忘れられ、死と共に完璧に忘れられるが賢治は死んだ時から迎えられて、やがて国民作家となった。松尾芭蕉、宮沢賢治、この二人は五百年に一人という才能である、とまでいっている人もいる。

二〇〇〇年の暮、調布深大寺の「ソバの会」に出席した時のことだ。プログラムに「宮沢清六氏より寄贈のソバ」とある。私はその時、宮沢賢治を中心にした作品展を開催していたこともあって、スピーチで賢治を話題にした。出席者に「イーハトーブ文学賞」を受賞した方がいたから宮沢清六の名があったわけだが、その後、スピーチに立つ人が賢治一色になり驚かされてしまった。賢治作品に表わされた月を調べてカレンダーを作ったデザイナー、仏教徒賢治を語る僧侶。農民詩人の賛美。歌手、俳優の語る賢治、薪能で「永訣の朝」を奉納するという人……最後は高名な洋画家が、自分の残された時間は「世界がぜんたい幸福にならないうちは個人の幸福はあり得ない」(農民芸術概論綱要)の精神を生きる、と締めくくった。幅広い浸透度は承知してはいたが、目の当たりにして唖然とした。種田山頭火に深く係っている評論家が山頭火にも賢治にも触らなかったことが強く印象に残った。

宮沢賢治は明治二十九年に生まれた。二年後に最愛の妹トシが、八年後には賢治ワールドの総元締となる弟清六が誕生している。

宮沢家の先祖は、元禄時代に京都から岩手花巻に移り住んだ人だという。二百年後には宮沢マキ（一族）と呼ばれる有力な家系となった。父政治郎は、質、古着の商店主、町議などを務め、浄土真宗講習会を主催するような実力者だ。母も宮沢マキで、「官善」と呼ばれる大商店主、岩手県下屈指の実業家の長女であった。賢治はその長男である。

晩年の賢治が誰よりも農民を愛しながら、実は誰よりも農民を恐れ、嫌い、「農民から芸術は生まれない」と書いた複合的な感情の大きな部分は、この出自にある。

どの賢治伝説にも必ずでてくる興味深い話がある。賢治三歳。離婚して戻ってきた叔母が子守唄のように親鸞「正信偈《しょうしんげ》」、蓮如「白骨の御文《おふみ》」を聞かせ、四、五歳のころにはそれを暗唱したという。朝《あした》に紅顔、夕《ゆうべ》には白骨、ひとたび無常の風吹けば、とかをこれからの若者（三歳）に聞かせてどうする。罪はないか？　母の子守唄はこうだ。「ひとというものは、ひとのために何かしてあげるために生まれてきたのス」。すでに無常と慈悲が握手した。武者小路家の「世界に一人という男」といい、宮沢家といい名家の教育は、やはり違うのかなあ。マインドコントロールはいい事なんじゃないのか!?　九州は小倉の地で私の父母は幼児期の私にいったいどんな子守唄を聞かせていたのか電話で聞いてみたくなった。否、聞かないほうがよさそうな気がする。

前節でも触れたが、何人《なんぴと》も環境、時代、歴史から無縁でいられない。人は五歳にしてすでにその人である。賢治は実篤より十歳ほど若い。ついでに書けば短歌に導いた石川啄木は盛岡中学で十年先輩になる。賢治と実篤は、その病弱ぶり、その神童ぶり、そのお坊っちゃん体質と時代背景が似ているといえば似ている。実篤が「新しき村」を起した年は、賢治は二十二歳だ。大きな刺激を受けている。

仏教的素地にキリスト教の光が混り、社会主義、共産主義、自然主義、浪漫主義、近代主義、全体主義、など様々な思潮が津波のように押し寄せてきた時代なんだ。その波をモロにかぶった多くの若衆の中で、より賢い人、より強心臓の人、より表現力のある人などが実践にうつして指導者となっていった。流行病ともいえるが劇場を中心としたコミューンというのも右派、左派問わずの現象であった。文化系、体育系共に催し物で宣伝、伝導、寄付、勧誘、結束、粛正するのは、今も昔も変わらない組織活動である。

「これからの宗教は芸術です。これからの芸術は宗教です」とは、親戚の関徳弥への手紙の一文だ。賢治においては宗教と芸術は生涯一体であった。浄土真宗の講習会は幼年期からのスケジュールである。盛岡中学で寄宿生活し始めてから、宗教の勉強に幅を求めたようだ。商人を期待する父との対立が引きがねとなり、やがて家庭内宗教戦争へと突入していく。十六で、「善人なをもて往生をとぐ、いはんや悪人をや」の親鸞『歎異鈔』こそ自分の全信仰だと父に向き直ってみせ、次の年には頭を丸めて禅寺で修行したりしている。十八歳の年に『漢和対照妙法蓮華経』に衝撃を受け、これだ、と叫んだ。と思う。確かに「法華経」は賢治の生涯を覆った。「法華経」は宗教入門書の解説程度しか知らない。どの経典よりも万人救済なのだそうだ。親鸞の「悪人正機説」より広く、「被差別民」を救済しているという。物語として面白く、有難さが強引で、レトリックに満ち、しかも華麗だという。書きながら、あ～自分もこんなマンガを描かなければ、と思ってしまった。

法華経に触発され創作意欲も高まり、盛岡高等農林学校農林科の地質土壌学、肥料研究も充実して豊かな学生生活を送っている。人のスタイルは二十代前半で決定するもののようだ。

危なさが臭い始めるのは、法華経から日蓮主義へと駒を進めてからだ。日蓮宗ではない。日蓮主義だ。主義となると何事も普通でなくなる。柔軟主義でも平和主義でもやっぱり危なそうだ。

国家主義思潮の高揚の急先峰となったのは、国体学提唱者、仏教革新運動家、日蓮主義者である田中智學の国柱会だった。智學は、二十歳で蓮華会を始め、立正安国会を起こし、明治三十四年に『宗門之維新』を著し、日露戦争が勃発すれば大国禱祈願（蒙古襲来時の日蓮のよう）をし、明治四十四年には日本国体学を提唱し、国柱会を開始したのは大正三年だった。『開目抄』の日蓮の獅子吼「我日本の柱とならん」からのネーミングである。日本史上最強の超人願望家が、釈尊の生まれ変わりだという日蓮なら、日蓮を近代に甦らせたのが田中智學だった。国柱会の天職は世界の霊的統一にある、と吼える。この人は明治三十六年に「八紘一宇《はっこういちう》」という熟語を作った。これは「日本書紀」の神武天皇による建国の詔勅の「兼㆓六合㆒以開㆑都、掩㆓八紘㆒而為㆑宇」（六合《りくごう》を兼ねて以て都を開き八紘を掩《おお》うて宇《いえ》を為さん）から、まとめたものだ。六合は天地四方、宇宙のことで、八紘は四方四隅、天下の意味だ。宇は家である。

「八紘一宇」は満洲事変を画策した石原莞爾の『最終戦争論』にも引用されている。石原は田中義一内閣成立の折には（国会議員に立候補して落選している）陸軍大臣を希望した男である。「八紘一字」は、日本のアジア侵略、大東亞共栄圏構想のスローガンになっていった。つい最近、晩年の石原莞爾のフィルムをＮＨＫ『その時歴史は動いた』で見た。「憲法に謳ってある通り、戦争はいかんよ」とかいっていたので、大笑いしてしまった。

田中智學は自らを獅子王と称す。その影響力は多岐にわたっていた。中で有名人をあげると、『国体論及び純正社会主義』『日本改造法要大綱』の著者で、二・二六事件の論理的支柱となった北一輝や、血盟団事件の首謀者、井上日召がいる。文学者では、感傷的な美文で青年子女を感涙させた高山樗牛《ちょぎゅう》がいる。「月の夕雨のあした、われ『ハイネ』を抱きて共に泣きしこと幾たびか」「如何なる星の下に生まれけむ、われは世にも心よわき者なるかな」とかの甘美なフレーズで一世を風靡した。総合雑誌『太陽』の主筆。多面的な評論家だ。国民文学、国家意識に突き進み、国家を至上の人格的存在とし、これが自我の独立、自尊、発展する個人主義と直結する、と説く。「個性的全体」が国家で、国益優先だから支配者側の論客と見られた。高山天狗などとあだ名のつく嫌な奴だったらしい。どのジャンルでも、いい人はいい仕事をしないから、嫌な奴でも、まっ、いいだろう。年とともに国体色は薄まり、ニーチェを日本で流行させてからは個人主義、天才主義へといき、やがて、自我の目前の満足が最高の生である、と『美的生活を論ず』を著した。私は『美的生活』をタイトルにいただいてマンガを描いた。やがて、平清盛の我がままを評価し、絶対のエゴイストを日蓮上人に見て、自らもエゴイスト宣言をする。この時点で獅子王とくっついた。晩年は「個」と「我」に生きた。その崇拝者は多かった。「個性」というものに目ざめ始めた時代だからである。

そしてもう一人、田中智學を心底信奉した若者が宮沢賢治なんだ。だから即、賢治を法華ファシストだの国体主義者だのと決めつけるつもりはない。が、賢治は、かなり危ない地平まで行っていたことは確かだと思う。智學を崇拝したことは、宮沢賢治史の中では、若気の至りで唯一の小ちゃな間違いとして葬り去ろうとしてきた。没後五十年経ってからだ。表立って評論されるようになったのは。

隠さんでええよ。いくら影響を受けたからといっても、ある人の全部を他のある人が踏襲することは出来ないことだし、他の多様な要因を整合させて、天才表現者宮沢賢治は在った訳だから恥じることはない。第一賢治本人が恥じてないだろう。むしろ終生誇りとしていたはずだ。何十年も読者を魅了してやまないのは宗教的要素が強いからで、全作品は、ほとんど普遍を勝ち得た経典のようになっているからではないか。

賢治童話は、はっきりと法華経の布教意識がある。童話は全部坊主のお説教のにおいがする。「八紘一字」や『宗門之維新』にある「大日本国成仏セズンバ吾レ成仏スベカラズ」と、賢治の「世界がぜんたい幸福にならないうちは個人の幸福はあり得ない」は同じだ、といったのは『宮沢賢治殺人事件』の吉田司だ。私などは賢治より先に笹川良一の「世界は一家、人類は皆兄弟」がソックリだと思った。これも賢治のも、ずうっと平和裡に造型されているが。晩年に至るほどに、「祈り」や「不惜身命」や永遠の幸福を求めた「死出の旅立ち」や「慈悲」「慈愛」が濃くなってくる。一貫して「宗教は芸術、芸術は宗教」だったのだ。

宮沢賢治、田中智學、高山樗牛、石原莞爾、北一輝、井上日召、皆、それぞれにユートピアを求めていたのだ。賢治の親友、保阪嘉内も。

賢治二十五歳。父との宗教戦争は続行中だったが、保阪嘉内とは、折節がこじれて訣別する。保阪は農学校の一年後輩だが、早くからソビエトの民営農場、コルホーズなどを想定して、文化的、生産的な理想の村造りを計画していた。卒業間際に危険思想の持ち主とみられ除籍処分され、山梨に帰って、トルストイや「新しき村」に触発されて村造りを実践していた。保阪は、神は日蓮でも田中智學でもない「自分の中にいる」といって賢治と別れた。保坂が正しい。

花巻農学校の教師になったのもこの年だ。生前刊行本の『春と修羅』『注文の多い料理店』の諸作は、この時期に集中的に書かれている。私は希望に満ちていたこの時期の賢治が一番好きだ。

大正十一年には妹トシを亡くしている。「永訣の朝」「無声慟哭」など、都合八百行の詩作があることでも悲しみの深さがうかがえる。妹の骨を国柱会に分骨したのは関東大震災の年だった。

十二年の大震災は、精神の転換にも影響した。室伏高信の『文明の没落』と次の年の『土に還れ』が支持されたのは、一種の天災ユートピアなのだろう。『文明の没落』は、オスワルド・シュペングラーの『西洋の没落』をタネ本にしているらしい。田中智學は「国体」のために歴史から消されたが、室伏高信は流行に踊りすぎてやがて忘れられた。が、賢治の『農民芸術概論』に強く影響を与えている。

賢治が農学校を退職したのは大正十五年、三十歳のときだ。いよいよ『農民芸術論』の実践だ。

退職と同時に郊外の下根子桜《しもねこさくら》の宮沢家別宅で農業実践と芸術運動の拠点「羅須地人協会」をスタートさせた。思い切らせたのは、十三年に出版した『春と修羅』『注文の多い料理店』の自信と、注文が全く無いことでの自信喪失であったのだろう。さぞや凄まじい家族会議が持たれたのではなかろうか。弟の除隊、賢治の独立、宮沢商会の商売換えなどが同時期だから。

長男は本物の道楽者になった、と、家族に最終判断があったのだ。当人は辛いのだろうが、ハタ目にはたいした遊民ぶりである。教師時代の給料は、趣味や生徒の課外教育につぎ込み、岩手県をドリームランドと見立てた著作は、制作費から買い取り費まで父親負担だ。協会は父の持ち家だし(結核家系だから療養所に造ったともいわれている)、農業ごっこも、コンサートも、春画コレクションも、度々の上京も、言語、音楽教室通いも、演劇観賞も、美術観賞も、寄付も、援助も、すべて実家の財力だった。まるで、そう、まるで理想郷の王様じゃないか。しかし残念なことに王様は体が弱かった。二年半ほどで肺結核に倒れた。昭和三年八月、羅須地人協会の活動は終了した。賢治三十二歳。残された時間はそう多くなかった。ちなみに「羅須地人協会」の名称は、社会改良の理想主義者、ジョン・ラスキンと、無教会キリスト教の内村鑑三が、農民を言い替えた「地人」を合わせたとする説が有力だ。

一年で健康は回復する。父が融資をしている事業の一ツに、主に石灰肥料を作る東北砕石工場がある。その縁で社主、鈴木東蔵と急速に接近し、花巻支所を開設する運びとなり、肥料技師と販売を一人で引き受け、再度人生を賭けた。サラリーマンとして。鈴木東蔵も農村改革を模索した人で、地方自治に対する改良企画が種々ある。事業展開も実践していて、賢治よりは現実の人だ。賢治は組織作りが下手だった。だから芸術家なのだろう。運動は、カリスマがいて、それを広く宣伝し、支え、組織を組み立てていく有能な実務家がいないと成功しない。

賢治三十五歳。体の衰弱が心の弱気となり、希望が細っていくのを感じていた。重労働も石灰粉も体にいいはずがない。この時、労働者や農民との断絶も自覚したようだ。

羅須地人協会での勉強を栄養にして第二期の収穫祭を祝うつもりだったが、遂にその日は迎えられなかった。病床で改稿した、自己犠牲の悲しい物語『グスコーブドリの伝記』を発表した他は、いくつかの文語詩の決定稿を作り、旧作の改作に日々を送ったという。

未定稿『風の又三郎』『セロ弾きのゴーシュ』『銀河鉄道の夜』『雨ニモマケズ』など大量の原稿を残して、昭和八年、九月二十一日、三十七歳の宮沢賢治は逝った。国訳の法華経を一千部印刷して友人知己に分けてほしい、と遺言したという。浄土真宗で葬儀をするが、太平洋戦争後に日蓮宗で改葬した。父・政治郎にも、また、長い戦いがあったのだ。

ユートピアというものは、やはり、空想と夢だ。頭の中の夢想に明確な線引きはできない。従って期限というものは、無い。正しいと思った方向に進む持続する志と運動の連続性の中にユートピアが存在する。

「永久の未完成これ完成である」宮沢賢治。

私的マンガ論　中年マンガ家の生活と意見

悲しみの果てに覚えた歌もある

桑田佳祐の『東京』にハマってしまった。明け方のＴＶ情報番組の新曲紹介で流された部分を聴いただけで私は泣いてしまった。軽音楽（古い！）を聴いて涙が出たのは初めてだったのでビックリした。泣くこと自体はそう驚かなくてもいいかも知れない。四十代の末に母を亡くして、思いがけず大泣きして以後、よく涙が出るようになった。たとえば、倉本聰の『北の国から』を観ても北朝鮮拉致問題の関係家族を見ても涙が滲む。極めて正常だともいえるし単に歳をとって涙腺が緩くなったともいえる。

『東京』をキッカケにＣＤデッキを買ってきて再び歌を聴き始めている。テープの時代は熱心だったがＣＤの時代になって馴染みが薄くなり、壊れるにまかせて、この五年間ほどはＴＶだけが唯一友人状態で過ごしていた。私は仕事中に音があっても構わないほうだ。むしろ必要としている。ＴＶは外出時以外は点けっぱなしだ。観ながら寝るので眠っている時も点いている。脳に影響するらしい電波と情報過多が気になり始め、部分的に音楽に移行させようと努力中なのだが、今の所は、音楽をかける時はＴＶの音だけ消している。桑田佳祐が邪魔にならないのは、言葉の選択と発声が音に近くなっているからだと思う。歌を詞のみで語るのは間違っているが、たいていの歌手のものは、詞が恥ずかしかったり、意味に引っ掛かって仕事に差しつかえたりするので、繰り返し聴くことができないのだ。中学生の時から聴いているエルヴィス・プレスリーがいまだに飽きないのは、何を云っているか分からないからいいんだと思う。桑田の場合は詩人としても評価している。宮沢賢治か桑田佳祐か、というくらいのものだ。ほとんどが恋唄で、それも発情しっぱなしみたいな曲も多いが、普通の日本語の組み合わせの妙と旋律の魔法で宇宙まで表現してしまっている。年若い頃から人生の機微に通じている点も恐れ入る。一九七八年に『勝手にシンドバッド』を初めて聴いた時、私は、新人の登場だとは思わなかった。天才が現われたのだ。このごろ我がままが横行して世の中、自称天才自称一番だらけだが、私は同時代人で掛値なしの天才は、この人しかいないと思っている。夏目漱石は三代目小さんを指して同時代人であることの幸せを語ったが、私は桑田佳祐にそれを感じている。他に十人ほど居るが（十人もおるんかい！）長くなるので書かない。

『東京』を聴いていると、家人などは「本当の恋はどっかにあるんかい、エッ」などと云うが、私は当初から喪失、断念、敗北した相手は女だとは感じなかった。夢や理想など、どこまで行っても達成することのない人生の哀愁の涙なのだ。『祭のあと』にある「悲しみの果てに覚えた歌もある」に属する曲なのかもしれないが。

それにしても『愛の言霊』『エロティカ・セブン』『TSUNAMI』『東京』が同じ人間から、ほぼ完璧な形で出てくるのは何故だ。人は元来多様なものだが、万事を表現は出来ないものだ。やはり大きな才能が働いている。『愛の言霊』のような高度な仕掛けの結晶から、よりシンプルで切実なものに欲求が移行していくのは年齢によるものが大きい。後退だと受け取らないでもらいたい。過度な装飾や作り込みが徐々にウルサクなるものなのだ。テクニックで感心させることは容易だが、感動となると中々ひと筋縄ではいかない。感動は作為、仕掛けなどからは出てこない。なにげない事、単純な事、身近な事にありそうだ。些事こそが人生であり、シンプルな入れ物に神が宿り易い。強欲を進めた結果、人はそうなる。桑田佳祐にも最近その傾向がある。宇崎竜童や矢沢永吉が、ある時期ギター一本で旅に出たのもそれだと思う。

つい桑田佳祐から入ってしまったが、これは表現者の共通の話だと思っていただきたい。つまりマンガのことを云っているのである。そもそも唯一絶対の約束事などないのが表現行為だ。百人百様のマンガ論があっていい。不偏妥当なマンガ論は私には書けない。私の興味と意志とわずかな知識を、より誠実に伝えるだけである。実際一九八〇年代からのジャンルの多様化細分化と描写の進化は、もはや私などには捕え様がない所まで来ている。果たして進歩したのか、と大きな疑問符を頭にくっつけたまま、マンガの現場の片隅に居るのである。

駈け足で語るマンガ史もある

一九五〇年生まれの私は、戦後マンガの成長を常に身近に眺めてきた。マンガ史を洞窟壁画から起こしたり、「鳥獣戯画」や「北斎漫画」にルーツを求めても話が見えにくくなるし、とりとめがない。事は手塚治虫から始まった、としたほうが、通じ易い。あらゆる現象は突然変異的に現われるものではない。社会構造と歴史が密接に係わっている。手塚治虫にも手塚を形成していった要素に先人達の悪戦苦闘や栄光の歴史があるはずだ。が、手塚以前と以後ではスタイルに極端な違いがあるし、現在我々が普通に見知っているマンガは、手塚治虫と同時代者が作っていったスタイルからそう遠くに来ていないのだ。

尊皇攘夷で成就した明治維新だが、攘夷は捨てて西欧列国に追いつけ追いこせで、それは露骨な程、西欧の思潮をかぶり、一方で増殖肥大化する国体とのせめぎ合いに右往左往したのが明治期だ。近代も人間も青春時代はそんなものだ。繰り返すがマンガもそんな社会動向から無縁でいられない。むしろ先頭切って反映するものだ。筆絵と木版から、石版、金属版と印刷技術も人の意識と共に変化していくが、略画による風刺、滑稽が長らく主導的だった。江戸期の浮世草紙、北斎漫画に近い空気がある。明治の末に現われた四コママンガ、コママンガ、絵物語でも偉人、豪傑の丁寧な図解の他は、モジリ、頓智、歪曲、落語小話風が主流である。これは社会主義、近代主義、国粋主義がせめぎ合い経済不安の中で徒花の擾乱のようにあぶり出された大正期、昭和初期でもそうだ。風刺、滑稽に限っていえば太平洋戦争前、後の昭和三十年代まではマンガの定義であった。その命脈は細々とではあるが現在でも保たれている。

子供マンガが明確に子供マンガとして登場するのは大正末の『団子串助漫遊記』(宮尾しげを)とか『正チャンの冒険』(織田小星、樺島勝一)だとされるが、まだ、漫文、読み物プラス絵の域を出ていない。昭和六年、『のらくろ』『蛸の八ちゃん』(田河水泡)、九年の『冒険ダン吉』(島田啓三)、『タンク・タンクロー』(阪本牙城)などが児童雑誌に連載され始めてから、子供文化の中心を占めるようになる。軍事色が色濃くなっていった時代だが、世の中暗いばかりではなかったようだ。いつの時代でも人間は逞しく楽しく生きているものだ。昭和八年頃は繁栄に酔えていたようだし、十年頃は対米輸入がピークに達し、その物量に圧倒され逃げられなかったと多くの証言がある。日本がアメリカに向いた最初ではなかろうか。アメリカ映画、ディズニーを始めとするアニメーションの影響力は絶大だ。動物の擬人マンガと動物を連れた少年主人公の活躍するマンガが研究者も把握できないくらい氾濫している。絵草紙、御伽話に源をたどる物とモロにアメリカマンガからいただいた物と二派に分かれるようだ。ユーモア、ほのぼのプラス活劇で、展開は緩慢だが優れた作もいくつかある。マンガ出版に力があったのは講談社だ。中村書店を代表とするマンガ専門の版元やマンガに主力を置く出版社も十数社在るから、マンガ大量印刷出版の幕明けともいえる。見事なブックデザインが多いことからも勢いがうかがえる。「ナカムラマンガ・ライブラリー」は大城のぼる、謝花《しゃか》凡太郎《ぼんたろう》らのスター作家を生んでいる。物が動けば才能も集まるが、職業として認知されにくいジャンルであったため、目差してマンガ家になった人は少ないのではなかろうか。本画描《ほんえか》き（純粋絵画を本画《ほんえ》と称し挿し絵、マンガなどと区別した）のアルバイトか絵本界からの流入かで、とりあえず糊口をしのいでいた作家がほとんどのようだ。著作権も確立されていず真似は野放し状態だ。また、とやかく云うには及ばないような世界であったのだ。

実は著作権が確立しつつある現代においても事情は大差ない。昔も今も、一ッ当たれば百、千と真似て、荒らして終わって次に行くのは正しい歴史の流れだ。オリジナルは大切なものだ。だがオリジナリティには必ず出自があるものだし、個性を主張する人ほど時代の平均値にまみれていたり水準に届いてなかったりする。少し間を置いて、三十年前の、五十年前の何々派、何々時代を眺めてごらんなさい。作者はそう何人もいないから。間を置かずとも、任意のどのマンガ雑誌でもいいから眺めてみるといい。二、三の流行のスタイルに追随して全体が動いているのがよく分かる。市場経済のためには亜流も歓迎してよい。亜流から出発してもやがて独自に育っていくのがアーティストだろうし、本物は世間と時間が選んでくれるもののようだ。影響の程は当人のプライドに待てばよい。

さすが戦時下ではマンガどころではなくなる。時局マンガ一色になっていく。そうでないものは弾圧の対象になった。出版に限らずあらゆる物に不幸な時代であった。

戦後、二、三年のうちに、雑誌が復刊、創刊され、粗末な赤本も含めて単行本は続々と刊行され、貸本屋も始まって再びマンガが溢れかえるようになった。赤本とは、江戸期の草双紙のひとつだが、戦後の安値本は表紙の赤インクが目立ったためそう呼ばれていた。書店流通よりも露店や駄菓子と共に売られていた。内容も安っぽいものが多かった。敗戦からのゼロからのスタートだ。笑いが必要だったし、なにより人々は安価な娯楽に飛びついた。新時代には新人の活躍がふさわしい。そこに現われたのが手塚治虫である。『新宝島』は昭和二十二年で、これは、ストーリーマンガ家と呼ぶにふさわしい作家の登場だった。ジャンルの多様性、ストーリーテリング、インテリジェンス、絵柄のハイカラさ、その総合力は比類のないものだった。が、私にはやや遠い存在だった。マンガに積極的に接し始めたのは昭和三十二年からで、手塚治虫はすでに亜流や反対勢力に囲まれた巨匠として立ち現れてきたからだ。それになにより作風がお利口さんすぎた。いつも安心して見ていられたが、一番面白い作家ではなかった。

三十二年というと私は小学二年生で、マンガ大好きの画家志望者だった。その年に町内にできた貸本屋の会員になっている。大阪の辰巳ヨシヒロが〝劇画〟を名乗り始めた年で、貸本屋は全国で三万店を越え、ピークを迎えていた。劇画と呼ばれたものは、手塚を代表とする丸っこい柔らかい絵柄に対して角ばってやや堅いタッチで、読者を雑誌マンガより高齢に設定し、その内容も、アクション、犯罪、恐怖、武士道などに主力を置いていた。雑誌マンガと比べれば、随分と暗く、怨念や貧困が匂っていた。

月刊マンガ誌は、SF、探偵、野球、柔道、忍者、スーパーヒーローと次々とブームを生み、読者を獲得していき、やがて週刊誌へと移行する。少女マンガ誌も、お姫様や母子物やバレリーナ、ピアニストなどの憧れを華麗に増殖させて、少年誌に数年遅れて週刊誌時代を迎える。この繁栄は、手塚治虫と手塚より十歳くらい若い「トキワ荘」の世代が中心的に作りあげていった。マンガの質の飛躍的な向上期だ。マンガ界における計り知れない貢献度には素直に頭を下げるとして、批判らしきものを捜すと、その最大のものに映画コンプレックスがある。なるほど映像的展開を取り入れることで視覚的効果は増大したが同時にそれは、紙の上で映画をやろうとすることの限界を明示したともいえる。これは現在でもどこかで引きずっている問題だ。たとえば宮崎駿のアニメーションが実写を越える描写といわれたりする。これはマンガの評価だろうか。

懇切テイネイすぎる描写はリアリズムを単純化し読者の想像力を殺す危険はないだろうか。宮崎アニメを離れ映像一般を見ると、万能に付きまとう薄さ、自由が合わせもつ散漫と常に戦っているようだ。私に明確な答があって云っているのではない。ただ、どのジャンルでも、創作するときの材料や技術の制限は、その制限にこそ自律させる要素がありそうだし、限定の中で苦悶するから抵抗力か集中力かで何らかの結晶を生み出すのではないか。音が無いじゃないか動かないじゃないか、といった欲求は持たなくていいとはいわないが大した問題ではない気がする。

『少年マガジン』『少年サンデー』の創刊は昭和三十四（一九五九）年、私が四年生の年だった。子供時代に『冒険王』『少年』『おもしろブック』などの附録付き月刊誌の盛衰、週刊誌の草創期、東京の出版社の単行本、大阪中心のおどろおどろしい劇画を同時体験していたわけだ。恐いもの見たさ、拒絶反応と共に見た白土三平、水木しげる、つげ義春、平田弘史などが後年重要な作家となっていき、雑誌で大ファンだった作家をどんどん卒業していったが、これは私にもささやかながら成長も変化もあるから仕方ない。劇画の大半は一九六〇年代末期に雑誌に吸収されていった。不幸にして生き残れなかった作家もいるが、これも仕方ないことだ。変換期は、創作の才能よりも生きる情熱や世俗的な世渡り術に左右される部分も小さくはないから。

貸本屋は現在もいくらか残っているが、殆どは昭和四十三（一九六八）年頃に閉めている。高度経済成長のとば口に居た。欲しいマンガ本くらいは自由に買えるようになったのである。貸本屋のシステムはレンタルビデオ店と似ている。一泊二日で、昭和三十年代は単行本の新刊は十円、旧刊は五円、月刊誌は二十円だった。四十年代は倍になっていた。返却が遅れると一日につき同額の料金が発生する。よく閉店間際に慌てたものだ。客層はビデオ店ほど一般的ではなく、かなり限られた人達の世界だった。俗悪だと攻撃される対象だったから、どちらかといえばひっそりと大人しく営業していた。私は貸本屋で前記の人以外に佐藤まさあき、石川フミヤス、桜井昌一、松本正彦、山森ススム、南波健二、ながやす巧、沢田竜治、K・元美津、横山まさみち、吉元正（バロン吉元）、川田漫一、どやたかし、川崎のぼる、楳図かずお、山本まさはる、みやはら啓一、都島京弥、城たけし、旭丘光志、下元克巳、いばら美喜、影丸譲也、江波譲二、水島新司、さいとう・たかを、小島剛夕、ありかわ栄一（園田光慶）、永島慎二らに出会った。私にとってのスター作家は、ありかわ栄一と永島慎二だった。また雑誌で知っていたが杉浦茂は繰り返し借りて読んだ。杉浦茂の絵はいまだに好きだ。

恥を重ねてめげない青春もある

一九六〇年代は私の個人史にとってもマンガ史にとっても重要な時期だ。私は一九六六年、高一の年にマンガ家を志望した。一九六四年に長井勝一、白土三平により『ガロ』が、一九六七年には手塚治虫の『COM』が創刊されている。『少年マガジン』が百万部を越えた年でもある。同年に初の青年マンガ週刊誌『漫画アクション』が出て、次の年には『ビッグコミック』が出て、何々コミックと名付けられた青年マンガ誌のラッシュが起こっている。大人マンガと子供マンガに二分されていた所に青年マンガが台頭してきたわけだ。戦後ベビーブームの団塊の世代が、それは巨大なマンガ市場を作り、青年期に自分らの年齢に合ったマンガを読みたいと欲し、また大量のマンガ家志望者を育てていたのだ。マンガの質量の変質は、風刺、滑稽からそう遠くに行かなかった大人マンガを衰退させることになった。

一九六八年、東京新橋のマンガ学校に通い始めていた私は、ナンセンスマンガの入れ物は無くなるわ学校は潰れるわ東京は冷たいわ、で、いきなり荒海に放り出された気分になった。雑誌マンガ、貸本マンガで育ってきたが、美術そのものに惹かれていて、マンガ家に成ろうと決めた頃は、アートに近いナンセンス一枚マンガを中心に考えていたのだ。人でいえばトミー・アンゲラー、井上洋介、久里洋二などが若き日の神々だったのだ。三、四年前パーティー会場でお会いした久里さんは神様に見えなかったが、そんなことはここで書いていいことではない。まっ、若かったからね。ちょっと芸術みたいなものに憧れていたわけだ。

マンガ家の卵である私を取り巻いたマンガ的重大事件を列挙してみると、『ガロ』『COM』の〝実験〟によるマンガ表現の驚くべき幅の拡大と深化、新人の育成。石森章太郎（石ノ森章太郎）の『マンガ家入門』の親切。一九六七年、『別冊アイデア』の「トミー・アンゲラー特集」、『美術手帖』の「コミック・ストリップ特集」と石子順造『マンガ芸術論』の挑発。一九六八年、長尾みのる『Oh』二冊本の出版。『あしたのジョー』『巨人の星』などで、さらにマーケットを拡大した原作者梶原一騎の存在。作画のマス・プロダクション化。大人マンガの牙城『漫画讀本』の廃刊などがある。

この文章ではわずらわしいので「漫画」「まんが」「マンガ」と書き分けなかったが、カタカナ表記が定着し始めたのもこのころだ。漫画、まんがでは把握できないようなものに進化していたのだ。私自身は後退した気分で種々の建築関係の職につきながら、一枚モノをまとめつつストーリーマンガを模索していた。つげ義春の表現の不思議、白土三平の物語の圧倒的な面白さ、水木しげるのユーモア、山上たつひこのブラックギャグなどに触発されながら試作を重ねる二十代だった。刺激を受けたのはマンガよりも、小説、評論、詩、絵画、映画、音楽だったかも知れない。もっと直接的には友人、恋人、仕事、諸々の日常、いわゆる実生活こそが先生なのかも知れない。作家にとっては、これは不幸な面もあるのだが森羅万象や全体験はどこかで創作の材料である。金も恋人も友人もなくても、幸か不幸か人間には妄想力がある。誰しも自分が大好きで自己顕示欲は人一倍持っている。ほら、アナタはすでに表現者だ。作業を厭わず、ちょっと表現行為に情熱を傾ければよい。

繰り返すが表現には、かく有らねばならぬという決まりはない。才能の有無もしつこく問わなくていい。みんなたいして無いのだから。勉強はあんまりしすぎないほうがいい。識る事と作る事は円満な握手をしないし、識るほどに人は臆病になるものだ。必要なのは、好きだという愛情と、自分は成る！という意志だ。どんな環境、立場にあっても、その生活こそ武器にして作品化できる人が作家だ。中々デビューできなかった私には自信しかなかった。根拠の無い自信だ。そうでないと不安に押し潰されそうだったからだ。

この夏、宮城県田代島のマンガ・キャンプ教室で、マンガ家志望の小、中、高生に言葉を贈った。「マンガ家に成りたいと願って下さい。成れると思い込んで下さい。私は若い頃、大江健三郎という小説家の流行らせた〝見る前に跳べ〟（W・H・オーデン）、〝持続する志〟〝走れ、走り続けよ〟という言葉に大いに励まされました。肝心なことは、考え込まずにとりあえずやること、諦めずにしつこく続けること、です。一ッやれば必ず一ッ答が返ってきます。続けていれば必ず道は開けます。」と。帰りの電車の中で「いらん口きいたか？」と多少反省をした。講演や展覧会で遠出をする場合、行きは一人企画会議、帰りは一人反省会なのだ。ついでに云うけど、私は退屈というものを知らない人間なんだ。見える物はなんでも面白いし、やりたいことは山積みしている。食べ物はなんでも美味しくいただくし、いつでもどこでも眠れる。なんか無神経そうにうつった？

大江健三郎は一九六〇年代に最も脚光を浴びていた若手作家だった。三十代で新潮社から全集が出たほどだ。私は熱心な読者だったが『万延元年のフットボール』以後の作にはついて行けない。前記の言葉は書にして長らく壁に貼っていた。これも結構恥ずかしい行為だが、若いって恥ずかしいことだし（歳をとるともっと恥ずかしいんだけど）恥ずかしいことを笑って味わえるのが大人だから、なんだって云ってしまうのだ。

しかし人間っていうのは実は成長しないねえ。私は二十四歳の時に一枚マンガ集を自費出版し、ストーリーマンガの習作を重ね、時々雑誌に買ってもらい、細密ペン画を描き、木版画と格闘し、プレスリーを聴き、ヤクザ映画を観て、宮沢賢治や伊藤整を読み、ハイライトを吸って、ネスカフェを飲み、口を開けば自慢か悪口で、いつも助平で、注文などないくせに月に八十枚のマンガを描き続け、二十九歳の時に『まんだら屋の良太』という温泉マンガで週刊誌の連載をスタートさせている。五十二歳の現在もほとんど同じ事をやっている。遡れば高校三年生の時も似たような生活だった。思い起こせば小学六年生の時も大差がなかったぞ……。今も昔も猫に話しかけているし……。地図派、歴史派という言葉があるが、私は歴史派に属するのかもしれない。一ト月前、九州小倉に帰って先輩に会った。ビーチサンダル、短パン、ランニング、タオルのハチマキ姿の私を見て開口一番が「変わらんのおオマエ」だった。カウンターに置いたハイライトを見て「三十何年前からソレやないか。変えんのおオマエ」と云われてしまった。「うん、離婚もせんしねえ」と云い返したかったが、別居したばかりの先輩に悪くて黙って笑っていた。ビデオの『仁義なき戦い』と『エルヴィス on ステージ』はそろそろ二本目が脱色しかけていることも云わなかった。

『まんだら屋の良太』は発表誌を変え間を置いてだがスタートさせて二十三年になる。現在は『月子まんだら』という題で相方の月子に主軸を置いて展開させている。相変わらずの九鬼谷温泉だ。子供と大人の中間に居る十七才の月子と良太に温泉に出入りする様々な人達や中心と周縁、組織と個人、定住と漂泊、善と悪、ハレとケ、上半身と下半身、近代と反近代、男と女など関係性の諸問題を眺めさせ、考えている。愚者の楽園である。長年描き継いできて、ある時、自分は結局、普通とか常識とかから、やや逸脱した人々の理想郷を造っているのだと気がついた。以後は、命の溌剌《はつらつ》と理想郷造りが私のテーマだと云い続けている。

テーマとか原理論とかアナタにとってマンガとは？　などの設問は好きではないんだ。この点も深入りはしない方がいい。ハッキリと云う。ロクな事にならないぞ。まずテーマありきは創作ではマイナスに作用する場合が多い。表現がアジテーション的に硬直する。為にする表現が矛盾を呼び、矛盾はさらに矛盾を招いて身動きがとれなくなる。直感、気分、流れなどにまかせてさりげなく提出したほうがいい。テーマ主義や脳や社会構造の分析や認識力や方法論の先行は、自然発生的な表現に勝てない。これは面白いように負ける。私にも理想とするマンガ観くらいはある。マンガを印刷を媒体とした手書きの総合作業と位置づけ「快感」「物語」「批評」の融合を夢見ていて、笑いを重要素と考えている。そんなものは違う、という人が居てもいい。それぞれのマンガ観を持っていい。ただ、ストーリーマンガの場合どんな形にしろ物語りの面白さとキャラクターの魅力につきるようである。私の場合残っているエネルギーの全部を紙の上の理想郷造りにつぎ込むだろう。描きながら育てていくしかないのだが、現在やっていることの延長だから基本ラインくらい語ってもいいだろう。人は人が一番嫌いかも知れないが、やっぱり人が一番好きでなければならない。人は人と共に生きなければいけない。物質だけで豊かになれないと証明されてしまった現在にあって、最も必要なものは積極的な生産の現場と人間同士の濃い係わり合いだ。関係性の中から紡ぎ出される喜びを共有し、協力や争いから生まれてくる命の溌剌を味わいたい。影のない善意と歓喜が花園で同衾しているようなパラダイスは想像しないでもらいたい。どんな社会でも欲望との戦いの現場なのだから。欲望と一ッ一ッ向き合いながら、生産活動と文化活動と体育活動と、もうひとつ宗教活動とが調和していく村を夢見ているわけだ。

愚かを楽しむ旅もある

成功しなかった理想郷、武者小路実篤の「新しき村」を見学に行こう。友人とそう計画したが小倉から日向までの時間的体力的無理をすぐに了解し、とりあえず大分県国東半島を目差した。石仏の里である。まず熊野磨崖仏だ。山路をサクサクと優雅に歩むマンガ家の姿など遂に望めず、あと百段の石段を前にゼエゼエと息を切らせた肉の塊がうずくまっているのだった。セミしぐれが降っていた。ヤブ蚊だけが大歓迎してくれていた。日本の将来を考えれば勇気ある撤退も止むをえないだろう、とバスケット部のキャプテンだった友人と会談を持って、二人でヒザをかばいながらスゴスゴと引き上げるのだった。一人見て来た女房に聞くと「浅香光代みたいやった」と云っていた。有名な寺も山門だけ見た。若い人が見たら笑うかもしれない。ちょっとした階段が恐いのだ。長年アグラをかいてマンガを描く生活を続けて（寝てる時以外はだいたい仕事をしている）脚が萎えてしまった。寺を見に行ってそのまま帰らぬ人になる可能性だってある。それで最近はなるべく用事を作って外に出るようにしているのだ。住吉浜に出て、なんだかトロンとぬるい海に身を浸して脚を休め、その夜は別府鉄輪《かんなわ》温泉に泊った。小学校の修学旅行で初めて体験した温泉だ。究極の観光は、絵ハガキ、温泉まんじゅう、地獄巡りである、などと度々云ってきた。本気で云っていたのだが、現物に接すると嫌味を云ってきたのかと迷いが生じるほどの安っぽさに満ちている。まあ、いい。世の中には、しょうもないねえ、と笑い合う楽しみ方もあるのだ。かまど地獄と民族資料館実は秘宝館をたっぷり楽しんだ。二十年ぶりのパチンコだって五千円使って七千円出したのだ。どこも大温泉の凋落がいちじるしい。好景気にまかせて増大した部分が見事にお荷物になっている。かつて誇った規模と歴史にあえいでいる。困った時は歴史の中に答を捜せばいいのだが、今の所は光明はないようだ。男中心の歓楽型が拒絶され、女主導のオシャレ型が受けて久しい。別府から次の日に由布院に回って、それを目の当たりにした。この若者の群れは何だ。この民芸風とデコレーションケーキ風の家並は何だ。この明暗は何だ。前日の、掃除さえゆき届いていないガランとした大ホテル、パチンコ、地獄、秘宝館から草原、清流、可愛らしいお店、このギャップが面白い。私はどうやら鉄輪側の人間だ。由布院が似合わないことは知っている。由布院だってタオルハチマキのオッサンにウロウロされては迷惑だろう。でも楽しむもんね。ホタルの川に入ってみる。有名を馳せた喫茶店でコーヒーを飲む、手入れされた庭のベンチでハイライトを吸いまくる。「猫屋敷」（猫の工芸館）も見物する。オルゴール館ではサザンオールスターズのオルゴールCDを買う。そして云う「やっぱ日本一の温泉は湯布院やのお、オレにピッタシ」と。そしてゴーゴーと非難を浴びた。長年避けていた由布院を、行きもせずに悪口を云っていたのだ。茶の間や酒の席だけではない、公に悪口を云っていた。ゴメンなさい。取り消します……一部だけ。

由布院と九重の西に位置する熊本の黒川温泉は現代日本で珍しく右肩あがりの温泉だ。様々な努力があったことは側聞している。今回、九重周辺の幾つかの温泉を巡って噂通りであることを実感した。かつては山奥の湯治場だったはげの湯温泉も変貌中だ。なまじ持ったがために動けなくなる。これは場所でも人でも企業でも同じではないか……止めよう。淋しくなる。ただ、永遠の繁栄は、何処にも誰にも平等に無い。満つれば欠くるのが世の常だ。一言余計を付け加えれば、女性客は長続きしない。男人生五十二年を賭けていう。女は気まぐれ移り気だ。だからって、嫌いと云うつもりはないが。まっ、そんなこんなはいずれ作品化するだろう。山また山の旅だったが題材も山ほどあった。どんな体験でも収穫するのが作家なのだ。温泉の栄枯盛衰もさることながら、旅に付随して、目を見張った事がある。自動車の便利と子供との連絡用に女房が待った携帯電話のスーパー便利にアゼンとしたのだ。なぜみんなが持っているのかが分かった。もうひとつ。長年捜していた「別府音頭」が娘のパソコンで数秒で出てきてガクゼンとさせられた。四十年も気にしていたのだ。それが数秒……。ちなみに、一般応募作に西条八十が補筆し中山晋平が作曲している。私は自動車も携帯もパソコンも嫌い続けていて悪口も云っていたのだ。公に！

　ああ自分はとり返しのつかない人生を生きてきたのではなかろうか。まいった。と、まいった状態を楽しんでいる。

　最後にこれからの人に言葉を贈る。また反省会の材料になるかもしれないが贈る。止めないでくれ。エルヴィス・プレスリー「好きにならずにいられない」のアレンジである。

賢者いわく　焦るなと
識者いわく　遅すぎると
恋人いわく　変わるなと

だけど　心は止まらない
川が海に流れるように
これは自然なことなんだ

今　大海原《マンガ》へと泳ぎ出せ

VI

『まんだら屋の良太』前期選集あとがき

第一巻　温泉宿

九鬼谷の千両万両の湯舟の中で
人の愚かさ賢さが肩を並べて笑ってござる
千両もろても湯谷はいやよ
鬼の巣じゃもの谷じゃもの
万両のおみやげ持たせてあげよ
花も実もある谷じゃもの

と、かような案内を掲げて、いつの間にやら十年間。九鬼谷温泉艶笑騒動譚とサブタイトルを付けた『まんだら屋の良太』を、一九七九年五月にスタートさせ、この四月に終了したところです。ほとんどこれ一本にかかりっきりだったので、さぞや大きな感慨と疲労感に浸れるかと期待しておりましたが、意外になにげなく、まるで日めくり暦をやぶり捨てるように通過しています。生活にも仕事にも追われているという幸せな状態にあるからでしょうか。それに、なによりも描き手であるボク自身が楽しませてもらい、毎度毎度、好みの湯で疲れをいやす温泉効能も相まって、一種の浄化作用がくり返されていたのでしょう。ボクにとっての〝なぜ描くのか〟はユートピアの創造と生命の発露ですから、そのつくり手が疲れていてはお話になりませんよね。だから、長年夢見ていた半年間の休暇もアッサリ返上して、新たなる桃源郷の建国に向うことにしました。でも、タメ息くらいはつかせて下さい。これまで応援してくれた人に礼をいいたいし、自分自身にゴクロウサンともいいたいので、ちょっとだけ聞いて下さい。

すべては一組の絵ハガキから始まりました。臆面も無く艶笑譚を描き続けている私めにも実は恥じらいの青春があったのです。一枚マンガ集をやっとの思いで自費出版し、進むべき方向に迷いアルバイトに疲れはてていたボクの元に、ある女性から、大分県の湯平温泉の絵ハガキが一組届きました。その写真の石畳の温泉街などをペン画に写しているうち、それまでなにげなく接していた温泉が一気に結晶したように感じたのです。よし、温泉を舞台にストーリーマンガを描こう！　と。

幼いころからのささやかな温泉体験と小説やマンガの舞台としての温泉に憧れて、そのうち作品にとモヤモヤしていたものが、いっそ旅館そのものになって出入りする人たちを眺めてやれと視点を逆にした時、動き出したわけです。エゴやさまざまな悪徳に人間らしさを見て面白がるスタイルは、思えば年少のころからのボクのクセです。ですから、周りへのさしさわりを考慮して、自在に呼吸できる架空の土地をまず頭に置きました。風土そのものに大きな興味が向くのもボクのクセであります。個体と全体、微視的と巨視的が同じ比重でなければ人間の全部は描けないと思います。二元論のバランス感覚では見る側に邪魔になることも知ってますが、個人をとり巻く環境も十分に匂い立たねば納得できないのです。そして、愛憎半ば、現実と超現実の錯綜など好みの条件を並べているうち、生まれ育った北九州の小倉が浮び上がってきました。小倉の中でも特に好きな南はずれの福智山ろくに、とりあえず小さな湯治場を設定しました。そこで身も心も裸のお祭騒ぎを日夜くり広げ、少数だけど熱い声援と、受け止めかねるほどの罵声に支えられ、枚数を重ねていくうち、湯治場だった九鬼谷も繁盛を極め、ついには別府温泉郷にも迫るほどの規模となったわけです。

絵ハガキ一組からつむぎ出された一万二千枚の物語。これは、マドレーヌの味から膨大な失われし時を求めたプルーストの快挙に拮抗するのではないか……と、日記にコソコソ書きつけました。感慨はないと書きましたが、十五キロ増えた体重とスキ間の多くなった頭のテッペンと四人の子供、ここら辺りにしみじみと歳月を感じます。ちなみに四人の子供は十数年前ボクに湯平温泉の絵ハガキをくれた女性が産みました。困ったものです。

ストーリーマンガは体力と感覚の両面から考えて、若者の世界といえそうです。いわゆる団塊の世代のつくってきた大きな市場が、徐々に移行してシルバー産業になだれ込む土壌もありますが、いずれ卒業すべきもの、大人が営々と扱ってはいけないものとしての在りようは依然として根強いはずで、年齢とマンガが自然な握手をするにはまだまだ大きな抵抗があるでしょう。ジャンルそのものに成熟や老成が似合わないという事情もあって、マンガ家は上手に歳をとりにくいようです。好きで始めたことなので自分なりに克服して案外気持ち良く泳いでいけると楽観はしていますが、現在のペースで活動できる時間は、そう多くは残されてはなさそうです。先ごろ亡くなった手塚治虫氏の推定総枚数は十五万枚らしいです。この春三十九になったばかりの若僧が、一万何千枚かの稚拙な作を並べて休憩していたのではバチが当たるというものです。人間がいかに愚かで賢いか、どれほど美しくて逞しいか、つまりは、面白いかを、これからも精いっぱい見続け描き続けていこうと思っています。ユートピアを夢見つつ。

西日本新聞　一九八九年五月十三日「愚者の楽園」より

『温泉宿』(「漫画サンデー」一九七九年五月。以下掲載紙はすべて「漫サン」)は、五本描きための後、連載の第一回目として描いたもので、この選集でも第一話とした。一度は流れそうになった企画だが代わったばかりの山本和夫編集長の決定で連載がスタートしている。ボクは二十九歳。すでに一児の父で、背水の陣でもあったのでこのチャンス逃がしてなるものかと懸命だった。一所懸命になって「センズリかいて寝よ」なんていうシーンを描いていたのだ。

『聖職は性色』(一九七九年六月)で良太を二年から三年にして終了するまで三年で通している。少年から青年、月子の少女から女への境目の一時期がポイントだ。ボクは二年生になる時に代数の追試を受けた。

『姦々祭り』（一九七九年七月）まで一本に三週間かけている。その後は二十四頁に統一して週刊サイクルになっているから展開や背景の描き込みが違っているはず。エロはここまでといわれ、現在でもここまでにしている。

『大学さん』『てっぺん馬鹿』（一九七九年八月）は習作がある。最初の一年間は試作の改稿や創作ノートに大いに助けられた。エリートにも社長さんにも距離を置きたい。普通でありたいと願っている。すべてのモノサシは偉大なる常識だ。

『谷間の百合』（一九七九年八月）みたいなものを描くからか、作者はうんと年配に違いないなどと噂された。しつこく見ていた東映の影響がある。祭りの山車に引き裂かれるシーンは見開きを使いたかった。

『桃色遊戯』（一九七九年九月）は子供のころの記憶〝飴か塩か〟のみでできた作だ。小学生のボクはそれを教えた同級生に批判的だったが現在はもちろん逆の評価をしている。

『半農半妓』（一九七九年十月）のころには、このシリーズの確信と慣れがでている。

『すべってころんで大分県』（一九七九年十二月）。大分、熊本両県のいくつかの温泉を友人に案内してもらい杖立温泉に出合った。映画・TVの「まんだら屋の良太」もここでロケしている。

『流れ者』（一九八〇年一月）は植草甚一氏へのボクなりの追悼の意味もある。

『ビバ漫才』（一九八〇年七月）はボクの重要素となっているはずの、澤田隆治さんを代表とする関西のお笑いへのお礼状である。

『泳ぐ！』（一九八〇年八月）は小倉でTVニュースを見てイメージした。「こんな汚れた水で泳いでいる魚の気特ちを知りたかった」と、紫川河口に飛び込んだ男がいるのだ。そういう男が好きだ。付き合いたくないけど。

第二巻　寒椿

この巻には、一九八〇年夏から約一年間の諸作が収まっている。ボクは三十歳から三十一歳で乗ってはいたけど、当初八回くらいの予定だったのが思いがけず長くなり疲れも出てきていた。本は売れないし悪口ばかり聞かされる一年間だったが、しょうがねえなあという感じで定着したのか、少しずつ好意的な評が出るようになって元気づけられた。デビュー当時の否定評は、作者は生涯忘れないものだ。批評は新人には甘く既成作家にはキビシクあるべきだと思う。それにしても、しぶとく連載を続けてくれた編集部は偉かった。タイトルは、八回予定だというから『良太』もしくは『湯の町情話』辺りでと渡していたのだが編集部の方で『まんだら屋の良太』と付けた。当り前すぎる気がしたけど、すぐになじみ、やがてそれ以外にないと感じるようになった。大作のタイトルには当り前がよく似合う。

『私』（一九八〇年七月）はボクの重大関心事である作品と作者の関係に立ち入りたがったが能力

不足で、さわりのみで後半は屋外でのセックスに流れてしまった。ボクの趣味は川遊びと飯盒炊さんだ。最近益々固まってきて、火、水、土、石、木に魅かれている。無能の人になる日が近づいている。

『石段』（一九八〇九月）では老いを扱っている。娯楽誌では喜ばれないテーマだけど時々描きたくなるのだ。自分が老いた時ショックを受けなくていいように準備しているのかも知れない。座りっぱなしの生活を長年やっているせいか階段が苦手になってしまった。

『夫婦きどり』（一九八〇年十月）は、渡哲也の歌からのいただきだ。夫婦について考える所もあるが生活にさしさわりがありそうなので今の所は深入りを避けている。もっと歳をとってからじっくり扱ってみようと思っている。

『主』（一九八〇年十月）も引退していく老人の話だ。もしかしたら、老いを題材にした作が一番多いかも知れない。ボク自身は円満な老後を願っているが、先日たずねてきた昔なじみの経済学者が、社会にノンと云い続けてきた者が花鳥風月や盆栽世界に溶け込み、ボクのように歳若いころから日本的人格美学の世界を受け入れ情緒を愛する人間が最後には破滅に向うものだ、と言っていた。一理ある。円満でありつつ過激ジイサンかヒヒジジイになりたい。無理か？

『痴性』（一九八〇年十一月）。言葉遊びがまじれば作者としては最も楽しんで描ける。夏目漱石の中では一番好きな「草枕」をダシに使わせてもらった。漱石の余裕と破滅型の作家群を両方視野に入れて進みたい。二枚目にウラミがあるのかと、よく言われる。エリートに必ず敗北してもらうあたり、土方くずれのマンガ家で悪い⁉　といった作者の感情がどこかに出ているのだろう。

『チンチン電車』（一九八〇年十二月）は小倉の北方《きたがた》線が廃線とのニュースを聞いて作った話だ。小倉時代の原風景の一ツといっていいほど好きだった。鉄路には確かな活力がある。廃線になってその通りは死んでしまった。ボクは自動車社会にもウラミを持っている。

『寒椿』（一九八一年一月）は年末進行の真っ只中で三日で描いた記憶がある。子供は純粋無垢で天使のようだなんてウソだ。それぞれ自分の子供時代を思い出してごらんなさい。でもやっぱり根っからの悪には描けない。

『渡り鳥北へ』（一九八一年四月）はアキラ賛美のつもり。ボクのラブレターは屈折するのだ。アキラがどれくらい好きかというと、小林旭の存在がまるで自分のことのように恥ずかしいくらい好きなのだ。

『散華』（一九八一年四月）で光くんが光った。当初徹底的に良太の仇役にするつもりだったけど愛嬌を持ってしまった。

『百歳』（一九八一年五月）。連載も百回目で、このころ小さな賞を貰ったりしたので記念して描いた。

『エレジー』（一九八一年六月）でもサギ師を扱っている。香具師やサギ師は作家の仲間だと思っているから愛情を持って描ける。

『海』（一九八一年八月）。主人公を海に行かせず山の中で海を表現したかった。「おお牧場は緑

草の海　風が吹く」「海だべがど　おら　おもたれば　やっぱり光る山だたぢゃい」「風にふるえる緑の草原　たどる瞳　輝く若き旅人よ」といった詩に助けられた。

第三巻　美的生活

小学校の修学旅行先は別府だった。それから数えて現在まで六十ヶ所ほどの湯につかっている。データーが貧しすぎるかも知れないが、とりあえず結論を出しておくと、温泉は別府につきるということと、一万三千円以上とる旅館はボクにはいらないということ。理想の温泉は、やっぱり九鬼谷だ。

温泉マンガの連載が終わったら、ゆっくり温泉巡りでもと考えていたが、仕事をやれよと言ってくれる人がいるし、『まんだら屋の良太』の選集を出してくれる奇特な御仁もいたりするので、お預けになってしまった。湯治場が似合う年齢まで、楽しみにとっておこうと思う。

『サヨコ』（一九八一年八月）。少女の決意に打ち上げ花火を掛けてみた。いさぎよさとはかなさを合わせ持つ夏の華。

『美的生活』（一九八一年八月）では食欲と性欲のみで男のエゴを可愛く表現してみたかった。食う、寝る、する、だけで、ちょっと長めの作品ができないかと常々考えているけどまだ形にならない。酷な注文だけど一作選べといわれたら、この作にするかも知れない。

『夢歩き』(一九八一年九月)みたいな作は、自分の位置を確かめる意味で、作者にとって重要な仕事だ。読者には、逃げた作だとしか映らないのだろうか。ジェイムズ・ジョイスの印象拡大法と意識の流れを試みた伊藤整の「幽鬼の街・幽鬼の村」をボクのスタイルでやってみた。「いまはただ　眠らせてくれ」という良太のセリフは当時のボクの心境だった。二週間休んで、温泉に行ったり家でゴロゴロ寝て暮らしていた。

『月姫』(一九八一年九月)。創作の舞台作りでは宮沢賢治のイーハトーブとウィリアム・フォークナーのヨクナパトファー郡が大きなヒントとなっている。「雨ニモマケズ」は小学生のころから茶化して遊んでいた。賢治さんゴメン。

『しるしばんてん』(一九八一年十月)の重さは現在では通じないだろう。ボクは若いころ鳶をやっていたので多少こだわっている。

『オ〇コ売りの少女』(一九八一年十二月)。初めのころ伏せ字にしていたが、伏せたほうがいやらしいと聞いて通すようになったが、さすがにタイトルでは問題ありとかでこうなった。タイトルを口に出せないのでソンした。

『作家とその弟子』(一九八二年一月)は『出家とその弟子』のもじりだけど内容は関係ない。腐肉にわくウジのようにイメージがわく、という表現が大好きだ。「ベロの回転より十倍も早く頭が回転してことばが追いつかない。レロレロレロレロ」は、広津和郎『年月の足音』の中で宇野浩二が狂った時の記述から引っぱってきた。

『お盛んクラブ』（一九八二年三月）。老人たちの過激な不良集団をそのうち描こうと準備していたが果たせなかった。年と共に人格は形成されてゆくだろうか？　ボクはそうは思わない。形成されるのは不満ではなかろうか。人格美学の成立は国土の貧しさが条件かも知れない。昭和二十年代生まれが老人になる日が楽しみだ。年金制度だって無くなっているだろうし。

『求道』（一九八二年三月）。大山周造には、いつもボクの芸術観を語らせている。芸術観が大げさなら創作家としての存り方だろうか。人はそれぞれ、流れるままに、である。結論は出せない。

『あいうえお月さま』（一九八二年四月）。ある時ある友人に、自分はもうなんだってセックスに結びつける自信がある、といって呆れられたことがある。自分でも時々呆れることがある。月子が男に接近した時の良太の邪魔のし方には、かなり本気になって、エネルギーを使っている。

『九鬼谷人』（一九八二年六月）で民俗学を意識し始めた。主人公が川口正人となっているのは文化人類学者山口昌男さんをちょっと気にしたわけだけど、山口さんの名誉のために付け加えておけば、全くのフィクションで風貌、人格はご本人と関係はない。

『屋上の凡人』（一九八二年七月）。菊池寛の『屋上の狂人』は読んでいないが昔から気になるタイトルだった。当初、主人公を自殺させるつもりでいた。描いているうち殺せなくなり、時間いっぱいまで迷ってこの結末となった。傑作になりそこねたのかも知れないが、このくらいの作品が描けているうちは連載を続行して大丈夫だと、自分に言った。

第四巻　青空

最高の状態は、歩行と思考のリズムの一致などと気取って答えることもあったが、このごろは、浮遊感覚かな、とか云うようになっている。なんのことはない、歩いたり泳いだりする体力が無くなって水面を漂う生ゴミになってしまったのだ。恒例の西伊豆松崎海水浴から戻ったばかりだ。むけ始めた手の皮を気にしつつ、このあとがきを書いている。『良太』と共に過した十年間でボク自身は一皮くらいはむけたのだろうか？

『残り火』（一九八二年九月）。ある農村で老女ばかりを対象とした強姦魔がつかまった。小さな記事を読んで、老女は百パーセント被害者だったのだろうか、との思いがチラと頭をかすめたのがキッカケだった。

『夢幻行』（一九八二年九月）。老人世界は推測するしかないが、仕事と異性のパートナーの存在に勝る幸福はないだろう。担当編集者が二人目の豊さんから三人目の鈴木さんに代わり、鈴木さんには終了するまで担当してもらうことになった。

『幸福』（一九八二年九月）。『泪橋』にひっかけて『幸福橋』というタイトルでスタートしたが描きあげて「橋」を取った。村松友視さんは、『私、プロレスの味方です』で出合って以来、全部を読もうと心に決めた数少ない現代作家の一人だ。『良太』の紹介や評を度々書いていただき恐縮していたが、この春、徳間文庫版の『坊主めくり』の解説を書く機会を与えられ、やっとちょっとだけお返しができた。

『青空』(一九八二年十月)。マラソンのマゾっぽさとストイックな状態は、体力の限界までマンガを描き続けている自分を見ているようで好きになれない。スポーツそのものは悪くない。記録を競い始めると途端に不健康になる。それに「精神」だの「涙」だのが加わると病的になる。

『穴』(一九八二年十月)。小倉炭坑の閉山は昭和三十八年ころだったろうか。神岳川沿いがその中心地で、坑道は町の中心地から海底まで及んでいる。小倉に地下鉄が掘れないのはそのためだ。三萩野競輪場、北九州球場、競技場などは、かつてのボタ山だ。通った小学校と中学校はそこに隣接している。小倉炭坑の資料をお持ちの方があれば譲っていただけませんか。

『温泉子守唄』(一九八二年十二月)では深沢七郎『楢山節考』を意識せざるをえなかった。『楢山節考』のような作品でデビューすると後が要らない感じになるから作家活動はやりにくかったろう。

『温泉子守唄』や『穴』は、読み返していて涙が出ることがある。どうぞ笑ってください。

『三角』(一九八三年三月)で翼ちゃんの割り込みが明確になった。白状すると連載を続けていてちょっと苦しい時には、この翼ちゃんと久美子に大いに助けられた。

『おぼろ月夜』(一九八三年四月)。良太は河童であり狸であり鬼であり神でもある。その辺を無視すると陳腐な青春人情劇にしかならないよと力説してもたいていの映画人は分かってくれなかった。

ＮＨＫでドラマ化した際の筒井ともみさんの視点はさすがだと思った。性や暴力はＮＨＫに注文しても仕方がないだろう。

『春眠』（一九八三年四月）。全て捨てても性欲からは自由になれないのでは、との思いが根底にある。アメリカ人実業家がバカンスで飛行機を飛ばしてスペインの片田舎に釣りにやって来た。チャーターした釣舟の持ち主が若いのにいかにも無能そうな怠け者なので意見をする。自分のように努力をして経済力と自由な時間を得て、のんびりと釣りができる身分になりたいとは思わないのかと。若者いわく、自分は今そうしている、と。バルセロナ在住の画家からその小話を聞いて『春眠』ができた。

『故郷』（一九八三年六月）。売れた人間に対する回りの変化は大ざっぱにいって三通りある。馬鹿にする、おもねる、無視する。ボク自身、ちょっとだけ売れたからささやかだけど厭な目にも遭った。たくさん売れた人は人間関係でもたいへんだろうと思う。不安定な上に人間不信に陥って宗教に走る例は多いのではなかろうか。では売れなくなった場合の周りの反応はどうなるか、を材料にしてみた。

『泉』（一九八三年六月）。生きる活力の泉そのもののような女を描きたかった。肉厚でなければそのイメージが持てないのは何故だろうか。

『雨の音』（一九八三年六月）。月子は処女で通しているため、良太との関係をある所から進展させられなくなった。もしくは肉体の関係を超越してしまった。セックスは久美子に明るく、直美に暗く引き受けてもらっている。直美とゲンには恋愛の成長記が一本流れている。そのクライマックスだ。

第五巻　隣人

夏のうちに頭髪の前の方が目立って抜け落ちてしまった。狸を描けば体型が似てくるし河童を描けば頭が似てくる。順番が逆だという説もあるが、とにかく、秋風と共に去りぬ、で、少々あわてってしまった。しかし、転んでもタダで起きないのがマンガ家。私、ここに宣言します。河童マンガの専門家になる、と。うん、いい機会だ。楽しいねえ。ワッハハハハ……ああ、悔しい!

『隣人』(一九八三年七月)。徹底的な無産者で、タイプの違うコンビを描こうとした。一男さんみたいなどうしようもない男に、このごろ憧れる。

『文教場』(一九八三年八月)の原型は、秋川の本宿で見た廃校だ。建物から話ができることがよくある。月子の名字は秋川渓谷から採っている。最近は宮崎勤で有名になってしまい残念だ。

『マンマロ月夜』(一九八三年八月)。月子のトリップが定着した作。幻想世界では月子が大胆になるから描いていて楽しめる。

『裸男走る』(一九八三年十二月)。高校生のとき美術部の仲間が、小倉の代表的商店街である魚町《うおまち》を制服の上にドテラを着て歩くというので立合ったことがあった。

『香具師政五郎』（一九八四年二月）にはいつも貧乏クジを引かせているようだ。若いころ香具師のマネ事をしたことがある。銀座の歩行者天国で絵を並べた時は全く売れなかったが、新宿でプロのネクタイ売りを手伝った時は飛ぶように売れた。

『狐の団子』（一九八四年二月）。クマザサ、ガメの葉、杉の葉でくるんで蒸した団子をよく食べた。杉は現在では聞かない。ボクの田舎にだけあった特殊なものかもしれない。

『日常』（一九八四年二月）。『郵便配達は二度ベルを鳴らす』でのジャック・ニコルソンの下品さに感動して発想した。ビスコンティ作品の方は観ていない。

『翼』（一九八四年四月）『はみ出しママ』（一九八四年五月）。外部の人達が九鬼谷色に染まって行く様子を描く型が多かったようだ。オバサンのみっともなさは題材にし易い。可愛いさも、とつけ加えておくか。

『痴の掛かり人《うど》』（一九八四年五月）。掛かり人という言葉は、だいぶ前から死んでいるのではなかろうか。昔の小説本で記憶していた。物書きなんてのは、社会の余計者、役立たずだという意識がボクの中にもあった。すなわち、一次産業従事者や現場労働の過酷さに比べ楽すぎないか？　毎日出勤して人事にばかり終始する勤め人に比べても、おいしい部分は多いのではないか？　と。型の違いがあるだけで上下の差などどこにも無いと納得したのは三十半ばになってからだった。

『青春』（一九八四年五月）を語るには、ボク自身が近い時間に居すぎると思う。少年期もだ。こういうのはたぶん、達観するか諦めたかの年齢に届いてからの仕事だと思う。スティーブン・キングの『スタンド・バイ・ミー』が薄っぺらなアルバムでしかないのは、書くのが十年早かったからだ。

『草原』（一九八四年五月）。大草原のイメージにこだわっているが、空気遠近法をうまく修得してないので、中々大きさが描けない。日本三景みたいな盆栽的にチマチマした風景が長らく美意識を支配していたのは、狭い日本が最大の原因だろうが、同時に大自然を表現する方法を昔の人が持ってなかったから、といえそうだ。記録を残すほどのインテリたちは、街道筋からそう遠く離れていないだろう。

この選集もいよいよ五番目、雑誌連載の四年目から五年目、回数でいうと百回を少し越えた辺りから採っています。全体の約半分です。選択の基準は、ボク自身が、面白さの度合が高いと思った作、につきますが、中には節目となった作や作者に元気をくれた作も入れてあります。捨てるに忍びなく決定までにかなりの時間を要しました。作品は作者にとっては子供みたいものですから。結局は、一九八九年、五月から六月ごろの気分が決めた、といえそうです。

『まんだら屋の良太選集』の出版に際してたくさんの人達にお世話になりました。全てをドーンと引き受けた才谷遼さん、実務担当阿部彰さん、良太論の再録を快く承諾してくれた村松友視さん、新たに解説を寄せてくれた呉智英さん（呉さんは企画段階のメンバーでもあります。）、澤田隆治さん、川本三郎さん、山口昌男さん、帯の言葉の糸井重里さん、装丁の羽良多平吉さん、おかげさまで、作者自身がやっと納得のいく本を待つことができました。良太や月子たちも喜んでおります。

『私の村』あとがき

しんしんと滲《し》み込んだ雨水は、豊穣なる大地で発酵し、蒸留され、一滴の清水となって下垂り落ち、湧き出《いで》て流れとなる。川は走り、踊り、弾け、澱み、歌い、怒り、そして黙して海へと至る。

賢者曰く、焦るなと。川がやがて海へ注ぐように、流れるにまかせよと。

しかし愚かな私は、自然に委ねよ、との天の声だけでは、心も胃袋も一杯にならない。流れに逆らってみたり、自分だけの流れがあるんじゃないかと探してみたりして、ジタバタと日常を積み重ねている。お粗末やアレやコレやでも重なれば身動きがとれない。そんな時、人は森に入る。アルコールに浸る。旅空を仰ぐ。書斎に籠る。人に酔う。

私は水辺に立つ。はい、さようなら。ではない、水と遊ぶ。近頃は奥多摩であることが多い。好みの淵を見つけると、まず、その近くにカマドを組む。マナ板代りの平らな石を選び、流木を集め、釣り餌の虫を採る。子供たちは、河原では良い働き手だが、水や火の恐ろしさも同時に教えねばならないので、私は大忙しだ。忙しいはずだ、指示をしながら誰よりも自分が楽しむのだから。お魚になった私、などといっては笑われて冷えた身体に焚火がありがたい。煙草も珈琲も部屋でのむより十倍旨い。気がする。日本一のカレー屋よりも百倍くらい美味しいカレーライスで腹を満たして、日暮れまで水と戯れる。

「あんまり川を濁《にご》すなよ　いつも先生いうではないか」と囃したのは、風の又三郎の友人たちだが、私だっていつも呟いている。大声でいえないのは、自分が生活している分だけ川を汚しているからだ。せめて、アリガトウと感謝しながら、川からの贈り物を貰うことにしよう。

　私の成すべきは、水と共存した土地を一種のユートピアとして描き出すことだ。もちろんそこは善意と永遠の生命が寝そべった、ふやけた理想郷ではない。人は、お金に転び、嫉妬に狂い、功名につまずき、性欲に走る。書き出せばキリのない様々な悪徳を、だから人間って面白いんだよ、と引き受けて、そしてそれらを消化しながら、より大きな喜びを産みたいと思う。なによりも人間の逞しさに拍手を贈りたい。私もまた収穫祭を祝いたいのだ。そして作品は、つまるところ、リアリズムを身の上とした花も実もある嘘八百でありたいと願っている。

　誰でも心に〝母なる川〟を持っているだろう。私にとっては紫川がそうだ。全長二十三キロほどで、母の冠は似つかわしくないが、水泳を覚え、魚の美しさを知り、飯盒炊さんの楽しさを教えてもらった大切な川だ。経済成長期の二十年間で、源流域まで容赦のない護岸工事が施され、村が一つ沈み、小さいなりに味を見せていた川は死に、貧弱なただの水路と化してしまった。日本中で産業優先と安全の名の下に、ごく普通に進行したことだろう。幸い紫川は、川底までコンクリートにする、いわゆる三面張りは免れた。でもひと頃は、フタをして完全な下水道にする案が議題になったほどだから、放っておいたら、また何か理由をつけていじり回すのだろう。積んでは崩しだ。非力ながら、私は、手でさわれる水の偉大さをマンガに描き続けていくことにしよう。

花も実もある「私の村」は、私の故郷である北九州小倉の山村を舞台にしているが、日本国中どこにでもある、それぞれの自分の村として読んでいただければ幸いだ。すぐ裸になるのは、貴方の欲求を代弁したつもりだから、こんな下品な村なんて知らないよ、とソッポを向かないで。ほら、魚が跳ねている。花が舞っている。人が歌っている。ダムの底に沈めてくれなくていいといっている。

あるいは「話の特集」向きでなかったかも知れない作品に二年間も付き合ってくれた矢崎泰久さん、丁寧な仕事で助けてくれた中島伸夫さんに感謝。そして川が、いつまでも流れていますように。

『オバケ』あとがき

　いつでもオバケは人の心の内に棲みます。一番怖いのは、人間の業の深海で邪心を餌に跳梁跋扈する怪物共でしょう。科学文明のおかげ様で現代人は闇夜に迷うことがなくなりましたが、欲望という名の鬼は、文明の光など覆いつくすくらいのエネルギーを平気で持っています。合理の隙からムクリ、管理の裏からヒョッコリ、傲慢の影からノソリと顔を出してきます。良い心はないか、取って喰うぞと牙をむきます。私たちは、正義とか誠実とかの意外と頼りない鎧で武装して、永い戦いを戦い続けていかなければいけません。

　森羅万象は手にあまりますが、山水草木、あるいは鳥獣の類に目を向けてみると、純粋な心を持った時に異空間の扉が開くらしく、慎み深く歩んでいますと、魑魅魍魎の精霊さんたちも、よく知っている形になって現れてくれるようです。どんな対象であれ、畏怖と畏敬の念を持って分け入ってみますと、自然の分け前とでもいうのでしょうか、心はたくさんのお土産でフワフワしてきて、足の疲れなどぶっ飛びます。「ありがとう」と口に出すのは照れ臭いので心の中でつぶやきました。感謝の気持ちは、いわば神の取り分ですので、その分はいただいてもいいのでしょう。

生活と直結した付き合いに精霊や物の怪が宿るようです。しかし、二十世紀末頃に暮らす私も、多くの日本人も、自然との濃い交歓と格闘を忘れがちで、あくせくと下手な計算に時間をとられがちでした。有難がるものが少し違っていたのでしょう。生まれ、育ち、やがて土や水に還り風化すること、即ち、命そのものをもっと尊び、喜ばなければいけなかったのです。

その喜びの歌の、ほんの基礎的なものを、私は、小倉の紫川とその周辺の大地と、そこに生きる人々から教えてもらいました。憧憬も郷愁もあります。生活の中でつかんだ実感もあります。そしてある時、体をつつむ水や、雑木林を抜ける風や、月明かりに浮かんだ泥道なんかを味わいながら歩んでいるうちに、一瞬、万代不易の日本人の魂の古里が見えたような気がしました。

オバケはいる！　と言い切ってしまうには、私たちは近代に浸りすぎています。いない！　と言ってしまえば、私自身の情熱の時間が無意味になります。素直たらんと欲するあまり、オバケはいて欲しい、という願いをこめてこの物語は進行し、ここに一応の終結を見ました。

では、また逢う日まで。信じた所にオバケは参上いたします。

#『玄界遊侠伝　三郎丸』あとがき

第一巻

玄界灘に浮かぶ孤島、神対馬で
日本の敗戦を迎えた少年、足立三郎丸。
日本は負けても自分は負けないと
涙とともに誓ったのだった。
激動の昭和戦後史という大海原を
ヤクザ社会に身を投じながら
度胸と愛嬌で泳ぎ抜こうとする
ひとりの男の物語である――。
男三郎丸、泳げ、泳ぎつづけよ！

『三郎丸』第一巻をお届けします。川を中心にした山村の話を長年描いていて、川の終点であり、全ての母体であるところの海がずっと気がかりでした。海はデカすぎる、というのが実感です。腰が引けていたのです。

昭和が終わり、ボクも四十歳を越え、ためらっている時間はないと思い始めたころ、編集部がスタートのホイッスルを吹いてくれたので飛び込みました。少年三郎丸と共に混沌と豊饒の昭和という大海原を泳ぎ抜く覚悟です。ヨロシクおつきあいください。

第二巻

玄界灘に波高し　ここも新たな戦場か
神対の島に男あり　母を助けて櫂《かい》を漕《こ》ぐ
目と目を合わせて網を引く
黒いダイヤにツルを打つ　大漁節にしばし酔う
背《せな》に涼しき無頼風　悪を憎んでドスが舞い
情けたち切る度胸花　果ては地獄か天国か
焦土に咲いた赤い花　摘めば涙のいばら道
花も嵐も踏み越えて　三郎丸が今日も行く

第三巻

アメリカがなんぼのもんか！
ワシが受けて立っちゃる！
女子がどうやっちゅうねん！
ワシが受けて……スマン。

明治の昔から小倉は軍事色の濃い町です。小倉城跡には長らく師団本部が置かれてました。昭和八年から敗戦まで陸軍造兵廠が設けられています。戦争末期には、和紙・竹・コンニャクなんかで風船爆弾を作っていたそうです。昭和三十四年にアメリカ軍の接収が解除されたあと、司令部の建物は図書館になりました。

中学生のころ、その図書館と周辺の森は、冬期の最良の遊び場でした。中学生の三郎丸は、命のやりとりをしたりアメリカ女性とハゲシク仲良くしていますが、ボクは、木のぼりに疲れるとストーブで暖をとりながらファーブル昆虫記やシートン動物記を読むおとなしい少年でした。図書館の行き帰りの色町で下着姿の女性を見てはドギマギし、洋画二番館のスチール写真のカトリーヌ・スパークやアン・マーグレットにズボンの中が可愛くもスルドク反応する情けないくらい素朴な中学生だったのです。

第四巻

百万人の愚民どもの血と汗の海に
選ばれた人間の宝船がいく。
それが正しい世の中だ！

神対炭鉱社長　宝部重則氏談

ワシが許さん！

神対中学二年　足立三郎丸君談

北部九州は石炭層の上に乗っている、といっても過言ではありません。〝燃える石〟はながらく重宝されてきたのでしょう。筑豊での本格採掘は江戸時代からだそうです。明治、大正、昭和と技術の進歩と共に採炭量も増大し、日本の近代化を支える基幹産業となっていきました。まさに〝黒いダイヤ〟だったのです。

昭和二十五年、小倉生まれのボクは、石炭の衰退を身近で見てきました。小学校、中学校区内に小倉炭鉱がありました。炭層は、山麓から町中から海底まで、広範囲に及んでいたようです。小倉に地下鉄が掘れないのはそのためだと聞いています。今でも地盤沈下などの鉱害が起こります。薄茶色の土に覆われた町並み、選炭場、ボタ山の殺伐とした光景は、ボクの原風景の一ッです。閉山は昭和三十年代の終わりころでした。

通っていた学校は、三郎丸小学校、足立中学校といいます。

第五巻

父ちゃん見てくれ
母ちゃん許してくれ
ワシは行く

男一匹　三郎丸
散るか　玄界度胸花

バナナの叩き売りは、台湾バナナの荷揚げが集中していた門司港で起こりました。悪くなる寸前のバナナの即売と宣伝を兼ねていたようです。元はノゾキカラクリの客寄せ口上というから、大元は浪曲なのでしょう。やや暗い哀愁を帯びた語りの世界です。潮の満ち引きを思わせる単調なメロディに乗せて唄います。それにしてもバナナは、気の毒なくらい安くなりました。

第六巻

関門海峡よ　なぜに拒む
遠賀川よ　なぜに嘆く
玄界灘よ　なぜに怒る
ワシのねぐらはどこにも
無い　いいよるんか
ならば教えてくれ
ワシの命は
どこに捨てたらええんか

関門海峡は、ある中国人が「日本にも大きな川がある」といったくらい狭い海峡です。早鞆《はやとも》の瀬戸は五百メートルしかなく、ちょっと大ゲサにいえば、対岸の釣人が何を釣り上げたか分かるほどです。その狭さゆえの流れの早さが、本州と九州を大きく隔てていました。今はトンネルと橋とで繋がっていますが、大陸への門戸という関門の役目は敗戦とともに終わり、大陸からの引き揚げの賑わいが最後だったといわれるほど繁栄が昔語りになりつつあります。

第七巻

手前　生国と発しますは
九州です
筑紫は宗像《むなかた》からずっと登って
金波銀波波荒だてますところ
神対島の生まれ
玄界灘を揺りかごに
育ちました
由あって親分なしの子分なし
一匹でさ迷います
若輩者です

遠賀川は、石炭船の航路として、日本海側でのサケの遡上する西限の川として知られていました。

全長五十キロの遠賀川河口に基地の町、芦屋があります。

昭和二十五年から二十八年までの朝鮮戦争で芦屋からの飛行は、兵員三百余万人、武器、弾薬などの物資七十万トンに及びました。明日の命が知れない米兵の落とす金で町はふくれ上がりました。動乱勃発時には、二ヶ月間で〝ハウス〟が四百戸、米兵相手の女以外の日本人オフ・リミットの飲食店が二十四軒建ち並んだそうです、〝女〟は三千人という記録があります。三十六年に自衛隊航空基地となって遠賀のアメリカは無くなりました。

ボクの関わりは海水浴場として磯釣り場としての芦屋でした。一度だけ仕事で出掛けています。松林の中の病院で窓の鉄柵を取り付けたのですが、ボクの溶接では心もとないと、親方のチェックが入ったのでした。

昨年歩いた芦屋の町は、けだるい晩夏の光の中で、まるで眠っているような印象でした。

第八巻

家族　お友達　新天地
そして日本
この守るべきものを守るため
我ら四名
命を投げ出す覚悟です

よろしくお頼み申しあげます

アルバイトの初体験は製鉄所でした。高校三年になる前の春休みです。紫川河口に位置した大製鉄所の中の小さな下請け加工場でした。コの字型の鋼材を同じ寸法に切り、ボルトで繋いでマットを作ります。道路や工事現場で使うもののようです。そこで労働の大変さや物を作る喜びを知り、経営者はしばしば搾取することを教えられました。強く印象に残っているのは、オバチャンたちの作業に体力的についていけなかったことと、鉄の匂いです。鉄の味とでもいいますか。

鉄を挽《ひ》くノコの音が〝ザンギョウ　ザンギョウ〟と聞こえたものです。残業まで含めて一日千百円です。昭和四十二年、コーヒーや週刊誌が七十円のころです。公害問題が一般化し始めてましたが、まだまだエントツの煙が繁栄のシンボルとして眺められていた時代です。

稼いだ金を持って、ボクは九州一周のヒッチハイクの旅に出ました。十七歳でした。

第九巻

喰わにゃあ己が喰わるるったい！

咬め！

咬んで咬んで

咬みあげちゃれい！

朝鮮戦争で死亡した国連軍兵士の遺体処理は、小倉城野キャンプでやっていました。動乱勃発が昭和二十五年六月で、十一月には米軍遺体処理隊ができ、終戦後も三年間ほど作業は続きました。日本人は、歯科医五人、薬剤師三人、人類学者三人、労務者四百人が働いていたそうで、七年間で約六万体を送ったそうです。

ボクがキャンプの周辺を遊び場にしたのは、その後のことで、何も知らずに、弓矢ごっこやはたけ荒らしや川遊びに興じていたのです。その川に処理場から水を流していたことを知ったのは大人になってからです。さかのぼって気分を害しました。

最近、家の近くで「米軍放出品、消毒済み」と張り紙された服屋を見ました。ゾロリと吊り下げられた服たちを眺め、しばし想像しました。いろんな想像です。

第十巻

岬

祟められる

女になれよ

三郎丸しゃん
大親分に
なりいよ

東京でテレビ放送がスタートしたのは、昭和二十八年で、九州福岡の放送開始は、昭和三十一年のことでした。本巻第九話「紙芝居」の中でテレビが登場しているのは、明らかに時代考証ミスです。単行本化に当って、描き直すか組み変えるか、あるいは捨てるか、しばらく考えましたが、人物の流れが分からなくなるので、そのままにしました。

紙芝居の縄張り争いを町内総出で見物したことがあります。子供相手に商売している人達が、それは凄まじい殴り合いをやり、年配の方がドブ川にたたき込まれてケンカは終わりました。十歳のボクは、一部始終を複雑な気持ちで眺めていたのです。客の減少が著しい時期だったのでしょう。ほどなくして、紙芝居が町から消えました。

第十一巻

敵は九州百人会たい！

洞海湾へなぐり込みや
その前に
女達をなんとかしてくれ
ワシの手に負えん

昭和二十八年の洪水は最も古い記憶の一ッとして残っています。ボクは三歳でした。床下までできた水にオモチャの舟を浮かべて遊びました。足立山に何本も滝がかかったとは大人たちから幾度も聞かされた話です。以後、北九州には大水害はないようです。

舟島は現在下関市に属しています。細川藩剣術指南役、巌流佐々木小次郎と二刀流宮本武蔵の宿命の対決が行われた舞台です。講談や映画では、門司や彦島から大勢の人が見物しているように描かれてますが、実際には人の動きは分かりません。小倉の手向山《たむけやま》には、一六五四年宮本伊織が建てた武蔵の碑と一九五一年建立の小次郎碑があります。村上元三の句「小次郎の眉涼しけれつばくらめ」が刻まれています。

第十二巻

天狗になるんじゃありません

ちょっと来てごらん

白菊先生談

オー　マイゴッド

ジャーナリスト　ラナ談

麗華壊れてしまいそう

情婦　麗華談

豊前の求菩提山《くぼてさん》は憧れの山の一ツですが、街道からその容姿を眺めるのみで登ったことがありません。いい水が湧く土地らしいです。求菩提漬《くぼてづ》けという山ゴボウ、ニンジンなどのショウユ漬けは好物です。峰続きの九州修験道の霊山英彦山《ひこさん》にはのぼったことがあります。千二百メートルで福岡県の最高峰です。九州には二千メートルを越す山はなく、全体的に稜線は柔らかいですが、火山の阿蘇山や修験の山は尖っています。その英彦山は、小学生の時にアサギマダラという美しいチョウを捕まえたことで忘れられない山になりました。魔除けの土鈴、英彦山ガラガラは口先だけの人間を揶揄する場合にもたとえます。〝英彦山ガラガラロばっかし〟と。

第十三巻

モンロー　ヘップバーン　ディーン
プレスリー　力道山　ひばり　裕次郎
そして我らが三郎丸
敗戦から十年
太陽の季節がやってきた

昭和三十年は『暴力教室』『太陽の季節』に象徴される若者の非行が社会問題化した年でもありました。子供から大人になる単なる過程ではなく、〝青春〟という存在なのだと、アメリカを中心に呼び声があがりました。若者文化が小さくはない市場を形成していくのも、このころからでしょう。黄金時代の幕開けといっていいのかもしれません。

ボクは裕次郎のファンになるには子供すぎて、ずっと縁のないスターさんでしたが、このごろカラオケで初期ナンバーを歌うようになりました。「俺は待ってるぜ」「粋な別れ」「錆びたナイフ」「二人の世界」を好んでいます。シラフで「嵐を呼ぶ男」だって歌います。歌う方にも聴く方にも恥ずかしいものがあるようです。

第十四巻

麗華　敗戦からはや十年
混乱にもめげず
激動をコヤシに
美しい日本の私は
ひっそりと咲き続けて
いたのでございます

三郎丸　散れ！

刑務所には入ったことがないので内情がよく分からず困りましたが、取材のために、いっちょ服役してみるか、とは思いませんでした。マンガ家には、閉塞、監禁状態は、お馴染みの世界であり、外界を考えるために必要な時間でもあるようです。つまり想像力の錬磨です。これは、表現したり行動したりで発散させないと、歪むので気をつけなければいけません。
『網走番外地』を始め一番多量に刑務所を撮ったのは東映ではないでしょうか。ほとんど観ているので大いに参考になりました。外国映画では『手錠のままの脱走』『暴力脱獄』が好きです。『ゲッタウェイ』の刑務所も秀逸でした。

第十五巻

父よ
母よ
玄界灘よ
いつまでも
オレを
包んでくれ

友人と二人で福岡柳川の、ある老舗料理屋でウナギのセイロ蒸しを食べていた時のことです。ボクらのテーブルから通路一本隔てた小座敷を片付けにきたミニスカートのウエイトレスが、横着をし片ひざついて伸びをして食卓を拭いたために下着が目の当たりになってしまったのです。ウナギの家を思いっきり想像して、それはまずいセイロ蒸しになりました。

ある先輩マンガ家は、昔、お花御殿で、木の大きな火鉢に車座になった仲居さんたちが着物の前をはだけて足をのせ、全員が股あぶりをしている所に出食わしたそうです。情緒的に語られることの多い町ですが、私の結論はこうです。柳川女は、股見せ上手。

今年の夏は「三郎丸」の区切りを機会に玄界灘に体を浸してきました。宗像の松林と白砂を最近気に入っていて、勝手に〝オレの海〟と呼んでいます。海水の味は、まあ、どこも似たようなものです。

『ゆらりん』あとがき

温かい泉に揺られていたい。
母なる海に抱かれていたい。

海辺の温泉を至福の土地と考えるようになったのは、いつごろからだろう。まずは、山間の温泉に浸りすぎた反動がありそうだ。谷間での欲望の大騒動を描き続けて、息苦しくなってあふれ出てしまったのか、なにをやっても埋まりそうにない空間が欲しくなってきた。底の見えない海がいい。果ての分からない空がいい。人生なんて小さい小さい、といってくれる水平線がいい。

セコく、いじましい人生というのが、またいとおしいものだ。一方では、ささやかな経験からも海に行き着いている。父親の義務で始めた海水浴がそれだった。一番甘ったれた部分での海かもしれないが、海水浴で、まとわりつく塩水の感触が甦り、波に漂う楽しさと、水の恐ろしさと、日焼けの肌を刺す湯の痛さを、しっかりと体が覚えた。この心地よさを、ずっと辿っていけば、揺り籠から羊水まで行き着くのだろうか。

愛と野望と惨めな現実に揺れる青春！　それを浮遊感覚で描け！　と、海と温泉に、私は命じられたのです。

吉兆

『吉兆』に登場する猫は雉子《きじ》猫とか鯖《さば》とかいわれていた縞模様の猫です。うちではチロと呼んでいますが、ご近所ではデブネコちゃんと呼ばれています。チロは三年前の冬、わが家への同居を希望してきました。許していませんが周辺で暮らしています。最近、チロの家系らしいチロ助もくるようになり、そのケンカ相手のキツネ顔のキツネコや、いじめられっ子の三毛猫マイクも懲りずにやってきます。猫たちみんなが一瞬にして逃げだす巨大な灰色猫は、外人（?）でマシュマロンといいます。もしかしたら女で、ジェニファーかもしれません。新顔にチロ助の兄弟、角さんもいます。

チロに『セロ弾きのゴーシュ』の三毛猫は青いトマトを運搬してきたぞ、とキビシク意見してやったら、スズメとかコウモリとか持ってきて閉口させられました。下手な注文はできません。

増水警報

水の音、匂い、味、肌触りを
できるかぎり確かめつつ、今日も
水の楽しさ、怖さ、面白さを、
描き、彫っています。
たぶん明日もそうです。
一年後もそうでしょう。

『まんだら屋の良太』後期選集あとがき

阪神大震災とオウム事件に象徴される一九九五年の終わりに、ささやかな「まんだら屋の良太」後期選集五巻を出版します。前期選集からも連載終了からも六年が経ちました。

六年といえば、この目まぐるしい時代にあっては、ひと昔といってよいのかも知れません。生まれた赤ん坊はそろそろ小学生だし、結婚した内の何割かは離婚し、またその内の何パーセントかは懲りずに再婚して泥沼を進んでいるでしょうし、種から育てた梅や枇杷が実を結ぶ年月です。これらを単に目出たいと眺めていられないのは、不景気の黒い雲が頭上に垂れ込めているせいでしょうか。バブル経済崩壊という時代の変革期を通過中であることが、我々に共通の、最大の体験なのでしょう。泡に踊っていたオニイチャン・オネエチャン・オジチャン・オバチャンの、今日の顔も服装も暗くしたザマミロ状態を、誰しも笑えはしないのです。世情に疎い四十五歳のマンガ家である私めなどは、六年前、家を建てるか否かをキリキリと検討していたのに、今は、半年前に壊れたビデオデッキをテレビとセットで買うかどうかを悩んでいるのですから、大バカヤローです。でも、止めてしまうのは、心にも体にもいいものですね。無制限の情報に肥満していました。全部要らない！　と極端に走るのは良くないし、オマエのマンガが一番に要らないと合唱されそうなので、映像も活字も、それから食事もほどほどを心掛けるようになりました。もうひとつ止めたのが泊りがけの旅行です。旅館関係者にあるまじき行為なのでいずれ復活はさせますが、この夏、心と時間のユトリのなさから電車での日帰り海水浴や川遊びを繰り返してみたら、疲労感による充足が、昭和三十年代みたいで感動モノだったのです。根が貧乏人なんですね。きっと。

版元、ふゅーじょんぷろだくとの新宿から阿佐ヶ谷移転は、これは躍進なのでしょうか。いずれにしても、二十一世紀を迎えるころには、悶え苦しむ種々の雑誌たちにも右往左往するマンガ家たちにも、何らかの答が出ているでしょう。たぶん、相変わらずの愚かな日常という答でしょうが。

愚か者の楽園の住人である私は、やや身勝手な答を準備いたします。世の中が寒い。寒けりゃ温泉だ。今こそ「まんだら屋の良太」である、と。選集編集を機に久し振りに良太を読み、原稿をチェックしているうちに、若書きの不備を越えて、迫ってくるものがありました。自分の三〇代の情熱が、四十代の私に不満を云ってるようです。伝わりにくい物言いを承知で筆を進めますと、実感として、又、見聞から判断して、職業とキャリアの関係を、十年係われば入口が見え、二十年経つと面白さを感じ、三十年過ぎれば難しさを思い知り、四十年を越えていくと、空気のように意識がなくなるか、まったく分からなくなるかなんだろう、と、そんな風に考えてます。十代の終わりころ、マンガが全部解ったつもりになっていました。なんてマヌケなマンガ家ばかりなんだろうと思っていました。このごろでは、道のない森に迷い込んで、自分こそ大マヌケなマンガ家だと、つぶやいています。マヌケを結構楽しんでいるんですけどね。

それにしても、良太の屈託のない大胆な立ち入り方や引き際の鮮やかさはどうでしょう。周囲への元気の与え方は見事といっていいのではないでしょうか。怖れ知らずの若さがほんのちょっぴり自信や勝利を呼んでいたのでしょう。良太の十年間を通過することによって、持ってしまったものの大きさなどタカが知れていますが、それでもキレを邪魔する程度にはゼイ肉をつけています。良くも悪くも、慣れに流され、技で乗り切る大人になったのでしょう。自然の成長で仕方のない事なのですが〝オレくらい越えられんで、大人もクソもあるか〟と文句を言ってるんですよ。良太のやつが〝そろそろワシの出番やないんか?〟とも言っています。

物質だけでは豊かになれないと証明されてしまった現在にあって、最も必要なのは、積極的な生産の現場と、人間同士の濃い係わり合いではないでしょうか。関係性の中から紡ぎ出される喜びを共有し、戦いから生まれてくる命の溌剌を、強く、深く味わいましょうよ。

あらゆる欲望を爆発させつつも奇妙に調和した九鬼谷温泉も、私にとっての理想郷でしたが、今後は、もう少し明確な目的を持って歩みたいものです。もう少し、と書いたのは、スローガンを掲げると、お題目に殺されてしまうのが常だからです。人は元来多様な生き物、いい加減さを容認した上でのより良い前進、という程の意味であります。欲望赴くままの良太（実は良太なりの美意識のコントロールはあるのですが）を描き続けた反動からか、禁欲主義と自給自足をテーマの一ッに選んでいます。が、それに近づく努力は可能でも、完全な禁欲は生命力に反するし、完璧な自給自足もあり得ませんよね。それに、理想の具現の疑似体験が中心的な創作世界で、禁欲が面白いはずありません。八年間話しかけたけど乗ってくれる編集者はいませんでした。面白がる所は、禁欲による葛藤や摩擦であり、自給自足の無理なんですけどね。つまり欲望こそが、やっぱり問題の中心なんです。幅を広げて、良太や宮沢賢治さんの意見も取り入れて、生産活動と芸術活動と宗教活動の融合こそが理想的人間像である、というのはどうでしょう。なんにもできないくせに興味だけは持っている武術も入れます。武術家にして宗教家、芸術家にして生産者！　理想はいつでも欲張りなんです。そういう者に私はなりたいのです。

妙なあとがきになりました。作品の初出は一九八四年〜一九八九年の『漫画サンデー』です。今回もたくさんの人達のお世話になりました。もっと出版界にはびこるつもりらしいオーナーの才谷遼さん、編集部の今秀生さん、伊藤丈英さん、ブックデザインの斎藤若子さん、解説を寄せてくれた鈴木邦男さん、竹内オサムさん、蜂巣敦さん、三本義春さん、吉田戦車さん、勝川克志さん、そもそも「まんだら屋の良太」成立に小さくはない光を貰った上に締めくくりの対談までお付きあいいただいたつげ義春さん、皆さんに改めてお礼を申し上げます。有難うございました。おかげ様で良太は……調子に乗ります。近い将来、新シリーズでの復活を、ここに約束いたします。

森の元気は人の幸せ――『ミヽズク通信』あとがき

森の元気は海の健康、それはそのまま人の幸せなのです。森の放出してくれる酸素と水と土とで、正しい食物連鎖があり、心と体のためになる環境が保てるのです。そう願いつつも、森林の伐採、堰の建設から核実験に至るまで、様々な反対運動の誘いを、ボクは今日まで断り続けてきました。これからも多分そうします。

集団になった時のヒステリーや、情熱に付いて回る移り気が厭なのです。反対すること自体が目的になってしまったりすると、たとえば用の無いダム建設が利権のためだけに進行することと、どっちが愚行か分からないくらい見苦しくなります。自らを省みる必要が有りそうな人ほど運動に走る例を傍《はた》でたくさん見てきたことも原因しているかも知れません。

反対運動に反対、とまではいいません。マンガ家に役目があるとすれば、生活のためになにに事かを遂行している人達にも、それに反対している人達にも平等に、疲れを癒す、しばしの時を提供することでしょう。それは、笑いであったり涙であったり、快楽であったりするのです。作品によって生きている喜びを感じられたら、読み手も描き手も幸福です。そして、やや控え目に発し続けているメッセージとして、人と人以外の生物との共生とか、森や川からちょっと命を分けてもらっている、といった意識を受け止め共有してもらえれば、もっと幸福です。

二十年振りにミヽズク金ちゃん達と遊んでみて、改めてそんなことを思いました。二十年間、自分が変わっていないことに納得したり、成長していないことに恐怖したりしていますが、まずは、相変わらずの金ちゃんに乾杯します。

酔っぱらってしまわないうちに、もう一度ミヽズク森の探検に向いたくなりました。もっとなにかが居そうです。次回の通信を楽しみにしてくれていいですよ。

一九九六年六月十七日

『宮沢賢治、銀河へ』あとがき

まるで写経だね、と、彫っているボクもそう感じたし、周りの人たちも皆、そう言ったものでした。「ぎちぎちと鳴る汚ない掌をおれはこれからもつことになる」予感はありました。「雨ニモマケズ」を彫り終えたころには、彫刻刀が当る指の部分が、大きく硬いタコとなり、墨汁が染み込んで、一端《いっぱし》の労働者の掌になっていました。

もう決めました。イーハトーブの百年祭が過ぎて少し静かになったころ、修羅の渚に、この掌を浸して、ありがとう、と、言うのは恥ずかしいので「賢治さん、一冊本にしたよ、ゴメンな」と言うことにします。

原作モノの作画を頑なに拒否してきたボクが唯一、この人ならしょうがない、と、自発的に絵にしたのが賢治さんでした。三十三歳の時でした。賢治さんのドリームランド作りは、ボクがマンガ家を志したころからのお手本のひとつでしたし、苛立ちすさんだ貧しき青年時代に、賢治さんの描く心象風景は、最良の慰めであり憧れでもありました。

ボクにとって一番の大切は、山猫さんが、かねた一郎くんに宛てた、おかしなはがきです。ボク自身が受信者となり、また発信者となったりして、理想郷を旅するのです。ボクの通信が、疲れた人たちの、ささやかな救いになればよいのですが。

ボクは長らく賢治さんの初期作品を愛し、教師退職後の祈りの強い作品を避けてきました。羅須地人協会の目的が重く窮屈だったのです。若き日には「世界がぜんたい幸福にならないうちは個人の幸福はあり得ない」という正しすぎる言葉に、不幸が無くなれば幸福も無いだろうし、そんな時が来れば人類は終わりだ、などと反ぱつしたりもしました。

現在のボクは、そう願うことは間違ってないし、努力する過程に正義がある、と素直に受け止めています。

そうして、やっとボクも、銀河鉄道の乗客の一人になれた気がします。

一九九六年六月

『愛の力』あとがき

「やっぱり民謡なんかかけながら描いているんですか？　炭坑節とか」と女性インタビュアーに聞かれたことがあります。地方色の濃い作品ばかりなので単純に結びつけたのでしょう。確かに民謡の精神風土と抜きがたい関係にあることは自覚しています。絵柄も泥臭いですしね。仕事中はエルヴィス・プレスリーばかり聴いていて、いつかエルヴィスのみのジュークボックスみたいなマンガができないものかと夢見た結果がこれでした。エルヴィスもアメリカの民謡みたいなものですが、ビートが違います。大まかにいえば農耕民族と狩猟民族の違いとでもいいますか。この作品群はエルヴィスのロックン・ロールに乗って読んでもらえれば一番楽しめるかもしれません。「俗悪の神」「偉大なる田舎者」というのがボクのエルヴィス評価です。

十年間続けた週刊連載の『まんだら屋の良太』終了直後の月イチ連作で、良太の中にもあった冗舌を特に生かそうと意図したため、やかましいマンガになっているでしょう。

旅先はボクが実際に歩いて魅了された土地が七割、憧れている場所が三割で構成されています。方言をできるだけ使って気分を出そうと努力しました。方言に限らず、それぞれの土地の人は〝こんなじゃない〟と、お怒りも多々あろうかと思いますが、マンガ家の屈折したラブレターだと、笑って許していただきたいものです。

起点は奥多摩を迷わずに選びました。十五年ほど通っています。今年は初めて川に入りませんでした。曇りの日で、腰までつかったのですが後の勇気がわかず断念したのです。泳いでいる子供達を見て年齢というものを痛感させられました。氷川って地名が示す通り、よっぽど冷たいんですよ。氷川にお願いします。あんまり『冷たくしないで』いつまでも『やさしく愛して』ください。

西伊豆松崎は奥多摩と同じくらい通っている所ですが、近年少し重荷になりました。単純にボクの体力と経済力の問題です。必ず復活させますので、松崎さん、よろしくお付き合いください。入江長八さんを祖とする漆喰《しっくい》彫刻や絵画は十年来のテーマの一ツなんです。こちらが人造物ならば、気の遠くなるような時間による石灰の造型に鍾乳洞があります。三十年ぶりに見物した山口県の秋芳洞は、たまたま渇水時だったのか百枚皿が渇いていて全体的に紛っぽく感じられ、やや失望させられました。高一の夏、秋芳洞に向う列車の中で、将来マンガ家になると宣言をした、ボクにとっては大切な土地なのです。

九州のツキノワグマは絶滅しているみたいですね。種の保存には最低三十頭は要《い》るそうです。ゴキブリとりのコマーシャルでも〝一匹見たら三十匹いると思え〟なんていってませんでしたか。熊や後半部に出てくるオオサンショウウオとか四万十のアカメなど棲み辛い環境にある生き物に自分自身の悪戦苦闘や孤独を重ねあわせて肩入れしてるのかもしれません。

府中は駅周辺のまとまりのなさに人が生活している活力を見て好きでした。大国魂神社や競馬場の杜が気に入ってます。うちは女房と長男が午年《うま》です。関係ないですが。

コーヒーは大好きですがコーヒー風呂は一度経験すればもういいですね。まきば牛乳はヒイキですけど東京で飲むより小岩井農場で飲んだほうが旨いです。ニシンとサケは九州育ちとしては語る資格に欠けている気がします。青梅の梅は最高です。鳥取はやっぱり二十世紀梨とマツバガニですね。腹が減りましたね。〝明治維新の原動力は萩〟〝京都の歴史は日本の歴史どすえ〟などと自慢しすぎないでくださいね。評価はしていますから。

埼玉の川越や瀬戸内海や九州の阿蘇山にふれず、風のように駆け抜けているのはなぜか。そうです『時の経つのは早いもの』で皆さんが『好きにならずにいられない』ことを願いつつ、退場する時がきてしまったのです。

『日本漫画家大全　畑中純〜桃色遊戯集〜』あとがき

石川達三に『四十八歳の抵抗』という小説がある。若いころから、このくらいの年齢に人生の答が出るのだろう、と、漠然と了解していた。すなわち、充分生きているか？　見えてきた終点に黙々と進んでいっていいのか？　といったようなことだ。やり直しのきく最後の歳なんだろうと思う。ボクも四十八歳になった。生き直すことなどできないと知っているが、自分の仕事が変わり目にきていることが分かって、フツフツと情熱がたぎってきて、違う世界がありそうな幻想がちらつく。ジタバタとした抵抗や挑戦の内容は今後の作品でお見せするとして、この場では、思いがけずマンガ家としての歩みを俯瞰する編集となったことを喜び、それぞれの作品について一言ずつ語りたい。

「九鬼谷春秋」は最も新しい木版画作品で『コミック・ビンゴ』での「良太」のトビラに三作使った他は未発表だ。この春開催した春画展『ホットスプリング』のメイン作品だ。展覧会をやると雑誌界からは「フン、芸術家になりたいのか、オマエ」といった空気が生まれてマイナスも多いが、自分にも読者がいてくれることが分かって元気づけられる。

「クマゴローの性春」はマンガ誌でのデビュー作となった。スタートがコースを決定する。この美しいマンガでスタートしたためにとても美しい人生を生きることになった。出発点が、どう足掻《あが》こうとも終点になると知る日が、やがて来るのだろう。

「雪子」は「まんだら屋の良太」の第一話のはずだったが、〝雪〟が連載スタート時の五月になじまないため、しばらく引き出しに眠っていた。やがて五百話となる良太の誕生ということだけで、ボクには愛着の作である。

「流れる」「永遠の不満」には、一枚マンガからストーリーマンガに移行していく過程でのスタイルの模索が見える。

「ムーンマン」現在ならば迷わず「月男」と名付けるだろう。自費出版から三年後、『話の特集』に「月夜」(一枚連作)を発表して以来、今日まで月を描き続けている。月子が理想の女性ということになるのだが、このごろすぐパンツを脱ぐので批判的な感情もおこってくる。困ったもんだ。

「河原町」のシリーズは、春画展を企画してくれた島本慶氏の主宰していた『コラムニスト』に連載。住んでいる場所を記録していくつもりだった。

「玄界サブちゃん」は「玄界遊侠伝　三郎丸」を連載中に同じ誌面での四コマ特集に一頁求められて調子に乗って八頁ほど描いた。残りは今回描き下ろした。四コマを描くと気分が高校時代に戻ってしまう。

「日ノ本村風土記」は、自分なりの日本及び日本人を描きつくすつもりで始めた作の序章だ。当時入っていた雑誌の編集方針に不満で、このままでは作家畑中純が駄目になるとの危機意識から心のバランスをとるために描いた。

さて、今宵の月は?——『大多摩月夜』あとがき

全長百二十キロほどの多摩川は、本来、水質も景観もそれは優良な第一級品なのですが、いかんせん流域人口が五百万人ともいわれる典型的な都市河川で、家庭排水のみを見ても自然浄化力をはるかに越えた負担量で、シクシク、ウォーウォーと泣きの涙で流れています。多摩ちゃんの下流域に二十五年間暮らしているマンガ家も泣いています。ただ泣いてばかりもいられないので、水と山々が、人の生活にとって大切であり、いかに心の痛みや疲れや渇きを癒してくれるかを描こう、と思ったのでした。川の汚れは心の汚れ、なのです。心が美しくなれば水も清くなります。でも水も心も美しすぎるのは実は醜いことなので気を付けなければいけません。清濁併《あわ》せのむ太っ腹を持たなければ人生は面白くないのです。

大多摩は、春と夏に力を貰いに行っている奥多摩の氷川あたりをモデルにしました。書いていて大多摩に呼ばれているような気がしてきました。よし、行こう。

さて、今宵の月は?

『版画まんだら』あとがき

『版画まんだら』はボクの五冊目の版画集になります。この本は、一九七九年から一九八九年まで週刊連載をした『まんだら屋の良太』の中で使った作品と、今日までの良太関係の新作や単行本用に作った版画から選んで組みました。正確な初出年月は勘弁して下さい。文章は、詩ごときモノは三十代の作で、エッセイみたいなモノは全部書き下ろしです。

良太はボクのライフワークです。ストーリーマンガの新作も進行中ですし、版画は「仲良しいろは」「ミダラまんだら」他がゆっくりと枚数を重ねています。ストーリーマンガの木版画化にもそろそろ取り掛かれるところにきました。良太以外では、若いころに刺激を受けた人たちの作品の版画化を予定しています。いずれも二十年前からの企画ですが、なかなか時間がとれなかったのです。

これまで宮沢賢治（一八九六〜一九三三）はそうとう量彫ってきました。今後集中的にやるのは伊藤整（一九〇五〜一九六九）です。伊藤整を知らない人も多いでしょう。大正の末に詩人として出発し、昭和初期のモダニズムの嵐の中でフロイトやジョイスをよりどころに新心理主義文学を提唱し、西欧的な知性で日本文学をやろうとして悪戦苦闘した作家です。実作と評論を同時進行させるのが大きな特徴てす。「チャタレイ裁判」でのみ記憶されている感がありますが、最近、その畢生《ひっせい》の大著『日本文壇史』が文庫化されて再評価の気運が高まっています。

その昔、十八歳のマンガ家の卵は九州から上京する夜行列車の中で『若い詩人の肖像』のミューズの探索とエゴイズムの究明に自分を重ね合わせ、二十代の前半に『小説の方法』『小説の認識』の構造分析と生命主義の哲学のようなものに示唆されてマンガ家生活をスタートさせたのでした。こう書くと伊藤整を鵜呑みにしたように思われそうですね。ある一人の先達、ある一個の現象のみが一人の人間の全人生を支配することなどあり得ず、若いころに共感したり反発したりした人物や作品群の中で伊藤整は小さくはなかったといいたいのです。

一九九八年十二月二日、小樽。十二月初めとしては十数年ぶりの大雪だという日。伊藤整の故郷であり、『雪明りの路』『生物祭』『馬喰の果』『幽鬼の街』『幽鬼の村』『鳴海仙吉』『若い詩人の肖像』の舞台である小樽、塩谷はポッカリと雪をかぶっていました。ゴロダの丘も深い雪の中です。

私は浪の音を守唄にして眠る
騒がしく　絶間《たえま》なく
繰り返して語る灰色の年老いた浪
私は涙も涸《か》れた悽愴《せいそう》なその物語りを
つぎつぎに聞かされてゐて眠つてしまふ

私は白く崩れる浪の穂を越えて
漂つてゐる捨児《すてご》だ
私の眺める空には
赤い夕映雲《ゆうばえぐも》が流れてゆき
そのあとへ星くづが一面に撒《ま》きちらされる
ああ　この美しい空の下で
海は私を揺り上げ　揺り下げて
休むときもない

『冬夜』所収「海の捨児」より

という「海の捨児」の一節を碑文とした伊藤整文学碑が、雪の中にスックと立っていました。

二十代のある時期、自分も海の捨児だと感じたことがありましたが、実は今また二度目の捨児状態なのです。たぶんマンガ家として大きな変わり目を現在通過中なのであります。

碑文を指でさわりながら、同行の文化人類学者山口昌男教授、フロッタージュを基礎にした壁面の絵画化に取り組む壁男の大畠裕さん、版画集『宮沢賢治、銀河へ』を作ってくれた烏兎沼佳代さん、それに我が女房殿に気づかれないように「先生、『日本文壇史』はどうもご苦労様でした。ああいうのは疲れるっしょ。ボクも疲れました。んでもワシどもはこのままで終わる才能じゃありゃあせんですけね。まあ、黙って見とってつかいや、弾はまだ残っちょるがよ。再び異国の母に拾われて、あの塩谷ん浜に打ち寄せる波んごつ、ドットンドットン名作をモノして発表するけのお。憎まれっ子世にはばかるっちゃ」と北海道弁と北九州弁を使って伊藤整に誓ったのです。戦争のつもりですからヒイキの『仁義なき戦い』も混じったのでした。そして、もう一度振り返ってパウダースノウに煙る文学碑に向って「もしボクにたっぷりの時間が残されているのであれば、『日本文壇史』の方法で『日本ヤクザ史』や『日本マンガ史』を書くかもしれません。笑って許して下さい」と付け加えたのです。

雪で分からなかったけれど、後で資料を見ると石碑の周りは植え込みですねえ。ごめんなさい。踏みつけたのは九州生まれのマンガ家にして版画家です。五月と六月にまた行くかもしれません。あれ、誰ですか眉間にシワを寄せているのは。

いずれにしても、ボクもそろそろ五十歳です。自分の出発点の確認にちょっと時間をさいてもいいだろう、という判断なのです。三十年、四十年と興味を持ち続けている対象を、人に限らず博学なども含め、現在の目で洗い直してみれば、新たな欲求が起こってくるはずです。興味を持つ限りテーマはやって来るものでしょう。信じた方向の、どこかにミューズが微笑んでいる、と思って進むしかありません。

読者の皆さまにも人類文化社の皆さまにも女神さまが微笑みますように。

賢者の園――『愚か者の楽園』あとがき

林檎を食べて楽園を追放されたのはアダムとイブでしたが、桃の実をたった一ッ食べてしまったがために愚者の園にからめ取られてしまった男もいます。そうです。只野《ただの》小吉《しょうきち》です。

彼は、人生の終点がある程度予測できる年齢になって、資本主義社会と都市文明と家庭の幸福に拒絶され旅立ちました。五木寛之の『青年は荒野をめざす』が流行ったのは一九六八年でした。三十年後の中年男は荒野に放り出されてしまったのです。

失格者の烙印。

これは、一人小吉だけの問題ではなかったはずです。思いがけない不景気の進行に押し流され、怒りと不安に震え、言葉を失い、青ざめて立ちすくんだ中年男は、全国に一体何百万人いたのでしょうか。男、男と書いていますが女だって事情は同じです。つまり社会問題なのです。

〝もはや戦後ではない〟とスタートを切り、みんなで豊かになろう、誰よりも幸せになろう、とビシバシと身体にムチ打ちながら経済成長を突き進み、一時仮りそめの繁栄と自由に酔っぱらって浮かれていましたが、ふと気がつけば行き道も帰り道も分からない寒風吹きすさぶ荒野の旅人だったという訳です。

さあ困った。仕事しかしてこなかった。その仕事もシステムが大きく様変わりして対応できなくなってきた。なにより経験が役に立たない。経験主義が尊重されない。終身雇用、年功序列は死語になりつつある。刑法には終身刑さえない。能力給が当然と叫んだのはヒヨコだったからだ。修身は自分らで足蹴にしてきた。平等の名の下に師も年長者も対等に扱い、結果自分の子の世代からぞんざいに扱われるようになった。自由を掲げてわがままを通してきた。繁栄の前に道徳は無力だった。不況下でもまたしかり。人格美学は将来の可能性を願う貧困の上にしか成立しないのか。グズグズ考えながら歩いていると若い衆に殴られる。酒場で愚痴ても誰も聞かない。たっぷりヤケ酒を呑めるほど懐は暖かくない。友人は常に競争相手でしかなかった。皆似たりよったりの悩みを抱えているから会えば暗く沈むかギスギスとした摩擦が起こる。仕事人間だったから安らぐ趣味もないし家庭は寝る場所でしかない。寝る場所さえ無くなりつつある。妻や子供との信頼関係は果たして保てているか。そもそも信頼などあったのか。家庭とは家族とは何だろうか。大家族のうっとうしさから解放されて核家族化はほぼ完全に達成したが小家族の母と子の密度の濃さから噴き出す屈折した問題も多そうだ。父権の不在だと。今さら何をいう。戦後五十余年みっちりと時間をかけて〝父〟〝男〟を踏みにじってきたではないか。怒り方も殴り方もとっくに忘れたよ。それより再就職はどうする。ローンはどうなっている。ああ、全部捨てて静かな世界に行きたい。といっても自殺するには気力も体力も要るぞ。一杯呑んで寝るに限る。せめてパラダイスでも夢見て。

と、これが現代日本の平均的オジサン像です。もちろん不都合を時代や社会制度のせいにしてはいけません。いつだって〝オマエがダメなのは他の何事かが原因ではなくあくまでもオマエのせいだ〟という物言いも正しいのですから。ではどうしたらいいのかの明確な答など私にはありませんが、意外と弱いのも人間なら案外しぶといのも人間様で、全ては気の持ちようで荒野が楽園にもなる、というつもりで『愚か者の楽園』を描き継いできました。

何が幸せなのかは人それぞれでしょう。私にはよく分かりません。若いころ漠然と思い描いた理想と現在の重荷に喘ぎながら微《かす》かに見出そうとする光明とでは、幸せの質が違ってきているようです。お金や地位が満たす幸せはそう大きくはないだろう、と察しています。あるいは不幸が少ないということが幸せの実体なのかも知れません。はっきりしているのは、自分を必要としてくれる仕事があり、共に喜んでくれる人が傍に居る、ということがなによりの幸福だということです。それに尽きるのかも知れません。

人間の欲望には限りがありませんから、その辺は色んな夢を見ながら進むことにして、とりあえず、ささやかでも自分の役割りを自覚し、大切な人たちと時々笑いあえる場所があれば、そこはもう、愚者の園などではなく賢者の園といってもいいでしょう。

荒れた野もいつか花実よ桃の園

二〇〇〇年三月二十日——五十歳の誕生日に

昭和三十五年（1960）――『ガキ』あとがき

「もはや戦後ではない。回復を通じての成長は終わった。今後の成長は近代化によって支えられる」と経済白書が高らかに謳いあげたのが昭和三十一年（一九五六）で、神武景気、岩戸景気を経て、所得倍増政策を打ち出したのが三十五年（一九六〇）だった。時代は「黄金の六〇年代」に突入しようとしていた。

私は昭和二十五年（一九五〇）、朝鮮戦争勃発の年に福岡県小倉市で生まれた。小倉は地理的にも軍事都市としての機能的にも連合軍の後方支援基地として重要な役割を担っていた。朝鮮戦争特需の恵を最も受けた町だろう。石油によるエネルギー革命が起こるまで永らく石炭で栄えた地域であり、鉄を中心とした北九州工業地帯の代表的な商業地であった。門司、小倉、八幡、戸畑、若松の五市合併による百万都市誕生の前夜でもありブームタウンの様相を呈していた。よくしたもので、労働者の賃金をうまく吐き出させて生かさず殺さずの状態にするシステムが完備していたようだ。公営ギャンブル場密集地帯である。また娯楽遊興施設のその数の多いこと。たとえば映画館は、記憶を辿っただけで小倉市内に三十数館を数えることができる。私は認可第一号の小倉競輪場と衰退著しい小倉炭鉱に隣接した土地で育った。あんまりガラの良い町ではなかったな、と気づいたのは十八の歳に小倉を出てからだった。

貸本屋は江戸時代から存在するが、店を構えて客を呼ぶ貸本の専門店が出現したのは、太平洋戦争敗戦後の昭和二十一年（一九四六）らしい。当初は大人向けも子供向けも活字が中心だった。戦後、月刊漫画誌の復刊創刊が相次いだが漫画単行本の出版も盛んになり、二十二年の手塚治虫『新宝島』のヒットが漫画ブームに火を付けた。以後おびただしい量の赤背表紙の粗末な本、いわゆる赤本が出版される。これは赤インクが目立つからとか紙が茶色っぽかったから赤本だとか諸説ある。書店販売だけではない流通をしていたのではなかろうか。幼い頃、夜店やデパートの地下の菓子売り場で三冊をリボンで縛った漫画本を買ってもらったことをかすかに覚えている。

漫画に夢中になったのは、昭和三十二年（一九五七）、小学二年生の時に通っていた銭湯の一画に貸本屋が出店してからだ。それまでも銭湯の前のウドン屋に貸本コーナーがあって姉といっしょに行っていたが、フロあがりにユカタを裏返しに着ていたのを笑われ店内で着直したのが恥ずかしかった事しか覚えていない。その店はフロの入口横に出店した貸本屋に客を奪われてか、ほどなくして転業した。いずれにしても貸本は銭湯とセットの印象だ。

昭和三十二年、私は登録番号七番で貸本屋の会員になった。大阪の辰巳ヨシヒロが〝劇画〟を名乗り始めた年だ。貸本屋が全国で三万店を越えピークに達していたという。六大附録付き月刊誌と漫画単行本が中心で活字本は全体の五分の一程度だった。月刊誌は厚紙の表紙が付けられ、附録は糸で綴じられて矢張り表紙が付いていた。単行本の表紙は全てビニールカバーで包まれていた。裏表紙の内側に貸出し表が貼り付けられているから回転数が一目瞭然だ。単行本の新刊は一冊一泊二日で十円、旧刊は五円だ。月刊誌新刊は二十円だった気がする。返却が遅れると一日につき同額の料金が発生する。現在のレンタルビデオ店みたいなものだと思えばよい。

テレビ放送が開始されたのは昭和二十八年（一九五三）だが、地方によりバラつきがあり、小倉は三十一年からだった。初めは銭湯、食堂などの店舗やお金持ちに限られていた。普及するのに五、六年かかっている。娯楽メディアの変革期とはいえ、まだ紙芝居も生きていたしラジオは生活に密着していた。観客数が下降し始めてはいたが相変わらず映画が娯楽の王様で、子供にとっての第一は漫画だった時代だ。

「少年マガジン」「少年サンデー」の創刊が昭和三十四年（一九五九）、小学四年の時だから、私は、「冒険王」「少年」「少年画報」「少年クラブ」「おもしろブック」「ぼくら」「日の丸」などの月刊誌の盛衰、週刊誌時代の幕開け、東京の出版社の漫画単行本、大阪の劇画攻勢を同時に体験していたことになる。伝説の「漫画少年」こそリアルタイムでは知らないが、近所の年長者と交換して子供向きでない本も早くから読んでいたし、少女漫画は姉を通じて、幼年モノは弟を通じて見ていたから結構幅広くカバーしていた。漫画にはまった子供を親が咎めなかった事が今にして思えば有難い。

日暮れまで野山を駆け回り、野球、相撲、チャンバラをやり、時にはケンカもし、時々女子や美しいお姉さんを気にかけ、パッチン（メンコ）、ダンチン（ビー玉）、コマ、拳玉、ヨーヨー、かくれんぼ、缶けり、ナワトビ、竹馬、凧あげ、フラフープ、プラモデル、銀玉テッポウ、陣中（陣取りゲーム）、S肉弾（相撲混じりの陣取り）、乗り馬、けり馬、プロレスごっこ、日光写真、影絵、将棋、五目ならべ、カルタに興じ、冒険探検に出かけ、砦を造り、魚を釣り、昆虫採集、鉱石採集、切手古銭収集をし、絵を描き、工作をし、壁新聞、紙芝居、人形劇を作り、舞台美術を引き受け、童話を暗唱し、勉強を習い、子供会では便利に使われ、ドキドキしながら弓矢、ゴム銃、紙鉄砲を作って怒られ、映画、テレビ、幻燈、芝居を観、ハモニカを吹き、ちょっとだけホラも吹き、合唱よりも独唱を好み、海や川で泳ぎ、山イモを掘り、雪合戦やソリ遊びをやり、サボテンを作り、花を育て、魚を飼い、ネコとはお産に立ち会うほど親しくなり、版画や木彫をやり、本を読み、漫画を見まくって模写もやり、おまけに無遅刻無欠席で学校まで行っていたのだ。ああ、なんと充実した黄金の日々であろうか。売れっ子漫画家以上に多忙を極めていた。

貸本漫画家の中での人気者は、さいとう・たかをが子供向けでは一位で大人たちには小島剛夕がトップだった。さいとう・たかを『台風五郎』シリーズは二冊ずつ置いてあった。私も楽しみにして待ったが、一ツだけ気に入らない点がある。さいとうさんの描く女性が可愛いく見えないのだ。なぜあんなに肩の張った女を描くのだろう、というのが最大の疑問だった。さいとうさんの作では現代アクションものよりも時代劇を好んだ。『泣け泣け嵐丸』という作品を繰り返し読んだ。小島剛夕は一貫して時代劇の作者で（現代物をどこかで見たような気もするが）美人画に定評のある人だった。たくさんの漫画家がマネをしているが達者さでは誰も及ばなかった。小島さんは生涯女しか描かなかった人ではないか、といったら『子連れ狼』に失礼だろうか。子供が馴染める世界ではなかったから さ程熱心に読んでいなかったが、たぶん原作料を払っていない谷崎潤一郎の『春琴抄』が忘れられない。

私は、ありかわ栄一（園田光慶）と永島慎二に魅かれていた。この二人が漫画少年たちに与えた影響は大きい。ありかわ栄一では劇画の教科書といわれるようになった四巻本の『アイアン マッスル』よりも、それ以前の八巻本の『挑戦資格』がいい。私の全貸本体験でのNO・1作品だ。以後は上手さがこれ見よがしになって鼻につくようになった。永島さんでは『漫画家残酷物語』以前のムードアクション物が好きだった。私の周辺の漫画少年たちに最も評価されていたのが永島慎二だった。

劇画の最高傑作と誉れの高かったのが白土三平『忍者武芸帳・影丸伝』で〝スゴイ〟と唸らせたのが平田弘史『つんではくずし』で〝コワイ〟と囁かれたのが水木しげる『鬼太郎夜話』だった。このお三方は小学生には強烈すぎた。特に平田さんの武士道残酷物語シリーズは悪夢にうなされる原因になった。平田さんの作に、タイトルは失念したが、子供の時から屁の粗相を馬鹿にされていた男が江戸に出て屁芸で大成し、村に錦を飾って、最後に村全体を見渡せる高台から一世一代屁を放り落とす、という短編がある。私は嫌悪しながらも逃げ切れなかった。私の『クマゴローの性春』というマンガ専門誌でのデビュー作はこの作と構造が似ている。先達に向かって「オレのマネをするな」と笑い飛ばすのが大作家らしいが、私は常に出典を明らめながら生き、世の中に完璧なオリジナル作品などない、と言って歩いている人間なので全部言う。私の代表作の一ッ『玄界遊侠伝・三郎丸』は明確に『忍者武芸帳・影丸伝』と『カムイ伝』を意識した。もちろん作の出来栄えは別の話になる。水木しげる作品では『河童の三平』を好んでいる。今でも時々眺めている。このごろでは水木さんに理想のマンガ家像を見るようになった。

十年ほど前に近所のビデオ屋で「なんでもご覧になるんですねえ」と言われたことがあるが、小学生の私はその貸本屋では、いつも不機嫌そうな店主のオバチャンから「アンタ、なんでも見るんやねえ、よっぽど好きなんやねえ」などと言われていた。放っといてもらいたい。

前記の人達の他に出会った作家は、辰巳ヨシヒロ、桜井昌一、佐藤まさあき、松本正彦、山森スム、南波健二、ながやす巧、沢田竜治、K・元美津、石川フミヤス、つげ義春、横山まさみち、吉元正（バロン吉元）、川田漫一、どやたかし、川崎のぼる、棋図かずお、山本まさはる、みやはら啓一、都島京弥、城たけし、旭丘光志、下元克巳、いばら・美喜、影丸譲也、江波譲二、水島新司などがいる。全部を面白がっていたわけではないし雑誌で活躍するストーリーマンガ家達との違いは充分意識しながら見ていた。一口で言うと日当たりが違っていた。いつの時代でも子供の採点はキビシイものだ。つげ義春の本を渋々手にとりながら「この人絵が下手っちゃねえ」などと恐れ多い事を平気で言っていたのだ。これらの劇画家たちの中には、雑誌に入り込んでいく人もいれば、うまく移行できなかった人もいる。

貸本の末期は昭和四十年（一九六五）頃だろうか。その店は三十六年に閉店したので、やむなく隣りの町内の貸本屋に行くようになったが、遠くなったのと私自身の成長による変化もあり、生活から貸本の比重がだんだんと小さくなっていった。そのせいか山上龍彦（山上たつひこ）や本宮ひろしの貸本作品は知らない。隣り町の貸本屋は三十八年にタコ焼を始めた。その頃から客が減っていたのだろう。この店は現在も営業している。フロ屋の前で。

「ガロ」の創刊が昭和三十九年（一九六四）、「COM」が四十二年（一九六七）、初の青年マンガ週刊誌「漫画アクション」が同年で、四十三年（一九六八）には「ビッグコミック」が創刊され、コミックと名付けられた青年マンガ誌ラッシュが起こった。その年私は高校を卒業して東京新橋のマンガ学校の生徒になっていた。戦後ベビーブームの団塊の世代が巨大なマンガ市場を作り、また大量のマンガ家志望者を生んでいたわけだ。

二十四歳の時だった。輝ける青写真はとっくに踏みにじり、やっと一枚マンガ集を自費出版しただけのマンガ家の卵は、年末に帰郷して魚町商店街を歩いていた。そしてシャッターの降りた楽器店の前で、リヤカーで古本を売っている貸本屋のオバチャンに遭遇したのだった。私は貸本流れらしい本の中から『九州の山々』という本を百円で買い、声を掛けた。七番畑中純を記憶していたようで、マンガ家になろうと努力している旨伝えると「アンタ、マンガが好きやったけね。うちのお客さんで一番好きやったけね。そうねえ、頑張りなさいよ」と励ましてくれた。オバチャンの笑顔をその時初めて見た。その場を辞し、少し離れた場所からしばらくオバチャンを眺め、私は深く頭を下げた。

『月光』あとがき

さて今宵の月は、と夜空を仰ぐことが随分と少なくなったのはボクだけではないでしょう。現代人はとにかく忙しくなりすぎました。テレビ画面、パソコン画面、携帯の着信、カーナビゲーション、時計など、無くってもいいようなものに時間と眼をとられすぎています。

あの頃からいけません。アポロ何号だかで人間が月面に降り立った頃からです。確実に月の魔力が減少しました。利権の対象として眺め始めたからです。そうやって眺めたものは、物でも人でも眺めている当人の低い目線と同じになってしまい効力を失います。しかし、月面で宙返りやその他いらん事をして見せて三十余年、宇宙はもっと身近になっていていいはずなのに一向にその気配がないですね。あれはフィクションだったと思いたいです。ウサギがモチをついている所までは戻れないけど、そっと仰ぎ見る存在であり続けてほしいものです。

二十世紀の終わり頃から、便利と情報の過多はなんにも生み出さないし、むしろ想像力、創造力を後退させる、と薄々ながら感じ始めたボクは、徐々に、なんにも要らない作戦を計画したのです。金属バットは人を殴るものではなく、あれは全世界の人が手にしてコンピューターやテレビを壊すべきだ、そこからスタートだ、と考えたのです。が、長年の物描き生活で人生のほとんどの時間を仕事部屋で過ごしているボクには、テレビと猫は数少ない友達で、友を殴るわけにはいかないな、とスタートでつまずき、なんにも要らない作戦は遂に実行には至らなかったのです。ただ、相手はどうもボクのことを友だと思っていないフシがあります。けしからぬ事に、テレビは不快な発言を続けるばかりで心は安まらないし、猫のやつもまた我がまま放題です。昔は、いい絵が描けると家人を起こし自慢したものです。「今、オレが歌麿を超えようとしよるのにマヌケな顔して眠っとる場合か」とか「見い、これで北斎に引導を渡しとろうが」とか、他人には聞かせられないような事です。このごろでは、国芳が多分悔しがるはずの名作の上で猫が寝ています。猫にグシャグシャにされないうちに、いつの間にか自分で把握できないほど多量になった絵の中から何点かを選び出し、深夜の窓から射し込む月の光のように、そうっと提出します。

これらは、柔らかなおぼろ月夜や、いつか浴びたことのある青白い月光や、リンと張った満月や、いかにも怪しい赤い月や、終わりは始まりを予感させてくれる三日月などが描かせてくれた絵です。どこかにあなたが好む月光の光景が在るはずです。

はて今宵の月は?

河童《かっぱ》吼《く》——『ガタロ』あとがき

ワシ、ガタロ。河童《かっぱ》とか河太郎《かわたろう》とか言われとるよ。いきなり身分を明かすけど北九州は紫川《むらさきがわ》生まれのカッパの王子よ。王子っちゅうのは字で書いたら玉子に似とるっちゃねえ。アハハ、玉子でもええよ。なんも知らん子供やし。えっ、誰が笑いよるんね、誰が。ワシ、怖ろしい術を色々持っとるんよ。肛門から手ェ突っ込んで肝《きも》をグリグリいわしちゃろか。子宮をウリウリしちゃろか。アヘアへのカッパ天国っちゃ。えっ、古い？　ワシ、時間を超越しとるけ。古いは新しい、新しいは古い。うん、過去、現在、未来の連動こそが現代っちゃ。時を駆ける少年たいね。ほんのこつ可愛いらしか〜。えっ、キベン？　便が黄色いん？　薬やろうか。あっ、詭弁ね。口《くち》ね、なるほどクチバシが黄色い。そのかわり腹が黒い。さらに腹の下はタマ虫色。頭は真っ白やけどね。

色は白いが豆腐屋の娘四角ばってて水くさい。色が黒くてもらいてなけりゃ山のカラスは後家ばかり。それも結構、結構毛だらけ猫灰だらけネズミの金玉ススだらけ。よう分からんけど面白いやろ。ありがとう。アリが十《とお》ならイモ虫ゃ二十《はたち》、ヘビは二十五で嫁に行く。三十させごろ四十《しじゅう》はしごろのお姐《ねえ》さんキュウリはさまにゃ夜も日も明けぬ、ってか。口ゃあ香具師《やし》たいねえ。あっ、バカ、たたくなっちゃ。体弱いんやけ。ゴホン、ゴホン。笑《わろ》うて済ますんが大人の器量とちゃう。いたいけな子供が背伸びしとるだけなんやけ。

実際がところ子宮と金玉の問題でもあるわけよ。切実っちゃ。ワシどもの一族は子供ができんようになっとるっちゃ。なしてやろ？　子宮……ちゅうか地球のトラブルやろ。空気、水、土のトラブルとちゃう。

そこでよ、ワシはカッパ王国再建のために、森羅万象の正しい有り様を調査すべく、人間の愚かに、教育的指導を試みるべく使命を受けて、世界はまさにカッパを頂点とする神の国であるぞよ……えっ、言い方に難有り、いえ、ワシらみたいなものでも生きておりたいのですが、と、お願いしとるですよ。ええっ。

まっ、なんちかんち言いなんな。いっしょに遊ぼ。楽しくなけりゃあ生きとる意味がないんとちゃう。えっ、人生は苦しい!?　然り。楽あれば苦ありっちゃ。その辺をいっしょに考えようや、ねっ。

カーッパパパパパッ。

『極道モン』あとがき

第一巻

私にも子供の時からの友人が何人か居て、特に何するでもないんだけど、居ること自体を宝だと思うことがある。名字ではなく名前で呼び合っていることを、傍の人に羨ましいと言われたことがある。齢をとると友達はできない。わずかな友も死んだり仲たがいしたりして減る一方だ。

『スタンド・バイ・ミー』小学、中学時代の相棒だった友と電話で話していて「あっという間の一生やったねえ」と言われて、ボッと小学五年生の友の顔が頭に浮かんで微笑んだことがある。小文字山頂上の岩にちょこんと坐って弁当をひろげていた。あの頃、命には限りがあるなどとは思いもしなかった。青空のように未来は無限に広がっていた。

級長、部長、子供会長などというのは要するに雑役だ、という自覚が小学六年生の時からあった。はぐれ者の人生をスタートさせていたのかもしれない。組織からはみ出した人に肩入れすることが多い。一方で共同体や理想郷に興味を持ち続けているのは、一人ぽっちの『野良犬』ではなにも出来ない、というジレンマが付いて回っているからだ。

『カミナリ金ちゃん』 オバサンみたいなオイサンとかその逆とかあるよねえ。成り切るのは女の方が上手だ。神がかりとかサギ師とか。北九州のある町で、ゴネて恫喝して不払いで何でも自分の物にする近所迷惑なゴロツキが居た。あんまり度が過ぎて警察ざたになり、調べてみたらこれがなんと女で、町中が唖然とした、という事件があった。フィクションが敵わない存在ってあるよねえ。

『古里』は中編で構想していた。古い話になるが、アルベール・カミュが次回作に予定していたという実際の事件が元になっている。着想から三十五年目だ。私は気に入っているが、持っていた時間が長過ぎたかもしれない。

「行きは良い良い帰りは怖い 怖いながらも通りゃんせ 通りゃんせ」という詩には奥深い人生がある。天下堂々真実一路は馬鹿の道だ。これが強い場合もあるにはある。人は識るほどに臆病になる。インテリが慎重なのは瞬時にあらゆる場面を想定するからだ。私の場合は単なる臆病者で始末が悪い。臆病者でも通りたい！ 内容は関係ないが渡哲也の歌に『通りゃんせ仁義』がある。名作だ。これと『人斬り五郎』がいいんだけどカラオケには収録されていない。

『指』は大切にしましょう。

『デクノボー』と言われて平静でいられるか？ 自分で言う分にはいいけど、他人から言われたくない。スポーツは苦手だ。群れてやっているものは見るのも嫌だ。忘れもしない、小学四年の夏、気どったつもりで「オーイ、デッドボールしようや」と声を掛け、町内中から「そりゃベースボールっちゃ」とあびせ返されて益々嫌いになった。落合博満にピッチャー対バッターの対決の面白さを教えられ、しばらく観戦した時期もあるが、このごろまたどうでも良くなった。昔から格闘技にはチャンネルを合わせていた。どうも心臓や頭に良くないことが分かって控えるようになった。力が入りすぎるのだ。

『縄張』と島を掛けている。温泉と島は、どうやら生涯のテーマだ。宮城県田代島で子供マンガキャンプ教室の先生を二度やった。イカダ作り、魚釣り、キャンプファイヤー、島一周サイクリング……「島まで来てマンガ描くことといらん、海行こ」と言って生徒に怒られる先生なのでした。世界征服みたいな野望はとっくに無く、自分でも情ないほどの地味な生活だ。このごろの夢は桑田佳祐の歌を百曲歌う、とか、一週間の湯治とかだ。もうひとつあるがそれは秘密だ。ホラー映画を観過ぎたせいか、ひところ、村に閉じ込められてあがく夢をよく見た。戦う、逃げる、以外の選択肢として楽しむというのがあるだろう。そうして『長逗留』になった。夏の夕、齢老いてくたびれ果てて寝そべっているかのような、大分県のある温泉場を眺めてイメージした。

『柳川にて』北九州小倉を舞台にすることが多かったが、除々に福岡全域、北部九州に眼が向くようになった。筑後川下流域になにかが有るような予感がある。なにかは分からない。ウナギのセイロ蒸しでも食べながら考えることにしよう。柳川は、観光客を魅了するにはもう少し水をキレイにしないとね。

『兄弟』はぐれ者と会長の五分の義兄弟には、どのような齟齬《そご》と交流があるのだろうか。自然消滅が普通だろう。お互い肩書きがなくなれば、あるいは、という所から発想したが、果たして。
『菊と虎』ボタ山は原風景のひとつだ。小学校、中学校の校区内に小倉炭鉱が在った。閉山は昭和三十八年だ。小倉競輪場、球場などはその昔、選炭場やボタ捨て場だった所だ。代表的な遊び場だっただけでなく、性の匂いのする怪しい空間であり、決闘のコロシアムでもあった。中三の春、私ともう一人の同じようなグズが確執をエスカレートさせ、それはマヌケで見苦しい（であろう）決闘をしたことがある。なんとなく痛み分けで終わった。そこは今は競輪場のドームになっている。エ〜イ、うっとうしい。空をふさぐな。

『極道モン』シリーズは現在も『実話時代』で進行中です。任侠オンリー雑誌なので、本当は実録路線が欲しいのでしょうが、極道ファンタジーともいえるフィクションを許してくれている創雄社の酒井信夫さん、渡辺豊さんに感謝します。そして単行本を成立させてくれた今秀生さんと、東京漫画社の峯達朗さんにお礼を申し上げげます。

第二巻

博多駅前で立ち飲み屋を開いている高校の同級生シゲルの運転で、年に一度は北部九州を回っている。昨年は長崎、軍艦島、島原に行ってきた。今年は福岡の糸島半島と飯塚市の建物が目的だった。私は取材も兼ねているが、予定し調査するものよりも、出合ったものからイメージすることが多い。従って場所はどこでもいいのだ。車中、とりとめのない話をし、桑田佳祐をガンガンかけて、海、山、川、温泉を巡って気持ちを休める。また刺激を受ける。

『鉄輪』は温泉初体験の大事な湯だ。別府には温泉の全てがある。歓楽の色合いを強くしすぎた分、温泉旅行が女性主導になって苦戦しているようだ。凋落ぶりもまたドラマなのだが、当事者には死活問題だろうから軽口はたたけない。湯・酒・セックスをセットで発想する人は絶えないだろうし、究極の観光は、地獄巡り、絵葉書、温泉饅頭であることは未だ揺るぎない……ことは無いか、説得力は無さそうだ。そこかしこで見聞きする停滞ぶりに心を空しうして、そしてパチンコ店と秘宝館に入って、さらに心を寒くするのだった。

『クレイジーキャット』わが家には猫が絶えない。居なかったのはアパート暮らしだった時だけだ。今は八匹なので病院代、食事代、トイレ費用など結構大変だ。「このイラストは猫の生活費に」とか、そうやって心配しているのに、私のことを嫌う奴がいますもんねえ。

『厄介者』史上最大のヤクネタ、一番狂暴な人間、とんでもない助平、見事なナマケ者など、とにかく最強のキャラクターを作りたい欲求がある。まだ果たせていない。福岡の篠栗は、四国八十八カ所霊場のミニチュア版のような地域だ。このごろ惹かれる。お寺が近いのか？　健康のためのジョギングは中々その気になれないが、お遍路ならばやってもいい。俗悪マンガをたくさん描いたから罪滅ぼしか、と言われそうだ。

穏やかな日の博多湾の能古島は『楽園』だ。博多に向いた南斜面がいい。壇一雄の終《つい》の住みかもある。一遍も読んだことない作家だが、昔、壇ふみがヒイキだったので、つい書いてしまった。船便の本数も多く、姪の浜から十分、二百二十円だった。一人五百円の水上タクシーが面白い。

『風と石』門司港は海運時代に大発展した港町で、アール・ヌーボー、アール・デコと西洋建築を積極的に取り入れた時代の建物が多く残っている。近年それらを生かしたレトロ観光で売ろうと再開発中だ。生活があって始めて町だ。移築して公園にしてしまうのは興醒めだが、それでも見るべき所は多い。わざわざ目指して二度出掛けているあたり案外気に入ってしまったようだ。地域の再開発よりも人間関係の再開発に着目したわけだが、すれ違い始めた心の修復は不可能かもしれない。尚接していれば、やがては命のやり取りになるのだろう。

『波乗り源さん』エボシ岩をこの目で見ながら海水浴がしたい！　そう思い立って昨年は二度、今年は一度、茅ヶ崎に出掛けた。サザンビーチの隣りの浜だ。水や砂浜の汚さ、波の荒さ、エボシ岩のショボさ、全部が気に入っている。もっとお気に入りは安上がりだからだ。私の夏のファッションヨン、タオルハチマキ、ランニングシャツ、海水パンツ、ビーチサンダルで電車を乗り継いで茅ヶ崎へ。サンバホイッスルは下げてない。駅から徒歩二十分で浜だ。そのまんま海へ。ひとしきり遊び、浜で盗撮されないよう注意して着替え（中にはいますもん。オッサンの腹のたるみが色っぽい、とか、白髪の生え始めた睾丸が愛しい、とか)、トイレか公園の水道で頭洗って、メシでも食って、桑田佳祐の同級生の店で「茶山茶《サザンちゃ》」と駅前でサザン饅頭を買えばベスト海水浴の終了である。どなたか茅ヶ崎にサザン・ミュージアムを作ってくれ。それにしても、うちの子は皆大人なのに声かけたらほぼ全員が参加するから、恐ろしいと言うか有難いと言うか。オッサンが一人海水浴してたら気味悪いもんね。

『さすらい』青木雄二さんは五つほどお兄ちゃんだった。付き合いをした数少ないマンガ家のお一人だ。『ナニワ金融道』が講談社漫画賞を受賞した折に祝辞を頼まれて以来の交遊だった。とは言っても一年に一回会うだけだったから都合十回しか会っていない。二人とも小林旭とハイライトが好きだった。青木さんのアキラ好きの方が数段上をいっている。出会った年齢の違いもあるだろう。青木さんは高一くらいで私は小五くらいだから喰いつき方が違うはずだ。それよりも青木さんは顔がアキラに似ていた。ある点を境に美形に整うかそうではない方向の違いがあるけど、カラオケ映像などで昭和三十年代四十年代のアキラを見ていると青木さんとダブる。とにかく濃い男だった。見事に上品ではない酔い方も、青木さんに限っては好感が持てた。十年で吹き抜けて逝ってしまった。爽やかなそよ風ではない。臭いの強い突風、もしくはつむじ風である。そう、ナニワ旋風児なのだ。

『風の勘九郎』宮沢賢治と対極にありそうな極道世界をからめて描いてみたい、とそう思っただけ。結果、可愛くなってしまった。賢治さんの童話に私の版画をつけた絵本が響文社から刊行中だ。

第一弾は『セロ弾きのゴーシュ』、二冊目は『よだかの星』だ。興味のある人は見て下さい。『明日への旅』あとがきで桑田、桑田と書きすぎた。同時代人で掛け値なしの天才は、この人だけだと思っているから仕様がない。でもコンサートは行ったことがない。総立ちライブは耐えられないし、第一チケットがとれない。座って聴ける小林旭やクレイジーケンバンドは行くのだ。「俺の話を聞け」ってフレーズ、いいねっ！「俺のマンガを読め」って言ってみたいね。実は心の中でいつも言っているんだけど。

どなた様にとりましても「明日への旅」が明るく幸福なものでありますように。

『月子まんだら』あとがき

良太と月子を初めて描いたのは一九七八年の夏だった。私は二十八歳。世間では、カラオケがブームとなり、サラ金が社会問題化し、『未知との遭遇』『スター・ウォーズ』が封切られ、サザンオールスターズが大騒ぎの『勝手にシンドバッド』でデビューしていた。バブル経済に突入していたようだが、ポツリポツリとしか仕事になっていなかった自分には、その自覚はなかった。ひたすら貧しかった。多分に焦っていた。にもかかわらず生活は暗くはなかった。それだけが救いだった。

その年、長男が生まれた事が、私に何らかの覚悟を持たせたようだ。親となった事で自分がどこから来たのかを意識し始めた。創作の舞台を生まれ育った小倉に設定し、土地そのものと、子供と大人の間である十七歳を軸にして、出入りする人達を描こう、と決めた時から物語が自然に動き出した。それまで試作していた短編や中途で放置していた作なども全部、九鬼谷温泉モノに組み込んでいった。九鬼谷温泉は、ウィリアム・フォークナーのヨクナパトファー郡、宮沢賢治のイーハトーブに対抗して作った私の舞台である。

ステージといえば、全部をまかせることになる雑誌を「漫画サンデー」に絞ったのはなぜか。

「ビッグコミック」は敷居が高すぎた。評価していた「漫画アクション」は『博多っ子純情』『じゃりン子チエ』などがあって、地方モノはもう無理だろうと判断した。一番肌合いのいい「ヤングコミック」は、マンガ学校の同級生が入っているので已む無く避けた。「漫サン」は老舗ゆえの苦悩というか、大人マンガ誌からストーリーマンガ誌への切り替えが、ややもたついており、そのことが逆になんでもいけそうな幅を感じさせ、自分にもなんとかすべり込めそうな気がしていたのだ。スキありと見ただけではない。高校生のころから「漫画讀本」と共に勉強のつもりで見ていて馴染みもあり、まれにだが歴史に裏打ちされたマンガセンスにも出会って、全体的には好きな雑誌だったのだ。落選したが新人賞の選評や持ち込みの際の感触も悪くはなかった。七〇年代初めに、つげ義春の『義男の青春』他数編が載ったことも大きかった。もうひとつ、会社の所在地がマンガ出版社の群れている神田ではなかったことも当時は気に入っていた。

一話二十六頁を三週間から一ヶ月で描き、出来る度に編集部に持って行っていた。一九七九年の春、六本たまった所で担当さんから、編集長が交代するからこれまでの話は無かったことにしてくれ、と、ケロッと告げられた。呆然、茫然である。私の半年間の努力が、否、全人生が電話一本で消し飛んでいいのだろうか。いいはずないが、電話の向こうでは〝無し〟にしたがっている。仕様がない。再び持ち込みをやるか、と決意した次の日の朝早くだった。担当さんが電話口で〝編集長が面白がっている、いつから連載やれる?〟とケロッケロと言っている。〝有り〟になったのである。

山本和夫という編集長が偉かった。四十代半ばのベテランであった事と私がまるっきりの新人であった事、誌面刷新のタイミングや相性など万事がマッチしたのだろう。山本さんは、当初からライフワークにしていい設定だと言っていた。七話目から一話を二十四頁にして、五月から連載をスタートさせている。ほどなくして、強引に『まんだら屋の良太』を巻頭掲載し続け、責任を持たせることによって、私の成長をうながした。『良太』に賭けている様子が充分に伝わってきた。私も十二分に応えたと思う。それはもちろん、編集長のため雑誌のためなどではなく、やっとつかんだマンガの席を、私自身が必死で守り育てたのだ。アシスタントを使わず週刊連載することがどれほどの労働か、ギョーカイの人なら分かってくれるはずである。『まんだら屋の良太』は週刊誌で丸十年間の仕事になり、その後、間を置きながら短期連載をしたり、イラストや版画で扱ったりして今日に至っている。その息の長さを思えば、初期のころの作家、編集者の蜜月時代に周囲から起ってくる様々な抵抗を、さりげなくかわしたり、頑固に嗜好を押し通してくれた山本さんの慧眼と英断に感謝している。私の人生において恩人だと言っていい唯一人の人だった。確実に時間は過ぎ去ったのである。良太月子誕生の年に生まれた子は、今年結婚をした。

さて『月子まんだら』である。二〇〇二年に半年間存在した隔週誌「娯楽王」（ぶんか社）に連載したものだ。廃刊と共に終了したように記憶している。青木雄二さんの冠雑誌だった。冠雑誌としては、半年間は程の良い量だと思う。青木さんから連絡があったのは二〇〇〇年だったから、船出はそれなりに難航している。今となっては青木さんの晩年の事業の一ツだ。結婚をし神戸に家を買い子供が出来て、そして病気を抱え、あるいは家族に出来るだけ残そうと奮闘の結果の雑誌だったのかもしれない。主宰者としての意地と責任は小さくはなかっただろう。二〇〇一年の十二月三十日、青木さんはアゴの手術後にもかかわらず、わが家の忘年会に来てくれている。ビールもハイライトもやめた穏やかな青木さんと、息子さんの看病の合間を見てそっと寄ってくれた、つげ義春さんとの珍しいショットも実現した。つげ義春作品では『大場電気鍍金工業所』が青木さんのお気に入りだった。

雑誌は年明け一番の予定がさらに五月にずれ込んだ。そのことを詫びる電話をもらったのが青木さんの肉声を聞いた最後となった。「下手売らせてスンマヘンナァ」と繰り返され、恐縮して「我々は、もう歳だし、体調も色々とあるから、ゆっくりやりましょうよ」と話したことを覚えている。『月子まんだら』に年齢が反映している。不景気で低迷した温泉を若女将が再生する物語。と、通し易い企画で出発したが、実は、五十を過ぎたオッサンに若者の苦悩など興味は無い。第一話、第二話がイマイチ作品になっていないのはそのせいだ。三話目辺りからやっと乗ってきているし、喪失感いっぱいの中高年が、ささやかな最後のステージを、得心のいく自分の場所を求め、あがいている姿に、私は、たっぷりの思い入れを注ぎ込んでいる。まだまだ、かろうじてだが勃起することに熱い生命を感じているのだ。このような物言いを軽べつする人は多いだろう。私も、十年前もしくは十年後なら言わない。あるいは、日本が精神的にも経済的にも上昇過程にある時なら言わないかもしれない。

マンガ家としての幕引きの準備。といっても、なるようにしかならないのが人生だから、構えても仕方がない。ただ、死を意識していい時にはなった。後が無いという実感。デビュー前の焦りにも似た感覚。達観と諦観の混ざった瀬戸際の正直。そうだ、正直こそ命だ。正直に心をのぞいてみると、戦争放棄、恒久平和、差別の無い明るい社会、地球環境に優しい生活、などのスローガンは、どうでもいい。ウソだ。キレイ事だ。そんなものはどこにも無い。と思う。神様でもないのに、地球の未来を、私ごとき、おまえごときが心配しなくていい。

魔羅蔘男となる前に、私にはやることがある。生ある限り『まんだら屋の良太』を描き続けることにしよう。

二〇〇五年十一月二十日

『セロ弾きのゴーシュ』あとがき

わが家にはたくさんの猫がいますが、誰もトマトを運搬してきません。厄介は時々運んできます。まっ、いいか、友達だから、と面倒を見ています。

友達だと言っているのに私の大事な蔵書や作品に強烈な臭いをつけてきます。本を運び出しながら「ああくたびれた。なかなか運搬はひどいやな。」とつぶやいてみて、やや空しい笑いを笑ったのでした。

「印度の虎狩」という曲はどんなでしょうか。

どなたかが作曲しているのでしょうが、やはり自分なりの曲をイメージしたいですね。怒った象のような勢いで……か。

う〜む。若いころ楽器をやらなかった事が悔やまれます。

チェロは大きさから見て人体に一番共鳴しやすい楽器なのかもしれません。

ゴーシュは、動物達との交流や戦いのうちに自然と腕をあげていきました。ささやかな日常の積み重ねが、そのまま修行となり、成長し、ある時、祝福に包まれる。人生とはかくありたい、と思わせる幸福な作品です。

『1970年代記』あとがき

私の一九七〇年からの十年間は丸々二十代ということになります。建築関係のアルバイトがだんだん本業となっていき、先輩に誘われるまま火力発電所の配管工となり、二十代をスタートさせました。職人らしくなるほどにマンガが遠のいていきました。一枚マンガ、ペン画、ストーリーマンガ、版画など机の上でやれる手仕事を様々すすめていきました。やがて自分の部屋を持つために、渋谷の設備会社に勤め、自費出版をし、細密ペン画をすすめ、それをストーリーマンガに移行させ、結婚をし、多摩川べりの田んぼに囲まれたアパートに居を定め、子供が産まれ、まんだら屋の良太を執筆開始する……それが私の二十代でした。

よっしゃ、日本一のマンガ家になっちゃるど（二十代の発言）と夢中で仕事を進めてきましたが、気がつけば私も五十七歳。そろそろ終了の準備をしなさいと囁かれています。

よく作家は定年が無くっていい、などといわれたりしますが、とんでもない、どの世界の人も平等に、感覚の鈍化と体力の限界を感じて自分で退くか、依頼が無くなって引退させられるか、どちらかの形で晩年を迎えます。ごく希に生涯現役の人もいますが、どの社会でも希なことですし、死ぬまで成長などあり得ないことです。永遠の進化、なんてのは自己か周りがウソをついているのです。作家は二十代に登場し、四十歳頃代表作を作り、後は余力、バリエーションですね。長生きというのは、衰退を長く晒《さら》すということでもあり、残酷な面もありますが、笑い飛ばして暮らしましょう。現象と戦うとか逃げるとか、対し方は色々あるでしょうが、楽しむという対応が一番強いようです。衰えを愛でる。負けを味わう。無用を笑う。

繰り返しますが、どんどん上手になるぞ、と意気込んだ二十代から、あっという間に、思い通りの線がひけずイラ立つ五十代。著書は百五十冊を超えているはずで、四人の子供たちは大人になった。猫は八四になった。体重は二十五キロ増えて駅の階段にも恐怖している始末です。恐るべきは、同年輩の死亡記事です。まことしやかに囁かれていたマンガ家六十歳寿命説は本当なのでしょうか。特に大好きだった谷岡ヤスジさんの五十六歳、青木雄二さんの五十八歳にはショックを受けました。このごろは私よりずっと若いマンガ関係者が亡くなったりしています。

そんな現状から改めて自分の二十代を眺めてみる。するとこれからどんどん描いて登っていくぞ、というスタートの未熟な作だとばかり云えない自分が立ち上がってきます。それなりに精いっぱい光り輝いている若造がいます。そこで「1970」から十本をまとめて書きおろしで頁調整をして一冊に、という当初の企画を変更して時系列にデビュー作を散りばめることで、私の二十代の記念碑としました。お許しください。

山口昌男さんの大著『ラビリンス』の出版記念会の席上で、坪内祐三さんに、単発で描いた『1

970』が面白いから続きを描かないかと誘われて、扶桑社「en-taxi」で成立したのが『1970年代記』でした。雑誌では壹岐真也さん、田中陽子さんにお世話になりました。反町祐文さんの情熱でこの度単行本になったわけですが、反町さんと初めて会ったのも山口先生の集まりだったと記憶しています。先生の出演したフランスのテレビ番組の「日本ヤクザ」特集を観る会です。そこに私は、東京新聞の阿部康さんと、先生に「畑中純展」のステージでのお絵かきライブと対談のお願いに行っていました。名詞が並びましたが、人の縁は面白いと云いたいがためです。引きこもりオジサンだった私を表に出してくれたのは阿部さんと山口先生と、マンガ研究家の細萱敦さんでした。単行本一冊にも色んな人が繋がっているし、人というのはたくさんの人の力で生かされていることがよく分かるので、お礼を云いたいので書きました。ありがとうございました。

私は、残された時間を、どこまでやれるか分かりませんが、1950年代記、60年代記、80年代記、90年代記と描き継いでいきます。

二〇〇七年二月二十八日

〜本当のあとがき〜

私の生き方そのものが作品だ、と言ってしまえば鼻じろむ人が多い事も、反発を招くことも知っています。私自身、ただの我がままを排除し、約三十年間のマンガ創作活動を通じて、折りにふれ〝社会化された私〟や〝変型私マンガ〟を考慮してきました。テーマの一ッでもあったわけです。

正直な告白をしても、思いっきり飛んだフィクションに仕立てても、どこまでいっても自分の頭の中です。飾ろうと作ろうと逃げようと、結局は全部私です。今回、このエッセイ集を編むに当って、熟読してみて、ああっ、隠れようがない、私でしかない、と痛感しました。その狭いこと貧しいこと、そして変わらないこと。人というのは成長しないなあ、と今後の成長が見込めない今日このごろ、このまま出そうと覚悟を決めました。自己顕示欲、自己愛に支えられてこそ作家だ、という態度です。実際自分にしか興味が無くなりつつあります。といっても、他者がいらない、という意味ではありません。他者、対象物に照射された自己が見え易くなってきました。たくさんの人や色んなことに生かされて私がある、と素直に言えるようになりました。それと、最後は〝私マンガ〟だと方向づけている点を編集者木村帆乃さんが読み取ってくれていて、タイトル候補に「私」

とあり、私もごく自然に、これしかないと決めました。

執筆時の気分を大事にしたいので、内容、表記の重複はそのままにしておきました。少しいじってあるのは、絵と文で注文されることが多かったので、絵についての記述が時々あり、そこをカットしたくらいです。マンガ家だから、単行本も絵と文で、と発想しがちですが、文のみのこだわりに同意してもらって有難かったです。これを機会に、ほぼ全エッセイが確認できたことも喜びです。版画整理が下手で、ずっと気がかりでした。量と一部内容の関係で全発言とはなりませんでした。版画と文の連載四本とインタビュウ、対談の類は外してあります。あと記憶にあるけど分からなかった新聞、雑誌が五点ほどあります。が、畑中純は『私』に尽きているようです。

一九五〇年に生を受け、一貫してモタモタ、グズグズと歩んでいます。若き日に描いたマンガコースとは、大きく異なったものになりました。不充分は永久の問題、間違っているとしたら、それも私です。もう修正や反省をするつもりはありません。よろしければそんな『私』をご覧ください。

二〇〇八年七月二十四日　　畑中純

初出一覧

※本書に収録されている原稿は、左記の初出原稿をもとに、著者により一部加筆・修正が行われています。

I

◎四人半の温泉行＝「旅」1982年10月号　日本交通公社
◎プレスリーは元気の素＝「週刊漫画サンデー」1984年8月14日号　実業之日本社　コラム「ホットライン」
◎肉体労働者弁＝「潮」1984年7月号　潮出版社
◎俗悪の神＝「年金と住宅」1985年5月号　年金住宅福祉協会　コラム「リビングルーム」
◎幻温泉＝「旅」1985年1月号　日本交通公社
◎九鬼谷温泉＝「別冊小説現代」1986年2月号　講談社
◎便所にまつわる＝「話の特集」1986年2月号　話の特集
◎川は呼んでいる＝「潮」1986年3月号　潮出版社
◎奥多摩＝「COMICばく」No・10夏季号1986年9月号　日本文芸社
◎渓谷にて＝「旅」1988年8月号　日本交通公社
◎マイベスト10と好きな映画人《洋画》＝文藝春秋編『大アンケートによる洋画ベスト150』1988年　文春文庫ビジュアル版
◎マイベスト10と好きな映画人《日本映画》＝文藝春秋編『大アンケートによる日本映画ベスト150』1989年　文春文庫ビジュアル版
◎ラブシーンベスト《洋画・邦画》＝文藝春秋編『洋画・邦画ラブシーンベスト150』1990年　文春文庫ビジュアル版
◎マイベスト10と好きな映画人《ミステリーサスペンス洋画》＝文藝春秋編『大アンケートによるミステリーサスペンス洋画ベスト150』1991年　文春文庫ビジュアル版
◎十九歳の冬、伊藤整の死、オレはマンガを描かなくては……＝アサヒグラフ編『死を語る　死を想う』1989年　朝日新聞社
◎家族の光景＝「小説city」1990年5月号　廣済堂出版　コラム「後悔先に立たず」
◎すれちがい＝ガロ史編纂委員会編『ガロ曼荼羅』1991年　TBSブリタニカ
◎今月の絵ハガキ……小岩井農場＝「トランベール」No・25　1990年5月号　JR東日本
西伊豆＝「トランベール」No・28　1990年8月号　JR東日本

リンゴ ＝「トランペール」No・31 1990年11月号 JR東日本

漁火 ＝「トランペール」No・34 1991年2月号 JR東日本

◎幻のカブトガニ ＝「うみうし通信」Vol・4 1989年11月 水産無脊椎動物研究所 コラム「潮けむり」

◎向日葵 ＝「季刊ダジアン」1992年4月号 コスモ石油 特集「あなたにとって花とは？」

◎マイマイカブリ ＝「ユリイカ」1995年9月号 青土社

◎チロのいる風景 ＝「ユリイカ」1994年4月号 青土社

◎バナちゃん ＝「小説現代」1994年2月号 講談社 特集「当世コラム・フォーラム」※初出時タイトルは「バナナの叩き売り」

◎十七歳、初めての長旅 ＝「旅」1994年6月号 日本交通公社

◎心はすっかりウエスタン ＝「ウェスタンへの夢 まんが・アニメ界からのメッセージ」1996年2月 ふゅーじょんぷろだくと

◎「どんぐりと山猫」を彫る ＝「ちくま」1997年7月号 筑摩書房

◎私の週間食卓日記 ＝「週刊新潮」1999年4月8日号 新潮社

◎『版画まんだら』抄 ＝『版画まんだら』1999年 人類文化社

◎仮設インタビュー 畑中純氏に聞く ＝「Sunken garden」No・12 2001年12月10日号 北海道立文学館

◎私の庭……リンゴ ＝「ドーラク」Vol・1 2002年1月 辰巳出版

ダルマストーブ ＝「ドーラク」Vol・2 2002年5月 辰巳出版

猫 ＝「ドーラク」Vol・3 2002年8月 辰巳出版

葡萄 ＝「ドーラク」Vol・4 2002年10月 辰巳出版

露天風呂 ＝「ドーラク」Vol・5 2003年1月 辰巳出版

一月十二日の記録 ＝「ドーラク」Vol・6 2003年4月 辰巳出版

◎ドラえもん誕生30周年に寄せて ＝「西日本新聞」2004年3月30日

◎エロス、バイオレンス、リリシズム ＝「週刊文春」2004年10月14日号～11月4日号 コラム「喫煙室」

◎MANGAの時代 世界に共通する喜怒哀楽 ＝「西日本新聞」2005年12月11日 コラム「いまこの時代に」

◎ふるさとを語る 軍都・炭鉱「蛮地」とは失礼な ＝「讀賣新聞」2007年5月22日

◎勝手にシンドバッド ＝ FLASH臨時増刊「エクスタイム」2007年10月10日号 光文社

Ⅱ

◎伊藤整氏とボク ＝ ほるぷ編『私的日本文学案内』1985年 ほるぷ出版

◎風の人　宮沢賢治を求めて＝「潮」１９８４年１月号　潮出版社　※『宮沢賢治漫画館』第２巻　１９８５年　潮出版社所収の原稿より転載しました。
◎追悼　手塚治虫先生＝「週刊漫画サンデー」１９８９年３月７日号　実業之日本社
◎青木雄二氏『ナニワ金融道』講談社漫画賞受賞祝辞＝１９９２年６月
◎『面影の女』に乾杯＝「ＣＯＭＩＣ　ＢＯＸ」Ｖｏｌ・95　１９９３年８月　ふゅーじょんぷろだくと
◎拝啓、山猫様＝宮澤賢治著　宮澤清六・天沢退二郎編『新校本宮澤賢治全集』第６巻「月報」12　１９９６年　筑摩書房
◎ＬＯＶＥ　ＭＥ＝深沢七郎著『深沢七郎集』第７巻「月報」　１９９７年　筑摩書房
◎私の胸に残る展覧会＝「日経アート」１９９８年６月号　日経ＢＰ社　特集「本物の展覧会を探せ！」
◎谷岡ヤスジさんを偲んで＝「週刊漫画サンデー」１９９９年７月20日号　実業之日本社　特集「追悼　天才・谷岡ヤスジ」
◎三角寛を読む、日本人を知る＝『三角寛サンカ選集』推薦のことば　２０００年　現代書館
◎「天神様の美術」展を見て＝「東京新聞」２００１年８月20日
◎弔辞　ナニワ旋風児＝青木雄二著『僕が最後に言い残したかったこと』２００３年　小学館
◎美しき〝若造〟＝「第53回小学館漫画賞要項」２００８年　小学館　せきやてつじ小学館漫画賞受賞の祝辞
◎光・風・水＝「宮沢賢治学会イーハトーブセンター会報」第36号　２００８年　宮沢賢治学会イーハトーブセンター

Ⅲ

◎必殺観戦人＝村松友視著『坊主めくり』１９８９年　徳間文庫
◎拝啓　青木雄二様＝青木雄二著『ゼニの幸福論』１９９９年　ハルキ文庫
◎サンボリズムより散歩リズム＝宮沢賢治著『宮沢賢治詩集』１９９８年　ハルキ文庫
◎「黄金時代」＝芦原すなお著『松ヶ枝町サーガ』１９９９年　文春文庫
◎組織と個人＝宮崎学著『突破者烈伝』１９９９年　幻冬舎アウトロー文庫

Ⅳ

◎インタビュー書評　文藝春秋編『マンガ黄金時代 '60年代傑作集』＝「週刊文春」１９８６年７月３日号　文藝春秋
◎二十世紀の名著　私の三冊……〈１〉未来への幸福行きキップ＝「東京新聞」１９９７年７月６日
〈２〉明晰で精密な小説の考証＝「東京新聞」１９９７年７月13日
〈３〉怪しく美しい光芒放つ＝「東京新聞」１９９７年７月20日
◎寝転びながらエリ正す＝「東京新聞」１９９８年５月31日　コラム「読書日記」

◎二十五年経て終わらぬ戦い‖「東京新聞」1998年6月28日　コラム「読書日記」
◎「虚実の皮膜」円熟期‖「東京新聞」1998年7月26日　コラム「読書日記」
◎良質の私小説のような‖「東京新聞」1998年8月23日　コラム「読書日記」
◎谷崎という巨大な山‖「東京新聞」1998年9月20日　コラム「読書日記」
◎話題の本を読む‖「別冊世界」1998年11月1日発行第655号　岩波書店
◎不況けとばす元気の出る本‖「東京新聞」1999年9月6日
◎詐欺鉄則は作家心得にも似て‖「東京新聞」1999年8月8日
◎2002年　私の3冊‖「東京新聞」2002年12月22日
◎観光とは対極にある〝つげ式の侘びしい旅〟を堪能‖「日刊ゲンダイ」2003年5月1日　コラム「週刊読書日記」
◎マイ・ロングセラー……〈1〉興味尽きない日本人論‖「讀賣新聞」2003年11月1日
〈2〉悪い心も吹きとばせ‖「讀賣新聞」2003年11月8日
〈3〉頑なに土地を守る戦い‖「讀賣新聞」2003年11月15日
〈4〉極まった不気味の見事さ‖「讀賣新聞」2003年11月22日
〈5〉山川草木に手招きされて‖「讀賣新聞」2003年11月29日
◎妖怪から鰹節まで〝荒俣宏〟と過ごす夏‖「週刊朝日」2005年7月29日号　朝日新聞社　コラム「読書日和」
◎結婚式ラッシュの秋に「殺人」と「共同体」を考える‖「日刊ゲンダイ」2005年11月17日　コラム「週刊読書日記」
◎書林散歩‖「BUBKA時代」Vol・1　2007年1月25日号　コアマガジン

V

◎個我・もしくは我がまま‖日本記号学会編『文化の仮設性』2000年　東海大学出版会
◎魔の山‖山口昌男ほか著『山口昌男山脈』No・1　2002年　めいけい出版
◎『理想郷』‖坂上貴之・巽孝之・宮坂敬造・坂本光編『ユートピアの期限』2002年　慶応義塾大学出版会
◎私的マンガ論　中年マンガ家の生活と意見‖酒井道夫・金子伸二編『造形学研究』2004年　武蔵野美術大学出版局

VI

◎『まんだら屋の良太』前期選集あとがき‖『まんだら屋の良太』前期選集全5巻　1989年　ふゅーじょんぷろだくと
◎『私の村』あとがき‖『私の村』1991年　話の特集

◎『オバケ』あとがき＝『オバケ』全4巻　1992年　講談社
◎『玄界遊俠伝　三郎丸』あとがき＝『玄界遊俠伝　三郎丸』全15巻　1993〜1996年　実業之日本社
◎『ゆらりん』あとがき＝『ゆらりん』1994年　ぶんか社
◎吉兆＝『吉兆』1995年　講談社
◎増水警報＝『増水警報』1995年　講談社
◎『まんだら屋の良太』後期選集あとがき＝『まんだら屋の良太』後期選集全5巻　1995年　ふゅーじょんぷろだくと
◎森の元気は人の幸せ＝『ミヽズク通信』1996年　花書院
◎『宮沢賢治、銀河へ』あとがき＝『宮沢賢治、銀河へ』1996年　ネスコ／文藝春秋
◎『愛の力』あとがき＝『愛の力』全2巻　1998年　双葉文庫
◎『日本漫画家大全　畑中純〜桃色遊戯集〜』あとがき＝『日本漫画家大全　畑中純〜桃色遊戯集〜』1998年　双葉社
◎さて、今宵の月は？＝『大多摩月夜』1999年　小学館
◎『版画まんだら』あとがき＝『版画まんだら』1999年　人類文化社
◎賢者の園＝『愚か者の楽園』2000年　新潮社
◎昭和三十五年（1960）＝『ガキ』2000年　太田出版
◎『月光』あとがき＝『月光』2001年　モッツ出版
◎河童吼＝『ガタロ』2001年　青林堂
◎『極道モン』あとがき＝『極道モン』全2巻　2005年　東京漫画社
◎『月子まんだら』あとがき＝『月子まんだら』2005年　青林堂
◎『セロ弾きのゴーシュ』あとがき＝宮澤賢治作　畑中純版画『セロ弾きのゴーシュ』2005年　響文社
◎『1970年代記』あとがき＝『1970年代記　「まんだら屋の良太」誕生まで』2007年　朝日新聞社

畑中純著作一覧

◎それでも僕らは走っている……………1974……自費出版マンガ集
◎田園通信……………1977……ゴム版私家本
◎ミミズク通信……………1979……芸洋社（別冊東京情報）
◎まんだら屋の良太……全53巻……1979〜1989……実業之日本社
◎田園通信……………1986……日本文芸社
◎良太！　畑中純スペシャル……………1987……潮出版社
◎女と男……桜井文庫……1988……東考社
◎クマゴローの性春……桜井文庫……1988……東考社
◎まんだら屋の良太……前期選集・全5巻……1989……ふゅーじょんぷろだくと
◎私の村……………1991……話の特集
◎百八の恋……全8巻……1990〜1991……講談社
◎オバケ……全4巻……1992……講談社
◎河童草子……全2巻……1992……主婦と生活社
◎宝島……全2巻……1992……学習研究社
◎愛のエトランゼ……全2巻……1992……主婦と生活社
◎ゆらりん……………1994……ぶんか社
◎玄界遊侠伝　三郎丸……全15巻……1993〜1996……実業之日本社
◎理想宮――45歳・荻野健作氏の挑戦……全2巻……1994……小学館
◎吉兆……版画集……1995……講談社
◎増水警報……版画集……1995……講談社
◎私の村……ちくま文庫……1995……筑摩書房

◎まんだら屋の良太……………………後期選集・全5巻…………1995……………………ふゅーじょんぷろだくと
◎まんだら屋の良太…………………全8巻・徳間コミック文庫…1996…………徳間書店
◎宮沢賢治、銀河へ…………………版画絵本…………………1996…………ネスコ／文藝春秋
◎ミヽズク通信……………………………………………………1996…………花書院
◎それでも僕らは走っている…………………………………1996…………花書院
◎どんぐりと山猫……………………版画絵本・宮沢賢治作……1997…………筑摩書房
◎良太………………………………全2巻……………………1997…………文芸春秋
◎日本漫画家大全　畑中純～桃色遊戯集～…………………1998…………双葉社
◎愛の力……………………………全2巻・双葉文庫…………1998…………双葉社
◎まんだら屋の良太…………………全8巻……………………1998…………小池書院
◎鍵…………………………………谷崎潤一郎原作……………1998…………小池書院
◎版画まんだら……………………………………………………1999…………人類文化社
◎大多摩月夜……………………………………………………1999…………小学館
◎ガキ……………………………………………………………2000…………太田出版
◎愚か者の楽園……………………………………………………2000…………新潮社
◎タンタンタヌキ……………………豆本………………………2000…………トムズボックス
◎桃…………………………………豆本………………………2000…………トムズボックス
◎ガタロ…………………………………………………………2001…………青林堂
◎月光………………………………限定2001部……………2001…………モッツ出版
◎まんだら屋の良太　愛欲編…………………………………2003…………実業之日本社
◎ぼんぼん…………………………絵本・内田麟太郎作………2005…………鈴木出版
◎極道モン…………………………全2巻……………………2005…………東京漫画社
◎月子まんだら……………………………………………………2005…………青林堂
◎セロ弾きのゴーシュ………………絵本・宮沢賢治作…………2005…………響文社
◎1970年代記　「まんだら屋の良太」誕生まで……………2007…………朝日新聞社
◎オバケ……………………………全2巻……………………2008…………光文社
◎猫日和版画館……………………………………………………2008…………蒼天社

二〇〇八年九月九日 初版第一刷発行

検印廃止

〔私《わたし》 まるごとエッセイ〕

著者 畑中純
装幀者 佐々木暁
編集者 木村帆乃
発行者 山田健一
印刷 株式会社シナノ
製本 株式会社難波製本

発行所 株式会社 文遊社
〒一一三ノ〇〇三三 東京都文京区本郷三ノ二八ノ九
電話＝〇三ノ三八一五ノ七七四〇 FAX＝〇三ノ三八一五ノ八七一六
郵便振替＝〇〇一七〇ノ六ノ一七三〇二〇 http://www.bunyu-sha.jp/

乱丁本・落丁本は、お取替えいたします。定価は、カバーに表示してあります。

 ISBN978-4-89257-057-5